Das Schicksal des Highlanders

Hannah Howell

Das Schicksal des Highlanders

Deutsch von
Angela Schumitz

Weltbild

Originaltitel: *Highland Destiny*
Originalverlag: Zebra Books/Kensington Publishing Corp., New York
© 1998 by Hannah Howell
Published by Arrangement with Kensington Publishing Corp.,
New York, NY, USA

Besuchen Sie uns im Internet:
www.weltbild.de

Die Autorin

Hannah Howell hat sich seit ihrem ersten Buch 1988 einen Namen als Autorin romantischer historischer Romane gemacht. Die begeisterte England-Reisende lebt an der Ostküste der USA, wo ihre Familie seit 1630 ansässig ist. Sie ist verheiratet, hat zwei erwachsene Söhne, einen Enkel und fünf Katzen, von denen eine den Namen Oliver Cromwell trägt.

1

Schottland, Frühjahr 1430

»Der junge Eric ist weg.«

Balfour Murray, Laird von Donncoill, blickte stirnrunzelnd von seinem üppigen Wildeintopf auf. Vor ihm stand der gedrungene Wachhauptmann James, schmutzig, erschöpft und blass vor Sorge. James war an und für sich nicht so leicht aus der Ruhe zu bringen. Balfour wurde flau im Magen, sein Appetit war wie weggeblasen.

»Was meinst du damit – weg?«, fragte er und spülte den Mund mit einem kräftigen Schluck Rotwein.

James schluckte und trat von einem Bein aufs andere. Die frischen Binsen, die heute auf den Boden des großen Saals gestreut worden waren, raschelten leise. »Der Junge ist entführt worden«, gestand er und betrachtete den großen, dunklen Laird von Donncoill mit einer Mischung aus Beschämung und Wachsamkeit. »Wir waren auf der Jagd, als fast ein Dutzend Männer uns umzingelte. Colin und Thomas wurden niedergemacht, Gott schenke ihren tapferen Seelen Ruhe; aber sie nahmen doppelt so viele Männer mit, bevor sie zu Boden gingen. Als sich eine Bresche zwischen unseren Feinden auftat, sagte ich Eric, er solle fliehen. Wir galoppierten los, doch sein Pferd strauchelte. Bevor ich ihm zu Hilfe eilen konnte, hatten sie ihn schon erwischt. Sie machten sich zusammen mit ihm aus dem Staub. An mir waren sie nicht weiter interessiert, deshalb bin ich gleich zurückgekehrt.«

»Woher kamen die Männer?«, fragte Balfour, nachdem er einem jungen Pagen befohlen hatte, seinen Bruder Nigel zu holen.

»Es waren Beatons Leute.«

Dass Sir William Beaton wieder einmal Ärger machte, verwunderte Balfour nicht weiter, denn der Laird von Dubhlinn reizte die Murrays schon seit vielen Jahren. Doch dass er Eric entführt hatte, war ein Schock. Eric entstammte einer Liaison zwischen ihrem Vater und einer von Beatons verstorbenen Gemahlinnen. Der Mann hatte das Neugeborene kaltherzig auf einem Hügel ausgesetzt, wo es gewiss gestorben wäre, wenn nicht James auf dem Heimweg von der Jagd zufällig vorbeigekommen wäre. Der winzige Eric war in ein Tuch mit den Farben der Beatons gewickelt gewesen, und sein Vater hatte bald herausgefunden, wer dieses Kind war. Die Murrays waren entsetzt, dass Beaton ein hilfloses Kind zum Sterben ausgesetzt hatte, noch dazu einen kleinen Murray. Das erzürnte sie zutiefst. Die Beatons waren ihnen zwar immer ein Dorn im Auge gewesen, doch von da an wurden sie zu richtigen Feinden. Balfour wusste, wie sehr sein Vater Beaton hasste, und dieser Hass war bei dem plötzlichen und sehr merkwürdigen Tod von Erics Mutter, der Frau, die er geliebt hatte, noch gewachsen. Es war zu einer blutigen, erbitterten Fehde gekommen. Nach dem Tod des Vaters hatte Balfour gehofft, dass endlich Frieden einkehren würde. Doch nun war klar, dass dem Laird von Dubhlinn nicht an Frieden gelegen war.

»Was will Beaton von Eric?«, fragte Balfour erregt. Er packte seinen schweren Silberkelch so fest, dass dessen reiche Verzierungen in seine Handfläche schnitten. »Glaubst du, dass er den Jungen töten will? Dass er vollenden will, was er vor vielen Jahren schon einmal versucht hat?«

»Nein«, erwiderte James, nachdem er eine Weile nachdenklich die Stirn gerunzelt hatte. »Wenn Beaton den Jungen hätte töten wollen, dann hätte er seinen Leuten befohlen, ihm an Ort und Stelle den Garaus zu machen. Er hat die Sache gründlich geplant. Es war keine zufällige Begegnung, bei der den Beatons plötzlich einfiel, dass die Zeit günstig sei, unsere Zahl zu dezimieren. Diese Männer haben uns aufgelauert, uns und vor allem Eric.«

»Das heißt, dass wir gefährlich sorglos geworden sind. Ah, Nigel«, rief Balfour, als sein jüngerer Bruder in den großen Saal schlenderte. »Gut, dass man dich so rasch gefunden hat.«

»Der Bursche, den du nach mir geschickt hast, plapperte etwas davon, dass Eric entführt worden sei?« Nigel ließ sich auf die Bank neben Balfour nieder und schenkte sich Wein ein.

Balfour fragte sich, wie Nigel nur so ruhig sein konnte. Doch dann sah er, dass sein Bruder den Kelch genauso fest umklammerte wie er selbst und dass das Blut aus seinen Knöcheln wich. In Nigels bernsteingelben Augen lag ein harter Blick, der sie verdüsterte, bis sie fast ebenso dunkel waren wie seine eigenen. Balfour glaubte nicht, dass er jemals aufhören würde zu staunen, wie gut sein Bruder starke Gefühle beherrschen konnte. Lakonisch berichtete er ihm das Wenige, was er erfahren hatte. Dann wartete er ungeduldig, dass Nigel aufhörte, an seinem Wein zu nippen, und endlich den Mund aufmachte.

»Beaton braucht einen Sohn«, meinte Nigel endlich. Die Kälte in seiner Stimme war der einzige Hinweis auf seine Wut.

»Er hat Eric vor langer Zeit ausgesetzt«, wandte Balfour ein und bedeutete James, sich zu ihnen zu setzen.

»Stimmt. Aber damals dachte er bestimmt, er habe noch viel Zeit, einen Sohn zu zeugen. Doch das hat er nie geschafft. In Schottland wimmelt es von seinen Töchtern, Kinder, die ihm seine Frauen, seine Geliebten, seine Huren und arme, unwillige junge Mädchen geboren haben, die das Pech hatten, in seine Reichweite zu gelangen.«

James nickte langsam und fuhr sich nachdenklich durch sein bereits ergrauendes schwarzes Haar. »Mir ist zu Ohren gekommen, dass es um die Gesundheit des Mannes nicht allzu gut bestellt ist.«

»Der Mann klopft an die Tür des Todes!«, entgegnete

Nigel gedehnt. »Seine Verwandten, seine Feinde und seine nächsten Nachbarn rücken ihm auf den Pelz. Bislang hat er noch niemanden zu seinem Erben bestimmt. Wahrscheinlich hat er davor Angst, denn dieser Mann würde seinen Tod bestimmt beschleunigen. Die Wölfe heulen vor seinen Toren, und er versucht mit aller Macht, sie draußen zu halten.«

»Als er Eric seinem traurigen Schicksal auf dem Hügel überließ, gab er aller Welt zu verstehen, dass er nicht glaubte, das Kind sei von ihm«, meinte Balfour.

»Eric ähnelt seiner Mutter mehr als seinem Vater. Beaton könnte Anspruch auf ihn erheben. Ihm würden zwar nur wenige glauben, aber niemand könnte etwas dagegen tun, denn schließlich hat Beatons Gemahlin das Kind zur Welt gebracht. Mit irgendeinem Lügenmärchen über blinde Eifersucht könnte er erklären, warum er damals behauptet hat, dass unser Vater ihm Hörner aufgesetzt hätte. Der Mann neigt zu blinden Wutanfällen, das wissen alle. Vielleicht würden manche an seiner Vaterschaft zweifeln, aber keiner würde daran zweifeln, dass er so wütend werden könnte, ein Kind auszusetzen, selbst wenn es sein eigenes wäre.«

Balfour fluchte und fuhr sich mit langen Fingern durch das dichte, kastanienbraune Haar. »Dann hat der Mistkerl also vor, den jungen Eric zwischen sich und seine Feinde zu stellen.«

»Beweisen kann ich es natürlich nicht, aber ich glaube, genau darum geht es ihm.«

»Wenn ich bedenke, was ich von dem Mann weiß, was ich in letzter Zeit gehört habe und was du denkst, fallen mir keine Gegenargumente ein. Eric ist zu jung, um in diese Drachenhöhle geworfen zu werden. Vielleicht passiert ihm nichts, solange Beaton noch am Leben ist und seine Männer aus Angst loyal sind. Aber ich glaube, sobald der Laird von Dubhlinn so schwach ist, dass man sich nicht mehr vor ihm zu fürchten braucht, oder tatsächlich gestorben ist, wird Eric nicht lange überleben.«

»Nein. Wahrscheinlich wird er nicht einmal das Begräbnis des Halunken überstehen. Wir können den Jungen nicht dort lassen. Er ist ein Murray!«

»Ich denke nicht daran, ihn den Beatons zu überlassen, auch wenn er ebenso viel Anspruch auf Beatons karge Hinterlassenschaft hat wie alle anderen. Ich frage mich nur, wie viel Zeit wir haben, um ihn aus Beatons tödlicher Umklammerung zu befreien.«

»Vielleicht ein paar Tage, vielleicht auch Monate oder Jahre.«

»Oder vielleicht auch nur ein paar Stunden«, warf Balfour ein. Er verzog den Mund zu einem grimmigen Lächeln, als Nigel mit den Schultern zuckte und damit bedeutete, dass er derselben Meinung sei.

»Wir müssen sobald wie möglich nach Dubhlinn aufbrechen«, meinte James.

»Jawohl, wahrscheinlich hast du recht«, pflichtete Balfour ihm bei.

Fluchend trank er seinen Wein in großen Zügen, um sich ein wenig zu beruhigen. Wieder würde es zu einer Schlacht kommen. Wieder würden wackere Männer ihr Leben lassen, Frauen leiden, Kinder ihre Väter verlieren. Balfour hasste es. Vor dem Kampf hatte er keine Angst. Wenn es darum ging, sein Heim, die Kirche oder den König zu verteidigen, war er unter den Ersten, die die Rüstung anlegten. Doch die ständigen Fehden und das Blutvergießen machten ihm große Sorgen. Viele Murrays waren schon gestorben, weil sein Vater die Gemahlin eines anderen geliebt und das Lager mit ihr geteilt hatte. Nun würden weitere bei dem Versuch sterben, das Kind, das bei dieser außerehelichen Affäre entstanden war, zu retten. Obgleich Balfour seinen kleinen Bruder liebte und glaubte, der Junge verdiene es, dass man für ihn kämpfte, war es doch auch die Fortsetzung einer langen Fehde, die erst gar nicht hätte anfangen dürfen.

»Wir werden uns morgen gleich bei Tagesanbruch auf den

Weg nach Dubhlinn machen«, ordnete Balfour schließlich an. »Rüste die Männer, James!«

»Wir werden gewinnen und uns den jungen Eric wiederholen«, versicherte Nigel seinem Bruder, sobald James den großen Saal verlassen hatte.

Balfour betrachtete seinen Bruder nachdenklich und fragte sich, ob Nigels Optimismus echt war. In manchem waren sie sich sehr ähnlich, in manch anderem aber so unähnlich, dass er immer wieder staunte. Nigel war viel heiterer und sein Teint viel heller. Balfour hatte sich nie darüber gewundert, dass Nigel bei den Ladies viel mehr Erfolg hatte, denn Nigel war wortgewandt und charmant, was ihm völlig abging. Außerdem sah Nigel blendend aus. Wenn Balfour sich im Spiegel betrachtete, fragte er sich oft, wie man nur so dunkel sein konnte, angefangen von den Haaren über die Augen hin zu einem dunklen Teint. Manchmal musste er gegen den bitteren Geschmack des Neides auf seinen Bruder ankämpfen; vor allem, wenn die Damen sich wieder einmal schmachtend über das dichte, rotbraune Haar seines Bruders, seine bernsteingelben Augen und seine goldene Haut ausließen. Jetzt war er, wie so oft, versucht, sich von seinem Bruder und dessen hoffnungsvollem Blick auf die kommende Schlacht anstecken zu lassen. Doch sein Gefühl, dass sie alle geradewegs in ihren Tod marschierten und womöglich auch noch Erics Tod herbeiführen würden, wollte nicht weichen. Balfour beschloss, seine Stimmung irgendwo zwischen diesen beiden Polen anzusiedeln.

»Mit Gottes Hilfe werden wir gewinnen«, meinte er schließlich widerwillig.

»Einen unschuldigen Knaben wie Eric vor einem Mistkerl wie Beaton zu retten sollte ja wohl ein Anlass sein, den Gott wohlwollend bedenkt.« Nigel verzog den Mund zu einem schiefen Grinsen. »Allerdings hätte Gott diese Viper schon vor Jahren erschlagen müssen, wenn er tatsächlich aufpassen würde.«

»Vielleicht hat Er auch beschlossen, dass Beaton eher den langsamen, qualvollen Tod verdient, den er gerade erleidet.«

»Wir werden dafür sorgen, dass dieser Mann alleine stirbt.«

»Was du über Beatons Pläne gesagt hast, kommt mir einleuchtend vor. Aber der Mann muss vollkommen von Sinnen sein, wenn er glaubt, dass er damit Erfolg hat. Nun gut, vielleicht bringt er andere dazu zu glauben, dass Eric sein Sohn ist, oder zumindest dazu, es nicht offen anzuzweifeln. Doch bei all seinen Intrigen hat er unseren kleinen Eric nicht in Betracht gezogen. Der Junge ist zwar nicht besonders kräftig, aber er ist nicht schwach und auch nicht dumm. Beatons Plan funktioniert nur, wenn Eric mitspielt. Aber ich bin mir sicher, dass der Junge aus diesem Irrenhaus flieht, sobald der Mann in seiner Wachsamkeit nachlässt.«

»Stimmt, aber es gibt viele Möglichkeiten, ein dürres Bürschchen wie ihn festzuhalten.« Seufzend rieb sich Nigel das Kinn und kämpfte um seine Beherrschung. »Und außerdem wissen wir, dass es viele Wege gibt, Menschen zu manipulieren. Erwachsene Männer, starke, kampferprobte Ritter, sind gezwungen worden, Verbrechen zu gestehen, die sie nie begangen haben. Geständnisse wurden ihnen entlockt, die sie das Leben kosteten; sie wurden in einen Tod geschickt, der oft weder rasch noch ehrbar war. Eric ist zwar mutig und klug, aber trotzdem ist er noch sehr jung und nicht besonders kräftig.«

»Und er ist allein«, murmelte Balfour. Er musste sich beherrschen, nicht sofort nach Dubhlinn zu reiten und mit gezücktem Schwert Beatons Kopf zu fordern. »Warten wir den morgigen Tag ab. Ob wir nun gewinnen oder verlieren – zumindest wird der Junge wissen, dass er nicht alleine ist und dass sein Clan um ihn kämpft.«

Der frühe Morgen hüllte sich in einen kühlen, grauen Nebel. Balfour stand in dem Gewimmel seiner Männer auf dem

Burghof und bemühte sich, den düsteren Gedanken beiseitezuschieben, dass einige nicht von dieser Schlacht zurückkehren würden. Doch selbst wenn Eric nicht von allen in Donncoill geliebt worden wäre, hätte es die Ehre geboten, ihn aus dem Fängen des Feindes zu befreien.

»Komm, Bruder!«, murmelte Nigel, der mit den Pferden zu Balfour trat. »Du musst wirken, als dürstetest du nach Beatons Blut und als hegtest du keinerlei Zweifel an unserem Sieg!«

Gedankenverloren tätschelte Balfour den muskulösen Hals seines Schlachtrosses. »Ich weiß. Du wirst mich nicht mehr wanken sehen, sobald wir im Sattel sitzen. Ich hatte nur inständig gehofft, uns wären jetzt friedlichere Zeiten vergönnt, Zeiten, um alte Wunden endlich heilen zu lassen, zu Kräften zu kommen und unser Land zu bearbeiten. Unser Boden ist gut, aber wir hatten nie Zeit, die volle Ernte einzubringen. Entweder mussten wir das Land vernachlässigen, um in den Kampf zu ziehen, oder unsere Feinde zerstörten, was wir angebaut hatten, und wir mussten wieder von vorne beginnen. Ich bin einfach müde.«

»Das verstehe ich gut, auch ich fühle mich manchmal so. Doch jetzt kämpfen wir um Erics Leben, ja vielleicht sogar um seine Seele. Daran solltest du denken, und an nichts sonst.«

»Das werde ich. Schließlich ist das mehr als genug, um den Kampfgeist zu wecken, den man braucht, um Männer in die Schlacht zu führen.« Er stieg in den Sattel und hielt sein Pferd zurück, bis Nigel ebenfalls im Sattel saß. Dann führte er sein Gefolge vom Hof.

Unterwegs folgte Balfour Nigels Vorschlag und dachte nur an seinen jungen, freundlichen Bruder. Bald war er mehr als bereit, Beaton und seinen Männern mit dem Schwert entgegenzutreten. Es war wirklich allerhöchste Zeit, diesem Mann und seinen Verbrechen ein Ende zu setzen.

* * *

Nigel stürzte aus dem Sattel. Ein Pfeil steckte in seiner Brust, ein weiterer in seinem rechten Bein. Balfour stieß einen heftigen Fluch aus, Angst und Wut ließen seine tiefe Stimme wie Donner grollen. Er sprang vom Pferd und drängte sich durch seine wild kämpfenden Männer zu Nigel. Als er neben Nigel kauerte, ohne sich um Schutz vor dem tödlichen Pfeilregen aus Dubhlinn zu kümmern, merkte er, dass sein Bruder noch atmete.

»Gott sei Dank!«, murmelte er und bedeutete zweien seiner Männer, Nigel hochzuheben.

»Nein, wir dürfen nicht aufgeben, nur weil ich gefallen bin«, protestierte Nigel, als er ans hintere Ende des Heers gebracht wurde. »Ihr dürft diesen Schuft nicht gewinnen lassen!«

Balfour wies seine Leute an, eine Bahre für Nigel herzurichten, dann wandte er sich wieder an seinen Bruder. »Er hatte diesen Kampf schon gewonnen, bevor wir uns auf dem verdammten Schlachtfeld aufgestellt hatten. Der Mann wusste, dass wir kommen würden, um Eric zu holen, und hat sich vorbereitet.« Er packte einen bleichen Pagen und zog ihn von den anderen Jungen fort, die bei den Pferden kauerten. »Sieh zu, dass zum Rückzug gerufen wird, Junge. Wir müssen fliehen, bevor noch alle hier begraben werden.«

Nigel stieß grässliche Flüche aus, als der Junge davoneilte. »Mögen dem Schurken die Augen in den Höhlen verrotten!«

»Eine Niederlage schmeckt immer bitter«, meinte Balfour und kniete sich neben Nigel. »Aber wir können diese Schlacht nicht gewinnen; wir können hier nur sterben. Damit ist dem jungen Eric nicht gedient. Dubhlinn ist stärker, als ich es in Erinnerung hatte. Wir müssen fliehen, unsere Wunden lecken und uns etwas anderes einfallen lassen, um unseren kleinen Bruder aus Beatons Fängen zu befreien. He, ihr zwei dort drüben«, er deutete auf die größten der um ihr Leben bangenden Pagen, »kommt her und haltet Nigel fest, wenn ich ihm die Pfeile herausziehe!«

13

Sobald die zwei Jungen seinem Befehl gefolgt waren, machte sich Balfour ans Werk. Als er den ersten Pfeil herauszog, schrie Nigel auf und fiel in Ohnmacht. Balfour wusste, dass das seinen Bruder nicht gänzlich vor Schmerzen bewahrte, doch er entfernte auch den zweiten Pfeil so rasch wie möglich. Dann riss er sein Hemd in Streifen und verband die Wunden, auch wenn der Stoff ziemlich schmutzig war. Seine Männer hatten bereits den Rückzug angetreten, als er Nigel auf die Bahre legte. Unverzüglich folgte er ihnen.

Die Niederlage lag ihm wie ein Stein im Magen, aber er zwang sich, sie zu akzeptieren. Sobald er auf die offenen Felder, die Dubhlinn umgaben, geritten war, hatte er gespürt, dass er einen Fehler machte. Seine Männer hatten sich in den Angriff gestürzt, bevor er sie aufhalten konnte, und rasch hatte sich gezeigt, dass Beatons Abwehr stark und tödlich war. In Balfour mischten sich Wut und Schmerz über die Männer, die getötet oder verletzt worden waren, bevor er sie aus dem Gemetzel abziehen konnte. Er hoffte nur, dass seine Torheit ihm nicht allzu teuer zu stehen gekommen war. Als sie, von einer sorgfältig ausgewählten Gruppe gedeckt, nach Donncoill zurückmarschierten, betete Balfour, dass ihm etwas einfallen möge, um Eric zu befreien, ohne dass es erneut zu einem Blutvergießen kommen würde, zumindest zu keinem so heftigen wie an diesem unheilvollen Tag auf den Feldern vor Dubhlinn. Als er zu Nigel blickte, der allmählich wieder zu sich kam, betete er auch, dass der Versuch, den einen Bruder zu befreien, nicht das Leben des anderen kostete.

Furchterregende Kampfgeräusche störten den Frieden und die Freude an diesem ungewöhnlich warmen Frühlingsmorgen. Maldie Kirkcaldy fluchte. Sie unterbrach ihren entschlossenen Gang nach Dubhlinn, einen Gang, der vor drei langen Monaten am Grab ihrer Mutter begonnen hatte. Als der in ein Leichentuch gewickelte Körper ihrer Mutter zur letzten Ruhe gebettet wurde, hatte sie sich geschworen, den

Laird von Dubhlinn teuer zahlen zu lassen für das Unrecht, das er ihnen angetan hatte. Sie hatte sich sorgfältig auf alles Mögliche vorbereitet – schlechtes Wetter, den Mangel an Obdach und Nahrung. Doch sie hatte nie an die Möglichkeit gedacht, dass ein Kampf sie auf ihrem Weg behindern könnte.

Maldie setzte sich an den Rand der zerfurchten Straße und blickte finster Richtung Dubhlinn. Einen Moment lang überlegte sie, ob sie sich nicht doch näher an das Schlachtfeld wagen sollte. Schließlich könnte es von Nutzen sein zu wissen, welcher der benachbarten Clans versuchte, Beaton zu schlagen. Doch sie ließ diesen verlockenden Gedanken wieder fallen. Es war zu gefährlich, sich zu nah an eine Schlacht zu wagen, vor allem, wenn man für beide Seiten eine Unbekannte war. Selbst diejenigen, die im Gefolge ihrer Clanmitglieder kamen und bei Freund und Feind bekannt waren, riskierten in der Nähe eines Schlachtfelds ihr Leben. Doch es bestand ja immer noch die Möglichkeit, Beatons Feinde zu einem späteren Zeitpunkt zu treffen. Und dann musste sie diesen Feind nur überzeugen, dass sie eine Verbündete und obendrein sehr nützlich sei.

Gedankenverloren kritzelte Maldie mit einem Stock ein Muster auf die Erde, dann schüttelte sie den Kopf und lachte über ihre Torheit. »Jawohl, schließlich brennt ja jeder feine, schwerttragende Ritter im ganzen Land darauf, die kleine Maldie Kirkcaldy zur Waffengefährtin zu haben!«

Mit einem raschen Blick auf ihre Umgebung stellte sie fest, dass sie noch immer alleine war. Nervös fuhr sie sich durch ihr üppiges, widerspenstiges Haar. Obgleich sie klein und schlank war, hatte sie es geschafft, drei Monate lang durch unbekanntes Land zu wandern. Es wäre der reine Wahnsinn, jetzt die Vorsicht aufzugeben, die sie bislang am Leben gehalten hatte – vor allem, da sie kurz davor stand, ihren Schwur zu erfüllen. Nie zuvor war sie so lange allein gewesen, nur begleitet von ihren Rachegelüsten. Sie durfte jetzt nicht leichtsinnig werden, nein, sie musste sogar von nun an noch umsichtiger sein. Jetzt zu versagen, wo sie so kurz davor stand, die Rache zu nehmen, um die ihre Mutter sie gebeten hatte, wäre allzu bitter.

Die Kampfgeräusche verebbten. Maldie erhob sich langsam und angespannt. Ihr Instinkt sagte ihr, dass die Schlacht ihrem Ende zuging. Der Straße, auf der sie stand, war anzusehen, dass sie vor Kurzem passiert worden war. Bald würde das Heer auf dieser Straße zurückkehren, entweder ausgelassen den Sieg feiernd oder von der Niederlage bedrückt. Beides konnte gefährlich sein. Maldie klopfte den Staub aus ihren viel geflickten Röcken und zog sich in das dichte Strauchwerk und die windzerzausten Bäume am Straßenrand zurück. Sehr sicher war diese Zuflucht nicht, doch sie hoffte, dass es reichen würde. War das Heer, das hier bald vorüberziehen würde, siegreich, würden die Männer kaum auf mögliche Bedrohungen achten. Im Falle einer Niederlage würden sie nur die rückwärtige Seite decken. In beiden Fällen würde ihr nichts passieren, solange sie sich ruhig verhielt.

Nachdem sie eine Weile in den Büschen gekauert und auf die Straße gestarrt hatte, dachte sie, sie hätte sich wohl geirrt und niemand käme hier entlang. Doch dann hörte sie schwach das unverkennbare Klirren von Zaumzeug. Sie verkrampfte sich und überlegte fieberhaft, was zu tun sei. Auch wenn ihr Stolz ihr beharrlich sagte, dass sie sich so ganz allein und auf sich gestellt äußerst tapfer durch die Welt schlug, wusste sie, dass ein Verbündeter sehr nützlich sein konnte. Immerhin käme sie auf diese Weise vielleicht zu einem etwas behaglicheren Platz, wo sie sich in aller Ruhe überlegen könnte, wie sie das Wissen, das sie in den letzten drei Monaten gesammelt hatte, am besten nutzen konnte.

In dem Moment, in dem sie beschlossen hatte, dass Beatons Feinde ihre Freunde waren und dass es für sie nur von Vorteil sein könnte, sich an sie zu wenden, fiel ihr Blick auf das Heer, und sie schwankte wieder, was sie nun tun sollte. Selbst aus der Ferne wirkte dieses Heer, das aus Dubhlinn abzog, geschlagen. Welche Hoffnungen konnte sie hegen, Beaton zu schlagen, wenn selbst ein Heer kampferprobter Ritter mit all ihren Waffen und Rüstungen es nicht schaffte? Doch rasch schüttelte Maldie ihre Selbstzweifel ab. Weniger leicht fiel es ihr, die Zweifel an den Männern abzuschütteln, die da auf sie zugestolpert kamen. Was konnten sie ihr nützen, wenn Beaton sie besiegt hatte? Als sie nahe genug waren, dass Maldie das Leid, die Erschöpfung und den Schmerz auf den schmutzstarrenden Gesichtern erkennen konnte, wusste sie, dass sie sich jetzt entscheiden musste.

Ein Verbündeter war besser als keiner, auch wenn er einmal geschlagen worden war, sagte sie sich und stand langsam auf. Vielleicht wussten diese Männer ja etwas, was sie noch nicht wusste und was ihr helfen würde, ihr Ziel zu erreichen: Beatons Tod. Vorausgesetzt natürlich, sie käme nicht vorher selbst ums Leben ... Sie schickte ein Stoßgebet zum Himmel, dass sie jetzt nicht ihren eigenen Tod provozierte, dann trat sie beherzt auf die Straße.

2

Maldie hoffte inständig, dass der große, dunkle Ritter, der vor ihr stehen blieb und sie misstrauisch beäugte, nicht hörte, wie rasch und heftig ihr Herz klopfte. Immerhin machte er keinen bedrohlichen Schritt auf sie zu. Sie fasste neuen Mut. Als sie aus dem dichten, beschützenden Buschwerk getreten war und sich vor das geschlagene Heer gestellt hatte, schien ihr die Aussicht auf ein paar Verbündete einen solchen Schritt wert zu sein. Jetzt aber, als sie direkt vor den Männern stand und ihre abweisenden Mienen und ihre schlamm- und blutverkrustete Kleidung musterte, war sie sich nicht mehr so sicher. Schlimmer noch, sie war sich nicht mehr sicher, ob sie ihnen erklären könnte, woher sie so plötzlich aufgetaucht war, ganz allein auf der Straße nach Dubhlinn, und ob sie ihnen ihre düsteren Rachepläne enthüllen sollte. Diese Männer waren Krieger, sie aber hatte keine Schlacht im Sinn, sondern einen kaltblütigen Mord.

»Könntest du mir vielleicht erklären, was ein schmales junges Ding wie du hier zu suchen hat?«, fragte Balfour, der sich gewaltsam von ihren weit aufgerissenen, dunkelgrünen Augen losreißen musste.

»Vielleicht wollte ich mir ja nur mal ansehen, wie schlimm Euch der alte Beaton zugesetzt hat«, entgegnete Maldie. Beunruhigt fragte sie sich, was dieser breitschultrige, dunkeläugige Mann an sich hatte, dass sie ihm eine solch unverschämte Antwort gab.

»Jawohl, der Schurke hat die Schlacht gewonnen.« Balfours tiefe Stimme klang rau und kalt vor Wut. »Gehörst du zu dem Gesindel, das die Taschen der Toten ausplündert? Wenn ja, dann tritt beiseite und scher dich weg!«

Sie beschloss, die Beleidigung zu ignorieren, schließlich hatte sie es sich selbst zuzuschreiben, weil sie ihre Worte so schlecht gewählt hatte. »Mein Name ist Maldie Kirkcaldy, und ich komme aus Dundee.«

»Das ist aber ganz schön weit weg! Was führt dich an diesen verfluchten Ort?«

»Ich bin auf der Suche nach ein paar Verwandten.«

»Wen? Vielleicht kenne ich sie und kann dir helfen.«

»Das ist sehr freundlich von Euch, aber ich glaube nicht, dass Ihr mir helfen könnt. Meine Verwandten haben wenig Anlass, einen hochwohlgeborenen Herrn wie Euch zu kennen.« Bevor er sie zu einer ausführlicheren Erklärung drängen konnte, wandte sie sich dem Mann auf der Bahre zu. »Euer Begleiter sieht aus, als sei er böse verletzt worden, Sir. Vielleicht kann ich Euch helfen.« Sie trat näher an den Verwundeten, ohne auf den großen Ritter zu achten, der sich anschickte, ihr in den Weg zu treten. »Es ist keine eitle Prahlerei, wenn ich behaupte, großes Geschick im Heilen zu besitzen.«

Die feste Zuversicht in ihren Worten veranlasste Balfour, die junge Frau gewähren zu lassen. Doch er beobachtete sie düster. Es passte ihm gar nicht, dass er sich von einer Frau derart rasch hatte umstimmen lassen. Auch war es nicht besonders klug, einer völlig fremden Person so schnell zu vertrauen. Sie war schön, daran bestand kein Zweifel, von ihrer wilden, rabenschwarzen Mähne hin zu den kleinen, in Stiefeln steckenden Füßen; doch er ermahnte sich, sich von einem hübschen Gesicht nicht um den Verstand bringen zu lassen. Er stellte sich ihr gegenüber neben Nigels Bahre und ließ die kleine Frau nicht aus den Augen, die ihre Röcke gerafft hatte und nun neben seinem Bruder kniete.

»Mein Name ist Sir Balfour Murray, Laird von Donncoill, und dieser Mann ist mein Bruder Nigel«, sagte er. Er legte eine Hand auf den Knauf seines Schwertes und beugte sich ein wenig vor, um jede Bewegung ihrer blassen, zarten Hände zu beobachten. »Er wurde niedergestreckt, als unser Feind uns mit List und Tücke in eine Falle lockte.«

Maldie untersuchte Nigels Wunden. Rasch beschloss sie, was getan werden musste, wobei sie insgeheim fluchte, dass sie nicht die richtigen Dinge dabeihatte. »Ich wundere mich immer wieder, dass Männer glauben, alle würden sich im Krieg ehrenvoll und anständig verhalten. Würdet ihr nur etwas mehr Vorsicht walten lassen, dann würden vielleicht auch nicht mehr so viele von euch niedergestreckt.« Angewidert verzog sie das Gesicht, als sie die schmutzigen Lumpen entfernte, mit denen die Wunden des Mannes bedeckt waren.

»Es ist ja wohl nicht unbillig davon auszugehen, dass sich ein Mann, der den ehrenwerten Titel eines Ritters trägt, seiner Stellung geziemend verhält«, entgegnete er.

Balfour runzelte die Stirn bei dem leisen, verächtlichen Schnauben, das sie von sich gab. So leise dieses Geräusch auch war, so schwang doch sehr deutlich Wut und Verbitterung mit – und ein gänzlicher Mangel an Respekt. Obgleich ihr grobes schwarzes Gewand auf ihre niedere Herkunft schließen ließ, zollte sie ihm, der weit über ihr stand, keinerlei Achtung; wahrscheinlich tat sie das bei keinem von höherer Geburt, wenn er sie richtig einschätzte. Balfour überlegte, ob ihr einmal ein grobes Unrecht zugefügt worden war, doch gleich darauf fragte er sich, was ihn das eigentlich anginge.

Er betrachtete sie aufmerksam, als sie Nigels Wunden spülte und sie wieder verband, um die Blutung zu stillen. Nigel wirkte, als ob seine Schmerzen schon nachließen. Die Behauptung der jungen Frau, des Heilens kundig zu sein, schien also nicht unbegründet zu sein. Es kam Balfour vor, als würde allein die Berührung ihrer Hand Nigels Schmerzen lindern. Als er sah, wie sie Nigel das Haar aus der Stirn strich, ertappte er sich dabei, darüber nachzugrübeln, wie sich ihre kleinen Hände mit den langen Fingern wohl auf seinem eigenen Körper anfühlen würden. Zu seiner großen Überraschung verhärtete sich sein Körper sofort, und es kostete ihn einige Mühe, die unpassende Erregung zu ignorieren und an etwas anderes zu denken.

Doch als er sie noch einmal gründlich musterte, musste er sich zögerlich eingestehen, dass sie einiges an sich hatte, was einen Mann auf unheilige Gedanken bringen konnte. Sie war zwar klein und ihr Gewand war alt und abgetragen, aber es schmiegte sich eng an ihren schlanken, doch wohlgeformten Körper. Sie hatte hohe, volle Brüste, eine schmale Taille und verführerisch geschwungene Hüften. Für eine solch kleine Frau hatte sie sehr lange Beine, schlanke lange Beine, die in Füßen endeten, die fast so zierlich waren wie die eines Kindes. Ihr widerspenstiges, rabenschwarzes Haar ließ sich kaum durch das schwarze Lederband bändigen, das es zusammenhielt. Dicke, lockige Strähnen hatten sich gelöst und umspielten ihre blassen Wangen. Ihre funkelnden grünen Augen waren so groß, dass sie ihr kleines, herzförmiges Gesicht völlig dominierten. Lange, dichte schwarze Wimpern umrahmten diese wunderschönen Augen, und die zart geschwungenen dunklen Brauen unterstrichen ihre Schönheit noch. Sie hatte eine kleine, sehr gerade Nase, die nur an der Spitze ein wenig nach oben ging, volle, verführerische Lippen und ein hübsches, doch sehr energisch wirkendes Kinn. Balfour fragte sich, wie jemand so jung und zart und gleichzeitig so temperamentvoll aussehen konnte.

Ich will sie haben. Auf diesen Gedanken reagierte er erstaunt und gleichzeitig ein wenig belustigt. Belustigt, weil er eine solch kleine, unverschämte und zerzauste Frau begehrte; erstaunt, weil dieses Verlangen so schnell und heftig auf ihn einstürmte, schneller und heftiger als je zuvor bei einer Frau. Das Verlangen, das sie in ihm weckte, reichte so tief und war so stark, dass es ihn schon fast beunruhigte. Ein solches Verlangen konnte einen Mann dazu bringen, sich töricht zu verhalten. Er bemühte sich um einen klaren Kopf und darum, nur noch an Nigels Gesundheit zu denken.

»Meinem Bruder scheint es schon etwas besser zu gehen«, meinte er.

»Höfliche Worte, aber sie zeigen mir, dass Ihr wenig vom Heilen versteht.« Maldie kauerte sich auf die Fersen und wischte sich die Hände an ihren Röcken ab. Ernst blickte sie Balfour an. »Ich habe ja nur das Blut und den Schmutz entfernt und die Wunden mit saubereren Lumpen verbunden. Das, was ich bräuchte, um die Wunden wirklich zu versorgen, steht mir hier nicht zur Verfügung.«

»Was bräuchtest du denn?« Seine Augen wurden groß, als sie eine lange Liste aufzählte. Von vielen dieser Dinge hatte er noch nie gehört. »Solche Sachen habe ich nicht dabei, wenn ich in den Kampf ziehe.«

»Vielleicht solltet Ihr das beim nächsten Kampf. Schließlich holt ihr Toren euch solche Wunden immer im Kampf.«

»Es ist nicht töricht, seinen kleinen Bruder aus den Klauen eines Mannes wie Beaton befreien zu wollen.« Balfour bedeutete ihr mit einer knappen Handbewegung zu schweigen, als sie etwas erwidern wollte. »Ich habe mich jetzt lange genug hier aufgehalten. Vielleicht hat man Beatons Hunde noch nicht in ihre Zwinger gesperrt. Sie könnten jederzeit auf uns einstürmen. Außerdem muss Nigel in Sicherheit gebracht und versorgt werden.«

Maldie stand auf und klopfte sich den Staub aus den Gewändern. »Jawohl, das stimmt. Also sputet Euch!«

»Du hast dich jetzt schon so gut um ihn bemüht, ohne all die Sachen, die du bräuchtest – ich bin sehr neugierig zu erfahren, welche Wunder du bewerkstelligst, wenn du alles hast, was du brauchst.«

»Was wollt Ihr damit sagen?«

»Dass du mit uns nach Donncoill kommst.«

»Dann bin ich also Eure Gefangene?«

»Nein, mein Gast.«

Maldi verbiss sich die grobe Absage, die ihr auf der Zunge lag. Jetzt war nicht der richtige Zeitpunkt, um stur und widerspenstig zu sein. Mit einiger Mühe führte sie sich die Vorteile vor Augen, die es hätte, ihr Schicksal mit dem von Sir Balfour zu verbinden. Wie sie führte er einen Krieg gegen Sir Beaton, und obgleich er die heutige Schlacht verloren hatte, standen ihm noch immer genügend Männer und Waffen zu Gebote, um dem Laird von Dubhlinn einen bleibenden Schaden zuzufügen. Außerdem würde sie dann ihre Rachepläne ausarbeiten können ohne die Sorge um ein Dach über dem Kopf und Nahrung.

Allerdings gab es auch Nachteile, wie sie sich mit einem innerlichen Stirnrunzeln zu bedenken gab. Beaton hatte Sir Balfour offenbar schweres Leid zugefügt. Wenn dieser herausfand, wer ihre Eltern waren, war sie vielleicht nicht mehr so sicher. Außerdem konnte es Ärger geben, wenn er erführe, warum sie eigentlich auf der Straße nach Dubhlinn unterwegs gewesen war. Wenn sie jetzt mit ihm ging, müsste sie ihn belügen; und instinktiv wusste sie, dass Sir Balfour Murray ein Mann war, der eine Lüge nicht leicht verzieh. Ihr Plan, einen Verbündeten zu gewinnen, erwies sich alles andere als einfach.

Ein eingehender Blick auf ihn zeigte ihr auch noch eine andere mögliche Komplikation. Sie kannte den Ausdruck in seinen dunklen Augen, denn sie hatte ihn schon zu oft gesehen: Er begehrte sie. Am meisten Sorgen aber machte ihr, dass sie auf die Lust dieses dunklen Ritters reagierte, und zwar nicht mit Wut, Ekel und Verachtung, wie sie es bei den anderen Männern sonst immer getan hatte.

Einerseits beunruhigte es sie, andererseits machte es sie aber auch neugierig. Er sah zweifellos gut aus, doch sie hatte auch schon andere stattliche Männer getroffen. In seinem großen Körper steckte eine unbändige Kraft, die sicher jede Frau, die Augen im Kopf hatte, mit Wohlwollen betrachtet hätte. Hohe Wangenknochen, eine lange, gerade Nase und ein kantiges Kinn bildeten markante Züge. Sein dichtes, dunkelbraunes Haar wellte sich bis auf die breiten Schultern. Es schimmerte rot, wenn die Sonne darauf fiel. Doch am stärksten faszinierten sie seine Augen, sanfte Augen von einer satten braunen Farbe, umgeben von überraschend dichten schwarzen Wimpern unter schwach geschwungenen dunklen Brauen. Beunruhigt von seinem forschenden Blick betrachtete sie seinen Mund, beschloss aber sogleich, dass es gefährlich wäre, dort länger zu verweilen. Denn er hatte einen sehr netten Mund, die Unterlippe etwas voller als die obere. Sie konnte sich nur zu gut vorstellen, wie es sein würde, von diesem Mund geküsst zu werden.

Hastig wandte sie sich ab und hob ihren kleinen Beutel auf. »Es ist sehr freundlich von Euch, mir eine Zuflucht anzubieten, aber der Frühling ist schon weit fortgeschritten. Es gibt nur noch wenige Monate mit schönem Wetter. Ich kann jetzt nirgends länger verweilen. Ich muss meine Verwandten finden, bevor mich der Winter und das schlechte Wetter zwingen, irgendwo unterzuschlüpfen.«

»Wenn es zu lange dauert, bis Nigel wieder gesund ist, kannst du in Donncoill überwintern.« Er packte sie am Arm und zerrte sie zu seinem Pferd. »Nigel braucht dich und deine Heilkunst.«

»Dann ist das also keine Einladung, mein Laird, sondern ein Befehl.«

Balfour umfasste ihre schmale Taille und hievte sie in den Sattel, wobei er flüchtig daran dachte, dass sie ein paar gute Mahlzeiten nötig hatte, denn sie wog kaum mehr als ein Kind. »Es würde deinen Aufenthalt in Donncoill angenehmer machen, wenn du versuchen würdest, es als Einladung zu betrachten.«

»Ach ja? Ich bin mir nicht sicher, ob ich mir so in die Tasche lügen kann.«

»Versuch es einfach!«, meinte er lächelnd.

Maldie spürte, wie ihr Atem rascher ging. Sein Lächeln war verführerisch in seiner Aufrichtigkeit. Hinter diesem etwas schiefen Grinsen steckte keine Hinterlist oder Arroganz, sondern nur die reine Belustigung, und er forderte sie stillschweigend auf, sie mit ihm zu teilen. Sie musste sich eingestehen, dass ihr nicht nur sein Aussehen gefährlich werden könnte, sondern der Mann selbst. Es sah allmählich so aus, als habe Sir Balfour Murray eine Menge guter Eigenschaften, von denen sie vor langer Zeit beschlossen hatte, dass sie bei keinem Mann zu finden wären. Maldie wusste, dass ihre Geheimnisse unter solchen Umständen womöglich sehr schwer zu hüten sein würden.

Sie lächelte schwach. »Wie Ihr wünscht, mein Laird. Und wenn Euer Bruder wieder gesund ist, kann ich dann gehen?«

»Aber sicher«, erwiderte er. Warum nur kamen ihn diese Worte so hart an?

»Dann sollten wir jetzt lieber losreiten, Sir Murray. Der Tag schwindet rasch, und Eurem Bruder wird die Kälte nicht guttun, die sicher kommt, sobald die Sonne untergegangen ist.«

Balfour nickte und bedeutete seinen Männern, sich wieder in Bewegung zu setzen. Er selbst schritt an der Seite seines Bruders einher. Die kleine Maldie schien keine Probleme mit seinem Pferd zu haben, obwohl es die Bahre hinter sich herzog. Sein Ross schien sogar recht erfreut über die winzige Lady auf seinem starken Rücken. Es hatte die Ohren nach hinten gelegt, um eifrig die Worte aufzuschnappen, die sie ihm zuflüsterte.

»Das Mädchen kann auch gut mit Tieren umgehen«, meinte Balfour und blickte zu seinem Bruder hinab.

»Stimmt, mit Pferden und mit Männern«, murmelte Nigel.

»Warum bist du so beunruhigt? Sie hat deine Schmerzen gelindert, das sehe ich dir an.«

»Richtig, sie hat meine Schmerzen gelindert. Sie hat es in ihren Händen. Und außerdem ist sie eine hübsche kleine Frau mit den schönsten Augen, die ich je gesehen habe. Aber du weißt nicht, wer sie ist. Das Mädchen hat Geheimnisse, Balfour, da bin ich mir ganz sicher.«

»Aber warum sollte sie uns denn alles erzählen? Sie weiß ebenso wenig über uns wie wir über sie. Sie ist eben vorsichtig.«

»Ich hoffe sehr, dass das alles ist, was ich spüre – eine natürliche Vorsicht Fremden gegenüber. Doch die Zeiten sind zu gefährlich, um jemandem so rasch zu vertrauen oder sich von einem hübschen Gesicht einnehmen zu lassen. Ein falscher Schritt könnte Eric sein junges Leben kosten.«

Balfour verzog das Gesicht, als er auf Maldies Rücken starrte. Nigel hatte recht. Es war nicht die Zeit, um sich von einem hübschen Mädchen den Kopf verdrehen zu lassen. Er konnte sie jetzt nicht einfach vergessen und laufen lassen, doch er nahm sich fest vor, auf der Hut zu sein. Seine Familie hatte bereits einmal die Folgen gedankenloser Lust zu spüren bekommen. Er würde die Fehler seines Vaters nicht wiederholen.

* * *

Als sie aus dem dichten Wald heraustraten, geriet Donncoill in Maldies Blickfeld. Die Burg thronte auf einem langsam ansteigenden Hügel, den sie nun hinaufritten. Sie wirkte sicher, aber auch bedrohlich. Das umgebende Land sah aus, als könnte es den Murrays einen Wohlstand bescheren, um den sie viele Schotten beneidet hätten. Doch selbst ein flüchtiger Blick zeigte, dass dieses Land nicht vollständig genutzt wurde. Die ausgedehnten, ungepflügten Felder und nicht beweideten Wiesen bargen ein Versprechen, das von keinem eingefordert zu werden schien. Maldie vermutete, dass die hinter den Männern liegende Schlacht nur eine von vielen gewesen war. Wenn diese Männer ständig kämpfen mussten, hatten sie natürlich nicht die Zeit, dieses reiche Land intensiv zu bewirtschaften. Traurig fragte sie sich, ob Männer jemals einsehen würden, was ihnen durch ihre ständigen Fehden und Schlachten alles entging.

Doch sie beeilte sich, diese düsteren Gedanken abzuschütteln. Es nützte nichts, Dinge zu bedauern, die man nicht ändern konnte. Sie wandte sich wieder der näher rückenden Burg zu. Hinter den hohen steinernen Mauern schien Donncoill nicht so verwahrlost zu sein wie das Land. Offenbar waren die Mauern verstärkt worden, und der ursprüngliche quadratische Wohnturm, den man noch immer deutlich erkennen konnte, war um einige Anbauten erweitert worden. Auf der rechten Seite des alten, niedrigen Turms befand sich ein Anbau, der in einen zweiten, schmaleren Turm mündete. Ein zweiter Flügel führte an der linken Seite des alten Bauwerks zu einer Baustelle, an der offenbar ein weiterer Turm entstehen sollte. Ihre Mutter hatte ihr oft von den großen Schlössern in Frankreich und England erzählt. In Maldie keimte der Gedanke, dass Sir Balfour solche Orte vielleicht mit eigenen Augen gesehen oder doch zumindest dieselben Geschichten gehört hatte, denn die Burg, die hinter den dicken Wehrmauern Gestalt annahm, würde bald aussehen wie die, von denen ihre Mutter ehrfürchtig berichtet hatte.

»Die Arbeit geht nur langsam voran«, erklärte Balfour, der neben sie getreten war und ihr die Zügel seines Pferdes abnahm.

Sein plötzliches Auftauchen und seine Nähe verwirrten Maldie. Sie hoffe nur, dass er nichts davon bemerkte. Gedehnt meinte sie: »Vielleicht solltet Ihr Euer Schwert öfter in seiner Scheide stecken lassen.«

»Ich wäre froh, wenn ich das könnte, ich fürchte nur, Beaton hegt nicht dieselben Hoffnungen auf Frieden wie ich.«

»Ihr sprecht von Frieden und zieht trotzdem in den Kampf. Ich bin mir ziemlich sicher, dass Beaton Euch nicht aufgefordert hat, seine Burg zu bestürmen.«

»Na ja, mehr oder weniger hat er das. Selbst ein Herold hätte es kaum deutlicher sagen können. Er hat nämlich meinen jungen Bruder Eric entführt und seine Handlanger auf mein Land gehetzt, als Eric jagte.«

27

»Und deshalb hat er auch damit gerechnet, dass Ihr vor sein Tor treten und ihm den Kampf ansagen würdet.«

Balfour nickte verlegen, denn jetzt sah er selbst, wie töricht er gehandelt hatte. »Stimmt. Sobald wir auf die Lichtung vor seiner Burg ritten, wusste ich, dass unser Angriff ein Fehler war. Ich rief ihm zu, ob wir die Sache nicht ohne Blutvergießen regeln könnten. Er ließ mich in dem Glauben, dass er damit einverstanden sei, und ich blinder Narr rückte näher. Es war eine Falle. Er wollte nur, dass wir nahe genug herankämen und dass meine Männer unvorsichtig würden, um uns leichter töten zu können. Sein Plan wäre fast aufgegangen. Doch nicht alle Pfeile erreichten ihr Ziel, und meine Männer waren klüger als ich. Sie trauten Beaton nicht über den Weg, als er um Frieden bat.«

»Dennoch habt Ihr ihn in aller Ruhe die Stärke Eurer Truppe erkunden lassen.«

»Das verstehst du nicht, Mädchen.« Balfour fragte sich, warum er sich überhaupt die Zeit nahm, ihr sein Tun und den Kampf zu erklären. Dann wurde ihm klar, dass es ihm einfach Spaß machte, mit ihr zu reden. Er vermutete allerdings auch, dass er versuchte, sich selbst den bitteren Fehlschlag zu erklären. »Meine Männer ärgerten sich über Beatons gemeine Hinterlist und verlangten nach Blut. Sie sind den ständigen Krieg ebenso leid wie ich, doch ihre Wut war übermächtig. Bald erkannte ich, dass die Schlacht verloren war, doch wenn Krieger kämpfen und vom Blutrausch geblendet sind, kann man kaum auf ihre Vernunft zählen. Erst als Nigel fiel, kamen sie so weit zur Besinnung, dass sie meine Aufforderung zum Rückzug befolgten.«

»Und Beaton hat noch immer Euren Bruder in seinem Gewahrsam.« Maldie spürte eine Woge des Mitleids in sich aufwallen, doch sie wollte sich nicht mit seinen Ärgernissen belasten. Schließlich hatte sie genügend eigene Probleme.

»Richtig. Aber immerhin weiß der junge Eric nun, dass die Murrays um ihn kämpfen werden.«

»Warum sollte er etwas anderes annehmen? Er ist doch Euer Bruder.«

Balfour verzog das Gesicht und zögerte. Doch dann befand er, dass er ruhig mit offenen Karten spielen konnte. »Eric ist nur mein Halbbruder. Mein Vater hatte mit einer von Beatons Gemahlinnen geschlafen, und Beaton bekam es heraus. Als Eric zur Welt kam, ließ er das Neugeborene auf einem Hügel aussetzen. Einer unserer Männer fand den kleinen Kerl, und bald stellten wir fest, um wen es sich handelte und warum er ausgesetzt worden war.«

»So nahm die Fehde also ihren Anfang.«

»Genau. Und sie endete nicht einmal mit dem Tod meines Vaters. Inzwischen hat sie allerdings eine neue Qualität angenommen. Beaton versucht, Eric als den Sohn einzufordern, den er selbst nie zu zeugen vermochte. Er will den Knaben als Schild zwischen sich und all denjenigen verwenden, denen es nach seinem Besitz gelüstet. Wir müssen Eric retten, bevor Beatons Krankheit ihn so sehr schwächt, dass er die Wölfe nicht mehr abwehren kann, oder sie ihn ins Grab bringt.«

»Beaton liegt im Sterben?«

Maldie biss sich in die Wange, bis ihr Tränen in die Augen traten, aber auch ohne Balfours scheelen Blick wusste sie, dass ihre Reaktion sehr verdächtig gewesen war. Ihre Stimme war viel zu scharf gewesen, viel zu viele Gefühle hatten mitgeschwungen. Die Vorstellung, dass Beatons Alter und seine Krankheit ihr die Gelegenheit zur Rache nehmen würden, erboste sie zutiefst. Wenn Beaton jetzt starb, hätte sie den Schwur nicht erfüllen können, den sie ihrer Mutter geleistet hatte. Maldie wusste, dass sich all ihre Gefühle in ihrer Stimme gezeigt hatten. Sie hoffte inständig, dass sie Sir Murray seine offenkundige Neugier würde ausreden können.

»Na ja, das habe ich zumindest gehört«, meinte Balfour und beobachtete sie sehr genau. Er wusste nicht, wie er das plötzliche Aufflackern heftiger Gefühle auf ihrem hübschen Gesicht und ihr ebenso rasches Verschwinden deuten sollte.

»Ich bitte Euch um Verzeihung, Sir«, bat Maldie. »Einen kurzen Augenblick konnte ich an nichts anderes denken, als dass Ihr Euer Schwert gegen einen alten, sterbenden Mann erhoben habt. Doch dann fiel mir wieder Euer Bruder und dessen hartes Schicksal ein.«

»Du hast nicht viel Vertrauen in das Ehrgefühl von Männern!«

»Nein. Mir wurde selten Anlass gegeben, daran zu glauben.« Sie starrte auf das große, mit Eisenbeschlägen verstärkte Tor von Donncoill. »In so einer stattlichen Burg gibt es doch sicher eine Heilerin, und Ihr müsst nicht auf meine Fähigkeiten zurückgreifen.« Sie musterte Balfour forschend, doch dieser bedachte sie nur mit einem kurzen Blick, bevor er wieder auf seine Burg starrte.

»Wir hatten eine sehr gute Heilerin, aber sie starb vor zwei Jahren. Die Frau, an die sie ihr Wissen weitergeben wollte, ist weder besonders schlau noch besonders geschickt. Für sämtliche Leiden nimmt sie am liebsten Blutegel. Ich habe mir oft gedacht, dass das den Tod meines Vaters beschleunigt hat.«

»Blutegel«, murrte Maldie und schüttelte den Kopf. »Natürlich haben sie auch ihr Gutes, aber sie werden viel zu oft falsch eingesetzt. Euer Bruder hat schon genug Blut verloren, das die bösen Säfte und das Gift aus seinem Körper gespült hat.«

»Das glaube ich auch.«

»Aber ich will die Frau nicht beleidigen.«

»Keine Sorge! Sie mag ihre Aufgabe nicht besonders und geht ihr nur nach, weil es sonst keiner tun kann oder will, und natürlich bringt sie ihr ein gewisses Ansehen ein. Doch ich finde sicher eine andere Aufgabe für sie, mit der sie einen genauso ehrbaren Platz unter den Frauen einnehmen wird.«

Maldie nickte stumm. Inzwischen hatte sie die Burg, in die sie soeben einritten, in Bann geschlagen. Der Hof war voller Menschen. Die meisten achteten nicht weiter auf sie. Schrille

30

Klagelaute erhoben sich. Maldie versuchte verzweifelt, die Ohren davor zu verschließen. Schon als kleines Kind hatte sie fühlen können, was andere fühlten, und das Leid von Menschen, die einen geliebten Angehörigen in der Schlacht verloren hatten, raubte ihr die Luft zum Atmen und verursachte ihr Bauchgrimmen. Wieder einmal wünschte sie, ihre Mutter hätte ihr beigebracht, wie sie sich eines solchen Ansturms von Gefühlen erwehren könnte. Doch gleich darauf schimpfte sie sich selbst ob ihrer Undankbarkeit. Ihre seltsame Gabe war ihr schon mehrmals gelegen gekommen und hatte ihr manchmal auch bare Münze eingebracht. Um ruhiger zu werden und die zudringlichen fremden Gefühle aus Kopf und Herz zu vertreiben, atmete sie ein paar Mal tief durch.

»Geht es dir nicht gut?«, fragte Balfour, als er ihr aus dem Sattel half und dabei merkte, wie besorgniserregend bleich sie war und wie kalt sich ihre Haut anfühlte.

»Ich bin nur etwas erschöpft«, erwiderte sie und wandte sich rasch zu Nigel. »Er sollte gleich ins Bett. Die Reise auf der Bahre war sicher strapaziös für ihn, und jetzt geht die Sonne unter und nimmt die Wärme des Tages mit sich.«

»Ich glaube, auch du solltest dich etwas ausruhen.«

Sie schüttelte den Kopf und lief hinter den Männern her, die Nigel in die Burg trugen. »Es geht schon wieder. Vielleicht war es auch nur der Ritt. Euer Ross ist zwar ein prächtiger Bursche, der mit leichter Hand und sanften Worten zu lenken ist, aber ich bin das Reiten nicht gewöhnt. Macht Euch keine Sorgen um mich, Sir Murray, ich bin robust genug, um Euren Bruder bald wieder so weit herzustellen, dass er sich ins nächste Kampfgetümmel stürzen kann.«

Balfour blickte ihr leise lächelnd nach. Einen Moment lang hatte sie gewirkt, als hätte sie das Leid der trauernden Frauen so mitgenommen, dass sie einer Ohnmacht nahe schien. Doch dann war sie gleich wieder so forsch gewesen, wie er sie bisher kannte, auch wenn sie noch sehr bleich gewesen

31

war und leicht gezittert hatte. Nigel hatte recht, das Mädchen barg Geheimnisse. In einem Augenblick war sie mitfühlend, im nächsten verächtlich. Außerdem hatte sie auf die Nachricht, dass Beaton im Sterben lag, sehr sonderbar reagiert, und ihre Erklärung dafür war ihm nicht aufrichtig vorgekommen. Noch immer begehrte er die kleine Maldie Kirkcaldy mehr, als ihm ratsam erschien, aber er würde auf der Hut sein. Erics Leben hing an einem seidenen Faden – er konnte es sich nicht leisten, sich den Verstand von Leidenschaft trüben zu lassen. Maldie Kirkcaldy hatte Geheimnisse. Er würde versuchen, sein Verlangen nach ihr zu stillen, doch er nahm sich fest vor, dabei auch ihre Geheimnisse zu lüften.

3

Maldie erhob sich, leise vor Erschöpfung stöhnend. Rasch vergewisserte sie sich, dass Nigel noch friedlich schlief und sich von ihrem Seufzer nicht hatte stören lassen. Drei lange Tage und Nächte hatte sie den stark fiebernden Mann gepflegt und sich nur eine kurze Pause gegönnt, wenn Balfour den Platz am Bett seines Bruders einnahm. Endlich sank das Fieber wieder, doch sie traute dem Frieden noch nicht so ganz.

Sie trat an den kleinen Tisch in der Nähe des schmalen Pfeilschlitzes in der Wand, dem einzigen Fenster im Raum, und goss sich einen Becher gewürzten Apfelwein ein. Es war nicht leicht, sich alleine um Nigel zu kümmern, doch beim ersten Blick auf Grizel, die Heilerin in Donncoill, war ihr klar gewesen, dass sie diese Frau nicht an Nigel heranlassen würde. Grizel war schmuddelig und hatte von hässlichen Geschwüren verunzierte Arme. Außerdem spürte Maldie, dass die Frau zutiefst unglücklich war. Grizel missfiel nicht nur ihre Aufgabe als Heilerin bei den Murrays, ihr missfiel hier alles und jeder. Einer solchen Frau war es völlig egal, ob derjenige, den sie pflegen sollte, überlebte oder starb. Aus der Frau würde nie eine gute Heilerin werden, egal, wie viel Wissen sie erwarb, denn sie verspürte nicht den geringsten Drang zu helfen oder zu heilen; sie hatte nicht die Spur von Mitgefühl für Kranke und Gebrechliche. Maldie hatte sich fest vorgenommen, das Balfour zu erklären, damit er dieser Frau nicht wieder den Ehrenplatz und die damit einhergehende Verantwortung überließ, wenn sie fort war. Es würde ihr leichter fallen, wenn sie einen Ersatz mit mehr Herz und Geschick auftreiben könnte, aber dazu musste sie Nigels Kammer verlassen.

Sie schnitt eine Grimasse, trank ihren Apfelwein aus und schenkte sich noch einmal nach. Jetzt hätte sie eigentlich gehen können, doch sie zögerte. Es würde nämlich bedeuten, dass sie Balfour ohne Nigel und seine Wunden als Schutz gegenübertreten müsste. Maldie hatte zwar ihre Aufgabe als Heilerin äußerst gewissenhaft versehen und sich beharrlich darum bemüht, Nigel am Leben zu halten – aber sie hatte sich auch hinter dem vom Fieber geplagten Mann versteckt, wann immer Balfour sich ihr genähert hatte.

Diese Feigheit störte und beunruhigte sie. Balfour hatte nie versucht, sie zu berühren. Er war immer nur aus tiefer Sorge um seinen Bruder in die Kammer gekommen. Dennoch hatte sie jedes Mal, wenn er sie angeblickt hatte, gespürt, wie ihr warm wurde. Wenn er in der Kammer weilte, waren alle ihre Sinne lebendig geworden. Trotz ihrer Erschöpfung war es ihr oft schwergefallen sich auszuruhen, weil sie seine Anwesenheit so stark gespürt hatte. Sie konnte sich noch so oft sagen, dass sie nur eitel sei – sie spürte ständig, wie sehr er sie begehrte. Mit jedem Blick, ob flüchtig oder höflich, hatte sie seine Leidenschaft gespürt, und ihr Körper hatte höchst bereitwillig reagiert. Es konnte sehr gefährlich sein, Balfour zu nahe zu kommen. Sie musste stets gegen ihr eigenes Verlangen und die Anziehung, die dieser Mann auf sie ausübte, ankämpfen, und obendrein musste sie versuchen, sich vor seinem Verlangen und vor der Wonne, die es in ihr erregte, zu schützen. Maldie fragte sich des Öfteren, ob es nicht besser gewesen wäre, wenn sie nie aus den Büschen am Straßenrand getreten wäre.

»Allmählich glaube ich, dass ich einen schweren Fehler gemacht habe«, murmelte sie und starrte in den schlichten Silberbecher in ihrer Hand.

»Das glaube ich nicht. Mein Bruder sieht aus, als ob es ihm schon wesentlich besser ginge«, erklang Balfours tiefe, volle Stimme direkt hinter ihr.

Maldie schnappte nach Luft. Sie war von seinem plötzlichen Auftauchen so überrascht, dass ihr fast der Becher aus der Hand fiel. »Ihr habt mich gerade um zehn Jahre meines armen kleinen Lebens gebracht!«

Balfour verkniff sich ein Lächeln. Er fand ihre Unsicherheit in seiner Anwesenheit ebenso ermutigend wie erheiternd. Anfangs hatte er sich gefragt, ob sie wohl Angst vor ihm hatte, doch diese Sorge hatte er rasch abgeschüttelt. In ihren wundervollen Augen konnte er keine Angst entdecken, sondern nur die Spiegelung seines Verlangens. Er hätte zu gern gewusst, ob ihr Unbehagen einer mädchenhaften Scheu gegenüber einem solchen Verlangen entstammte oder der Stärke ihrer eigenen Gefühle und dem heftigen Bedürfnis, ihnen nachzugeben. Mit diesem Wissen wäre es ihm leichter gefallen, über seinen nächsten Schritt zu entscheiden. Doch dann musste er innerlich über sich lachen. Selbst wenn er gewusst hätte, was sie in Wahrheit fühlte, hätte er nichts anderes geplant, er hätte sich nur frei gefühlt, rascher zu handeln. Er wollte Maldie Kirkcaldy, und er beabsichtigte, seine Gelüste bald zu stillen.

»Nun komm schon, so furchterregend bin ich doch gar nicht«, sagte er leise und gab dem Bedürfnis nach, sacht über ihr dichtes, widerspenstiges Haar zu streichen.

Obwohl seine Berührung sanft und flüchtig war wie ein laues Frühlingslüftchen, spürte Maldie sie überdeutlich. Er war ihr so nahe, dass sie sein Verlangen fast riechen konnte. Die Hitze schlug ihr entgegen, drang tief in sie ein, erwärmte ihr Blut und forderte eine Reaktion. Sie spürte seine verführerischen Gedanken, er brauchte sie gar nicht auszusprechen; sie waren für sie greifbar wie eine Liebkosung. Zitternd wich sie zurück. Sie nahm einen großen Schluck Apfelwein. Als sie Balfour heimlich musterte, zuckte sie zusammen. In seiner Miene las sie Belustigung. Er hatte ihren Schritt genau richtig gedeutet – als feigen Rückzug.

»Ich habe keine Furcht vor Euch, Sir. Aber die Umstände sind etwas beunruhigend.« Als sie den leeren Becher abstellte,

35

merkte sie erfreut, dass ihre Hand trotz allem, was in ihr vorging, nicht zitterte – innerlich bebte sie nämlich wie die Erde unter den Füßen eines heranmarschierenden Heeres. »Man hat mir beigebracht, mich niemals mit einem Mann, den ich kaum kenne, in einer Schlafkammer aufzuhalten.«

»Nun, für diese Sorge gibt es eine einfache Lösung.«

»Ach ja? Geht Ihr?«

»Das nicht. Aber du musst mich eben besser kennenlernen.« Er lächelte hinreißend über ihren empörten Blick. »Es wird schon nicht so qualvoll sein. Du kannst dich doch nicht ständig in dieser Kammer verstecken!«

»Stimmt. Ich bleibe so lange, bis Euer Bruder gesund ist, und dann mache ich mich wieder auf den Weg.«

»Es kann noch Monate dauern, bis Nigel völlig geheilt ist. Aber schon jetzt müsste man sich eigentlich nicht mehr unablässig von Sonnenaufgang bis Sonnenuntergang um ihn kümmern. Du solltest raus und den Frühling genießen!«

Maldie betrachtete ihn mit einem scheelen Blick, denn in ihr keimte ein gewisser Verdacht auf. »Ich kann auch aus diesem kleinen Fenster sehen, wie schön der Frühling ist.« Der Mann schäkerte mit ihr, dessen war sie sich ganz sicher.

»Das schon, aber es ist nicht dasselbe wie ein Frühlingsspaziergang, wie das Einatmen der Frühlingsluft«, murmelte er. »Den Frühling muss man auf der Haut spüren.« Er streichelte sanft ihren schlanken Arm, ohne darauf zu achten, dass sie vor seiner Berührung zurückschreckte. »Man muss sich die sanfte Brise durch die Haare wehen lassen.« Sacht fuhr er mit den Fingern durch ihr Haar. Sie trat einen Schritt zurück und starrte ihn finster an. »Und man muss sich von der süßen, warmen Luft die Wut und alle bösen Säfte vertreiben lassen.«

»In mir gibt es keine bösen Säfte.« Sie stemmte die Hände in die Hüften und neigte den Kopf zur Seite, zwischen Belustigung und Verärgerung schwankend. »Und wütend werde ich nur, weil ich dieses Spiel nicht sehr gut spielen kann, Sir.«

Balfour hoffte, seine Unschuldsmiene wirke überzeugend, doch der Blick, mit dem sie ihn bedachte, sagte ihm, dass sie sich davon nicht hatte täuschen lassen. »Was für ein Spiel denn? Ich spiele kein Spiel.«

»Ihr seid ein schlechter Lügner, Sir Murray. Ihr schäkert mit mir, Ihr neckt mich, Ihr spielt das Spiel der Verführung.«

»Ich glaube, du schätzt mich falsch ein.«

»Nein, nein. Ich kenne dieses Spiel nur allzu gut.« Schon wenn sie an die mehr oder weniger einfühlsamen, manchmal aber auch richtig brutalen Methoden dachte, mit denen Männer versucht hatten, sie auf ihr Lager zu zerren, wurde sie wütend. »Man hat es bei mir schon sehr oft probiert.«

»Und nicht geschafft?« Es erstaunte und beunruhigte Balfour, wie sehr er sich wünschte, dass sie noch unberührt sei. Eigentlich hätte ihm der Zustand ihrer Unschuld doch egal sein sollen.

Maldie blieb der Mund offen stehen. Sie konnte kaum glauben, dass er so unmanierlich war, ihr eine solche Frage zu stellen. In ihr mischten sich Kränkung und Wut. Viele Männer glaubten, ein armes Mädchen habe keinen Anstand, und waren dann zutiefst verwundert, wenn sie ihnen klarmachte, dass das bei ihr anders war. Eigentlich hatte sie Balfour diese beleidigende Einstellung nicht zugetraut.

Doch dann holte sie tief Luft und ließ sich von ihren Gefühlen leiten. Es war gefährlich, sich den Empfindungen dieses Mannes zu öffnen. Sie wollte auf gar keinen Fall herausfinden, dass Balfour Murray sie wie so viele Männer vor ihm für eine Hure hielt, nur weil sie arm war, aber aus Gründen, die sie nicht näher hinterfragen wollte, musste sie erfahren, warum er eine solch beleidigende Frage gestellt hatte.

Anfangs fiel es ihr schwer, den Raum hinter seinem Verlangen und ihre blinde Reaktion darauf auszuloten. Doch als sie sich zwang, tiefer zu blicken, überkam sie große Erleichterung. Beruhigt stellte sie fest, dass sein Herz frei war von

Verachtung. Nun war sie sicher, dass er sie nicht hatte beleidigen wollen, oder, schlimmer noch, gedacht hatte, sie gehöre zu der Sorte Frauen, die sich nicht beleidigt gefühlt hätten durch das, was seine Frage nahegelegt hatte. Es verwirrte sie nur, dass diese Frage von Ärger, Angst und einer zögerlichen Neugier ausgelöst schien, denn diese Gefühle konnte sie bei ihm erspüren. Es kam ihr vor, als wäre ihm ihre Antwort sehr wichtig, als wollte er zu gerne ein Ja von ihr hören. Aber warum, das wusste sie nicht.

»Natürlich haben sie es nicht geschafft«, erwiderte sie schließlich schärfer als beabsichtigt, denn sie war noch immer verärgert. »Wie Ihr sicher wisst, bin ich nicht in dem Wohlstand und mit den Annehmlichkeiten aufgewachsen, die Ihr Euer ganzes Leben lang genossen habt. Ich musste mich in einer raueren Welt zurechtfinden. Die Männer glauben anscheinend, dass ein armes Mädchen für ein paar jämmerliche Münzen oder auch nur, um denen zu gefallen, die sich für etwas Besseres halten, mit Freuden alles tut.« Mit großer Genugtuung stellte sie fest, dass er zusammenzuckte – ein Beweis, dass er die Rüge verstanden hatte. »Ich lernte lieber, mich zu verteidigen, als hübsch zu lächeln und die Hure zu spielen.«

»Ich wollte dich nicht beleidigen.«

»Das mag wohl sein, aber dennoch habt Ihr es getan.«

Er nahm ihre Hand, ohne darauf zu achten, wie sie sich versteifte, und drückte einen zarten Kuss auf ihre Knöchel. »Dann bitte ich dich aufrichtig um Verzeihung!«

»Wenn es Euch damit ernst wäre, würdet Ihr nicht noch immer versuchen, mich zu verführen.«

»Warum denn nicht?«, meinte er schelmisch.

Maldie stöhnte überrascht und zugleich entrüstet auf, als er sie plötzlich an sich zog. »Soeben habt Ihr Euch demütig dafür entschuldigt, dass Ihr mich beleidigt habt, und jetzt wollt Ihr mich schon wieder beleidigen!«

»Nein, ich will dich küssen!«

Balfour wusste, dass er jetzt alle Grenzen überschritt, die ein ehrbarer Mann zu beachten hatte. Maldie mochte ja einige Erfahrungen gesammelt haben, aber abgesehen davon war sie gänzlich unschuldig und hatte offenbar hart darum kämpfen müssen. Der Anstand erforderte es, sie respektvoll zu behandeln, doch er hatte jetzt nur noch den übermächtigen Wunsch im Kopf, ihr einen Kuss zu rauben, wenn sie nicht zu laut protestierte oder sich zu heftig wehrte. Das war bestimmt ein Fehler und gewiss nicht die rechte Art, um um ein so zurückhaltendes und geschickt ausweichendes Mädchen wie Maldie Kirkcaldy zu werben, aber er konnte der Versuchung einfach nicht widerstehen. Sie stand so dicht bei ihm, sie war so schön, und er sehnte sich so danach, sie zu küssen! Schon bei ihrer allerersten Begegnung hatte er sich das gewünscht. Er hoffte nur, dass ihm seine unverschämte Gier nicht allzu teuer zu stehen kommen würde.

»Ihr geht zu weit, Sir Murray!«, meinte sie und stemmte sich halbherzig gegen seine Brust.

Sie hatte empört und wütend klingen wollen, mit fester, scharfer, kalter Stimme. Stattdessen wirkte ihre Stimme leise, schwankend und leicht heiser. Selbst in ihren eigenen Ohren klang diese Zurechtweisung schwach, so schwach wie ihr Versuch, ihn wegzuschubsen. Unwillkürlich wusste sie, dass er jeden ernsthaften Widerstand respektieren würde, aber ihr fehlte die Kraft dazu. Eigentlich wollte sie ihn auch gar nicht wegschubsen, sondern viel lieber das weiche Wollwams streicheln, das sich über seiner breiten Brust spannte, und die Stärke unter dem Stoff spüren. Auch wenn sie empört war über ihre Schwäche, musste sie sich zögerlich eingestehen, dass sie von ihm geküsst werden und seinen Kuss erwidern wollte.

Mit einer Hand hielt er sie fest, mit der anderen nahm er ihr kleines Kinn zwischen Daumen und Zeigefinger und hob ihr Gesicht sanft an. Maldie war angespannt, doch selbst sie war sich nicht klar, wie viel davon ihrem Widerstand und wie

39

viel der Vorfreude zuzuschreiben war. Als er seinen Mund auf den ihren senkte und sie aus halb zugekniffenen Augen genau beobachtete, versuchte Maldie ein letztes Mal, sich zu ermahnen, endlich so zu reagieren, wie es der Anstand erforderte. Doch sie scheiterte kläglich. Statt sich in Gedanken ein resolutes Nein! vorzustellen und sich entsprechend zu verhalten, konnte sie nur daran denken, wie warm und dunkel seine Augen waren, wie lang und dicht seine Wimpern und wie verführerisch geformt sein Mund.

In dem Moment, als sich ihre Lippen berührten, wusste Maldie, dass die Gelegenheit zu fliehen verstrichen war. Sein Mund war weich, warm und süß. Sie wusste, allein der berauschende Geschmack dieser Lippen würde sie in den Armen dieses Mannes halten wie eine starke Eisenkette. Er liebkoste ihre Lippen mit seiner Zunge. Ihr Mund öffnete sich ihm. Sie erschauderte und schnappte nach Luft, als er ihren Mund erforschte, aber sie erbebte nicht nur deshalb. Es war, als hätte sich mit ihrem Mund ihr ganzer Körper Balfours Gefühlen gegenüber geöffnet. Sie merkte, dass ihre Ängste berechtigt gewesen waren. Nicht nur die Macht ihres eigenen Verlangens, sondern auch die seines Begehrens schlug über ihr zusammen. Ein Verlangen speiste das andere. Während ihre Leidenschaft wuchs, sie ausfüllte, keinen Raum mehr für einen klaren Gedanken ließ, schien seine in sie hineinzufließen und alles, was sie empfand, zu verstärken. Sie spürte, wie Angst in ihr hochsteigen wollte, doch ihr Verlangen war stärker und schob die Angst ungeduldig beiseite.

Als er den Kuss löste, klammerte sie sich an ihn und murmelte protestierend. Er streifte mit den Lippen die Seite ihres Halses und entlockte ihr damit einen lustvollen Seufzer. Nun begann er, ihren Hals mit Küssen zu bedecken, und sie bog den Kopf zurück und gewährte ihm freien Zugang. Seine warmen Lippen streiften den Puls an ihrem Hals, und sogleich schoss die Hitze durch ihren ganzen Körper. Sie keuchte. Er streichelte mit seinen großen Händen ihren Rücken, wanderte tiefer, packte sanft ihr Hinterteil und zog sie näher. Maldie hörte sich leise stöhnen, als sich sein hartes Glied an sie drängte. Instinktiv rieb sie sich daran und schwelgte in dem Gefühl, das diese Berührung bei ihr auslöste. Sie bebte, wenn er erbebte. Sie atmeten beide schwer, als wären sie viele Meilen gerannt, und Maldie wusste, dass dieser Kuss sie beide um jeden klaren Gedanken gebracht hatte.

»Du bist so süß!«, stieß Balfour mit heiserer Stimme hervor und fuhr die zarten Konturen ihres Gesichtes mit seinen Küssen nach.

Innerlich fluchte er, dass ihm die richtigen Worte fehlten. Die Gefühle, die Maldie in ihm auslöste, hätten einen Lobgesang verdient, der einen Stein zum Weinen bringen konnte. Doch selbst wenn er über solche Fähigkeiten verfügt hätte, wären sie ihm in diesem Moment wohl kaum zu Gebote gestanden. Maldies Geschmack, ihr Geruch, das Gefühl ihres leise bebenden Körpers, der sich an ihn drängte, ließen ihn keinen zusammenhängenden Gedanken fassen. Er konnte nur an eines denken: Er wollte sich tief in ihr vergraben.

»Maldie!«, flüsterte er und zog sie sanft Richtung Bett. »Wunderschöne Maldie! Auch du spürst die Hitze, nicht wahr?«

»Ja.« Jedes Mal, wenn er sich ein wenig fortbewegte, drängte sie ihm nach in dem wilden Wunsch, seiner Wärme nahe zu sein. »Ich glaube, es ist ein Bann.«

»Ein Bann, unter dem wir beide stehen.«

Sie stießen ans Bett. Nigel stöhnte. Plötzlich fühlte Maldie, dass alle Wärme rasend schnell ihren Körper verließ und ihr schwindelig wurde. Sie wankte ein wenig und befreite sich aus Balfours Griff, der gar nicht fassen konnte, was passiert war. Entsetzt starrte sie auf den schlafenden Nigel.

Ihr erster klarer Gedanke führte zu einem kurzen Dankgebet, dass Nigel noch schlief und offenbar nichts gesehen hatte. Dann spürte sie Zorn in sich aufsteigen, auch wenn sie nicht wusste, wem sie mehr zürnte: Balfour, dass er sie beinahe verführt hatte, mit ihm ins Bett zu gehen, oder sich selbst, dass sie es zugelassen hatte. Sie entfernte sich, wobei sie unauffällig Balfours Versuchen, sie am Arm zu fassen und zurückzuhalten, auswich. Nachdem sie entschlossen vor den großen Kamin gegenüber dem Bett getreten war, drehte sie sich um und musterte Balfour. Er wirkte etwas verwirrt, aber überhaupt nicht zerknirscht. Darüber ärgerte sie sich.

»Ihr seid noch immer hier?«, fauchte sie und streifte mit einer raschen, wütenden Handbewegung ihr wirres Haar hinter die Schultern.

Balfour lehnte sich an einen der dicken, hohen Pfosten am Fußende des Bettes und betrachtete sie. Es kostete ihn einige Mühe, darüber hinwegzusehen, wie voll und feucht ihre von seinen Küssen gezeichneten Lippen waren, wie erhitzt ihre Wangen. Heute würde sie nicht mehr in seine Arme zurückkehren – heute nicht. Ihre Miene gab ihm deutlich zu verstehen, dass sie im Augenblick keine freundlichen Gefühle für ihn hegte. Er sah nur eine Möglichkeit, ihrem Zorn und der damit einhergehenden Kälte Einhalt zu gebieten – er musste ihr klarmachen, dass sie in der kurzen Zeit in seinen Armen eine sehr willige, warme Partnerin gewesen war. Er hatte ihr zwar einen Kuss gestohlen und ihren Protest ignoriert, doch alles, was danach gekommen war, war mit ihrem leidenschaftlichen Einverständnis passiert.

»Vor Kurzem war ich noch sehr willkommen«, erwiderte er und bemühte sich dabei, möglichst ruhig zu klingen.

Maldie errötete, obwohl sie dagegen ankämpfte. Sie wusste, dass er darauf anspielte, wie gierig sie seine Küsse aufgesogen hatte; das konnte sie schlecht leugnen. Aber trotzdem war es nicht nett von ihm, sie an diesen Mangel an moralischer Stärke zu erinnern. Sie hätte nie herausgefunden, wie schwach sie war, wenn er ihr nicht den ersten Kuss aufgedrängt hätte. Bevor seine Lippen sie berührt hatten, hatte sie nur vermutet, dass sie es nicht schaffen würde, der Stärke ihrer beider Leidenschaft zu widerstehen. Jetzt war die

Vermutung zur Gewissheit geworden, und es gefiel ihr ganz und gar nicht, dass er ihr diese harte Wahrheit vor Augen führte.

»Nun, das ist vorbei.« Innerlich verfluchte sie sich, denn selbst in ihren Ohren klang es bedauernd. »Wie Ihr wohl seht, habe ich hier noch viel Arbeit.«

»Ach ja? Nigel schläft. Du musst ihn doch dabei nicht bewachen, oder? Nun komm schon, sag, was du wirklich denkst! Du möchtest, dass ich gehe, weil ich dich dazu gebracht habe, dieselbe Leidenschaft zu spüren, die in mir tobt. Und jetzt willst du, dass ich möglichst weit weg bin, bevor du diese Hitze noch einmal spürst.«

»Wie arrogant Ihr doch seid! Ihr habt mich hintergangen. Ich habe zu dem ersten Kuss Nein gesagt, und Ihr habt es ignoriert. Wie alle Männer habt Ihr Euch einfach genommen, was Ihr haben wolltet.«

»Gut, die Schuld für den ersten Kuss nehme ich auf mich.« Er richtete sich auf und ging zur Tür. An der Schwelle drehte er sich noch einmal um. »Aber den zweiten hast du mir gegeben, und zwar freiwillig und mit einer Leidenschaft, die genauso heiß und stark war wie die meine. Sobald ich weg bin, wirst du wahrscheinlich alles versuchen, das zu bestreiten, aber ich glaube, du bist zu schlau, um diese Lüge zu glauben. Du hast mich begehrt, Maldie Kirkcaldy, und zwar ebenso sehr wie ich dich. Das weißt du genauso gut wie ich.«

Als er gegangen war, suchte Maldie nach etwas Großem, Schwerem, um es gegen die dicke Eichentür zu schleudern. Aber als sie etwas Passendes gefunden hatte, wusste sie, dass es kaum der Mühe wert war; zweifellos war er schon viel zu weit weg, um etwas zu hören. Also fluchte sie nur leise und setzte sich auf das dicke Lammfell vor den Kamin. Es wäre besser gewesen, wenn sie ihn gleich mit kalten Worten und scharfem Verstand heruntergeputzt hätte und ihn vor Beschämung wie einen geprügelten Hund davonschleichen hätte lassen – aber sie wusste, dass sie jämmerlich versagt hatte. Er hatte gesagt, was er hatte sagen wollen, dann war er gegangen, und sie war unfähig gewesen, einen einzigen ernst zu nehmenden Gegenangriff zu starten.

Am meisten beunruhigte sie, dass er recht hatte. Sie konnte ihn als ungalant, arrogant oder eitel beschimpfen, aber all das änderte nichts daran, dass er recht hatte. Sie hatte dieselbe Leidenschaft gespürt wie er, die Hitze mit ihm geteilt. Ihr Begehren stand dem seinen in nichts nach; ihr Verlangen nach ihm war genauso stark wie umgekehrt. Die Leidenschaft hatte sie ebenso blind und hilflos gemacht wie ihn. Es war nicht fair, ihm die Schuld an dem zu geben, was geschehen war oder beinahe geschehen wäre.

Dennoch tat sie es und ärgerte sich gleichzeitig über ihre Verwirrung. Es war ihr doch stets leichtgefallen, Leidenschaft mit Verachtung zu strafen und jeden Mann, der sich für sie interessierte, zu verscheuchen. Die Leichtigkeit, mit der sie jedes Begehren unterdrückt hatte, hatte sie hochnäsig gemacht und dazu verleitet zu glauben, sie sei stark genug, die leichtsinnige Tat ihrer Mutter nicht zu wiederholen. Balfour hatte diese Zuversicht zerstört, ihr mit einem einzigen Kuss gezeigt, dass sie ebenso töricht und schwach sein konnte wie alle anderen dummen Weiber. Diese unbehagliche Erkenntnis hatte sie ihm zu verdanken, und dafür hasste sie ihn. Aber jetzt wusste sie auch, dass sie diesem Mann in Zukunft noch entschlossener aus dem Weg gehen musste. Schließlich war sie nach Donncoill gekommen, um Beatons Vernichtung zu planen, und nicht, um die Geliebte des Lairds zu werden. Sobald Nigel stark genug war, seine Verletzungen ohne ihre Pflege auszukurieren, musste sie beschließen, ob sie bleiben und an der Seite der Murrays gegen Beaton kämpfen wollte oder vor Sir Balfour und der von ihm ausgehenden Versuchung fliehen sollte. Sie hegte keinen Zweifel, dass es sie wahrscheinlich ihre zäh verteidigte Jungfräulichkeit kosten würde, wenn sie bliebe, und vielleicht würde es sie sogar das Herz kosten. Bald musste sie sich überlegen, wie hoch der Preis sein sollte, den zu zahlen sie bereit war, wenn man ihr dabei half, Beaton zu vernichten.

* * *

Seufzend starrte Balfour auf seine Felder und die Leute, die dort die Frühjahrsarbeiten verrichteten. Er führte sich wie ein verliebtes junges Mädchen auf und ärgerte sich über sich selbst, doch er konnte nicht aufhören, an Maldie zu denken. Daran, wie gut sie geschmeckt hatte, wie perfekt sie in seine Arme gepasst hatte. Seitdem er sie verlassen hatte, war kaum eine Stunde verstrichen, und schon sehnte er sich danach, sie wiederzusehen, sie wieder in den Armen zu halten. Nur das sichere Wissen, dass es ein sehr großer Fehler wäre, hinderte ihn daran, sie gleich wieder aufzusuchen. Sie war gewiss noch immer zornig, und sie brauchte Zeit, um darüber nachzudenken, was zwischen ihnen vorgefallen war.

»Und ich auch ….«, murmelte er kopfschüttelnd.

Die Leidenschaft, die sie mit ihrem weichen, vollen Mund und ihrem kleinen, schlanken Körper in ihm auslöste, war köstlich und erregend, aber auch beunruhigend. Sie war so stark, dass es unmöglich war, einen klaren Kopf zu behalten. Diesen hatte er aber dringend nötig, denn schließlich ging es um das Leben des jungen Eric.

»Geht es Nigel wieder schlechter?«, fragte James, der zu Balfour getreten war und sich neben ihn an die Brustwehr lehnte.

»Nein. Er schläft. Das Fieber scheint endgültig gewichen.«

»Das habe ich schon gehört, aber Eure Miene war so finster, dass ich Angst bekam, die Neuigkeit wäre falsch.«

»An meiner finsteren Miene ist nicht Nigel oder seine Gesundheit schuld, sondern seine kleine Pflegerin.«

»Ein hübsches Mädchen«, meinte James und musterte Balfour forschend, als dieser grinste.

»Zu hübsch. Zu süß. Zu verführerisch.«

»Und zu offenkundig da, als wir sie brauchten.« Balfour blickte James in die Augen und nickte langsam. »Jawohl. Wir brauchten dringend eine kundige Heilerin für Nigel, und – kaum zu glauben – schon war sie zur Stelle. Ein Segen oder ein Fluch? Manchmal ist Gottes Hilfe am nächsten, wenn die Not am größten ist, aber ich kann es mir nicht leisten, das in diesem Fall zu glauben. Es steht zu viel auf dem Spiel.«

»Vielleicht solltet Ihr sie wegschicken.«

»Das sollte ich wohl tun. Sie hat sogar gesagt, dass sie uns verlassen würde, sobald Nigel sie nicht mehr braucht. Mein Verstand sagt mir, dass es das Beste wäre, aber alles andere in mir will sie unbedingt hierbehalten. Ich fürchte, ich habe aus den vielen Torheiten meines Vaters nichts gelernt. Ich will das Mädchen haben und kann an nichts anderes denken.«

»Aber Ihr denkt trotzdem an so manches andere. Ihr wisst zum Beispiel, dass sie Geheimnisse hat und dass es Fragen gibt, die beantwortet werden müssen.«

»Das stimmt.« Balfour schnitt eine Grimasse. »Aber wenn ich in ihrer Nähe bin, denke ich überhaupt nicht daran.«

»Dann übernehme ich das für Euch.«

Einen Moment lang zögerte Balfour, dann nickte er. »Mein Stolz meint zwar, dass ich es selbst tun könnte, doch zum Glück überwiegt im Moment mein Verstand. Ich bin vernarrt in dieses Mädchen. Ich kann mich nicht darauf verlassen, das zu tun, was getan werden muss. Also sieh zu, was du herausfinden kannst. Sie tauchte in einem Moment auf, in dem wir sie brauchten, aber es sind kriegerische Zeiten. Sie könnte ein schöner, gnädiger Engel sein, aber auch eine Viper, die unsere Feinde in unser Lager eingeschleust haben. Maldie Kirkcaldy birgt viele Geheimnisse. Sie müssen aufgedeckt werden. Nimm dir nicht zu viel Zeit dazu, alter Freund. Ich muss näm- lich zugeben, das grünäugige junge Mädchen bringt mein Blut in Wallung und verdreht mir den Kopf. Finde die Wahrheit rasch heraus, bevor ich so betört bin, dass ich nichts Böses mehr von ihr glauben kann.«

4

»Du pflegst mich ganz ausgezeichnet, Mädchen«, meinte Nigel, als Maldie ihm half, sich aufzusetzen, und ihm fürsorglich ein paar dicke Kissen in den Rücken stopfte. »Wenn du nicht aufgetaucht wärst und mir geholfen hättest, wäre ich gestorben.«

Maldie verzog das Gesicht, als sie spürte, wie Nigels Arm sich um ihre Taille schlang. Er hatte nun seit fünf Tagen kein Fieber mehr, und mit jedem Tag hatte sein Interesse an ihr beunruhigend zugenommen. Sobald er kräftig genug war, die Arme zu bewegen, hatte er angefangen, sie zu berühren. Es waren beiläufige, scheinbar unschuldige Berührungen, für die man sicher eine harmlose Erklärung finden konnte, aber sie wurden immer häufiger. Und wann immer sein Blick auf Maldie fiel, schimmerte in seinen bersteingelben Augen viel zu viel Wärme.

Als sie sich ihm unauffällig entzog und zum Tisch neben dem Fenster ging, um ein Tablett mit Essen zu holen, dachte sie gereizt, das Letzte, was sie jetzt brauchte, wäre ein weiterer Murray, der versuchte, sie in sein Bett zu locken. Nigel war sehr viel höflicher in seinen Bemühungen als Balfour, und Maldie ärgerte sich schon fast, dass sie nicht die Spur eines Interesses an dem jüngeren Murray hatte. Nigel behandelte sie wie eine richtige Lady und schmeichelte ihr sehr viel geschickter als Balfour; obendrein sah er extrem gut aus. Dennoch ließ sie sein Interesse völlig kalt.

»Ich fürchte, ich brauche deine freundliche Hilfe bei diesem Eintopf«, meinte Nigel, als sie das Tablett auf seinem Schoß abstellte.

Sie musterte ihn argwöhnisch, setzte sich aber doch an die

Bettkante und begann, ihn mit dem nahrhaften Wildeintopf zu füttern. In der Hand, die er müßig auf ihrem Knie abgelegt hatte, spürte sie keine Schwäche. Wahrscheinlich hätte er ihre Hilfe beim Essen nicht gebraucht, aber sie beschloss, ihm sein Spiel durchgehen zu lassen. Er war von dem starken Fieber tatsächlich noch ziemlich geschwächt. Es hätte sein können, dass er befürchtete, die Kraft, die er allmahlich wieder sammelte, würde ihn während des Essens verlassen, und dann sähe er sich außerstande, selbstständig weiterzuessen; vielleicht hatte er auch nur Angst zu kleckern. Immerhin verhielt er sich völlig harmlos. Es bestand also kein Grund, ihm seine Bitte abzuschlagen.

»Warum suchst du eigentlich hier in der Gegend nach deinen Verwandten?«, fragte er, als sie ihm eine Scheibe Brot in Häppchen schnitt. »Der Clan der Kirkcaldys haust doch ganz woanders.«

»Richtig, aber ich wollte mich nicht direkt an sie wenden«, erwiderte sie.

»Warum nicht?« Er hustete ein wenig, als sie ihm ein etwas zu großes Stück Brot in den Mund stopfte. »Das ist doch eine ganz normale Frage«, protestierte er und lächelte ein wenig, als er sah, wie irritiert sie war.

»Kann sein«, entgegnete sie. »Aber die Kirkcaldys wollen nichts mit mir zu tun haben. Ich habe kein Hehl daraus gemacht, dass ich arm bin und ein schweres Leben habe.«

»So wie viele andere Kirkcaldys auch, denke ich.«

»Richtig. Aber ich habe keinem verraten, dass ich ein uneheliches Kind bin.« Nigels Augen wurden groß, doch sie entdeckte keine Verachtung und auch kein Missfallen, sondern nur Neugier und eine Spur Mitleid. »Meine Mutter war die älteste Tochter eines Kirkcaldy-Lairds. Sie ließ sich von Heim und Herd fortlocken. Der Mann, der das geschafft hatte, war schon verheiratet, und als sie ein Kind erwartete, ließ er sie sitzen. Sie schämte sich zu sehr, um zu ihrem Clan zurückzukehren.«

Maldie beschloss, dass sie gefahrlos so viel über sich erzählen konnte. Doch den Namen ihres Erzeugers wollte sie auf keinen Fall preisgeben, und auch nicht die Tatsache, dass er bis zu ihrer Geburt geblieben und erst gegangen war, als er gesehen hatte, dass sein sündiges Tun nur zu einer Tochter und nicht zu dem Sohn geführt hatte, den er sich sehnlichst gewünscht hatte. Wenn sein Name bekannt geworden wäre, hätte ihr das womöglich sehr viel Ärger eingebracht, ja vielleicht sogar ihr Leben gefährdet. Und wenn bekannt geworden wäre, wie sehr sich dieser Mann einen Sohn gewünscht hatte, hätte dies womöglich mehr Fragen aufgeworfen, als sie hätte beantworten können, ohne sich selbst zu gefährden.

»Vielleicht irrst du dich in den Kirkcaldys.« Nigel legte beide Hände um den Weinbecher und nahm einen Schluck. »Vielleicht kümmert es sie gar nicht weiter, dass du unehelich geboren bist. Die Angst deiner Mutter, dass man dich verachten würde, rührt womöglich nur von ihren eigenen Schuldgefühlen her und von ihrer Beschämung. Warum gehst du nicht einfach heim und redest erst mal mit ihr?«

»Das kann ich nicht. Sie ist tot.«

»Das tut mir leid. Und jetzt suchst du die Verwandten deines Vaters?«

Diese Frage alarmierte Maldie. Sie stand abrupt auf. »Nein. Dieser Mistkerl hat sich nie für mich interessiert, und das beruht auf Gegenseitigkeit. Seid Ihr fertig?«

Als er nickte, nahm sie das Tablett und stellte es wieder auf den Tisch neben dem Fenster. Ihr war klar, dass sie Nigels Neugier nicht mit ein paar sorgfältig überlegten Antworten stillen konnte. Jede würde nur zu weiteren Fragen führen. Nun beobachtete er sie prüfend. Offenbar hatte ihre Reaktion auf die Frage nach ihrem Vater seinen Appetit auf weitere Antworten geweckt. Es würde nicht einfach werden, ihre Geheimnisse zu wahren, ohne Argwohn zu erregen. Wenn sie beschloss, in Donncoill zu bleiben und sich am Kampf gegen Beaton zu beteiligen, gleich wie gering ihr Anteil auch sein würde, musste sie sich eine andere Geschichte über ihre Vergangenheit ausdenken, eine Geschichte, die detailliert genug war, um alle möglichen Fragen zu beantworten. Maldie war nicht sicher, ob sie eine solch komplizierte Lüge erfinden und durchhalten konnte.

Die aufgehende Tür riss sie aus ihren Gedanken. Zu ihrer großen Überraschung war sie erleichtert, Balfour zu sehen. Seit ihrem Kuss hatte sie sich nämlich nach Kräften bemüht, ihm aus dem Weg zu gehen und den Raum möglichst rasch zu verlassen, sobald er auf der Schwelle stand. Selbst die knappen Höflichkeiten, die sie austauschten, wenn sie sich auf dem Gang begegneten, machten sie nervös. Oft hatte sie in seinen dunklen Augen einen Blick entdeckt, der ihr sagte, dass er sich ihrer Zurückhaltung deutlich bewusst war, und sie spürte, dass er nicht gewillt war, sie noch länger zu dulden. Trotzdem versuchte Maldie, rasch an ihm vorbeizuschlüpfen. Doch er packte sie am Arm. Sie seufzte resigniert.

»Ich wollte Euch mit Eurem Bruder allein lassen«, sagte sie und machte einen schwachen Versuch, sich ihm zu entziehen. Doch sie gab gleich wieder auf, als sich sein Griff festigte.

»Na ja, ich will zwar Nigels Gefühle nicht verletzen« – Balfour bedachte seinen Bruder mit einem raschen Grinsen – »aber eigentlich bin ich gekommen, um dich zu holen.«

»Warum?«

»Es ist Zeit, dass du endlich mal rauskommst und ein wenig Frühlingsluft schnupperst.«

»Davon habe ich auf meinem Weg von Dundee hierher mehr als genug bekommen.«

»Vor ein paar Wochen war das Wetter viel schlechter. Jetzt ist der Himmel blau, und die Sonne wärmt.«

»Aber vielleicht braucht Nigel mich.«

»Richtig«, stimmte Nigel so eifrig zu, dass Balfour die Stirn runzelte. »Ich glaube nicht, dass man mich jetzt schon länger alleine lassen sollte.«

»Du wirst nicht allein sein«, meinte Balfour und musterte

Nigel forschend, während er Maldie aus dem Raum schubste. »Die alte Caitlin ist schon unterwegs.« Er grinste, als Nigel halblaut fluchte. »Sie kann es kaum erwarten, ein paar Stunden mit ihrem süßen kleinen Bengel zu verbringen.«

»Was sollte das denn?«, fragte Maldie, als Balfour die Tür zumachte und begann, sie den Gang entlangzuziehen.

»Die alte Caitlin war Nigels Amme«, erklärte Balfour. »Sie sieht ihn heute noch als den kleinen Kerl, der er damals war, und behandelt ihn entsprechend. Aber warum bist du plötzlich so schnell bereit, mit mir zu kommen, nachdem du mir tagelang aus dem Weg gegangen bist?«

Maldie dachte kurz daran, ihm zu gestehen, dass Nigel um sie buhlte, obwohl ihre Wahl ja schon längst auf einen der beiden Brüder gefallen war, die beide versuchten, sie ins Bett zu locken. Vielleicht konnte sie Nigels vorsichtigen Verführungsversuchen ja ein Ende setzen, bevor es zu einer richtigen Auseinandersetzung kam. Mit Balfour aus dem Zimmer zu gehen, der kaum ein Hehl daraus machte, was er von ihr wollte, war immerhin eine Möglichkeit. Dennoch beschloss sie, Balfour nichts zu erzählen. Sie riskierte ohnehin schon genug, wenn sie sich weiterhin in Donncoill aufhielt; jetzt den einen Bruder gegen den anderen aufzubringen oder, schlimmer noch, sie zu veranlassen, um sie zu streiten, war gewiss äußerst unklug.

»Ich bin Euch nicht aus dem Weg gegangen«, protestierte sie und versuchte, möglichst stolz zu klingen.

»Doch. Du bist stets wie ein Mäuschen davongehuscht, das aus dem Korn aufgescheucht worden ist.«

»Ihr haltet Euch für wichtiger, als Ihr seid!«

»Du bist immer davongesprungen wie ein Häschen, dem die Hunde auf der Spur sind.«

»Ich bin nur gegangen, um Euch die Gelegenheit zu geben, mit Eurem Bruder unter vier Augen zu sprechen.«

»Davongestürmt wie eine Hirschkuh, die das Horn des Jägers hört.«

»Bald werden Euch keine Tiere mehr einfallen.« Balfour musste sich ein Lachen verkneifen. »In den Schatten geschlichen wie ein geprügelter Hund.«

»Einen Moment mal!« Maldie hielt an, als sie den Wohnturm verließen. Sie zog ihren Arm zurück, sodass auch Balfour anhalten und sie anschauen musste. »Warum nicht mehr ›gesprungen‹, ›geeilt‹, ›gestürmt‹?«

»›Geschlichen‹ hat dir wohl nicht gefallen?«

»Ich habe keine Angst vor dir, Balfour Murray!«

Er hakte sich bei ihr unter und begann weiterzugehen. »Nein? Dann bist du wohl vor mir geflüchtet, weil ich nicht so gut aussehe wie Nigel?«

Sie kam aus dem Schritt. Er beobachtete sie eingehend, während er auf ihre Antwort wartete. Sobald Nigel nach seinem Fieberanfall die Augen aufgemacht hatte, hatte Balfour gespürt, dass sein Bruder nicht mehr glaubte, von Maldie ginge eine Gefahr aus. Das Funkeln, das er manchmal in Nigels Blick bemerkte, sah nicht so aus wie das eines Mannes, der versuchte, ein Geheimnis zu entschlüsseln oder einem Betrug auf die Spur zu kommen. Nigel begehrte Maldie, und Balfour glaubte allmählich, dass sein Bruder sie ebenso stark begehrte wie er.

Seit er zum ersten Mal das lüsterne Glitzern in Nigels Augen bemerkt hatte, musste Balfour gegen den Drang ankämpfen, Maldie aus der Reichweite seines Bruders zu bringen und sie irgendwo vor ihm zu verstecken wie ein gieriges Kind, das sein Lieblingsspielzeug ganz für sich haben möchte. Balfour hatte, kaum dass er ins Mannesalter eingetreten war, immer wieder die leidvolle Erfahrung gemacht, dass die meisten Mädchen Nigel bevorzugten. Nigel war mit einem blendenden Aussehen, einem sorglosen Gemüt und einem bewundernswerten Geschick im Umgang mit Frauen gesegnet. Stets ergingen sich die Mädchen über sein wohlgeformtes Äußeres, rühmten seine Redegewandtheit, seinen Charme und seine Manieren. Eine hatte Balfour sogar gestanden, dass Nigels

52

Fertigkeiten in der Schlafkammer seine bei Weitem überstiegen. Balfour hatte immer gedacht, er hätte diese uralte Eifersucht längst überwunden – bis er gesehen hatte, wie charmant Nigel Maldie anlächelte. Er hatte sich nach Kräften bemüht, nichts zu sagen, ruhig Blut zu wahren und die beiden nur sorgfältig zu beobachten. Dabei hatte er nie bemerkt, dass Maldie sich von Nigel beeindrucken ließ. Aber nun wollte er, dass sie ihm laut und deutlich bescheinigte, dass ihr nichts an Nigel lag.

»Ich glaube nicht, dass es in Schottland viele Männer gibt, die so gut aussehen wie Nigel«, erwiderte Maldie. Sie musterte Balfour verstohlen und fragte sich, was es wohl bedeuten mochte, dass sich sein markantes Gesicht einen Moment lang verzerrte. Fast dünkte ihr, dass sie ihn verletzt hatte. »Na ja, vielleicht sogar auf der ganzen Welt. Dein Bruder sieht einfach blendend aus.«

»Die Mädchen sind stets hinter ihm her.« Innerlich fluchte er, denn er war sicher, dass er verbittert klang.

Maldie nickte. »Vermutlich musste er bislang noch keiner Frau besonders lang oder besonders weit hinterhersteigen.«

»Und wie sehr muss er sich anstrengen, um dich zu gewinnen?«

Seine Stimme hatte sich zu einem Flüstern gesenkt. Maldie blieb stehen und starrte ihn an. Balfour Murray war eifersüchtig! Selbst wenn sie sich übermäßige Eitelkeit vorwarf, änderte dies nichts daran. Er hatte gemerkt, dass Nigel an ihr interessiert war, und dachte offenbar, dass sie wie so viele Frauen vor ihr rasch seinem guten Aussehen, dem netten Lächeln und den hübschen Worten erliegen würde. Balfours Eifersucht war zwar schmeichelhaft, aber sein unausgesprochener Vorwurf war auch beleidigend. Doch dann wurde ihr klar, dass er mit einer alten Eifersucht kämpfte, einer, die er nicht gerne spürte, die aber in all den Jahren durch törichte Frauen immer wieder neu geschürt worden war. Jetzt hatte sie die Gelegenheit, ihn loszuwerden, ja vielleicht sogar sein

Begehren zu zerstören. Sie hätte nur vorgeben müssen, dass es Nigel mit seinem guten Aussehen und seiner Zungenfertigkeit gelungen sei, sie Balfour abspenstig zu machen. Aber sie brachte es nicht übers Herz, nicht nur, weil sie die Brüder nicht gegeneinander aufwiegeln wollte. Sie tat es auch deshalb nicht, weil ein starkes Mitgefühl in ihr aufwallte. Maldie verstand nur zu gut, worunter er litt. Weil sie arm war und ein uneheliches Kind, war sie oft genug ignoriert oder beiseitegeschoben worden.

»Sehr«, erwiderte sie nur und ging weiter.

»Ach so? Ich habe gemerkt, wie er dich anstarrt.«

»Schade. Ich hatte gehofft, ich könnte ihm das austreiben, bevor es jemand merkt. Ich glaube ja, es ist einfach nur die Dankbarkeit, weil ich ihn geheilt habe. Und schließlich hat er jetzt eine gute Woche lang kaum jemand anderen zu Gesicht bekommen.«

»Aber dich würde ein jeder Mann mit großer Freude betrachten.«

Sie spürte, wie sie rot anlief, und fluchte innerlich. Nigels sanfte, poetische Schmeicheleien hatten in ihr nur Unbehagen und ein gelegentliches mattes Lächeln ausgelöst. Doch wenn ihr Balfour auf ungelenke Weise zu verstehen gab, dass er sie für schön hielt, wurden ihre Knie weich. Maldie befürchtete, dass sie Balfour schon viel zu weit in ihr Herz hatte eindringen lassen. Während sie sich Sorgen über die Leidenschaft gemacht hatte, die in ihnen beiden brannte, und darüber, wie sie sich ihrer erwehren könnte, hatte ihr Herz Balfour insgeheim längst als den Mann akzeptiert, den es haben wollte. Das hieß, dass sie nun gegen sehr viel mehr als nur ihr zügelloses Begehren ankämpfen musste und ihre Chancen, Donncoill unverändert zu verlassen, beträchtlich geschwunden waren.

Maldie wurde abrupt aus ihren trüben Gedanken gerissen, als Balfour stehen blieb und sich zu ihr umdrehte. Rasch blickte sie sich um und stellte zu ihrem Verdruss fest, dass er sie in einen einsamen, versteckten Winkel geführt hatte, umgeben von Steinhaufen und den unfertigen Wänden des Turmes, den er gerade errichten ließ. Seinem breiten Grinsen nach zu urteilen hatte er sie genau hierher locken wollen. Er hatte sie nicht ins Freie geführt, um sie die laue Frühlingsluft schnuppern zu lassen, sondern um ihr an einem abgeschirmten Ort einen weiteren Kuss zu rauben!

Doch am meisten beunruhigte Maldie, dass sie keinerlei Versuch anstellte, seinen Verführungskünsten Einhalt zu gebieten. Sie sollte nach ihm treten, sich aus seinem Griff befreien und so rasch wie möglich zurück in Nigels sichere Kammer fliehen. Stattdessen rührte sie sich nicht vom Fleck und dachte nur leicht amüsiert, dass er wahrhaftig ein ziemlich gut aussehender Schurke war.

»Diese Ränke hast du die ganze Zeit gesponnen!«, meinte sie und legte die Hände auf seine breite Brust, um sich ihm wenigstens nicht völlig kampflos zu ergeben.

»Wirfst du mir Niedertracht vor?«, fragte er, klang aber eher belustigt. Er drückte ihr einen sanften Kuss auf die Stirn.

»Jawohl. Willst du etwa leugnen?« Sie erbebte vor kaum verhohlener Wonne, als er die kleine Mulde hinter ihrem Ohr küsste.

»Keine Ränke, keine Niedertracht, schöne Maldie. Nur ein Gedanke, der mir so durch den Kopf ging.« Er grinste, als sie abfällig schnaubte. »Du hattest es dringend nötig, mal an die frische Luft zu kommen.«

In dem Moment, in dem Maldie den Mund aufmachte, um ihm lakonisch mitzuteilen, dass er Unsinn redete, senkten sich seine Lippen auf die ihren. Eine kleine Stimme in ihr sagte, dass sie mit dem Feuer spielte, doch sie missachtete diese Warnung. Unter der Wärme seines langsamen, betörenden Kusses schmolz aller Widerstand, jede Vernunft. Sie war einfach zu schwach, das herrliche Gefühl abzuwehren, das der Kuss in ihr auslöste.

Als Balfour den Kuss vertiefte, schlang sie die Arme um

55

seinen Nacken und schmiegte sich enger an ihn. Das Beben, das durch seinen Körper lief, ging auf sie über. Es erstaunte und beunruhigte sie, dass ein einfacher Kuss sie beide derart erregen konnte. Ganz kurz schoss ihr der Gedanke durch den Kopf, dass sie sich wie brünstige Tiere verhielten, und ihre Leidenschaft kühlte ein wenig ab. Doch bevor sie die Beherrschung wiedererlangte, glitt Balfours Hand über ihren Oberkörper und blieb auf ihrer Brust liegen. Sein Daumen streichelte ihre Brustwarze, bis sich diese steil, fast schmerzhaft unter dem abgetragenen Leinenhemd aufrichtete. Die Gefühle, die sie durchströmten, ließen sie um Atem und Vernunft ringen – doch die erwies sich als unerreichbar.

Balfour drehte sie sanft, bis ihr Rücken an der halbfertigen Turmwand zu ruhen kam. Sie merkte, dass er ihr Mieder aufknöpfte, doch sie konnte den Willen nicht aufbringen, ihn wegzustoßen. Ja, sie half ihm geradezu, als er das Kleidungsstück herunterzog, bis es sich um ihre Taille bauschte. Seine zitternden Finger streiften ihre bloße Haut. Sie fand gerade noch die Kraft, leise »Nein!« zu murmeln, aber seine heißen Küsse erstickten jeden halbherzigen Protest im Keim. Maldie wusste, dass sie nicht stark genug war, ihn wegzuschubsen, aber hauptsächlich gestattete sie ihm solche Freiheiten, weil ihre Haut sich danach sehnte, von ihm berührt zu werden.

Die kühle Nachmittagsluft auf ihrem bloßen Leib ernüchterte sie ein wenig, doch als Balfour die samtene Haut zwischen ihren Brüsten küsste, wurde ihr sofort wieder warm. Maldie seufzte lustvoll. Sie fuhr ihm durch sein dichtes Haar, während er mit sanften Küssen die Konturen ihrer Brüste nachzeichnete. Als sich sein Mund um eine der harten Brustspitzen schloss und seine Zunge sie neckte, bevor er sanft daran zu saugen begann, hörte Maldie jemanden stöhnen. Es dauerte eine Weile, bis ihr klar wurde, dass dieser Laut blinder Wollust ihrer eigenen Kehle entwichen war. Danach lieferte sie sich mit Haut und Haaren dem Verlangen aus, das Balfour in ihr weckte.

Erst das Geräusch munteren Kinderlachens brachte sie wieder zur Vernunft. Sie wurde sich schmerzlich bewusst, wo sie war und dass sie halbnackt war, denn plötzlich fühlte sich die Luft wieder sehr kalt an auf ihrer Haut, so plötzlich, dass es ihr den Atem verschlug. Unartikuliert fluchend schob sie Balfour weg, der jedoch bereits von ihr abgelassen hatte. Sie nestelte an den Schleifen ihres Hemdes und wunderte sich flüchtig, wie rasch er ihren Stimmungsumschwung wahrgenommen hatte. Doch dann wurde ihr klar, dass sie fast ihre Unschuld im Freien verloren hatte, gegen eine Mauer gelehnt und nur wenige Schritte von einem bevölkerten Hof entfernt. Eigentlich sollte sie darüber wütend sein, wütend auf sich und auf ihn.

Balfour presste sich an die kühle, feuchte Mauer, was allerdings kaum half, seine innere Hitze zu kühlen. Er hatte genau gespürt, wann sie sich aus dem Griff des Verlangens gelöst hatte, und er hatte alles, was noch an Willenskraft in ihm war, aufbringen müssen, um von ihr abzulassen. Das Wissen, dass er richtig gehandelt hatte, trug kaum dazu bei, sein brennendes Verlangen zu lindern. Allerdings kam er sich keineswegs nobel vor, er sehnte sich nur noch stärker nach der Leidenschaft, die sie beide teilten. Der Zorn, der sich auf ihrem erröteten Gesicht ausbreitete, sagte ihm jedoch, dass es sehr lange dauern könnte, bis er wieder eine Gelegenheit erhielt, diese Leidenschaft zu kosten.

»Ich bin um keinen Deut besser als jede dahergelaufene Hure«, fauchte Maldie, während sie vergeblich versuchte, ihr wirres Haar zu bändigen.

»Nein. Eine dahergelaufene Hure spürt nichts«, entgegnete Balfour. Er verschränkte die Arme vor der Brust, um dem Drang, nach ihr zu greifen, Herr zu werden. »Sie liegt einfach nur da und wartet darauf, dass man ihr eine Münze in die Hand drückt.«

Sie verkniff sich die Frage, woher er denn so gut über Huren Bescheid wisse. »Damit verfolgt sie immerhin einen praktischen Zweck. Aber bei mir ist ja wohl klar, dass ich bereit bin, nur für ein nettes Lächeln die Beine breit zu machen.« So sehr sich Maldie über sich selbst entrüstete und so enttäuscht sie über ihre Schwäche war, so spürte sie doch, dass sie weder Zeit noch Lust hatte, sich des Vorgefallenen zu schämen. »Ich bin genauso schwach wie meine arme Mutter. Ich kann es kaum erwarten, ihr törichtes Tun zu wiederholen.«

»Offenbar kann ich es ebenso wenig erwarten, die Dummheiten meines Vaters zu wiederholen. Aber das ist das erste Mal, dass mir das so geht. Und wie steht es mit dir?«

»Selbstverständlich auch das erste Mal.« Maldie wusste, dass sie jetzt besser gehen sollte, bevor Balfour weitersprach. Der Mann hatte wirklich eine Gabe, einfache Wahrheiten, vor denen sie sich nicht verschließen konnte, in Worte zu kleiden.

»Na ja, mein Vater hat alle Weiber im Umkreis von mehreren Meilen in sein Bett gezerrt und bei der Hälfte von ihnen behauptet, er würde sie lieben. Es ist ein Wunder, dass es in Donncoill nicht von seinen Nachkommen wimmelt. Ich dagegen habe mich stets bemüht, einen klaren Kopf und kühles Blut zu bewahren. Und welche Torheiten hat deine Mutter begangen?«

»Sie hat mich zur Welt gebracht.«

»Das betrachte ich nicht als Torheit«, meinte er leise.

»Aber es war töricht. Ich bin das uneheliche Kind eines Mannes, der sich von seinen Ehegelübden nicht gebunden sah.« Sie musste sich auf die Zunge beißen, um nicht mehr über ihren Vater zu verraten, und staunte, weil Balfours sanfter Blick sie beinahe dazu gebracht hätte, ihm die Wahrheit zu erzählen. »Dass er sie im Stich ließ, als sie ein Kind unterm Herzen trug, hätte sie vorsichtiger werden lassen müssen. Aber das hat es nicht, zumindest eine Zeit lang nicht. Sie hasste ihn zwar, aber dennoch bildete sie sich ein, dass es beim nächsten Mann anders sein würde. In mancher Hinsicht war es tatsächlich so. Die meisten gaben ihr immerhin eine Münze oder ein kleines Geschenk. Manchmal ließ sie einfach gar keine Gefühle mehr zu und nahm nur das Geld.«

»Ich kann mir nicht vorstellen, dass du jemals so wirst.« Innerlich fluchte Balfour, denn obgleich er tiefes Mitleid über das traurige Leben empfand, das sie hatte führen müssen, sah er auch, dass ihr das wahrscheinlich die Stärke verliehen hatte, die Leidenschaft zu bekämpfen, die zwischen ihnen entflammt war. »Du bist zu stark.«

»Auch meine Mutter war eine starke Frau.« Obwohl sie das mit fester Stimme gesagt hatte, merkte Maldie, dass sie sich dessen nicht mehr so sicher war. »Sie wurde von einem Mann in den Dreck gezogen, er hat sie benutzt und verstoßen. Seine Herzlosigkeit hat sie so erschüttert, dass sie schließlich ebenso herzlos wurde. Kein Mann wird es schaffen, mich hinunterzuziehen. Ich werde auf keine Lügen hören und auch nicht die Verliererin bei den Spielen sein, die Männer gerne treiben.«

»Und ich lüge nicht und treibe auch kein Spiel mit dir, Maldie Kirkcaldy! Zwischen uns ist etwas Heißes, Wundervolles entflammt. Und ich glaube, es ist stärker als wir beide.«

»Nein, es ist belanglos, nicht mehr als das, was die Tiere des Waldes in der Brunst überkommt. Ich werde mich davon nicht überwältigen lassen!« Entschlossen machte sie kehrt und marschierte zum Wohnturm zurück.

Balfour blickte ihr seufzend nach; er hätte es jetzt nicht geschafft, sie umzustimmen, aber inzwischen glaubte er, dass er und Maldie etwas teilten, was weit über das hinausging, was sein nichtsnutziger Vater mit irgendeiner Frau einschließlich seiner Mutter geteilt hatte. Zwischen ihnen war etwas viel Stärkeres entbrannt, etwas, das viel tiefer reichte als die bloße Lust. Er war sich jedoch nicht sicher, ob ihnen das Schicksal eine der seltenen, verzehrenden Leidenschaften bestimmt hatte, von denen die meisten Männer nur träumten, ohne jemals davon zu kosten, oder ob es die ersten Regungen von Liebe waren. Er wusste nicht genau, was er von

Maldie wollte, abgesehen davon, dass er sie über alle Maßen begehrte, und deshalb konnte er ihr jetzt auch keine Versprechungen machen. Sie würde bestimmt seine Unsicherheit spüren, wenn er mit ihr über ihre Gefühle zu sprechen versuchte, und das könnte sie veranlassen zu glauben, dass er sie nur anlog, um zu bekommen, was er haben wollte. Es war schwer, Worte aufrichtig klingen zu lassen, wenn man die Wahrheit nicht kannte.

Sie waren an einem schwierigen Punkt angelangt, dachte er, als er sich langsam auf den Rückweg zum Wohnturm machte. Einem sehr schwierigen Punkt. Sie hatten beide Angst, die Fehler ihrer Vorfahren zu wiederholen. Maldie würde ihre Unschuld verlieren, wenn sie ihrer Leidenschaft erlag, und die Unschuld war oft die einzige Mitgift für ein armes Mädchen. Aber er konnte ihr – zumindest im Augenblick – nicht mehr bieten als seine Leidenschaft. Erics Leben war in Gefahr, und eine Schlacht stand bevor – es war einfach nicht der richtige Zeitpunkt, um einer Frau etwas zu versprechen, noch dazu einem armen, vaterlosen Mädchen, das zu viele Geheimnisse barg. Balfour seufzte abermals. Offenbar konnte nur Maldie diesen Knoten lösen, denn schließlich würde sie alles für die Leidenschaft aufs Spiel setzen. Balfour wünschte sich sehnlichst noch ein paar Gelegenheiten, um ihr zu zeigen, was sie sich versagte, wenn sie ihn abblitzen ließ. Aber nach dem heutigen Tag würde es ihn wundern, wenn Maldie ihn noch einmal in Rufweite kommen ließe …

5

»Was tust du da, du Narr?«

Maldie traute kaum ihren Augen, als sie in Nigels Kammer trat. Sie war nicht einmal eine Stunde weg gewesen, aber offenbar hätte sie selbst eine solch kurze Zeit nicht weniger wachsam sein dürfen. In der Woche, nachdem Balfour es beinahe geschafft hatte, sie zu verführen, hatte sie sich zur Ablenkung freudig in den Kampf gestürzt, Nigel davon abzuhalten, zu bald zu viel zu tun. Doch als sie ihn nun, von einer jungen Magd gestützt, bei seinen ersten unsicheren Gehversuchen ertappte, war sie alles andere als froh. Es war zwar unwahrscheinlich, dass seine Wunden wieder aufbrachen, aber trotzdem konnte sich der Mann mit so etwas dauerhaft zum Krüppel machen.

»Du bist doch Jennie, richtig?«, fragte Maldie, als sie dem jungen Mädchen den zitternden, schwitzenden Nigel abnahm.

»Jawohl, Mistress.« Jennie schnitt eine Grimasse und massierte sich geistesabwesend das Kreuz.

»Ich weiß, dass dieser Narr hier Süßholz raspeln und schmeicheln kann, was das Zeug hält.« Sie ignorierte Nigels Murren und schob ihn sanft Richtung Bett. »Aber du darfst seinen Bitten oder Befehlen, ihm beim Gehen behilflich zu sein, auf keinen Fall nachgeben!«

»Aber Mistress ...« Zögernd blieb Jennie an der Schwelle stehen und musterte den leise fluchenden Nigel mit großen Augen.

»Hast du Angst, dem Bruder des Lairds gegenüber ungehorsam zu sein? Mach dir deshalb keine Sorgen. Ich spreche mit Sir Balfour, er wird dir dasselbe sagen wie ich. Dieser

Narr sollte erst auf seinen spindeldürren Beinen stehen, wenn ich es ihm erlaube.«

»Spindeldürr?«, beschwerte sich Nigel, als Jennie hinauseilte und Maldie ihn wieder bequem auf sein Lager bettete.

Sie stemmte die Hände in die Hüften. »Willst du etwa zum Krüppel werden?«, fragte sie und funkelte ihn zornig an.

»Nein, natürlich nicht. Aber ich werde es, wenn ich nicht bald wieder zu Kräften komme.«

»Du bist schwer verletzt worden, du hast viel Blut verloren und ein schlimmes Fieber durchgestanden, und das alles vor kaum zwei Wochen. Du kannst doch nicht allen Ernstes erwarten, so rasch wieder auf die Beine zu kommen und herumzutanzen. Erst einmal muss dein Körper wieder erstarken; das Blut, das du verloren hast, muss neu gebildet werden, und das erfordert Ruhe und gutes Essen.«

»Ich fühle mich gesund genug, es zumindest einmal zu versuchen, wieder zu laufen.«

»Das hast du gezeigt. Aber dabei hat sich auch gezeigt, dass du zitterst und schwitzt wie ein Mann mit Sumpffieber, sobald du aufstehst. Damit will dir dein Körper sagen, dass du noch nicht so weit bist. Hör auf deinen Körper, sonst wird er es dich teuer bezahlen lassen!« Sie schenkte ihm einen Becher Wein ein.

»Das klingt ja, als hätte mein Körper ein Eigenleben und eigene Regeln, unabhängig von meinem Verstand.«

»Genau so ist es.« Sie reichte ihm den Becher und runzelte die Stirn, als sie sah, dass er ihn mit beiden Händen halten musste, weil seine Arme zitterten. »Ich glaube, du besitzt genug Verstand, um zu erkennen, dass dein Körper dir jetzt sagt, dass du wirklich sehr töricht gewesen bist.«

Nigel stöhnte und wollte ihr den Becher grob in die Hand drücken, doch ihm fehlte die Kraft dazu. Er war kaum in der Lage, ihn mit einer Hand zu halten. »Wenn ich noch sehr viel länger im Bett bleiben soll, dann kann es zwar sein, dass ich stark genug sein werde, um wieder zu laufen, aber ich werde auch völlig verrückt sein.«

Maldie musste lächeln. Sie nahm ihm den Becher ab, stellte ihn weg und holte eine Schüssel mit Wasser und einen Lappen, um ihn zu waschen. »Ich weiß, dass es einen wahnsinnig machen kann, wenn man nichts tun kann, außer im Bett zu liegen; wenn der Geist zwar wach ist, der Körper aber zu schwach, um den Wünschen des Geistes nachzukommen. Deshalb sage ich, dass du auf deinen Körper hören solltest. Ich kann es nicht oft genug wiederholen und lege es dir noch einmal dringend ans Herz.« Sie begann, ihm sanft den Schweiß abzuwaschen. »Ich weiß, dass die Leute glauben, ich rede Unsinn, wenn ich ihnen erzähle, dass ihr Körper ihnen etwas sagen will, aber es ist wirklich so. Als du aufgestanden bist, ist dir doch bestimmt ganz schwindelig geworden, dir ist der Schweiß ausgebrochen, und du hast zu zittern begonnen, stimmt's? Damit, mein edler Ritter, wollte dir dein Körper eindringlich klarmachen, dass du dich sofort wieder hinlegen und ausruhen solltest.«

»Es wäre nett, wenn mich mein Verstand warnen würde, bevor ich einen Fuß auf den Boden setze«, meinte Nigel matt lächelnd.

»Stimmt, aber der Verstand ist wieder etwas ganz anderes. Der weist uns nicht immer den richtigen Weg, und manchmal gaukelt er uns sogar etwas vor. Und egal, wie scharfsinnig wir sind, oft lassen wir uns von ihm in die Irre führen. Bestimmt hast auch du schon Dinge gedacht, die weder klug noch ungefährlich waren, und schlimmer noch, du hast dich entsprechend verhalten.«

»Na klar, und dann hat der verdammte Verstand nicht mal so viel Anstand, einen solchen Fehltritt zu vergessen!«

Maldies Lachen blieb ihr im Halse stecken, als sie merkte, dass der Körper, den sie gerade wusch, nicht so kraftlos war, wie sie gedacht hatte. Zumindest ein Teil von Nigels Körper hatte überhaupt keine Probleme zu stehen. Sie hatte zwar vermutet, dass Nigel sie begehrte, aber der handfeste Beweis in seiner Hose trieb ihr dennoch die Schamesröte ins Gesicht. Sie stand da und starrte gebannt darauf, unfähig zu entscheiden, was sie nun tun sollte. Nur eines wusste sie genau: Soeben hatte sie die Chance verpasst, so zu tun, als habe sie nichts bemerkt.

»Na ja, immerhin ein Trost zu wissen, dass ich nicht völlig entmannt wurde«, meinte Nigel lakonisch.

Diese freche Bemerkung holte Maldie aus ihrem Schock. Im selben Moment wurde ihr der feuchte Lappen aus der Hand gerissen, und eine vertraute tiefe Stimme meinte: »Ich glaube, es ist an der Zeit, dass ein anderer die Pflicht übernimmt, meinen Bruder zu waschen.« Balfour schob Maldie vom Bett weg. »Mistress Kirkcaldy findet bestimmt noch andere sinnvolle Aufgaben.«

»Aber Balfour, wir führten gerade ein faszinierendes Gespräch darüber, dass man stets darauf achten sollte, was einem der Körper sagen will.«

Maldie hörte Nigel schmerzerfüllt stöhnen, konnte jedoch nichts sehen, da Balfour zwischen sie und das Bett getreten war. Am liebsten hätte sie ihn verscheucht. Es ärgerte sie, dass er sie weggeschubst hatte und ihre Pflichten übernahm, und außerdem wollte sie sich nicht von ihm sagen lassen, was sie zu tun oder zu lassen hatte. Doch ihre Klugheit siegte über ihren Stolz. Nigel begehrte sie und war offenbar gesund genug, ihr das mit mehr als einem Blick oder einer schwachen Berührung kundzutun. Zweifellos war es für sie beide das Beste, wenn sie sich ab sofort nicht mehr um seine persönlichen Bedürfnisse kümmerte. Ihn zu waschen hätte leicht den Streit auslösen können, den sie auf alle Fälle zu vermeiden trachtete.

»Ich hole ihm sein Essen«, murmelte sie und zog sich unauffällig zurück.

In dem Moment, als die Tür hinter ihr zugegangen war, warf Balfour den Waschlappen zur Seite und funkelte seinen

Bruder finster an. Er bemühte sich nach Kräften, seinen Zorn zu bändigen, denn er wusste, dass der vor allem von seiner alten Eifersucht herrührte. Als er hereingekommen war und gesehen hatte, wie Maldie Nigel wusch, hatte ihn sofort die vertraute Eifersucht befallen, und als er Nigels offenkundige Erregung und den verführerischen Blick auf seinem Gesicht bemerkt hatte, hatte er seine ganze Willenskraft aufbringen müssen, um Maldie nicht sofort hinauszuschicken und einiges von ihrem wundervollen Heilerfolg zunichtezumachen.

»Sei nicht so grob!«, beschwerte sich Nigel und musterte wachsam seinen erbosten älteren Bruder.

»Vielleicht ärgere ich mich ja nur, dass du versuchst, das Mädchen zu verführen, das so hart gearbeitet hat, dich am Leben zu halten«, knurrte Balfour. Er trat an den Tisch und goss sich einen Becher Wein ein. Innerlich verwünschte er seinen Jähzorn, den er offenbar nicht beherrschen konnte.

»Und warum regst du dich so darüber auf?«

»Sie ist ein armes, vaterloses Ding. Hast nicht du selbst mich davor gewarnt, mich nicht von einem hübschen Gesicht blenden zu lassen? Hast nicht du selbst gemeint, dass sie zu viele Geheimnisse berge?« Bei einem prüfenden Blick auf Nigel wurde ihm unbehaglich, denn sein Bruder wirkte sehr nachdenklich. Wahrscheinlich hatte er soeben zu viele seiner Gefühle preisgegeben.

Nigel nickte bedächtig. »Das habe ich gesagt, und dieser Meinung bin ich noch immer. Aber inzwischen glaube ich, dass ihre Geheimnisse nichts mit uns zu tun haben oder zumindest keine Bedrohung für uns darstellen. Sie ist ein armes, vaterloses Mädchen, wie du ja schon festgestellt hast. Sie hatte ein hartes Leben und ist sehr betrübt über die Schande ihrer Mutter und die Art und Weise, wie ihr Vater sie und ihre Mutter verstoßen hat. Ihre Geheimnisse haben mit ihr und ihrer Vergangenheit zu tun, mit Schande, Verletzung und Mühsal. Das geht uns nichts an, wie sie ganz richtig glaubt.«

»Möglicherweise.« Balfour hoffte, dass Nigel das Thema

jetzt ruhen lassen würde, wenn er selbst es nicht weiter vertiefte, doch seine Hoffnung trog.

»Aber ich glaube nicht, dass du dich geärgert hast, weil ich einem Mädchen schöne Augen gemacht habe, dem du misstraust.«

»Es sind unruhige Zeiten. Man sollte stets auf der Hut sein.«

Nigel ging nicht weiter darauf ein. »Ich glaube, dass du selbst hinter dem Mädchen her bist und dass du gedacht hast, ich würde sie dir wegnehmen.«

»Und ich glaube, du bist so lange im Bett rumgelegen, dass dein Verstand genauso schwach geworden ist wie dein Körper.«

»Nein. Ich habe recht und lasse mir von dir nichts vormachen. Du willst das Mädchen. Das habe ich schon damals gemerkt, als wir sie mitnahmen. Aber ich hatte mir vorgenommen, es zu vergessen. Ich glaube, ich habe mir sogar vorgenommen, alle Anzeichen deines Verlangens nach ihr zu übersehen. Es würde nämlich meine eigenen Pläne durchkreuzen. Aber wie stark ist dein Verlangen?«

Balfour dachte kurz daran, Nigel zu widersprechen und sich dann schleunigst davonzumachen, doch dann schüttelte er den Kopf. Ein solcher feiger Rückzug würde ihm nur eine kleine Atempause verschaffen. Sein Bruder würde nicht ruhen, bis seine Neugier gestillt war. Vielleicht würde eine aufrichtige Antwort Nigel zufriedenstellen. Ob sie ihn auch dazu bringen würde, nachzugeben und Maldie in Ruhe zu lassen? Es erboste ihn, dass er sich seiner Fähigkeit, um eine Frau zu werben und sie zu gewinnen, so unsicher war, zumal einer, auf die auch Nigel ein Auge geworfen hatte.

»Stark«, erwiderte er schließlich. »Manchmal glaube ich, dass mein Verstand sich in alle vier Winde zerstreut hat.«

»Tja, diese grünen Augen können alles Mögliche anrichten. Und ein herzhaftes Verlangen trägt auch dazu bei.«

»Es ist mehr als nur Verlangen«, gestand Balfour zögernd.

»Wie viel mehr?«

Nigels Miene wirkte seltsam angespannt und gleichzeitig verschlossen. Es kam Balfour vor, als bemühte sich sein Bruder, etwas vor ihm zu verbergen. Und wenn er nun ebenfalls unter Maldies Bann stand? Wenn sein Bruder ebenfalls Gefühle für Maldie hegte, die weit über das natürliche Verlangen eines Mannes nach einer hübschen Frau hinausgingen? Balfour merkte, dass er es gar nicht wissen wollte, egal, wie selbstsüchtig das war. Er wollte sich nämlich nicht verpflichtet fühlen, Nigel eine Chance zu geben, gegen ihn zu konkurrieren. Und falls sein Bruder gekränkt war durch das, was zwischen ihm und Maldie ablief, dann würde er sich später darum kümmern.

Die eifersüchtige Stimme in ihm murrte, dass es dem gut aussehenden Nigel nicht schaden würde, auch einmal eine Frau zu verlieren. Balfour nahm sich fest vor, diesen verbitterten, verletzten jungen Mann in ihm, der dabei zusehen hatte müssen, wie viel zu viele Frauen sich von ihm ab- und Nigel zugewandt hatten, und der darüber offenbar noch immer erzürnt war, endlich einmal zum Schweigen zu bringen. Er war sich nicht im Klaren gewesen, wie tief seine Verletzung reichte – nicht, bis Maldie in ihr Leben getreten war.

»Ich weiß es nicht«, erwiderte er tonlos. »Es ist mehr als nur Leidenschaft, dessen bin ich mir sicher.«

»Und wie ist es um sie bestellt?«

»Sie begehrt mich, das weiß ich genau, aber sie kämpft dagegen an, weil sie glaubt, die Leidenschaft sei ihrer Mutter zum Verhängnis geworden. Maldie möchte die Dummheit ihrer Mutter nicht wiederholen. In dem Moment, in dem mir klar wurde, dass ich keine Angst mehr davor habe, die Fehler unseres Vaters zu wiederholen, wurde mir auch klar, dass mich nicht nur die Leidenschaft treibt.« Verdrossen über seine Unsicherheit zuckte er die Schultern. »Ich weiß nicht, wie tief meine Gefühle wirklich reichen, ich weiß nur, dass sie heftig und gleichzeitig sehr verwirrend sind.«

»Dann nimm dir das Mädchen, Bruder. Sie gehört dir. Ich ziehe mich aus dem Rennen zurück. Deine Ängste, deine Verwirrung, dein Begehren, und dann noch die Ängste und die Leidenschaft von ihr – nein, das alles ist mir zu viel!«

Bevor Balfour fragen konnte, was sein Bruder damit meinte, kehrte Maldie mit dem Essen zurück. Der zornige Blick, mit dem sie ihn bedachte, als sie das Tablett auf Nigels Schoß abstellte, ließ Balfour schon befürchten, sie habe sein Gespräch mit Nigel belauscht. Doch wenn Maldie etwas mitbekommen hätte, wäre sie jetzt wahrscheinlich sehr viel aufgebrachter gewesen. Falls jemand ihr Gespräch zufällig belauscht hätte, hätte er sicher den Eindruck gehabt, die beiden Brüder würden eiskalt darüber verhandeln, wer von ihnen Maldie nun in sein Bett ziehen dürfe. Und wahrscheinlich hätte ihr sein Geständnis, wie tief seine Gefühle reichten und wie verwirrt er darüber war, Maldie nicht viel Mitleid abgerungen. Sie ärgerte sich bestimmt nur darüber, dass er sich in ihre Pflegeaufgaben eingemischt und sie herumkommandiert hatte.

»Ist mir gestattet, ihm beim Essen zu helfen?«, fragte sie und runzelte die Stirn, als Balfour grinste.

Er fragte sich, warum es ihn eigentlich so freute, dass er nicht nur ihre Stimmung, sondern auch den Grund dafür richtig erraten hatte. »Eigentlich dachte ich, er sei schon wieder so weit hergestellt, dass er alleine essen könne.«

»Na ja, davon hätte man ausgehen können – wenn er nicht einfach aufgestanden und im Zimmer herumgehüpft wäre.«

»Ich bin nicht gehüpft«, murrte Nigel und fluchte halblaut, als er merkte, dass er zu schwach war, sein Brot klein zu schneiden.

»Warum soll er denn nicht versuchen, wieder zu gehen?«, fragte Balfour. In dem Moment merkte er, wie bleich sein Bruder war, und zog die Brauen zusammen. »Sein Fieber ist doch längst verschwunden, und seine Wunden werden bestimmt nicht wieder aufbrechen.«

»Stimmt, aber zuerst muss er wieder zu Kräften kommen. Die ersten Schritte muss er ganz behutsam machen, schließlich hat sein Bein eine der tiefsten Wunden davongetragen. Ich verstehe ja, warum er so unvernünftig ist«, setzte sie hinzu und mustere Nigel, der gerade einen Schluck Apfelmost trank. »Wenn man ausgeruht und mit einem vollen Bauch im Bett liegt, merkt man oft nicht, wie schwach man in Wahrheit ist, und man ist zu ungeduldig, um vorsichtig zu sein. Aber wenn er jetzt zu rasch zu viel tut, könnte sein Bein steif bleiben.«

Der feste Ton in ihrer Stimme machte Balfour klar, dass sie recht hatte. Er blickte auf seinen Bruder, dessen angespannter, verdrossener Miene er entnahm, dass auch dieser Maldies Warnung ernst nahm. Sobald Nigels Fieber gesunken war, hatte Balfour geglaubt, sein Bruder sei geheilt und bräuchte jetzt nur noch ein wenig Ruhe. Offenbar war er ebenso töricht gewesen wie Nigel. Man würde in nächster Zeit wohl noch gut auf ihn aufpassen müssen.

»Was macht dein Plan, Eric zu befreien und Beaton zu bestrafen?«, fragte Nigel, als Maldie ihm das Tablett wieder abgenommen hatte.

»Er nimmt nur langsam Gestalt an.« Balfour lehnte sich an einen Bettpfosten und verschränkte die Arme vor der Brust. »Wir wissen nicht sehr viel über den Mann und über Dubhlinn. Ich habe einen Späher in das feindliche Lager geschickt, aber es ist schwierig für ihn, uns Nachrichten zukommen zu lassen. Schon ganz einfache Sachen könnten uns nützen, aber bislang haben wir noch gar nichts.«

»Was meinst du denn mit ›ganz einfach‹?«, fragte Maldie, die inzwischen wieder ihren Platz an Nigels Bett eingenommen hatte. »Etwa, wann die Tore auf- und wieder zugemacht werden?«

»Genau.«

»Na ja, die Tore werden geöffnet, sobald die Sonne am Himmel steht, und bei Anbruch der Dunkelheit wieder geschlossen.«

Maldie zuckte zusammen, als sie die erstaunten Blicke der Brüder bemerkte. Ihr Argwohn war völlig gerechtfertigt, aber das machte die Sache nicht besser. In ihrem Eifer, zu Beatons Niederlage beizutragen, hatte sie nicht daran gedacht, wie eine solche Information aufgenommen würde. Und sie hatte sich auch keine Gedanken darüber gemacht, dass sie nun eine sehr kluge Erklärung brauchen würde, wie sie an dieses Wissen gelangt war. Die Wahrheit, dass sie versucht hatte, alles über ihren Feind herauszubekommen, damit es ihr leichter fiele, ihn zu töten, könnte bei den Murrays leicht auf Misstrauen, ja sogar Missfallen stoßen.

»Woher weißt du das?«, fragte Balfour.

»Ich habe in Dubhlinn und der Umgebung nach meinen Verwandten gesucht.«

»Bist du denn mit einem Beaton verwandt?«

Balfour klang, als habe sie ihm gerade eröffnet, dass sie die Pest habe. Das bestärkte Maldie in ihrem Entschluss, ihm ihre Herkunft um jeden Preis zu verheimlichen. »Das nicht, aber meine Verwandten sind fahrende Sänger. Ihre Spur wies nach Dubhlinn, aber dann habe ich sie verloren. Ich bin noch ein wenig geblieben, um herauszufinden, wohin sie weitergezogen sind. Freundlicherweise gewährte mir ein älteres Paar ein paar Tage Unterschlupf im Dorf.«

»Warum hast du denn nie etwas darüber verlauten lassen? Du hast doch gewusst, dass wir gegen Beaton kämpfen!«

»Ich bin keine Kriegerin, Sir Balfour. Ich wusste nicht, dass Ihr Euch für das interessieren könntet, was ich gesehen oder gehört habe. Und ich war auch nicht mehr dort, als man Euren jüngeren Bruder gefangen genommen hat.«

Seufzend fuhr sich Balfour durchs Haar, dann rieb er sich den Nacken, denn dort hatten sich plötzlich sämtliche Muskeln verspannt. »Ich bitte Euch um Verzeihung, Mistress

Kirkcaldy! Ich wollte Euch nicht beleidigen oder beschuldigen. Mit jedem Tag, den Eric länger im Gewahrsam dieses Unholds ist, sorge ich mich mehr um seine Sicherheit und wittere vielleicht auch Verrat, wo keiner ist. Noch heute frage ich mich zum Beispiel, woher Beaton wusste, wann und wo er den Knaben würde erwischen können. Jedenfalls bin ich inzwischen sehr argwöhnisch geworden.«

»Du brauchst dich nicht lang und breit zu entschuldigen. Schließlich führt ihr einen Krieg, und ich bin eine Fremde.«

»Balfour!« Nigel lenkte die Aufmerksamkeit seines Bruders wieder auf sich. »Glaubst du wirklich, jemand hat uns verraten? Glaubst du, jemand von unseren Leuten hat Beaton geholfen, Eric zu schnappen?«

»Jawohl. Und ich frage mich, warum ich erst jetzt ernstlich darüber nachdenke«, erwiderte Balfour.

Während die Brüder überlegten, wer als Verräter infrage käme, räumte Maldie das Zimmer auf. Ihr war ein Stein vom Herzen gefallen, dass Balfours Interesse an ihr und an dem, was sie wusste, zerstreut worden war. Ohne groß nachzudenken, hatte sie die fahrenden Sänger als Verwandte ins Spiel gebracht, aber eigentlich war das gar keine schlechte Idee. Solche Leute kannte man kaum beim Namen, und da sie ständig unterwegs waren, wusste man auch nie, wo sie sich gerade aufhielten. Nun musste sie sich nur noch ein paar Namen ausdenken. Vielleicht würde Balfour ja nie danach fragen, aber sie wollte auf jeden Fall darauf vorbereitet sein.

Das Netz von Lügen spann sich immer fester. Es behagte Maldie ganz und gar nicht, denn es war eigentlich nicht ihre Art. Jetzt zeigte sich zwar, dass sie einigermaßen geschickt im Lügen war, aber stolz war sie darauf wahrhaftig nicht. Und Balfour anzuschwindeln war besonders schmerzlich, wie sie sich, wenn auch widerwillig, eingestehen musste. Dass er ihre Märchen fraglos hinnahm und sich sogar noch für seinen durchaus berechtigten Argwohn entschuldigte, machte die Sache noch schlimmer. Es widerstrebte ihr zutiefst, jemanden so zu hintergehen. Die Sünde, einen Menschen zu täuschen, der sie in seinem Haus aufgenommen hatte und ihr vertraute, würde sie noch lange quälen.

Maldie wurde durch Grizel aus ihren trüben Gedanken gerissen. Sie hätte ihr Hereinkommen wohl gar nicht bemerkt, wenn sie nicht genau zwischen ihr und dem Tablett gestanden wäre, das sie anscheinend holen wollte. Als Grizel an ihr vorbeistrich, ballte Maldie die Fäuste, um dem Drang zu widerstehen, sich das Gewand abzuklopfen. Ihr kam es vor, als wären bei der leichten, raschen Berührung Grizels Schmutz und Gestank auf sie übergegangen. Außerdem fiel Maldie auf, dass sich die Frau weniger leise bewegte, sobald sie sich von ihr bemerkt wähnte. Die beiden Männer, die noch immer in ihr Gespräch über die bevorstehende Schlacht und einen möglichen Verrat vertieft waren, bemerkten Grizels Anwesenheit überhaupt nicht.

Die Alte nahm das Tablett und schickte sich zu gehen an, doch zuvor warf sie noch einen Blick auf die beiden Männer. Die Miene, mit der sie Balfour und Nigel musterte, ließ Maldie erschauern. Es war der reine Hass, den sie in Grizels Gesicht entdeckte. Obgleich sie es nur ganz kurz wahrgenommen hatte, war dieses Gefühl so stark, dass in Maldie ein bitterer Geschmack hochstieg. Vergeblich versuchte sie sich einzureden, sie sei töricht und habe sich von den düsteren Gedanken der Brüder anstecken lassen. Obwohl sie die Murrays nicht sehr gut kannte, konnte sie sich nicht vorstellen, was einen solchen Hass ausgelöst haben mochte, aber sie konnte ihn weder ignorieren noch leugnen. Grizel hasste die Brüder. Maldie fragte sich, ob sie gerade die Verräterin entdeckt hatte – woraus sich allerdings gleich die nächste Frage ergab: Wie sollte sie es den Brüdern beibringen?

»Du siehst müde aus, Nigel«, meinte Balfour. »Ruh dich aus. Offenbar kommen wir im Moment nicht weiter. Aber ich bin immerhin beruhigt, dass auch du glaubst, dass es in Donncoill einen Verräter gibt.«

»Besser wäre es, wir wüssten, wer es ist«, murmelte Nigel und sank auf seine Kissen.

»Es ist Grizel«, sagte Maldie. Warum lang um den heißen Brei herumreden? Doch als die beiden Männer sie anstarrten, wäre sie am liebsten einen Schritt zurückgewichen.

»Was ist mit Grizel?«, fragte Balfour. »War sie gerade hier?« Er schnitt eine Grimasse. »Um Himmels willen, ich glaube, ich kann sie noch riechen!«

»Das kann gut sein. Ich achte peinlich auf die Sauberkeit in diesem Raum. Deshalb riecht man es jetzt sofort, wenn sich hier Schmutz breitmacht.«

»Soll das heißen, dass meine Kammer früher nicht sauber war? Das trifft mich aber schwer!«, scherzte Nigel.

»Jedenfalls ist sie jetzt sauberer«, entgegnete Maldie. »Aber ich habe nicht nur von Grizels Dreck und ihrem Gestank gesprochen, sondern auch von ihrem Hass. Der ist so stark, dass ich ihn riechen kann. Grizel hasst dich und Nigel. Sie hasst euch mit jeder Faser ihres Herzens.«

Balfour rieb sich nachdenklich das Kinn. »Ich weiß, dass die Frau ständig schlechte Laune hat und mit niemandem hier auskommt, ob Mann, Frau oder Kind, aber bis zum Hass ist es da noch weit. Doch wenn sie uns tatsächlich hasst, was soll uns das groß ausmachen?«

Maldie schüttelte den Kopf. »So spricht nur jemand, der in Wohlstand und mit sämtlichen Annehmlichkeiten aufgewachsen ist. Wer von Bediensteten umgeben ist, ist oft zu blind, um deren Wert, aber auch die von ihnen ausgehende Bedrohung zu erkennen. Ihr seid euch sicher, dass jemand Beaton geholfen haben muss, euren Bruder zu entführen. Dennoch fällt euch niemand ein, der einen Grund haben könnte, euch zu hintergehen. Nun, ich nenne euch einen guten Grund: Hass. Bevor ihr Grizel als harmlos abtut, überlegt euch lieber, wodurch ihr Hass verursacht worden sein könnte. Darin liegt möglicherweise die Antwort.«

»Unser Vater hat einmal mit ihr geschlafen.« Nigel zuckte

73

mit den Schultern. »Früher sah sie gar nicht so schlecht aus, und sie war auch viel sauberer.«

»Und dann hat er sie verstoßen?«, fragte Maldie. Sie musste sich zwingen, sich nicht sofort lautstark zu empören.

»Ja, als er sich in Erics Mutter verliebte. Ich fürchte, damals ist Grizels Schönheit ziemlich rasch verwelkt. Jedenfalls verspürte er auch nach dem Tod seiner neuen Geliebten kein Verlangen mehr, in Grizels Arme zurückzukehren.«

»Grizel war früher also die Geliebte des Lairds und eine richtige Schönheit. Dann hat er sie wegen einer anderen verstoßen, und sie musste zusehen, wie das Kind dieser Frau als Sohn des Lairds großgezogen wurde und ihre Schönheit schwand. Das ist meiner Meinung nach ein sehr triftiger Grund, warum die Frau die Männer der Murrays hassen könnte; es würde auch schlüssig erklären, warum sie etwas gegen Eric haben könnte.«

»Es sollte jedenfalls reichen, um Grizel unter Beobachtung zu halten«, sagte Balfour, als er zur Türe ging. »Ich werde mich darum kümmern. Bloße Worte und ein Verdacht reichen natürlich nicht aus, um sie des Verrats zu bezichtigen. Sie lebt seit ihrer Geburt in Donncoill. Ihre Verwandten haben uns geholfen, dieses Land zu erobern und zu halten.« An der Schwelle blieb er nachdenklich stehen. »Sie hat noch Verwandte hier, auch wenn sie nichts mehr mit ihnen zu tun hat und umgekehrt. Ich brauche sichere Beweise für ihren Verrat. Aber jetzt möchte ich erst einmal, dass du dich fertig machst und im großen Saal zusammen mit mir zu Abend isst.«

»Aber Nigel …«

»Ich schicke Jennic her, sie soll sich unterdessen um ihn kümmern.«

Er war schon verschwunden, bevor Maldie etwas entgegnen konnte. Sie fluchte leise. Einen Moment lang dachte sie daran, seinen Befehl zu missachten, doch dann fügte sie sich in ihr Schicksal. Dieses Essen wird wohl ziemlich lange dauern, dachte sie und holte eine Bürste, um ihr Haar zu ordnen.

6

Balfour musste sich ein Lächeln verkneifen, als er Maldie in den großen Saal treten sah. Sie trug ein dunkelblaues Gewand, das zwar abgetragen, aber sorgfältig geflickt war. Es war ein wenig zu eng, doch es schmiegte sich so vorteilhaft an ihren kleinen Körper, dass es ihm ausnehmend gut gefiel. Ihr dichtes, widerspenstiges Haar wurde von einem Lederband zurückgehalten; dennoch hatten sich ein paar dicke Strähnen bereits wieder gelöst und umschmeichelten ihr kleines Gesicht. Er stand auf und bedeutete ihr, sich zu seiner Rechten niederzulassen.

»Dieser Platz steht mir nicht zu!«, protestierte Maldie leise, bevor sie zögernd Platz nahm. »Ich sollte nicht auf der Estrade sitzen, denn ich habe weder einen Titel noch angestammte Rechte.«

»Du hast Nigels Leben gerettet«, erwiderte er und wies einen Pagen an, ihr Wein einzuschenken. »Dafür hast du einen Ehrenplatz verdient, den kein Titel und keine schwere Börse rechtfertigen könnten.«

»Er war verwundet, und ich besitze die Gabe, Menschen zu heilen.« Sie zuckte die Schultern. »Jeder hätte sich so verhalten.«

»Nicht jeder.« Er bemühte sich, nicht allzu auffällig auf den Riesenberg Essen zu starren, den sie auf ihren Teller häufte. Offenbar hatte sie ihre schlanke Figur nicht mangelndem Appetit zu verdanken. »Du hast dich mit ganzer Kraft für ihn eingesetzt und bist stets freundlich und geduldig gewesen, ohne den geringsten Lohn dafür zu verlangen.«

»Ich habe ein weiches Bett, ein Dach über dem Kopf und so viel zu essen, wie ich mir wünsche. Das reicht völlig.«

Er schaute ihr stumm beim Essen zu. Einerseits belustigte es ihn, dass eine solch kleine Frau so viel essen konnte, andererseits tat es ihm weh. In ihrer Art zu essen entdeckte er eine gewisse Gier und Hast. Es war klar, dass sie viel zu oft eine ordentliche Mahlzeit hatte entbehren müssen. Wie oft sie hungrig ins Bett gehen musste, wollte er lieber nicht wissen. Bislang hatte er kaum einen Gedanken daran verschwendet, wie schwer das Leben für Menschen sein musste, die nicht so begütert waren wie er. Manchmal war er stolz darauf gewesen, wie gut er sich um die Menschen in Donncoill kümmerte, und außerdem hatte er hier und da Almosen an die Allerärmsten verteilt. Aber er hatte sich nie bemüht, diese Großzügigkeit auf andere auszudehnen. Jetzt schämte er sich, wenn er daran dachte, dass Menschen wie Maldie leiden mussten, weil niemand ihnen beistand. Er wusste zwar, dass ihm solche Gedanken nur wegen seiner Gefühle für Maldie kamen, aber er nahm sich fest vor, von nun an den Nöten seiner Mitmenschen gegenüber nicht mehr so blind zu sein.

»Vielleicht hättest du gern ein neues Kleid?«, schlug er vor. Doch sogleich krümmte er sich unter dem scheelen Blick, den er dafür einfing. Er hätte seine Worte sorgfältiger wägen sollen; es war klar, dass er Maldie soeben beleidigt hatte.

»Wenn dir mein Gewand zu ärmlich vorkommt, kann ich ja in meiner Kammer speisen«, entgegnete sie mit einer Kälte, über die sie selbst verwundert war. Falls das, was er eben gesagt hatte, überhaupt eine Beleidigung war, dann doch nur eine ganz kleine. Aber schon die geringste Andeutung, dass Balfour etwas an ihrer Kleidung auszusetzen hatte, traf sie bis ins Mark.

»Es ist ein hübsches Kleid, und es steht dir ganz ausgezeichnet«, beeilte sich Balfour zu sagen. »Ich finde, du bist zu schnell eingeschnappt. Du siehst Beleidigungen, wo gar keine sind. Ich habe meine Worte nur ungeschickt gewählt. Und ich glaube, dass du klug genug bist zu wissen, dass es nur eine freundliche Lüge wäre, wenn ich behaupten würde, dein Kleid sei das schönste, das ich je gesehen habe. Ich verstehe zwar nicht viel von Mode, aber ich habe Augen im Kopf, und mit denen sehe ich, dass du gerade mal zwei Gewänder hast, die du sicher schon seit Jahren trägst. Das ist keine Schande, aber ich wollte dich gerne mit etwas dafür belohnen, dass du Nigel das Leben gerettet hast. Und da fiel mir ein, dass du vielleicht mal was Neues zum Anziehen bräuchtest oder einfach gern ein neues Kleid hättest.«

Maldie seufzte und setzte ein schiefes Grinsen auf. »Du hast recht. Manchmal richte ich meine Stacheln auf wie ein kleiner Igel; ich höre Dinge, die gar nicht gesagt wurden, und spüre Verachtung hinter den unschuldigsten Worten. Danke für dein freundliches Angebot, aber ich muss es trotzdem ablehnen. Meine Kleider sind zwar alt und oft geflickt, aber ich kann keine Geschenke annehmen dafür, dass ich etwas tue, was ich für jeden anderen auch getan hätte. Gott hat mir die Gabe gewährt, Menschen zu heilen. Es erscheint mir nicht richtig, einen Lohn zu nehmen dafür, dass ich Seine Arbeit leiste.«

Balfour beschloss, die Sache einstweilen auf sich beruhen zu lassen. Er beschloss aber auch, Una, die beste Näherin des Clans, zu beauftragen, heimlich ein Gewand für Maldie anzufertigen. Er würde Maldie gar nicht mehr fragen, was sie denn als kleines Dankeschön für all ihre Mühen haben wollte, sondern ihr das Kleid einfach als Geschenk überreichen. Offenbar war Maldie trotz ihrer Armut wie eine Adlige erzogen worden, und deshalb würde sie ihm ein Geschenk schon allein aus Höflichkeit nicht abschlagen können.

»Wie lange hast du denn in Dubhlinn herumgelungert?«, fragte er.

»Ich habe nicht herumgelungert, ich war etwa zwei Wochen dort«, erwiderte sie, sein Schmunzeln ignorierend.

Obwohl sie derartige Fragen erwartet hatte, machten sie sie doch unruhig. Noch mehr Lügen, dachte sie in einem Anflug von Verzweiflung. Und der Begriff ›herumlungern‹ war durchaus passend. Genau das hatte sie getan und jede Gelegenheit genutzt, die Beatons auszuspionieren. Wenn sich nicht zu viele Männer zu auffällig für sie interessiert hätten, wäre sie vielleicht noch länger geblieben. Sie hatte selbst jetzt noch ein schlechtes Gewissen, weil sie sich klammheimlich und ohne ein Wort des Dankes an das nette alte Paar, das sie so freundlich aufgenommen hatte, bei Nacht und Nebel davongeschlichen hatte.

Wieder einmal regte sich Wut auf ihre Mutter in Maldie. Sie fragte sich, ob diese verbitterte Frau je daran gedacht hatte, welche Sünden ihre Tochter würde begehen und zu welchen gemeinen Listen sie würde greifen müssen, um den Racheschwur zu erfüllen, den sie ihr abgerungen hatte. Doch gleich darauf regte sich wieder ihr schlechtes Gewissen. Was war sie doch für ein undankbares Kind! Ihre Mutter hatte sich ein ums andere Mal für ein bisschen Essen erniedrigt. An ihrer traurigen Lage war einzig und allein Beaton schuld. War es wirklich zu viel verlangt, diesen Mann für seine Grausamkeit büßen zu lassen und zu erwarten, dass das einzige Kind dafür sorgte? Eine leise Stimme in ihrem Kopf bejahte diese Frage, aber Maldie brachte sie rasch zum Verstummen.

»Du bist plötzlich so ernst«, meinte Balfour besorgt und streichelte Maldies zur Faust geballte Hand. »Hattest du Ärger in Dubhlinn?«

»Nein. Mir fiel nur eben ein, dass ich die freundlichen Alten, die mir geholfen haben, vielleicht in Gefahr bringe, wenn ich dir helfe.« Sie bestrich eine Scheibe Brot dick mit Honig. »Doch dann habe ich mich daran erinnert, dass die alte Frau oft darüber geklagt hat, dass Beaton nie wartet, bis die Dörfler Schutz in seiner Burg gefunden haben. Sobald der Mann glaubt, es sei Gefahr im Verzug, schließt er die Tore und kümmert sich nicht um diejenigen, die draußen geblieben sind. Sie hat sogar behauptet, er würde seine eigene Mutter aussperren, wenn sie nicht schnell genug wäre. Außerdem meinte sie, die Leute im Dorf versuchen schon gar nicht mehr, zur Burg zu laufen. Sie verstecken sich nur und beten, dass sie verschont bleiben, da die Angreifer ja hinter Beaton her sind.«

»Mach dir um die Dorfbewohner keine Sorgen. Ich habe nicht vor, den ganzen Clan niederzumachen. Mir geht es einzig und allein darum, den jungen Eric heimzubringen und mich an ihrem Laird zu rächen.« Kopfschüttelnd wischte er mit einem Stück Brot seinen Teller sauber. »Wahrscheinlich wird es den Leuten sogar besser gehen, wenn sie nicht mehr von diesem Schuft geführt werden.«

Dann verstummte er und schien sich nur mehr auf das Stück Brot zu konzentrieren, mit dem er unablässig über den ohnehin schon sauberen Teller fuhr. Maldie fragte sich, welch sonderbare Stimmung ihn plötzlich befallen hatte. Dann merkte sie, dass er verstohlen etwas auf der gegenüberliegenden Seite des großen Saals beobachtete. Unauffällig folgte sie seinem Blick und wunderte sich nicht weiter, als sie Grizel entdeckte. Die Frau schlich im Schatten der Wand an die Bewaffneten heran und setzte sich schließlich auf eine Truhe in ihrer Nähe. Dort gab sie vor, sich mit einer Näharbeit zu beschäftigen, doch man sah rasch, dass sie eifrig aufschnappte, was Balfours Männer sagten. Die Art, wie sie sich vorbeugte, den Hals reckte und den Männern immer wieder einen Blick zuwarf, verriet sie. Ab und zu schweifte ihr Blick zwar auch zu Balfour, doch sie schien nicht zu bemerken, wie intensiv er sie beobachtete. Maldie fand, dass Grizel keine besonders gute Spionin war. Bislang hatte sie es wohl nur deshalb geschafft, weil niemand weiter auf sie achtete. Aber vielleicht war sie ja auch nur sorglos geworden, weil ihr der Verrat bisher so leichtgefallen war.

»Ich kann es kaum glauben, dass mir das noch nie aufgefallen ist!«, murrte Balfour, der offenbar gerade dasselbe dachte wie Maldie.

»Du hast ja bisher kaum auf sie geachtet«, meinte Maldie.

Seiner finsteren Miene entnahm sie, dass ihre Worte ihn nicht trösteten. »Schließlich haben sie und ihre Familie von Anfang an zu den Murrays gehört«, fuhr sie fort. »Sie wäre bestimmt die Letzte gewesen, die du verdächtigt hättest.«

»Deshalb bot sie sich ja an. Aber ich hätte mir trotzdem Gedanken machen müssen. Du hast recht: Sie hasst uns. Ich sehe es jetzt ganz deutlich. Und sie hat auch einen Grund. Mein Vater hat sie wirklich schlecht behandelt; sie und viele andere Frauen auch, fürchte ich.«

»Das ist aber noch lange keine Rechtfertigung dafür, seinen ganzen Clan zu verraten, seine Familie und seine Vorfahren. Es ist recht und billig, den zu verletzen, der einem wehgetan und erniedrigt hat, aber nicht dessen Nachfahren und den ganzen Clan. Doch genau das macht sie, wenn sie Beaton hilft. Allmählich tut mir der arme Eric wirklich leid.«

»Ja, er hat es sicher nicht leicht in Beatons Gefangenschaft.«

»Ich dachte eher daran, dass Beaton ihn gehasst hat, als er zur Welt kam, und versucht hat, ihn zu töten. Und jetzt ist Grizel da, die ihn ebenfalls hasst und der es egal ist, ob er lebt oder stirbt. Beide haben aus Zorn über Untaten gehandelt, für die der arme Bursche überhaupt nichts kann. Es muss sehr schwer für ihn sein zu wissen, dass er sich allein durch seine Geburt zwei sehr starke Feinde gemacht hat. Und jetzt fordert ihn der Mann, der versucht hat, ihn zu töten, als Sohn ein. Dein kleiner Bruder muss denken, dass die ganze Welt oder, schlimmer noch, er selbst verrückt geworden ist.«

Balfour runzelte die Stirn und nickte bedächtig. Er gab es nur sehr ungern zu, aber er hatte tatsächlich bislang kaum einen Gedanken daran verschwendet, wie es Eric gehen mochte. Ihm war es vor allem darum gegangen, seinen Bruder zu befreien und ihn aus dem gefährlichen Umfeld herauszuholen, in das Beaton ihn stoßen wollte. Er wollte ihn vor dem Gift bewahren, das dieser Mann ihm ins Ohr flüstern konnte. Doch Maldie hatte natürlich recht. Der Junge begriff bestimmt nichts von dem, was um ihn vorging, und er fragte sich womöglich, was er nur an sich habe, dass er so viel Hass und Probleme auf sich zog. Auch wenn Beaton jetzt versuchte, Eric als Sohn einzufordern, würde er ihn kaum weniger hassen. Der Junge war ziemlich schlau, vielleicht sogar der schlaueste von ihnen, doch trotzdem war er jetzt sicher völlig verwirrt. Und eine solche Verwirrung, das Unvermögen, etwas zu verstehen, gehörte zu dem wenigen, was den normalerweise ruhigen, sanftmütigen Knaben völlig aus der Fassung brachte.

»Ja, der arme Eric ist bestimmt ziemlich durcheinander«, meinte Balfour. »Der Junge hasst es, wenn er etwas nicht verstehen kann. Wenn Beaton ihm nicht alles erzählt hat oder zumindest so viel, dass er dieses Durcheinander entwirren kann, dann will er Beaton wahrscheinlich eigenhändig an den Kragen gehen. Das, was der Mann getan hat, ist Eric sicher völlig unverständlich, und selbst wenn er eine Erklärung dafür bekommen hat, die sich mit unseren Annahmen deckt, wird Eric es für ein ziemlich idiotisches Unterfangen halten; und auch darüber wird er sich ärgern.«

»Das klingt ja fast, als sei der Knabe recht jähzornig«, meinte Maldie.

»Nein, das nicht. Allerdings wird er mit Narren wahrscheinlich nie viel Geduld haben.«

»Das kann ich gut verstehen.«

»Eric ist ein schlauer Bursche, manchmal sogar beängstigend schlau, aber er weiß auch, dass sein Scharfsinn eine Gabe Gottes ist. Er nützt ihn nie, um Menschen zu schaden, die nicht in gleicher Weise gesegnet sind. Wenn er aber glaubt, dass jemand sich absichtlich dumm stellt oder etwas Törichtes tut, obwohl er eigentlich klug genug wäre, die Gefahr zu kennen, dann hat er dafür kein Verständnis. Vielleicht muss er das noch lernen. Aber das ist sein einziger Fehler, glaube ich.« Balfour musste lächeln. »Ich finde, Eric sieht sogar noch besser aus als Nigel und hat ein noch gewinnenderes Wesen.«

»Und damit ist er eine große Gefahr für alle Mädchen in Schottland.«

Sie lächelte, als er laut auflachte und zustimmend nickte. Es war klar, dass Balfour seinen Halbbruder liebte und sehr stolz auf ihn war. Das rührte sie und sagte viel über diesen Mann; dennoch musste sie zu ihrer Schande gestehen, dass sie auch etwas eifersüchtig wurde. Eric war wie sie ein uneheliches Kind, und trotzdem wurde er von der Familie seines Vaters geliebt. Das war etwas, was sie nie gekannt hatte. Sie hatte nie einen Vater gehabt und außer ihrer Mutter auch keine Familie. Und manchmal hatte Maldie sogar das Gefühl gehabt, dass ihrer Mutter nicht sehr viel an ihr lag und sie sich sogar ärgerte, dass es ihre Tochter überhaupt gab.

Hastig verscheuchte Maldie diesen Gedanken wieder, er tat zu weh. Aber ihr war klar, warum er so schmerzte: Tief in ihrem Herzen wusste sie, dass er einen wahren Kern hatte. Es war besser, sich dieser Wahrheit zu verschließen, als sich von ihr vergiften zu lassen.

»Du siehst traurig aus, kleine Maldie«, meinte Balfour sanft und legte wieder die Hand auf ihre Faust. »Mach dir keine Sorgen, wir werden diese Schlacht gewinnen und den jungen Eric heim nach Donncoill bringen!«

»Ja, ich weiß.«

Sie wandte sich wieder dem Essen zu, und er redete über die bevorstehende Schlacht und entlockte ihr vorsichtig noch ein paar Informationen. Maldie berichtete ihm alles, was sie wusste, überlegte sich die Antworten aber sehr genau; denn sie wollte ihn dazu bringen zu glauben, dass ihr die Bedeutung ihres Wissens gar nicht klar wäre und dass es nur seine geschickten Fragen waren, die dieses nützliche Wissen zutage förderten. Es stimmte sie zwar froh, dass sie ihm half, Beaton in die Knie zu zwingen, doch es trübte ihre Freude, dass sie dafür zu einer List greifen musste.

Als Balfour James herbeiwinkte, war es vorbei mit ihrer Freude. Maldie wusste, dass sie der Mann beobachtete, und zwar ständig und sehr gründlich. Ihr wurde unbehaglich zumute, als sie seine dunklen Augen auf sich ruhen spürte, während sie Balfours Fragen beantwortete. James war nicht so vertrauensselig wie sein Laird. Je mehr der Mann sie beobachtete, desto verschlossener wurde sein Gesichtsausdruck und desto nervöser wurde Maldie. Wenn er ihr misstraute, würde es ihm nicht schwerfallen, auch Balfour argwöhnisch zu machen. Solange sie nicht die ganze Wahrheit erzählte, konnte es leicht aussehen, als ob sie eine Spionin wäre, die für Beaton und nicht gegen ihn arbeitete. Schon der Gedanke daran ließ sie erschauern, er erfüllte sie mit Abscheu wie auch mit Furcht.

»Du wirkst erschöpft, Maldie«, meinte Balfour. Er stand auf und hielt ihr die Hand hin. »Komm, ich bringe dich in deine Schlafkammer.«

Sie wollte schon sagen, dass sie den Weg auch alleine fände, doch sie verkniff sich diese Bemerkung. Daraus konnte eine längere Diskussion entstehen, und außerdem wurde ihr unter James' beharrlich prüfendem Blick immer unbehaglicher. Vielleicht war es besser, Balfour und James zu trennen, solange der Mann von Argwohn zerfressen war. Wenn er die Gelegenheit hatte, ein wenig nachzudenken, würde er bestimmt gelassener werden. Zumindest hoffte Maldie dies, als sie sich von Balfour aus dem großen Saal geleiten ließ.

Im Moment fühlte sie sich von allen Seiten bedrängt. In ganz Donncoill gab es kaum ein ruhiges Plätzchen, das sie vor James' wachsamem Auge schützte. Und auch Balfour ließ nicht locker, er vernebelte ihr den Verstand und verwirrte ihr Herz mit Leidenschaften, die sie offenbar beide nicht mehr zügeln konnten. Nur das winzige Bett, das in einer Ecke von Nigels Kammer aufgestellt worden war und in dem sie seit ihrer Ankunft in Donncoill schlief, bot eine Zuflucht vor

James und Balfour. Aber auch dort war sie unter steter Beobachtung eines Murray. Den Murrays zu entkommen war offenbar unmöglich. Das machte es Maldie umso schwerer, zu lügen und ihre Geheimnisse zu hüten.

Balfour blieb vor einer Tür gegenüber von Nigels Schlafkammer stehen und öffnete sie, wobei er Maldie nicht aus den Augen ließ. Sie kam ihm an diesem Abend ausgesprochen merkwürdig vor. Den einen Moment lächelte sie und redete viel, den anderen war sie stumm und gedankenverloren; und ihrer finsteren Miene nach zu urteilen waren es keine hübschen Gedanken. Balfour wusste nicht, wie sie auf die Nachricht reagieren würde, dass sie ein anderes Zimmer bekommen hatte.

Nigel brauchte ihre dauernde Pflege nicht mehr, aber das war nicht der Grund, warum Balfour Maldie ein eigenes Schlafzimmer angewiesen hatte. Nigels offenkundiges Interesse an dem jungen Mädchen hatte diesen Entschluss in ihm reifen lassen. Er hoffte nur, dass sie das nicht merken würde, denn möglicherweise hätte sie es als Beleidigung aufgefasst, und auch er selbst schämte sich ein wenig, dass er ihr und seinem Bruder so wenig traute.

»Das ist aber nicht mein Zimmer«, meinte Maldie und versuchte vergeblich, sich aus seinem festen Griff um ihren Arm zu befreien.

»Doch, ab sofort schon.« Er zog sie hinein, machte die Tür zu und lehnte sich dagegen.

»Man sollte Nigel nicht allein lassen. Vielleicht stellt er wieder irgendeinen Blödsinn an.«

»Er wird nicht allein sein. Aber er braucht dich jetzt nicht mehr Tag und Nacht an seiner Seite.«

»Dann ist es für mich vielleicht wieder an der Zeit weiterzuziehen.«

Der Gedanke, dass er ihr zustimmen könnte, versetzte ihr einen Stich. Seltsam – obwohl sie darauf bedacht war, möglichst wenig zu lügen, wurden ihre Halbwahrheiten immer komplizierter und wirrer, sodass sie befürchtete, bald darüber zu stolpern. Balfour begehrte sie, und sie wusste, dass ihr der Wille und die Kraft fehlten, ihm noch sehr viel länger zu widerstehen. Nigel begehrte sie ebenfalls; ihm gegenüber standhaft zu bleiben bereitete ihr keine Mühe. Aber die beiden Brüder konnten sich ernsthaft in die Haare kriegen, und James vertraute ihr nicht. Es wäre wirklich am klügsten, so bald wie möglich zu gehen, und zwar, bevor sich eine dieser Komplikationen zum ernsthaften Problem zuspitzte. Dennoch stand sie nun da und wartete gespannt, dass Balfour ihr einen Grund zum Bleiben nannte, und dieser brauchte noch nicht einmal besonders gut zu sein, wie sie sich widerwillig eingestand.

»Nein, bleib doch noch! Nigel kann noch nicht ganz auf deine kundige Pflege verzichten«, meinte Balfour und nahm sie bei der Hand. »Wie du ja schon gesagt hast – er könnte Unsinn anstellen. Schließlich ist er noch ziemlich schwach und muss aufpassen, dass er sich nicht selbst schadet. Dank dir hat er überlebt, aber jetzt musst du ihn noch vollständig heilen, damit er sich wieder so bewegen kann wie früher.«

Maldie leistete keinen Widerstand, als er sie langsam in seine Arme zog. »Und damit er sein Schwert wieder zücken kann.«

»Ich brauche ihn, wenn ich gegen Beaton ins Feld ziehe«, erwiderte er. »Ich brauche seine Kraft und seine Kampfeskunst.« Er streifte ihr dichtes Haar zurück und drückte ihr einen sanften Kuss auf die Mulde hinter ihrem Ohr. »Erics Brüder müssen Seite an Seite für seine Befreiung kämpfen.« Er knabberte an ihrem seidenen Ohrläppchen und ergötzte sich daran, wie sie in seinen Armen erbebte.

»Eric hat großes Glück mit der Familie, die ihm das Schicksal bestimmt hat!«

Maldie schlang die Arme um seinen Nacken und bot ihm ihr Gesicht. Dass diese stumme Bitte um einen Kuss ziemlich schamlos war, kümmerte sie nicht weiter. Sie konnte es kaum erwarten, von ihm geküsst zu werden, denn seine Küsse lösten die köstlichsten Gefühle in ihr aus. Sie vertrieben alle unruhigen Gedanken und Ängste. Maldie sehnte sich nach der Wärme, die seine Lippen in ihrem Körper entfachten, nach dem Zittern, der Atemlosigkeit. Innerlich musste sie lächeln, als ihr einfiel, wie gut er schmeckte. Seufzend schloss sie die Augen, als er sanft mit seinen langen Fingern über ihre Lippen fuhr.

»Dein Mund ist wunderschön und sehr verführerisch!«, flüsterte Balfour.

Seine Lippen näherten sich, sie spürte schon seinen warmen Atem, doch er zögerte noch. Maldie öffnete die Augen einen Spalt weit und betrachtete ihn unter gesenkten Lidern. Sie entdeckte Leidenschaft in seinen dunklen Augen, aber seine Miene war seltsam unbewegt. Sosehr sie sich bemühte, sie schaffte es nicht, seine Gefühle zu erraten. Es war, als habe er sich vor ihr verschlossen, eine undurchdringliche Mauer errichtet. Hatte sich Balfour etwa von James' Misstrauen anstecken lassen? Das beunruhigte sie zwar, aber eigentlich wollte sie jetzt nicht darüber nachdenken.

»Ich dachte, du wolltest mich küssen«, sagte sie, wobei sie sich über den Anflug von Unsicherheit in ihrer Stimme ärgerte, der ihm sicher nicht entgangen war.

»Das will ich noch immer«, entgegnete er. Er wunderte sich selbst, dass er die Kraft hatte, ihrer Einladung zu widerstehen.

»Aber du zögerst, obwohl ich nicht Nein gesagt habe.«

»Ja, ich weiß. Du hast zwar auch nicht Ja gesagt, deine Zustimmung aber ziemlich deutlich gemacht.« Er streichelte sanft ihre Wange. »Deine Einladung ist derart verlockend, dass ich es kaum erwarten kann, ihr zu folgen.«

»Warum tust du es dann nicht?«

»Nun, die Sache ist die: Ich kann mich jetzt nicht mehr mit einem Kuss zufriedengeben und auch nicht mit all dem, was wir vor einer Woche an der Turmbaustelle getan haben. Ich habe keine Geduld mehr, auch wenn ich mich darum bemühen sollte, denn du bist noch Jungfrau. Aber vielleicht bin ich einfach zu schwach, vielleicht auch nur zu gierig und zu selbstsüchtig, um es mir zu verbieten.«

»Wovon redest du überhaupt?«

Er nahm ihr Gesicht in beide Hände. Eine Vielzahl von Gefühlen – eine köstliche Mischung aus Verwirrung, Gereiztheit, Nervosität und dahinter Leidenschaft – hatte ihre Wangen gerötet und ihre Augen verdunkelt.

»Was ich zu sagen versuche: Wenn du jetzt zulässt, dass ich dich küsse ...« Er streifte ihren Mund nur ganz kurz und fand es wundervoll, wie ihre Lippen den seinen folgen wollten, als er sich wieder zurückzog. »Wenn du jetzt zulässt, dass ich dich berühre, werde ich dich nicht mehr weglaufen lassen. Kein Entkommen, kein plötzliches Nein!, wenn dein ganzer wunderbarer Körper laut und deutlich Ja! sagt. Entweder ich bekomme jetzt alles, Maldie, oder gar nichts.«

»Ist das nicht ein kleines bisschen unfair?«, flüsterte sie.

»Das mag sein, und wahrscheinlich ist es auch nicht sehr ehrbar. Aber wenn ich dich in meinen Armen halte, spüre ich ein Verlangen, das all meine Schuldgefühle wegbrennt. Also – was sagst du?«

Maldie starrte ihn an. Sie wusste, dass sie eine solche Forderung eigentlich erzürnen sollte, doch sie wusste auch, was ihn dazu getrieben hatte. Selbst wenn er nur ein klein wenig der Sehnsucht spürte, die in ihr aufkam, wenn sie sich von der Leidenschaft abwandte, die er in ihr wachrief, war es ein Wunder, dass er so lange so geduldig gewesen war. Als sie in seine dunklen Augen blickte, wusste sie, dass auch sie jetzt keine Geduld mehr hatte. Sie wollte nicht länger nur von all dem träumen, was sie teilen konnten – sie wollte es wissen. Und falls es sich als Fehler erweisen würde? Nun, dann musste sie sich eben später um die Folgen kümmern.

»Ja!«, hauchte sie.

7

Maldie blieb reglos und unsicher stehen, als Balfour sie langsam losließ und sich umdrehte, um die Tür zu verriegeln. Der gespannte Ausdruck auf seinem Gesicht und seine inzwischen fast schwarzen Augen sagten ihr, dass ihm ihre leise Einwilligung nicht entgangen war; aber sie sagten ihr auch, dass er sie wahrscheinlich nicht mehr hören würde, wenn sie sich jetzt noch einmal eines Besseren besann. Sie hatte einmal gehört, ein Mann könne von Leidenschaft geblendet sein. Maldie spürte, dass es Balfour in diesem Moment so ging. Vielleicht hätte ihr das Angst einjagen müssen, aber das tat es nicht; denn sie war ja von derselben Krankheit befallen, und die Leidenschaft ließ nur wenig Raum für Vorsicht. Maldie fühlte sich in diesem Augenblick von ihr in eine Situation gedrängt, die unter Umständen sehr problematisch und kompliziert werden konnte, und gleichzeitig schien eben diese Lust auch dafür zu sorgen, dass mögliche Gefahren völlig nebensächlich wurden.

»Sag es noch einmal!«, forderte Balfour sie mit rauer, gepresster Stimme auf, während er sie zum Bett trug.

»Ja!« Sie schnappte nach Luft, als er sie auf das breite, weiche Bett fallen ließ und sich auf sie legte. »Ich war mir eigentlich sicher, dass du mich schon beim ersten Mal verstanden hast, schließlich hast du die Tür verriegelt.«

»Ja, aber dieses eine süße Wort hat mich derart betört, dass ich es noch einmal hören wollte. Ich habe nämlich Angst, dass ich nur das gehört habe, was ich hören wollte, und nicht das, was du gesagt hast.«

»Wenn ich Nein gesagt hätte, wäre ich nicht so ruhig herumgestanden, als du die Tür verriegelt hast.«

Er lachte unsicher. »Stimmt. Wenn ich noch so viel Verstand gehabt hätte, um klar zu denken, hätte ich es gemerkt. Aber bist du dir noch immer sicher?«

»Mein Körper mag zwar unerfahren sein, aber ich weiß durchaus, was mich erwartet, mein schöner dunkler Ritter. Ich habe mit meiner Mutter und einer erklecklichen Zahl von Männern in einer kleinen Hütte zusammengelebt.« Als sie sah, wie Mitleid seine angespannten Gesichtszüge auflockerte, legte sie einen Finger an seinen Mund. »Nein, behalte dein Mitleid für dich! Manchmal kann eine arme Frau eben nicht anders, um sich und ihr Kind durchzubringen. Vielleicht hätte sie noch etwas anderes versuchen können, aber sie war von adliger Herkunft und hatte nichts gelernt, was sich in bare Münze umsetzen ließ. Manchmal denke ich, dass diejenigen, die ihr nie geholfen haben, die nie einen Finger krumm gemacht haben, um sie vor ihrem harten Schicksal zu bewahren, die größte Schande auf sich geladen haben. Ich erwähne es nur, um dir zu zeigen, dass ich die Wahrheit sage; ich weiß, was du von mir willst, und ich weiß auch ganz genau, worin ich einwillige.« Sie schlang die Arme um seinen Nacken und zog ihn näher zu sich. »Aber ich dachte nicht, dass du jetzt mit mir reden wolltest.«

»Nein. Eines möchte ich jedoch noch sagen: Gesegnet sei deine Mutter, dass sie dir ihr Schicksal erspart hat.«

Maldie ließ sich von seinem Kuss um die Antwort bringen, die sie ihm sonst wohl gegeben hätte. Die ganze hässliche Wahrheit brauchte er nicht zu wissen: nicht ihre Mutter, sondern sie selbst hatte ihre Keuschheit behütet. Sobald sie vom Kind zur Frau gereift war, hatten die Männer versucht, ihr die Unschuld zu rauben oder abzukaufen. Manchmal hatte ihre hartnäckige Weigerung, auf solche Angebote einzugehen, ihre Mutter schier zur Verzweiflung getrieben – eine weitere schmerzhafte Erinnerung. Bereitwillig wartete sie darauf, dass Balfour und die Leidenschaft solche Erinnerungen aus ihrem Gedächtnis verbannten.

»Ich wünschte, ich besäße das Geschick, dich mit hübschen Worten zu liebkosen«, sagte er, als er begann, mit zitternden Fingern ihr Gewand aufzunesteln. »Zu gerne würde ich dich wie ein Minnesänger mit Worten der Liebe verwöhnen.«

»Ich brauche keine Gedichte und Lieder.« Sie packte seine Hand und küsste die Innenfläche. »Wenn dir die Worte fehlen, dann lass doch einfach deine Hände und deine Lippen sprechen!« Sie küsste ihn auf den Mund. »Nicht hübsche Worte haben mich hierher gebracht, sondern deine Lippen und deine Hände und das, was sie in mir entfachen.«

Balfour stöhnte und erwiderte gierig ihren Kuss. Er zerrte das Lederband aus ihrem Haar und vergrub die Hände tief in der dichten, seidigen Mähne. Ihre schmeichelnden Worte ließen ihn vor Verlangen halb verrückt werden. Sie waren die klare, süße Bestätigung, dass sie dieselbe Leidenschaft in sich spürte wie er. Er hoffte inständig, die Kraft zu haben, um langsam genug zu sein und ihr zu helfen, den Lohn ihrer Leidenschaft auszukosten, obwohl es für sie das erste Mal war.

Als er aufhörte, sie zu küssen, versuchte Maldie, ihn dazu zu bringen, ihre Lippen wieder zu berühren. Sie murmelte Worte der Lust, als er ihren Hals mit fiebrigen Küssen bedeckte. Halb unbewusst hob sie die Hüften, um es ihm zu erleichtern, sie zu entkleiden. Als er ihr die Schuhe auszog und begann, die Strümpfe abzustreifen, schloss sie die Augen, denn sie hatte Angst, ihr Schamgefühl könnte ihren Entschluss ins Wanken bringen, wenn sie ihm zusah, wie er sie entkleidete. Sie wollte sich durch nichts mehr ablenken lassen von den herrlichen Gefühlen, die Balfour in ihr weckte. Nun fing er an, mit seinen großen, etwas schwieligen Händen ihre Beine zu streicheln. Das raubte ihr den Atem und machte es ihr sehr leicht, nichts als die Leidenschaft zu spüren, die er in ihr entfachte. Als er in ihre Arme zurückkehrte, klammerte sie sich an ihn. Sein Kuss schien ihr viel zu kurz, um ihre Gier zu befriedigen.

Sie erbebte, als er die Bänder ihrer Bluse löste und seine

langen Finger ihre bloße Haut berührten. Er küsste die Mulde zwischen ihren Brüsten. Sie schnappte nach Luft und umklammerte seine Schultern. Sanft löste er ihren Griff, und sie spürte es kühler werden, als er ihr die Bluse von den Schultern streifte. Dann machten sich seine Finger am Bund ihrer Bruch zu schaffen. Vorsichtig spähte sie unter halb geöffneten Lidern hervor. Er starrte ihre Bruch an, als habe er ein solches Kleidungsstück noch nie gesehen. Vermutlich hatte er tatsächlich noch keine Frau getroffen, die so etwas trug.

»Zum Schutz«, erklärte sie und wunderte sich, wie rau ihre Stimme klang.

»Schlau!«, sagte er nur, dann begann er, sich auszuziehen.

Als sie seine Hände und Lippen nicht mehr spürte, kühlte Maldies Leidenschaft etwas ab. Sie wurde sich ihrer Nacktheit bewusst und schämte sich ein wenig. Doch als sie ihm beim Auskleiden zusah, verschwand ihre Verlegenheit sofort. Sie ballte Fäuste, um nicht nach ihm zu greifen. Seine dunkle, glatte Haut straffte sich über harten Muskeln. Er hatte keine Haare auf der Brust, erst unterhalb des Nabels zeigten sich kleine, dunkle Locken in einer breiter werdenden Linie. Seine langen, wohlgeformten Beine waren von schwarzem Haarflaum bedeckt. »Ich bin sehr dunkel«, murmelte er und streichelte fast andächtig ihren Brustkorb und ihre Brüste.

»Und ich bin sehr dünn«, sagte sie, wobei ihr Atem sich beschleunigte; seine Berührung wärmte ihren Körper wieder.

»Schlank!« flüsterte er und umrundete mit sanften Küssen ihre Brüste.

»Es wird etwas wehtun, wenn du deine Keuschheit verlierst, aber ich werde versuchen, deine Leidenschaft so stark zu entfachen, dass der Schmerz erträglicher wird.«

»Ich weiß schon, dass es wehtun wird, aber ich bin schon viel zu erhitzt, als dass mir das etwas ausmachen könnte.« Als er ihre Brustwarze in den Mund nahm, sanft daran saugte und sie mit der Zunge neckte, stöhnte sie auf und vergrub ihre Finger in seinem dichten Haar. »Jawohl, mir ist wirklich schon ausgesprochen heiß!«

Maldie bewegte sich unruhig bei seinen Liebkosungen, sie versuchte, sich ganz eng an ihn zu schmiegen, und murrte ungeduldig, als er ihr geschickt auswich. Jede saugende Bewegung an ihrer Brust steigerte ihr Bedürfnis, ihm näher zu sein und sich um ihn zu winden, doch er entkam ihr immer wieder. Als er ihr die Bruch auszog, wurde ihr etwas kühler, doch dann wurde ihr gleich wieder heiß, als er ihre Oberschenkel streichelte und ihren Bauch mit Küssen bedeckte. Seine Hand glitt zwischen ihre Beine und begann, ihren intimsten Bereich zu liebkosen. Maldie rang nach Atem und versuchte, sich ihm zu entziehen, aber er hielt sie fest, bis seine Zärtlichkeiten allen Widerstand zusammenbrechen ließen. Sie öffnete sich ihm und hielt ihn fest, als er wieder ihre Brüste küsste.

Bald war das Verlangen in ihr so gewachsen, dass sie es nicht in Worte fassen konnte; sie konnte nur noch nach ihm rufen. Sofort war er da, küsste sie, schob ihre Beine auseinander und senkte sich langsam auf sie. Sie erbebte. Stöhnend bäumte sie sich ihm entgegen Auch wenn sie ihr Verlangen nicht in Worte kleiden konnte, ihr Körper wusste genau, was er wollte. Langsam vereinte er sich mit ihr.

Sie wollte ihn gar nicht mehr loslassen, ebenso wenig, wie die Gefühle, die seine Liebe in ihr ausgelöst hatten. Sie genoss es, wie er sich in ihren Armen anfühlte, wie er sie sanft streichelte und wie ihre Körper noch immer bebten. Schließlich entzog er sich ihr und stand auf, was sie mit einem unwilligen Murren quittierte, denn er schien die ganze Wärme mitzunehmen. Als er mit einem feuchten Tuch zurückkehrte und sie beide säuberte, schloss sie die Augen und legte die Hände vors Gesicht. Schließlich kroch er ins Bett zurück und nahm sie in die Arme. Mittlerweile war ihr Kopf wieder völlig klar, auch wenn sie nicht sicher war, ob ihr das gefiel.

Als sie nichts sagte, sondern sich nur in seinen Armen zusammenrollte und die Stirn runzelte, begann Balfour unruhig zu werden. Er hatte sie ins Bett gezerrt und ihre Leidenschaft ausgenutzt, um das zu bekommen, wonach ihn so heftig verlangt hatte – war er zu schnell gewesen? Und er hatte es nicht nur aus Leidenschaft getan. Nigels offenkundiges Interesse an Maldie hatte in Balfour das verzweifelte Bedürfnis wachsen lassen, sie als die Seine zu kennzeichnen. Das konnte er ihr natürlich nicht erzählen. Und er konnte ihr auch nicht erzählen, dass sein wenig ehrbarer Plan sich gegen ihn gekehrt hatte. Er hatte sie nicht nur als seinen Besitz gezeichnet – was er zumindest hoffte –, sondern sie hatte, ohne es zu wissen, ihre Zeichen auf ihm hinterlassen. Er gehörte ihr, mit Haut und Haaren. Das hatte er in dem Moment erkannt, in dem sich ihre Körper trafen. All die Gefühle, die er nach Kräften zu ignorieren versucht hatte, waren nicht mehr zu leugnen gewesen. Das war eine ernste Einsicht, aber momentan konnte er sich damit nicht eingehender befassen und wollte es auch gar nicht. Doch je länger Maldie stumm blieb, desto stärker wurde seine Angst, dass sie erraten hatte, was in ihm vorging. Sie hatte ja schon öfter ein erstaunliches Gespür für die Gefühle anderer an den Tag gelegt. Er hoffte inständig, dass es jetzt nicht wieder der Fall war.

»Wie geht es dir?«, fragte er und zog ihr Gesicht zu sich.

Maldie starrte ihn an und fragte sich, was wohl passieren würde, wenn sie ihm erzählte, was in ihr vorging. Sie liebte ihn. Das hatte sie gemerkt, sobald ihre Körper sich vereinigt hatten. Wenn die Leidenschaft sie nicht so fest im Griff gehabt hätte, wäre sie wahrscheinlich sofort aus diesem Raum und vielleicht sogar aus Donncoill geflohen. Balfour wollte ja nicht geliebt werden, er wollte nur ihre Leidenschaft. Und eigentlich hatte auch sie immer gedacht, dass sie nur Leidenschaft wollte. Sie hatte es sich erfolgreich ausgeredet, etwas zu wollen, zu brauchen oder zu fühlen, was darüber hinausging – bis zu jenem Moment. Und sie konnte kaum

Balfour die Schuld daran geben, dass sie so töricht gewesen war, sich selbst belogen hatte und der Wahrheit nicht ins Auge gesehen hatte, bis es zu spät gewesen war, um einen Rückzieher zu machen.

»Mir geht es gut«, entgegnete sie. »Machst du dir etwa noch immer Sorgen, dass du mir wehgetan hast?«

»Nein, nein. Aber du warst sehr still. So still, dass ich Angst hatte, etwas würde dich beunruhigen.«

»Nein, ich habe nur ein wenig nachgedacht. Mir war nicht völlig klar gewesen, wie endgültig mein Entschluss sein würde. Nicht, dass ich so töricht bin zu glauben, ich könnte mein Jungfernhäutchen weggeben und am nächsten Tag würde mir ein neues wachsen. Nein, so einfältig bin ich wirklich nicht. Es ist nur so, dass ich ab jetzt nicht mehr Nein sagen kann, oder?«

»Das kannst du, wann immer du willst. Du musst doch jetzt nicht mit jedem ins Bett steigen!« Schon allein bei dem Gedanken formte sich ein Klumpen Wut und Eifersucht in Balfours Brust, aber er bemühte sich nach Kräften, diese Gefühle nicht in seine Stimme zu legen. »Ich war nie der Meinung, dass ein Jungfernhäutchen über die Ehre oder die Unschuld einer Frau entscheidet.«

Ihre Augen wurden groß, nicht nur, weil sie diese Meinung überraschte, die die meisten Menschen nicht teilten, sondern auch, weil sie einen schärferen Ton in seiner Stimme entdeckt hatte. Offenbar hatte ihn etwas verärgert, was sie gesagt hatte. »Du hast ein großzügiges Herz, Balfour, aber ich bin nicht davon ausgegangen, dass ich jetzt den Abwegen meiner Mutter folgen muss. Doch du hast mich zu deiner Geliebten gemacht, und das kann nicht ohne Weiteres rückgängig gemacht werden.«

Das könnte es durchaus, dachte er, verkniff sich aber diese Bemerkung. Wenn sie so dachte, war es nur zu seinem Vorteil. Er wusste, dass er die Möglichkeit, sie in seiner Nähe zu halten, beim Schopfe ergreifen würde, auch wenn sich dabei sein schlechtes Gewissen regte. Maldie war zu klug, um nicht bald zu sehen, dass sie sich irrte, doch ihre kurzzeitige Verwirrung würde ihm Zeit geben, Zeit, um die Gefühle in ihr zu stärken, die sie bei ihm bleiben ließen.

»Bereust du es jetzt?«, fragte er und küsste ihre Schulter, während seine Hände ihren schlanken Rücken streichelten.

»Wahrscheinlich sollte ich, aber ich tue es nicht.« Sie fuhr mit den Fingern über seinen muskulösen Bauch und genoss es, wie er unter ihrer Berührung erzitterte. Es tröstete sie zu sehen, dass nicht nur sie schwach war. »Ich habe mir stets geschworen, die Fehler meiner Mutter nie zu wiederholen. Wenn ich versucht bin, mir so etwas vorzuwerfen, stelle ich jedes Mal fest, dass ich wahrscheinlich doch andere Fehler begehe. Vielleicht mache ich mir nur etwas vor, um meine Schwächen nicht allzu genau betrachten zu müssen. Aber tröstlicher ist es zu glauben, ich hätte keine.«

»Stimmt, aber diese Schwäche habe ich auch.«

Maldie lachte leise, dann lächelte sie ihn an. »Soll das etwa ein Trost sein?«

Balfour erwiderte ihr Lächeln und zuckte mit den Schultern. »Mir fiel nichts Besseres ein, um dich zu beruhigen. Ich habe dir ja schon gesagt, dass ich auch Angst hatte, die Fehler meines Vaters zu wiederholen. Aber auch ich habe das Gefühl, dass es nicht dieselben sind. Wir haben uns beide bemüht, das zu bekämpfen, was zwischen uns lodert. Mein Vater hingegen hat nie gezögert, wenn er erst einmal beschlossen hatte, ein Mädchen haben zu wollen.«

Sie seufzte und gab ihm mit einem stummen Nicken ihr Mitgefühl zu verstehen. »Auch meine Mutter hat nie gezögert, solange es um Leidenschaft und um ein paar Münzen ging. Na ja, offenbar sind wir beide entschlossen, uns etwas vorzulügen; bezeichnen wir also die kurze Zeit unserer Zurückhaltung –«

»Das war nicht kurz!«, fiel er ihr ins Wort. »Du meine Güte, mir kommt es wie Monate vor!«

95

»Es waren etwas über zwei Wochen, also ein ziemlich begrenzter Zeitraum. Aber wir können uns trösten und unsere Zweifel und Ängste beschwichtigen, wenn wir uns sagen, dass die Eltern, denen wir so wenig nacheifern wollen, bestimmt nicht einmal so lange gewartet hätten. Weißt du, es ist ziemlich traurig, wenn man die Fehler derer, die man eigentlich ehren und achten sollte, so klar erkennt.«

»Es ist schwer, vor solch etwas die Augen zu verschließen, wenn man älter ist und, so Gott will, auch klüger. Mit dieser Weisheit kann man Fehler erkennen und zumindest verzeihen, wenn man sie schon nicht verstehen kann. Die Liebe zu meinem Vater wurde durch das Wissen um seine Schwächen nicht geringer. Er hatte auch viele Stärken und Fähigkeiten.« Balfour grinste. »Na ja, wenn er nicht so geschickt gewesen wäre, hätte ich seine Schwäche für die Frauen nie entdeckt und er vielleicht auch nicht.«

Maldie fand es nett, dass er über die Torheiten seines Vaters lächeln konnte, obwohl er wusste, dass sie ihn irregeleitet hatten. Sie wünschte, sie hätte die Fehler ihrer Mutter ebenso gelassen hinnehmen können. Je älter sie wurde, desto klarer sah sie nämlich, dass ihre Mutter ein paar schlimme Fehler begangen hatte. Doch die Schuldgefühle, die sich in ihr regten, wenn sie über solche Dinge nachdachte, und das Gefühl mangelnder Loyalität, das ihr in solchen Momenten des Zweifels schwer zu schaffen machte, wurden immer schwächer. Das stimmte sie traurig.

Sie beschloss, nicht weiter über ihre Mutter nachzudenken; solche Gedanken führten immer zu Kummer und Verwirrung und warfen Fragen auf, die sie nicht beantworten konnte. Lächelnd wandte sie sich wieder Balfour zu. Zwar schmerzte ihr Körper ein wenig nach ihrer Einführung in die Leidenschaft, doch es fiel ihr nicht schwer, dieses Ungemach zu übergehen. Die Lust, die sie mit Balfour teilte, verbannte alle qualvollen Gedanken aus ihrem Kopf und bis auf die Liebe zu ihm alle Gefühle aus ihrem Herzen. Kurze Zeit hatte sie sogar das kalte, bittere Bedürfnis nach Rache vertrieben, das in den letzten Monaten jeden ihrer Schritte gelenkt hatte. Zuversichtlich, dass es nicht lange dauern würde, ihn dazu zu bringen, ihr eine weitere Kostprobe dieser alles überlagernden Wonne zu liefern, die sie sich offenbar gegenseitig schenken konnten, ließ sie die Hand seinen Rücken hinabwandern und streichelte sein Hinterteil. Sie musste breit grinsen, als er erbebte und sich instinktiv an sie presste.

»Vielleicht sollte man deinem Vater nicht alle seiner Fähigkeiten zum Vorwurf machen«, murmelte sie und drückte einen sanften Kuss auf die Grube an seiner Kehle. »Es ist klar, dass er seinem Sohn einiges vererbt hat.«

»Wohl wahr.« Balfour schloss die Augen und genoss es, wie ihre kleine, weiche Hand sich über seine Haut bewegte. »Viele Frauen haben Nigels Geschick als Liebhaber gelobt.«

Einen Moment lang regte sich tiefes Mitleid in ihr; wahrscheinlich hatten ihn viele törichte Frauen, die sich von Nigels Schönheit hatten blenden lassen, schwer gekränkt. Doch leider musste sie sich eingestehen, dass es Wunden gab, die sie nicht heilen konnte, so geschickt sie als Heilerin auch war. Nur Balfour selbst konnte sich von diesen alten Verletzungen befreien und seinen eigenen Wert erkennen. Sie konnte ihn bloß mit Worten und Taten wissen lassen, dass sie ausschließlich an ihm interessiert war und schon eine Berührung von ihm die heißeste Leidenschaft in ihr entfachte. Sie beschloss, seine Selbstzweifel und seinen Neid weder zu bedauern noch sonst irgendwie zur Kenntnis zu nehmen. Womöglich hätte sie diese Gefühle dadurch nur länger am Leben erhalten.

»Nun, ich glaube nicht, dass ich dieses Urteil nachprüfen werde. Ich habe hier alles, was ich brauche und haben will, und kann mir nicht vorstellen, dass ich irgendwo etwas noch Schöneres oder Stärkeres finde. Eigentlich will ich das auch gar nicht, denn ich habe Angst, dass ich das nicht überleben würde.«

»Stimmt. Wenn du mit Nigel das Bett teilst, wirst du es wahrscheinlich nicht überleben. Aber ich glaube nicht, dass es die tödliche Dosis Leidenschaft ist, vor der du dich fürchten solltest.«

Maldie starrte ihn verwundert an, denn seine Stimme hatte scharf und kühl geklungen. »Soll das eine Drohung sein?«

»Nein, eher eine Warnung.« Er seufzte und legte die Stirn an ihre Wange. »Ich fürchte, ich würde völlig außer Rand und Band geraten, und ein Mann, dessen Verstand von Wut getrübt ist, kann für alle zur Gefahr werden.«

»Richtig, aber du würdest bestimmt wieder zur Vernunft kommen, bevor du jemanden ernstlich verletzt.«

»Du klingst, als ob du dir sehr sicher wärst.«

»Das bin ich auch.« Sie streichelte ihm über die Wange. »Aber es ist egal, denn es wird nie so weit kommen. Du bist ein Narr, Balfour Murray, wenn du nicht siehst, dass ich nur dich will und sonst keinen!«

Ihre Worte berührten ihn zutiefst, aber noch waren seine Zweifel nicht völlig beschwichtigt. »Du meinst also, du gehörst mir?«

»Jawohl, nur dir. Du hast mich gut gezeichnet, mein dunkeläugiger Krieger.«

»Gut, denn auch du hast mich gezeichnet.« Er streifte ihre Lippen mit dem Mund. »Allerdings finde ich, das sollte noch einmal bekräftigt werden.« Er zögerte, dann musterte er sie scharf und fragte: »Tut dir etwas weh?«

Maldie schlang die Arme um seinen Nacken und zog seinen Kopf wieder zu sich herab. »Nur zu, zeichnet nach Herzenslust, mein Laird!«

Als er sie küsste, überließ sie sich völlig ihren Gefühlen. Schon bald würde es zur letzten Auseinandersetzung mit Beaton kommen, und dann würde sie einige schwere Entscheidungen fällen müssen. Würde sie ihm die Wahrheit sagen? Würde sie versuchen, mehr als nur Leidenschaft von ihm zu bekommen? Würde er sie überhaupt noch begehren,

98

wenn er herausfand, dass sie Beatons Tochter war? Auf all diese Fragen hatte sie keine Antwort; sie würde sie erst beantworten können, wenn sie Balfour all ihre dunklen Geheimnisse verraten hatte. Obwohl sie ihn liebte, konnte sie ihm die Wahrheit jetzt nicht gestehen. Noch nicht. Deshalb würde sie auch all ihre Gefühle für sich behalten und es hinnehmen müssen, dass sie jetzt nur Leidenschaft geben oder darum bitten konnte, bis Beaton geschlagen war und sie von dem Schwur befreit war, den sie ihrer Mutter geleistet hatte. Doch ihre Leidenschaft, dachte sie mit einem wollüstigen Schauder, als er begann, ihre Brüste mit heißen Küssen zu bedecken, war so wundervoll, dass sie sich damit einstweilen vollauf zufriedengeben konnte.

8

Maldie musste herzhaft gähnen. Hastig blickte sie sich um, doch keiner der Männer, die die hohen Mauern von Donncoill bewachten, schien etwas bemerkt zu haben, wie sie zu ihrer Zufriedenheit feststellte. Sie hätten natürlich sofort erraten, warum sie so müde war, und diese Peinlichkeit wollte sie sich ersparen. Dann lächelte sie über ihre Torheit. Sie teilte nun seit einer Woche das Lager mit Balfour, das wusste in Donncoill inzwischen sicher jeder. Und dennoch hatte bisher niemand sie in Verlegenheit gebracht. Balfours Leute schienen sie als Geliebte ihres Lairds zu betrachten, ohne sie dafür zu verurteilen. Sie glaubte allmählich sogar, dass viele Menschen in Donncoill sich darüber freuten, dass ihr Laird eine Frau hatte. Manche dachten wahrscheinlich, dass er sie bald heiraten und einen Erben zeugen würde. Hastig lenkte Maldie ihre Gedanken in eine andere Richtung. Der Traum war zu verführerisch, allzu leicht würde sie sich von ihm betören lassen. Wenn sie dann doch gezwungen wäre, Donncoill und Balfour zu verlassen, würde es umso schmerzlicher sein.

Sie blickte auf das Kommen und Gehen an den wehrhaften Toren der Burg und überlegte, ob es wohl jemand bemerken würde, wenn sie sich einfach davonschlich und ein wenig ausruhte. Plötzlich erregte etwas ihre Aufmerksamkeit: Eine gebückte Gestalt, in einen abgetragenen braunen Umhang gehüllt, huschte aus dem Tor und eilte davon. Maldie konnte das Gesicht der Gestalt nicht erkennen, aber sie war sich sicher, dass es sich um Grizel handelte, und sie spürte ganz deutlich, dass die Frau etwas vorhatte, was Beaton helfen würde. In eben dem Moment, als sie überlegte, wo sie Balfour finden könnte, bevor es zu spät war, die Frau zu verfolgen, trat er hinter sie und umarmte sie.

»Ich habe dich gesucht«, murmelte er und beugte sich nach vorne, um ihr einen Kuss auf die Wange zu drücken.

»Und ich glaube, ich weiß auch schon, warum«, erwiderte sie gedehnt, denn er schmiegte sich so eng an sie, dass sie seine Erregung spüren konnte. »Du bist unersättlich!«

»Das ist deine Schuld. Du weckst die Gier in mir.«

»Mir geht es nicht anders mit dir, aber ich fürchte, wir müssen einstweilen auf dieses Vergnügen verzichten.« Sie deutete auf die verhüllte Gestalt, die die Straße zum Dorf entlanghastete. »Ich glaube, es wird dir auch ein gewisses Vergnügen bereiten, sie zu verfolgen.«

Balfour blickte stirnrunzelnd in die Richtung, in die Maldie deutete. »Sie? Wer ist das denn, und warum sollte ich mich um sie kümmern?«

»Grizel. Ja, ich weiß, du siehst dort nur eine Frau in einem Umhang, aber du kannst mir ruhig glauben. Es ist Grizel, und sie denkt wieder an Verrat.«

Zögernd ließ er Maldie los und beugte sich über die Mauer, um die Frau genauer zu betrachten. »Hast du Visionen?«, fragte er schließlich. »Woher weißt du, dass diese abgerissene Gestalt Grizel ist und was sie im Schilde führt?«

Maldie schnitt eine Grimasse, dann zuckte sie die Achseln. »Keine Ahnung, ich weiß es einfach. Jede Faser in meinem Leib sagt mir, dass es Grizel ist und dass sie davoneilt, um Beaton eine Nachricht zukommen zu lassen. Ich bitte dich, folge ihr! Wenn ich recht habe, hast du den Beweis gegen sie, den du immer haben wolltest, und kannst ihrem verräterischen Treiben ein Ende setzen. Wenn ich mich irre, dann darfst du gerne zu mir zurückkommen und mich eine Närrin schimpfen.«

»Wenn du es mir erlaubst, macht es gar keinen Spaß mehr.« Er grinste, als sie lachte, dann machte er sich auf den Weg zu den schmalen Steinstufen, die von den hohen

Mauern Donncoills nach unten führten. »Ich suche James, dann können wir die Frau gemeinsam verfolgen. Ich hoffe nur, dass er nicht wissen will, warum ich darauf bestehe, dieser verhüllten Gestalt nachzuschleichen. Mit Sicherheit werde ich taub von seinem Gelächter, wenn ich ihm erklären muss, dass mir die Fasern deines Leibes befohlen haben, es zu tun.«

Sie kicherte, wurde jedoch gleich wieder ernst, als ihr Blick auf Grizel fiel. Man musste diese Frau unbedingt aufhalten. Niemand konnte sagen, wie viel Grizel schon ausspioniert hatte, bevor Maldie Balfour und James vor ihr gewarnt hatte, und es war auch unklar, wie viel sie Beaton bereits verraten hatte. Und eben jetzt eilte diese Frau vielleicht davon, um Beaton etwas zu berichten, was Balfours Leben gefährden konnte. Schon bei dem Gedanken hätte Maldie Grizel am liebsten selbst verfolgt. Erst als sie James, Balfour und noch zwei Männer durch die Tore schreiten und sich eilig, jedoch möglichst unauffällig auf Grizels Spur setzen sah, wurde sie etwas ruhiger. Sie beschloss, die Gunst der Stunde zu nutzen und sich den dringend nötigen Schlaf zu holen.

* * *

»Sagt mir endlich, warum wir diese schmutzige, erbärmliche Gestalt verfolgen!«, meinte James zu Balfour, als sie sich zusammen mit ihren Begleitern hinter ein paar Bäumen am Straßenrand versteckten.

»Ich glaube, sie ist es, die Beaton geholfen hat«, erwiderte Balfour. Er war stolz darauf, wie leise sie sich durchs Unterholz schlugen, ohne die Person, die sie verfolgten, aus den Augen zu verlieren.

»Ich dachte, Ihr hättet Euch darauf geeinigt, dass die alte, scharfzüngige Grizel die Verräterin ist.«

»Sie ist es.« Balfour schnitt eine Grimasse. Bestimmt würde er jetzt gleich den Grund dafür nennen müssen, warum sie hier durch den Wald krochen Das würde sicher ein schallendes Gelächter geben. »Das ist Grizel.«

»Woher in Gottes Namen wollt Ihr das denn so genau wissen?« James reckte den Hals in der Hoffnung, erkennen zu können, wen sie verfolgten, dann schüttelte er den Kopf. »Habt Ihr gesehen, wie sie sich in diese Lumpen gehüllt hat?«

»Nein. Bevor du mich noch weiter löcherst: Maldie hat gemeint, dass die Frau uns gleich einen Beweis für ihren Verrat liefern würde.«

»Aha, Mistress Kirkcaldy hat Euch also auf Grizels Spur gesetzt. Hat sie Euch nicht auch gesagt, dass Grizel Euch hasst und uns ausspioniert?«

Balfour funkelte James zornig an, denn dessen verächtlicher Tonfall gefiel ihm ganz und gar nicht. »Als mich Maldie dazu brachte, mir Grizel etwas näher anzuschauen, und mir half, den Hass dieser Frau und seinen Grund zu erkennen, wurde mir alles klar.«

»Na ja, da mögt Ihr recht haben, aber jetzt? Hat das Mädchen die Frau denn gesehen oder gehört, wie Grizel von Verrat sprach?« James fluchte halblaut, als ein spitzer Ast eines abgestorbenen Baums ihn am Oberarm ritzte.

»Nein«, murrte Balfour und bedeutete seinen Männern, stehen zu bleiben, da sie sich dem Waldrand näherten, hinter dem sich ein freies Feld bis zum Dorf erstreckte. »Na ja, jedenfalls sind wir inzwischen am Dorf angekommen, vielleicht gibt es dort ja doch keinen Verräter. Vielleicht ist Grizel die Einzige.«

»Wartet!« James rieb sich das lange Kinn und starrte Balfour nachdenklich an. »Ihr seid mein Laird, aber Ihr seid auch der Bursche, dem ich auf sein erstes Pferd geholfen habe. Mit dem will ich jetzt reden. Sagt mir, was genau gesehen und gehört wurde und warum wir jetzt zu Fuß wie Diebe hinter einer verhüllten Gestalt herschleichen!«

Balfour ließ Grizel nicht aus den Augen. Er wartete auf den richtigen Moment, um sie weiter zu verfolgen. Leise fluchend gestand er: »Nichts wurde gesehen oder gehört. Maldie wusste es einfach. Sie sagte, sie spüre es mit allen Fasern ihres Leibes.« Ein scharfer Blick genügte, um das Kichern der zwei jungen Begleiter zu unterbinden, dann wandte sich Balfour wieder James zu.

»Sie hatte eine Vision?«, fragte James gedehnt.

»Nein, nur so ein Gefühl. Es mag ja Unsinn sein ...«, Balfour ignorierte James' vielsagende Miene und blickte wieder auf Grizel, »aber es kann doch nichts schaden, oder? Entweder wir ertappen sie auf frischer Tat, oder es passiert nichts. Aber ehrlich gesagt glaube ich auch nicht, dass diese gebückte, abgerissene Gestalt unterwegs ist, um einen Liebhaber zu treffen.«

»Wer weiß? Liebe kann blind machen.«

Balfour sah über James' mürrische Beleidigung hinweg. Er hoffte inständig, dass Maldie recht gehabt hatte und die Gestalt, die sie verfolgten, tatsächlich Grizel war, die sich als Verräterin herausstellen würde. Auch wenn er den Gedanken hasste, dass einer seiner Leute Beaton half, war ihm das jetzt lieber, als wie ein Narr dazustehen.

Sobald er die Verfolgung wieder unbeobachtet aufnehmen konnte, trat Balfour, rasch gefolgt von seinen Männern, aus dem Schutz des Unterholzes. Fast eine Meile schlichen sie der verhüllten Gestalt nach, bevor diese an einem Steinhaufen nahe eines kleinen Baches Halt machte. Balfour und seine Leute versteckten sich im dichten Unterholz und dem hohen Gras und warteten. Die verhüllte Gestalt setzte sich auf einen Stein und streifte die Kapuze zurück, sodass ihr Gesicht sichtbar wurde. Es war tatsächlich Grizel. Balfour bedachte James mit einem kurzen, triumphierenden Blick.

»Da haben Maldies zarte Fasern also recht gehabt, zumindest darin, wer unter dem Umhang steckt«, meinte James und schnitt eine Grimasse, als er vergebens versuchte, es sich auf dem harten, steinigen Untergrund bequem zu machen. »Aber noch fehlt uns der Beweis für ihren Verrat.«

»Ich glaube, auch der wird sich bald zeigen«, sagte einer ihrer beiden Begleiter, ein untersetzter, meist recht schweigsamer Mann namens Ian. »Entweder sind das Beatons Leute, oder jemand hat endlich beschlossen, die Welt von dieser miesen alten Hexe zu befreien.«

Drei Männer schlichen auf Grizel zu. Sie blickten sich wachsam um, als sie sich der Frau näherten. Grizel schien keine Angst zu haben; ihre Miene zeigte nur ihre typische Verdrossenheit und Ungeduld. Balfour achtete auf die Männer; ihm war sofort das Abzeichen aufgefallen, das auf dem schmutzigen Plaid einer der drei zu erkennen war: Es waren Beatons Leute. Mehr Beweise brauchte er nicht. Er bedeutete seinen Männern, die Gruppe am Steinhaufen zu umzingeln.

»Habt Ihr vor zu warten, bis Ihr hört, was gesprochen wird?«, fragte James.

»Sollte ich?«

»Nein. Es ist klar, wer diese Männer sind, und ebenso klar ist, dass Grizel und sie sich kennen.«

»Versuche, einen von Beatons Mistkerlen lebendig zu erwischen«, zischte Balfour, als James sich anschickte, die Verräterbande von rechts anzugreifen. »Vielleicht kriegen wir ihn dazu, uns zu sagen, wie sehr uns Grizel schon geschadet hat.«

James nickte, dann verschwand er lautlos im dichten Gras. Balfour hoffte, es ihm gleichzutun, als er zu Grizel schlich. Noch konnte er Beaton nicht schlagen oder Eric befreien, doch immerhin hatte er jetzt die Gelegenheit, seinem Feind eins auszuwischen – und diesen kleinen Sieg hatte er bitter nötig; und immerhin würde Beaton nicht mehr von Grizels Verrat profitieren können.

Beim Angriff passierte alles so schnell, dass Balfour fast ein wenig enttäuscht war. Er und seine Männer stürzten sich von vier Seiten auf ihre Feinde, und da Beatons Männer sich nicht kampflos ergeben wollten, bezahlten sie den Versuch, sich einen Weg aus der Falle zu bahnen, mit dem Leben. Grizel machte erst gar keinen Versuch, sich zu retten. Sie saß nur da und warf mit bösen Blicken um sich. Balfour konnte den Hass dieser Frau fast körperlich spüren, als er sein Schwert an dem wattierten Wams des Mannes, den er soeben erstochen hatte, abwischte und es langsam wieder in die Scheide steckte.

»Hat der mächtige Laird von Donncoill nichts Besseres zu tun, als einer alten Frau nachzuschleichen?«, fauchte Grizel.

»Du hast dich soeben eines schlimmen Verbrechens schuldig gemacht, Grizel«, erwiderte Balfour. »Demut und Reue stünden dir besser an.«

»Reue?« Sie spuckte verächtlich aus und grinste boshaft, als einer der Männer sich hastig entfernte. »Ich bereue nichts!«

»Du hast deinen Clan und deine Familie verraten; den Namen deiner Verwandten mit einem Makel versehen, den sie nie mehr loswerden.«

»An denen liegt mir nichts. Sie haben sich ihr ganzes kümmerliches Leben lang für Euch und Euresgleichen krummgelegt. Als ich ihnen sagte, welche Schmach Euer Vater mir zugefügt hat, und sie bat, um meine Ehre zu kämpfen, haben sie nichts unternommen. Jetzt können sie ihre Haut selbst retten, ich musste es ja auch tun.«

»Du hast deine Haut nicht gerettet, du Närrin!«, meinte James. »Du hast bloß dafür gesorgt, dass dein Hals jetzt bald in einer Schlinge stecken wird. Und all das nur, weil ein Mann mit dir geschlafen hat und es nicht noch einmal tun wollte? Du hattest einen Ehrenplatz unter uns. Doch du hast die ganze Zeit nichts anderes getan, als Ränke gegen uns zu schmieden.«

»Einen Ehrenplatz?« Grizel schnaubte höhnisch auf, ein hässlicher Laut, getränkt von all ihrer Verbitterung. »Du meinst den wunderbaren Platz, den unser feiner Laird seiner kleinen Hure zukommen ließ?« Sie grinste nur, als Balfour drohend auf sie zuging, die Hände geballt, um nicht auf sie einzuprügeln. »Wirklich eine große Ehre, mich jeder Krankheit widmen zu müssen, die nach Donncoill kroch, und die Nasen und Ärsche der Siechen abzuwischen. Einen einzigen Gewinn zog ich aus dieser widerlichen Schufterei: Ich konnte Eurem Vater nahekommen, Balfour. Ja, ja, ihr Idioten habt sein Leben in meine Hände gelegt und mich tun lassen, was ich wollte.«

»Du hast ihn umgebracht«, ächzte Balfour. Entsetzen raubte seiner Stimme alle Kraft.

»Ja, und zwar direkt vor Euer aller Augen. Es dauerte viele Tage, aber ich habe dem Mistkerl das Blut geraubt, bis er keines mehr hatte. Und jetzt habe ich seinen geliebten kleinen Bastard seinem Erzfeind ausgeliefert« Sie richtete sich etwas auf, als Balfour sein Schwert zückte.

»Nein«, meinte James und hinderte Balfour, die Alte auf der Stelle zu erschlagen. »Sie will doch nur, dass du genau das tust. Ein rascher, sauberer Tod durchs Schwert ist allemal besser als der Strick.«

»Sie hat meinen Vater umgebracht. Ich hatte gedacht, es wäre die Entscheidung Gottes gewesen oder schlimmstenfalls die Folge mangelnder Heilkunst. Aber sie hat ihn ermordet!« Balfour atmete tief durch, dann steckte er sein Schwert langsam in die Scheide zurück. »Und wir standen alle daneben.« Er wandte ihr den Rücken zu, denn er wusste nicht, ob er dem Drang widerstehen konnte, sie zu erschlagen, wenn er sie weiter ansehen und ihr zuhören musste. »Ich ertrage es nicht, in ihrer Nähe zu sein. Sobald ich wieder etwas ruhiger und besonnener bin, werde ich mit ihren Verwandten sprechen. Bringt sie nach Donncoil und haltet sie dort fest!«, befahl er und ging, ohne abzuwarten, ob seine Männer den Befehl ausführten.

Er nutzte den langen Heimweg, um sich etwas zu beruhigen, denn er wollte sich wieder im Griff haben, wenn er Grizels Verwandte über ihre Verbrechen unterrichtete und dann sein Urteil fällte. Solange ihn aber sein Zorn beherrschte, konnte er keine dieser Pflichten auf angemessene Weise ausführen. Die Mitglieder seines Clans würden ihm seine Wut zwar sicher nachsehen, aber er wusste, dass es besser war, ruhig, fair und vernünftig zu klingen, besonders, da Grizel mit dem Tod bestraft werden musste. In diesem Fall würde ihm Ruhe sehr viel mehr Achtung einbringen als flammender Zorn.

Gleich nach seiner Ankunft in Donncoill begab er sich auf direktem Weg zu Maldie. Er hoffte, dass sie in ihrem Zimmer war, denn sein Bedürfnis nach ihr war übermächtig und verlangte nach sofortiger Befriedigung. Instinktiv wusste er, dass sie ihm das geben konnte, was er brauchte, um wieder etwas Kontrolle über seine Gefühle zu gewinnen. Warum er ausgerechnet von der Person, die im Handumdrehen blinde Leidenschaft in ihm entfachen konnte, erwartete, dass sie ihm auch helfen würde, wieder klar zu denken, wusste er nicht, aber aus irgendeinem Grund wurde er dieses Gefühl nicht los.

Maldie erwachte schlagartig, als die Tür zu ihrer Kammer aufgestoßen und lautstark wieder geschlossen wurde. Sie setzte sich auf und starrte Balfour ein wenig verwirrt und einigermaßen beunruhigt an, als sie seinen Gesichtsausdruck bemerkte – eine seltsame Mischung aus Trauer und Zorn. Einen kurzen, schrecklichen Moment lang fürchtete sie, sie selbst sei der Grund für seine Wut, doch dann verscheuchte sie diese Ängste. Balfour war nicht so lange weg gewesen, um auch nur eines ihrer vielen Geheimnisse aufzudecken, und schließlich war er damit beschäftigt gewesen, Grizel zu verfolgen. Sie hatte nicht den geringsten Zweifel, dass Grizel die verhüllte Gestalt gewesen war und diese sich als Verräterin erwiesen hatte. Maldie war erleichtert, dass sie offenkundig recht gehabt hatte, aber auch von tiefem Mitleid mit Balfour erfüllt, der diesen Verrat wahrlich nicht verdient hatte.

»Es tut mir sehr leid, Balfour«, sagte sie leise, als er zu ihr trat und sich auf die Bettkante setzte. Sie legte die Hand auf seine geballte Faust.

»Warum?« Seufzend fuhr er durch sein dichtes Haar, dann rieb er sich den Nacken. »Schließlich hattest du recht.«

»Davon war ich ausgegangen. Aber es tut mir leid, dass du herausfinden musstest, wie grausam es ist, verraten zu werden. Du hast dieser Frau nichts getan, was ihre Tücke rechtfertigen würde.«

Balfour nahm ihre Hand und küsste deren Innenfläche. »Dein Mitgefühl tut mir gut, aber eigentlich brauche ich jetzt etwas anderes.« Er lächelte schwach, als sie große Augen bekam. »Ich weiß, dass das wenig schmeichelhaft ist, aber ich muss einen klaren Kopf bekommen, und ich glaube, du kannst mir dazu verhelfen, wenn wir uns lieben.«

Sie lachte und zog ihn zu sich ins Bett. »Das kann ich verstehen. Erst vertreibt die Leidenschaft alle Gedanken aus deinem Kopf, und dann kommt die süße Zeit, wenn langsam die Vernunft zurückkehrt und der Körper völlig entspannt ist. Das ist der ideale Zeitpunkt, um seine Gedanken zu ordnen.« Sie küsste ihn sanft. »Aber lass es bitte nicht den einzigen Grund sein, warum du zu mir ins Bett steigst, sonst beschleicht mich das Gefühl, kaum mehr zu sein als ein Nachttopf.«

»Das wird nie passieren!«

Maldie sagte nichts, sie erwiderte nur gierig seinen Kuss. Er beteuerte ihr das jetzt nur, weil er dachte, er würde sie kennen. Es war durchaus möglich, dass er nie mehr zu ihr kommen würde, wenn er die Wahrheit herausgefunden hatte; denn dann würde er sich betrogen fühlen, und sein Gesichtsausdruck beim Hereinkommen hatte ihr deutlich zu verstehen gegeben, was er von Verrat und Betrug hielt. Bei dem Gedanken, dass er sie vielleicht bald verstoßen würde, sehnte sie sich umso mehr nach seiner Liebe.

Als er sie auszog, machte auch sie sich eilig an seiner Kleidung zu schaffen, bis sich ihre nackten Körper endlich begegneten. Maldie erbebte vor Wonne. Obwohl sie seinen Ärger noch immer spürte, war ihr klar, dass er sich nicht gegen sie richtete. Sie nahm es als Herausforderung: Sie wollte herausfinden, ob sie seine Lust so weit entflammen konnte, so heiß und stark machen konnte, dass sie all seine Wut verbrannte. Außerdem hoffte sie, den Schmerz zu lindern, den der Verrat ihm bereitet hatte.

Balfour grunzte überrascht, als ihn Maldie plötzlich auf den Rücken schubste und sich mit ihrem schlanken Körper auf ihn setzte. Bevor er etwas sagen konnte, begann sie, ihn zu küssen und zu streicheln. Er verkniff sich jedes Wort, denn er hatte Angst, sie würde dann innehalten. Als sie seine Brust mit sanften, langen Küssen bedeckte und dabei seine Haut mit ihrer Zunge liebkoste, wühlte er in ihrem dichten Haar und bemühte sich, seine rasch wachsende Leidenschaft zu zügeln, um herauszufinden, wie wagemutig sie noch werden würde.

Schließlich löste sich Maldie langsam aus seinen Armen und säuberte sie beide, bevor sie sich wieder an ihn schmiegte. Langsam konnte Balfour wieder einen klaren Gedanken fassen. Doch er dachte nicht an Grizel, an Beaton oder an Verrat, sondern daran, dass Maldie bei der Liebe soeben ein Geschick an den Tag gelegt hatte, wie es nur wenige Frauen hatten; und er hatte ihr weder von solchen Dingen erzählt, noch hatte er sie ihr gezeigt. Dass er ihr erster Liebhaber war – den Beweis hatte er mit eigenen Augen gesehen –, half wenig, um seine wachsende Unruhe zu beschwichtigen. Bei solchen Liebesspielen verlor eine Frau ihre Unschuld nicht.

»Woher kennst du solche Sachen?«, fragte er und verfluchte sich gleichzeitig dafür, dass er das unbedingt wissen wollte.

»Habe ich dir nicht zu einem klaren Kopf verholfen, so wie du es wolltest?«, fragte sie.

»Na ja, das schon, aber ...« Er runzelte verwirrt die Stirn, als sie leise lachte und einen Finger an seine Lippen legte.

»Schon gut, ich necke dich nur. Meine Mutter hat mir erklärt, dass Männer das gerne haben. Hat sie sich etwa geirrt?«

Balfour war schockiert und wurde wütend auf ihre Mutter, aber auch traurig. Wieder einmal hatte er einen Blick auf ihre traurige Kindheit und Jugend erhalten. »Nein, nein, das ist schon richtig.« Er erinnerte sich an die intensive Lust, die sie ihm geschenkt hatte, und lächelte, dann gab er ihr einen zärtlichen Kuss. »Aber es war nicht richtig, dir solche Dinge zu erzählen. Hat sie etwa versucht …« Er stockte, weil er nicht wusste, welche Worte er wählen sollte, ohne ihre Mutter allzu schwer zu beleidigen.

»Ob sie versucht hat, eine Hure aus mir zu machen?« Maldie lächelte wehmütig, als sie merkte, wie unbehaglich er sich fühlte. »Ja, ich glaube, das hat sie tatsächlich. Ein paar Jahre lang hätte ich ziemlich viel Geld eingebracht, bis meine Schönheit und meine Anmut geschwunden wären. Aber ich glaube, oft genug hatte sie einfach keinen anderen Gesprächsstoff. Männer und wie man ihnen so viel Lust bereiten kann, dass sie gut dafür bezahlen – darin kannte sie sich aus.« Sie schmiegte sich eng an ihn. »Aber lass uns jetzt lieber darüber sprechen, was dich so wütend gemacht hat.«

»Leider kann ich dich nicht eine Närrin schimpfen.« Er spürte, wie seine Wut zurückkehrte, doch jetzt war er stark genug, sie zu beherrschen. »Wie ich schon sagte – die abgerissene Gestalt war tatsächlich Grizel, und sie hatte ein Stelldichein mit drei von Beatons Männern. Leider haben sie sich gegen ihre Gefangennahme gewehrt. Ich glaube, dieser kleine Sieg über Beaton wäre noch viel süßer gewesen, wenn ich die Gelegenheit gehabt hätte, wenigstens einem von ihnen ein paar Geheimnisse zu entlocken.«

»Und Grizel – lebt sie noch?«

»Ja, aber sie wird mir nichts sagen. Wenn sie Geheimnisse Beatons kennt, wird sie sie aus lauter Trotz mit ins Grab nehmen. Sie hat nicht versucht, sich zu retten, sie saß nur da und hat uns die hässliche Wahrheit direkt ins Gesicht gefaucht.«

»Ihr Hass auf euch ist noch stärker, als ich dachte, wenn sie sich durch ihn ins Grab bringen lässt.«

»Ja, er ist wirklich äußerst stark. Er hat sie sogar dazu gebracht zu morden.«

»Weißt du das genau?«

Er nickte und streichelte gedankenverloren ihren schlanken Rücken. Zu seiner Verwunderung schenkte allein diese Berührung ihm die Kraft, seine Trauer und Wut zu kontrollieren. »Sie hat die Tat gestanden. Weißt du noch, wie ich dir bei unserer ersten Begegnung davon erzählt habe, dass unsere Heilerin immer Blutegel ansetzt?«

Maldie überlief es kalt bei der Vorstellung, die sich langsam in ihrem Kopf bildete. Aber sie wusste, es war die Wahrheit. Mit vor Entsetzen leiser Stimme meinte sie: »Du hast mir gesagt, dass du nicht an die heilende Wirkung von Blutegeln glaubst und dachtest, sie hätten den Tod deines Vaters beschleunigt.«

»Wahrscheinlich nicht nur das. Grizel prahlte, dass sie ihren Ehrenplatz benutzt habe, um den Mann vor unser aller Augen umzubringen. Sie hat ihn langsam ausbluten lassen. Am liebsten hätte ich sie an Ort und Stelle getötet, aber James hat mich daran gehindert.« Er verzog das Gesicht. »Ich hatte schon mein Schwert in der Hand und konnte es kaum erwarten, eine alte, verbitterte Frau zu erschlagen.«

»Dafür brauchst du dich nicht zu schämen. Sie hat deinen Vater auf grausame Weise getötet und bereut es offenbar nicht im Geringsten.« Maldie küsste ihn auf die Wange. »Jedenfalls hast du es nicht getan. Selbst James hätte dich nicht abhalten können, wenn du es wirklich gewollt hättest. Zerbrich dir nicht den Kopf über Dinge, die du beinahe getan hättest; denk lieber daran, was als Nächstes zu tun ist!«

»Ich muss es Nigel sagen und dann ihren Verwandten.« Er drückte sie einen Moment lang fest an sich. »Lieber würde ich jetzt einfach bei dir liegen bleiben.«

»Das geht nicht. Wenn du zu lange wartest, um mit Nigel und Grizels Verwandten zu reden, erfahren sie es von jemand anderem. Solch schlimme Neuigkeiten verbreiten sich rasch.

Wahrscheinlich sind bereits Gerüchte im Umlauf.« Sie lächelte nachsichtig, als er fluchend aufstand. »Nigel muss es von dir erfahren und nicht durch irgendein Gerücht und Halbwahrheiten.«

»Ich weiß«, murrte er und zog sich an. »Ich hoffe nur, dass ich nicht wieder die Beherrschung verliere. Das führt zu nichts und würde Nigel nur zusätzlich aufregen.«
Maldie machte es sich wieder gemütlich und wickelte sich fest in die Decke. »Soll ich hier auf Euch warten, mein Laird?«, fragte sie lächelnd. Er lachte, worüber sie sehr froh war, denn es zeigte ihr, dass es ihr, wenn auch nur kurz, gelungen war, die Traurigkeit aus seinem Blick zu vertreiben.

Er küsste sie und richtete sein Plaid, bevor er ging. »Ein sehr verführerisches Angebot, das ich liebend gern annehmen würde. Aber wahrscheinlich wird Nigel dich jetzt gleich brauchen. Er wird ebenso außer sich geraten wie ich, als ich die schreckliche Geschichte erfuhr.«

»Natürlich. Und das könnte ihn schwächen oder dazu bringen, sich zu hastig zu bewegen. Wenn du ihm die traurige Wahrheit beigebracht hast, klopf einfach dreimal, dann mache ich mich auf zu ihm.«

Sobald sich die Tür hinter Balfour geschlossen hatte, stieß Maldie erst einmal ein paar deftige Flüche aus. Beaton war an allem schuld. Er hatte den Hass einer verbitterten Alten ausgenützt, um Balfour zu treffen und einen Jungen aus seinem Zuhause zu entführen. Vielleicht war die Ermordung von Balfours Vater nicht direkt ihm geschuldet, doch zweifellos hatte er die feige Tat gutgeheißen und die Mörderin am Ende sogar dafür belohnt. Man musste den Schuft endlich zur Rechenschaft ziehen. Die Frage war nur, wer würde ihn zuerst zu fassen bekommen – sie oder Balfour?

9

Der starke Wein trug kaum dazu bei, Balfour zu beruhigen; trotzdem schenkte er sich nach. Obwohl das Mittagsmahl schon seit geraumer Zeit angerichtet war, war er fast allein im großen Saal. Hoffentlich kam es nur daher, dass keiner rechten Appetit hatte, und nicht daher, dass er gerade ein Mitglied ihres Clans verurteilt und an den Galgen gebracht hatte.

Voller Unbehagen nahm er einen weiteren tiefen Schluck und dachte an das eben vollstreckte Urteil. Grizel hatte bei der kurzen Verhandlung weiterhin keine Reue gezeigt. Sie hatte nur lautstark auf ihn und seine Familie geflucht, bis der Strick um ihren Hals die bitteren Worte abgewürgt hatte. Balfour war nicht sicher, was ihn mehr störte – der unnachgiebige Hass und die Verachtung dieser Frau oder die Tatsache, dass er sein erstes Todesurteil als Laird von Donncoill hatte vollstrecken lassen. Trotz der schweren Vergehen dieser Frau erfüllte ihn Grizels Tod nicht mit Genugtuung und erst recht nicht mit Stolz auf die Tatsache, eine der wenigen Todesstrafen verhängt zu haben, seit der Clan der Murrays das Land erobert hatte.

»Nun kommt schon, mein Laird«, meinte James verständnisvoll, der zu Balfour getreten war und sich neben ihm niederließ. »Ihr habt getan, was getan werden musste. Das Weib hat sich mit seinen eigenen Worten verurteilt. Ihren Verrat hätte man ihr vielleicht noch verzeihen können, aber sie hat Euren Vater, ihren Laird, ermordet!«

»Ich weiß.« Balfour sank in sich zusammen. »Und sie hat ihm weder einen raschen noch einen ehrbaren Tod beschert. Deshalb ist es nur gerecht, dass ihr mit gleicher Münze heimgezahlt wurde. Aber ich kann an Hinrichtungen keinen Gefallen finden, und die Notwendigkeit, eine anzuordnen, ist mir zuwider. Ich bin richtig wütend, dass die Alte mich dazu gezwungen hat!«

»Vielleicht war das ihre letzte kleine Rache.«

»Ja, vielleicht.« Balfour grinste schief. »Der Tag war lang, auch wenn er noch nicht vorbei ist. Wir haben die Verräterin aufgestöbert, sie verurteilt und gehängt. Aber ich glaube, mein schlechtes Gewissen wird mich noch lange quälen.«

»Schlechtes Gewissen?« James zog den Weinkrug zu sich.

»Ich habe dabeigestanden und zugesehen, wie diese Frau meinen Vater umgebracht hat. Das macht mich zu ihrem Komplizen.«

»Nein!«, widersprach James so heftig, dass die beiden junge Knappen, die sich im Schatten der Wand herumdrückten, erschrocken zusammenfuhren. »Grizel war die Heilerin unseres Clans. Euer Vater hat sie persönlich dazu ernannt.«

»Aber ich fand es seltsam, wie sie sich um ihn kümmerte. Ich sah, wie sie ihn ein ums andere Mal bluten ließ, und dachte noch, dass ihm dies eher schadete – und dennoch bin ich nicht eingeschritten. Außerdem hätte ich daran denken müssen, dass eine Geliebte, die er so unsanft hatte fallen lassen, nicht die Richtige wäre, um ihn zu pflegen.«

»Euer Vater hätte das selbst wissen müssen. Er hat nie ein Wort darüber verloren, und es dauerte viele Tage, bis er zu schwach zum Reden war. Ich weiß, dass Euch das nicht von Euren Schuldgefühlen befreien wird, aber glaubt mir, wenn ich Euch sage: Ihr tragt keinerlei Schuld am Tod Eures Vaters. Keiner von uns hat gesehen, was diese Frau anrichtete, und keiner hätte ihr so etwas zugetraut.«

Balfour nickte, auch wenn er wusste, dass das seine Selbstzweifel nicht beseitigen würde. Aber er musste sich damit abfinden, dass er seinen Vater womöglich hätte retten und auch Eric vor seinem schweren Schicksal bewahren können, wenn er achtsamer gewesen wäre. Grizel hatte sie seit Langem hintergangen. Er konnte kaum glauben, dass sie nie Spuren hinterlassen hatte. Sicher hätte er welche bemerkt, wenn er nur wachsamer gewesen wäre. Doch schließlich verbannte er die düsteren Gedanken, da er wusste, dass sie zu nichts führten: Er konnte die Vergangenheit nicht ändern und seine Fehler nicht ungeschehen machen.

»Na ja, immerhin haben wir jetzt den Beweis, dass Maldie nicht unsere Feindin ist«, meinte er schließlich und biss ein kleines Stück von dem Käsebrot ab, das auf seinem Teller lag.

»Ach ja?«, murmelte James und bestrich sein Brot dick mit braunem Honig.

»Jawohl. Schließlich hat sie uns gezeigt, wer die Verräterin war.«

»Das schon.«

»Grizel hat Beaton geholfen. Wenn auch Maldie Beaton helfen würde, hätte sie uns keinen seiner Spione ausgeliefert.«

»Warum nicht?« James wischte sich den Mund am Ärmel seines Wamses ab und blickte Balfour nachdenklich an. »Das wäre doch eine ausgezeichnete Gelegenheit, den Feind im Glauben zu wiegen, man wäre sein Freund!«

»Nein, das kann ich mir nicht vorstellen.«

»Ihr wollt Euch das nicht vorstellen, und ich kann mir schon denken, warum. Aber soeben haben wir einen schlagenden Beweis dafür erhalten, was passieren kann, wenn man die Augen nicht aufmacht und genau darauf achtet, was um einen herum passiert. Grizel war eine Murray, und trotzdem hat sie ihren Laird ermordet und für den Feind ihres Clans gearbeitet.«

»Und Maldie ist nicht einmal eine Murray«, meinte Balfour tonlos.

»Richtig. Eigentlich wissen wir überhaupt nicht, wer sie ist. Sie behauptet, sie sei eine Kirkcaldy, aber wir haben da-

116

für keinen Beweis und können jetzt auch niemanden zu den Kirkcaldys schicken, um es nachzuprüfen. Sie hat uns auch nie gesagt, wer ihr Vater ist. Oder wisst Ihr das etwa?«

»Nein.«

Verstimmt schob Balfour seinen Teller weg. Es hatte ihm den Appetit gründlich verschlagen. Er wollte James nicht länger zuhören und sich nicht von seinem Argwohn anstecken lassen. Allein der Gedanke, Maldie könnte ihn hintergehen, schnürte ihm die Kehle zu. Wenn jetzt nur sein Leben auf dem Spiel stünde, würde er es gar nicht so genau wissen wollen und wäre lieber in seliger Blindheit in den Tod gegangen. Doch leider würde er nicht allein in die Falle tappen, die Maldie ihm womöglich stellte, sondern der Großteil seines Clans mit ihm.

»Ich will ja nur, dass Ihr wachsam seid«, meinte James besonnen. »Sie ist ein hübsches Mädchen und scheint nur gute Seiten an sich zu haben. Grizel hingegen war ein übellauniges altes Weib, unfreundlich gegen jedermann. Dennoch hat sie es geschafft, uns zu täuschen. Wie viel leichter wäre es da für ein hübsches, freundliches Ding wie Maldie, uns alle in den Tod zu führen.«

»Aber du hast bislang nichts gefunden, was man ihr vorwerfen könnte.«

»Stimmt. Aber trotzdem erzählt sie einem kaum etwas von sich. Sie ist einfach aus dem Nichts aufgetaucht und in unser Leben getreten. Schon das allein sollte uns stutzig machen.«

»Und nicht zu vergessen: sie weiß ziemlich viel über Beaton und Dubhlinn. Aber wenn sie vorhat, uns zu verraten – warum erzählt sie uns dann so viel, was uns helfen könnte?«

»Vielleicht will sie uns nur in trügerischer Sicherheit wiegen. Woher wollen wir wissen, dass all das stimmt, was sie uns erzählt? Ich höre wenig von unserem Mann in Dubhlinn; ich weiß nicht einmal, ob er überhaupt noch lebt. Ich habe also keine Möglichkeit herauszufinden, ob das, was sie uns gesagt hat, uns wirklich helfen kann, Eric zu retten und Beaton zu schlagen. Vielleicht ist es ja nur eine schlaue List, mit der wir auf den Pfad geführt werden sollen, den sich Beaton für uns ausgedacht hat.«

»Aber warum sollte sie dann Nigels Leben retten?«

»Damit Ihr in ihrer Schuld steht und ihr vertraut.«

»Und warum sollte sie dann mit mir ins Bett gehen?«

James schüttelte den Kopf. »Ihr braucht doch wohl nicht mich dazu, um Euch zu erklären, wie geschickt eine Frau ihren weiblichen Charme einsetzen kann, um einen Mann blind und dumm zu machen.«

»Sie war noch Jungfrau, James«, meinte Balfour leise, denn er wollte nicht, dass jemand anderer im Saal dieses Gespräch mithörte. »Ich habe das entsprechende Blut selbst gesehen.«

»Es gibt Mittel und Wege, mit denen eine Frau einen Mann täuschen kann, damit er glaubt, sie habe noch ein Jungfernhäutchen.«

Balfour trank seinen Becher aus und stand auf. Er wollte dieses Gespräch nicht fortsetzen. Ihm schwirrte der Kopf von den Ereignissen dieses Tages – die Entdeckung von Grizels Verbrechen und die Hinrichtung, die er hatte vornehmen müssen. Nun wollte er sich wahrhaftig nicht länger anhören, dass Maldie ihn vielleicht ebenfalls betrog.

»Genug, James! Es ist ja schön und gut, wenn du versuchst, mir die Augen zu öffnen, denn schließlich war es meine Blindheit, die Grizels finsteres Treiben ermöglicht hat. Aber im Moment habe ich nicht den Kopf frei, um mich damit zu befassen. Lass uns später weiterreden.« Er ging zur Tür. An der Schwelle blickte er noch einmal auf den stirnrunzelnden James. »Du darfst mich gerne aufhalten, wenn du merkst, dass ich eine Dummheiten begehe. Es könnte vielen das Leben kosten, wenn ich ganz allein eine weitere schwere Lektion lernen müsste.«

Auf dem Weg zu Nigels Kammer versuchte Balfour, James' warnende Worte zu vergessen, aber sie ließen sich nicht verscheuchen. Grizels Verrat hatte dazu geführt, dass er seinem Urteil nicht mehr traute. Nur weil er das Gefühl hatte, Maldie sei keine von Beatons Spionen, hieß das noch lange nicht, dass es auch stimmte. Schließlich war ihm auch nie in den Sinn gekommen, dass Grizel ihm gefährlich werden könnte.

Als er Nigels Kammer betrat, versuchte er, Maldies warmes Begrüßungslächeln zu erwidern. »Ich kann jetzt eine Weile bei Nigel bleiben, Maldie. Sieh zu, dass du etwas zu essen bekommst.«

Sie nickte und ging hinaus, nachdem sie mitfühlend seine Hand gedrückt hatte. Sobald die Tür hinter ihr zugegangen war, atmete er tief aus; erst jetzt fiel ihm auf, dass er die Luft angehalten hatte. Bevor er Maldie wieder unter die Augen trat, wollte er noch einmal gründlich über James' Verdacht und seine Warnung nachdenken. Im Moment hätte er sich vielleicht verraten. Falls Maldie tatsächlich eine Spionin war, dann war es sicher besser, ihr nicht zu zeigen, dass er ihr auf die Schliche gekommen war.

»Ist die Alte tot?«, fragte Nigel.

»Jawohl. Grizel trat genauso übellaunig und verächtlich vor ihren Henker, wie sie ihr Leben gelebt hat«, erwiderte Balfour.

»Wenn ich kräftiger gewesen wäre, hätte ich zugesehen.«

»Nein, du hättest wenig davon gehabt, ihr beim Sterben zuzusehen. Mir ist es jedenfalls so gegangen. Ich habe nicht das Gefühl, den Tod unseres Vaters gerächt zu haben, denn meine Schuldgefühle sind weitaus stärker als meine Befriedigung darüber, seine Mörderin gefunden zu haben. Und nun, wo alles vorüber ist, bleibt die Tatsache, dass sie eine verbitterte alte Frau war, eine verstoßene Geliebte. Sie hat zwar eine Menge Unheil angerichtet, aber ihr Tod ändert überhaupt nichts daran.«

Nigel zog die Brauen zusammen. »Ich weiß, aber immerhin ist ihrem Treiben nun ein Ende gesetzt worden. Sie kann uns nicht mehr schaden und Beaton nicht mehr nützen.« Er musterte Balfour. »Bist du nur deshalb so verstört, weil du dir unnötige Vorwürfe machst, den Tod unseres Vaters mitverschuldet zu haben?«

»Sie sind nicht unnötig. Ich hätte Grizel Einhalt gebieten können.«

»Na ja, offenbar bist du wild entschlossen, diese Last zu tragen, und willst dich von mir nicht umstimmen lassen. Aber du hast mir meine Frage noch nicht beantwortet.«

Seufzend rieb sich Balfour den Nacken. »Ich stelle fest, dass ich nun allen anderen mit Misstrauen begegne.«

»Mit ›allen anderen‹ meinst du vor allem Maldie.«

»Richtig. Aber du vertraust ihr, oder?«

»Jawohl, und ich werde jetzt auch nicht damit anfangen, sie als mögliche Verräterin zu betrachten. Du weißt doch, welche Gefühle ich dem Mädchen gegenüber hege, und du kannst dir sicher vorstellen, wie es mir geht, jetzt, wo du sie zu deiner Geliebten gemacht hast.«

»Hat sie es dir erzählt?«

»Nein, aber so blöd bin ich auch wieder nicht, dass ich mir nicht denken kann, warum sie letzte Nacht nicht auf ihrem kleinen Lager in der Ecke meiner Kammer geschlafen hat. Du bist sehr rasch zur Tat geschritten, Bruder.«

Balfour spürte, wie ihm die Röte ins Gesicht stieg, zuckte aber nur mit den Schultern. »Ich verstehe nicht, warum du deswegen weniger misstrauisch sein solltest.«

»Glaub mir einfach, wenn ich dir sage, dass ich ihr beim besten Willen nicht misstrauen kann! Es ist besser, wenn wir nicht mehr über sie sprechen.«

Balfour wunderte sich über die Kälte in Nigels Stimme. Sein Bruder war eifersüchtig, dessen war er sicher. Er wusste nur nicht, wie tief diese Eifersucht ging, wie sehr Nigel darunter litt, dass er ihm die Chance genommen hatte, Maldie für sich zu gewinnen. Aber wahrscheinlich hatte Nigel recht, sie sollten einfach nicht mehr über das Mädchen sprechen. Sein Bruder wollte nicht erfahren, was Balfour mit der Frau teilte, die er selbst begehrte, und Balfour wollte eigentlich auch nicht wissen, wie tief dieses Begehren ging.

Nigel fluchte halblaut. »Meint James, man sollte ein Auge auf sie haben?«

»Ja«, erwiderte Balfour. »Schließlich ist sie eine Fremde.«

»Für dich nicht«, murrte Nigel und winkte ab, als sein Bruder etwas erwidern wollte. »Offenbar hat James das Gefühl, dass etwas nicht stimmt. Hör auf ihn, aber ich werde nicht für dich spionieren. Ich kann es einfach nicht. Wie du wohl merkst, fällt es mir schwer zu akzeptieren, dass ich die Frau nicht erobern kann, die ich haben möchte. Ich halte mich für einen fairen Mann und möchte mein Denken nicht von kleinlicher Eifersucht vergiften lassen, aber ob mir das gelingt, weiß ich nicht. Ich schulde dem Mädchen mein Leben, und das möchte ich ihr nicht mit Argwohn entgelten.«

»Ich auch nicht.«

»Das weiß ich schon, aber dir bleibt nichts anderes übrig. Du bist der Laird, das Leben vieler Menschen hängt von dir ab. Es ist klar, dass du von Zeit zu Zeit gerne darüber reden würdest. Gut, ich will nicht, dass sich ein kleines, grünäugiges Mädchen zwischen uns stellt. Rede mit mir, wenn du es tun musst.« Er grinste schief. »Aber sag mir bitte nicht, wie wundervoll es mit ihr ist! Du kannst mit mir über deine Sorgen reden, und ich werde Maldies Fürsprecher sein. Nach all dem, was sie für mich getan hat, ist es nur fair, dass ich für sie eintrete.«

»James meinte, dein Leben zu retten war eine ausgezeichnete Gelegenheit für sie, unser Vertrauen zu gewinnen.«

»Ich wusste nicht, dass er so hartherzig ist. Aber gut, er hat recht. Ich hoffe, du verstehst mich richtig, wenn ich dir sage, dass mir der Grund, warum sie mir das Leben gerettet hat, egal ist. Ich stehe jedenfalls in ihrer Schuld.«

Balfour nickte und goss Apfelwein in zwei Becher. »Bis auf ein paar Einblicke in das Leben mit ihrer Mutter hat sie mir nichts von sich erzählt.«

121

»Ihr Leben war ziemlich düster. Vielleicht will sie es einfach nur vergessen.«

»Möglich. Sie weiß viel über Dubhlinn.«

»Sie hat sich eine Weile dort aufgehalten, und ihrem scharfen Blick entgeht kaum etwas.«

»Du bist ein guter Fürsprecher!« Balfour freute sich, als Nigel grinste.

So sprachen sie noch eine Weile: Balfour zählte Sachverhalte auf, die er verdächtig fand, und Nigel wies darauf hin, dass sie auch völlig harmlos sein könnten. Einige Themen überging Balfour allerdings und achtete auch strikt darauf, kein Wort darüber zu verlieren, dass er und Maldie nun ein Paar waren und wie gut sie im Bett war.

Schließlich stand er auf. »Genug! Wir drehen uns im Kreis. Für jedes Wort, das sie sagt, und für alles, was sie tut, gibt es einen guten und einen schlechten Grund. Auch mir wäre es lieber, nichts Schlechtes von ihr denken zu müssen, aber mir bleibt nichts anderes übrig. Ich muss versuchen, hinter das zu blicken, was ich fühle und was ich nur allzu gerne für die Wahrheit halten möchte.«

»Das ist der Fluch, ein Laird zu sein«, murmelte Nigel. »Ich habe nur noch eine Bitte.« Nigel stockte, und seine Miene verdüsterte sich

»Was denn?«, drängte Balfour. »Ich kann dir keine Bitte erfüllen, wenn du sie mir nicht nennst.«

»Was passiert mit Maldie, wenn sich herausstellt, dass sie eine Verräterin ist und für Beaton spioniert?«

An so etwas und die sich daraus ergebenden Folgen wollte Balfour am liebsten gar nicht denken, doch dann schalt er sich für seine Feigheit. »Ich weiß es nicht. Aber an den Galgen bringen werde ich sie nicht, falls du das befürchtet hast. Wir stehen alle in ihrer Schuld für dein Leben und wahrscheinlich auch für die Leben einiger anderer Verwundeter, die an jenem Tag aus Dubhlinn zurückgekrochen sind. Ich habe mich noch nicht entschieden, was ich dann mit ihr anstellen werde.«

»Zerbrich dir jetzt nicht den Kopf darüber, Balfour. Ich wollte nur hören, dass es ihr nicht ans Leben gehen wird. Eigentlich weiß ich gar nicht, warum ich mir Sorgen mache, denn du würdest ihr bestimmt nicht wehtun können, und den anderen, ja selbst James, ginge es sicher ebenso.«

»Ja, selbst James. Ich glaube, wenn sich herausstellt, dass sie Beaton hilft, werde ich sie nur festnehmen, damit sie ihm nichts mehr verraten kann, bis der Kampf vorüber ist.«

»Nun, ich bete zu Gott, dass sich nichts gegen sie findet.«

»Ich auch«, meinte Balfour und ging zur Tür. »Schon allein deshalb, weil es mich die größte Mühe kosten würde, dich davon zu überzeugen.«

Nigels Lachen begleitete ihn aus der Kammer. Balfour lächelte matt. Es fiel ihm sehr schwer, derjenige zu sein, der ein misstrauisches Auge auf Maldie hatte und sie genau beobachten und jedes ihrer Worte abwägen musste. Lieber hätte er Nigels Rolle als Maldies Fürsprecher übernommen. Es wäre ihm sogar lieber gewesen, die ganze Sache James zu überlassen, wie er es ja anfangs getan hatte. Aber all das war unmöglich. Er war der Laird und konnte sich nicht länger vor seiner Verantwortung drücken, egal, wie schwer sie ihm fiel.

Es gab eine Menge guter Gründe, in Maldies Gegenwart vorsichtig zu sein. In Anbetracht der Gefühle, die sein Bruder für das Mädchen hegte, hatte er Nigel nichts von der Sache erzählt, die ihm am meisten zu schaffen machte: Maldies Geschick in der körperlichen Liebe. Darüber konnte er mit niemandem sprechen. Es war schon fast komisch, denn Nigel war ja eigentlich der Experte in solchen Dingen und hätte seinem Bruder wahrscheinlich helfen können, Maldie zu belasten oder freizusprechen. Maldie war leidenschaftlich und teilte diese Leidenschaft völlig ungezwungen mit ihm, so ungezwungen, dass es ihm für eine Frau, die vorgab, unschuldig gewesen zu sein, fast undenkbar schien. Am meisten machte ihm zu schaffen, wie sie ihn mit dem Mund geliebt

123

hatte. Zwar hatte ihm ihre Erklärung dafür eingeleuchtet, und er hätte ihr nur zu gerne geglaubt, aber es hatten sich auch Zweifel in ihm geregt. Fast fiel es ihm leichter, sich vorzustellen, Maldie sei ein hinterlistiges kleines Luder, das gesandt worden war, ihn in eine Falle zu locken, als zu glauben, dass eine Mutter ihrer Tochter solch intime Details erzählen könnte, wie man einem Mann Lust schenkte.

Als er in die Schlafkammer trat, die er und Maldie nun seit einer Woche teilten, zwang er sich dazu, ihr Willkommenslächeln zu erwidern. Er fragte sich, wie viele seiner Zweifel auf seine Selbstzweifel zurückzuführen waren, Zweifel daran, dass sich eine Frau so zu ihm hingezogen fühlen konnte, und wie lange er es wohl noch schaffte, ihr Interesse wachzuhalten. Noch nie hatte ihn eine solch schöne und leidenschaftliche Frau mit mehr als einem flüchtigen Blick bedacht. Aber hier saß Maldie und lächelte, als freue sie sich aufrichtig, ihn zu sehen, und als habe sie keinerlei Interesse an seinem Bruder. Sie teilte sein Bett, doch all seine Erfahrungen sagten ihm, dass sie sich eigentlich an Nigel schmiegen müsste.

»Du wirkst bedrückt, Balfour«, sagte sie leise und hielt ihm die Hand entgegen. Als er sie nahm, zog sie ihn zu sich heran.

»Ich kann an Hinrichtungen keinen Gefallen finden«, murmelte er und setzte sich auf die Bettkante. »Nach Möglichkeit wohne ich solchen Spektakeln nicht bei, aber ich habe gerade eine Hinrichtung angeordnet und musste danebenstehen, als sie vollstreckt wurde.«

Sie legte die Arme um ihn und zog ihn zu sich ins Bett. »Du musstest es tun, das haben dir sicher auch die anderen schon gesagt.« Sie zeichnete die angespannten Falten seines Gesichts mit sanften Küssen nach. »Du musst darauf achten, dass dem Gesetz Genüge getan wird. Was würde passieren, wenn du eine Verräterin und Mörderin unbehelligt laufen lassen würdest? Alle, die davon erfahren, würden glauben,

124

dass es dir an Mumm fehlt, eine gerechte Strafe zu verhängen. Sie würden denken, sie könnten tun und lassen, was sie wollten. Ich weiß nicht genau, was ich eigentlich damit sagen will, aber eines ist klar: Dir blieb nichts anderes übrig. Du hast nicht nur sie für das bestraft, was sie getan hat, sondern auch allen anderen gezeigt, dass sie sich an das Gesetz halten müssen.«

»Ja, ich weiß. Es ist schwer, das so klar auszudrücken, aber in ihren Herzen wissen es alle – man hätte Grizel nicht ungestraft davonkommen lassen dürfen; weder ihr Alter noch die Tatsache, dass sie eine Frau war, hätten sie vor einer Bestrafung retten können.«

»Vielleicht beunruhigt es dich ja am meisten, dass sie eine alte Frau war?«

»Ja, ich glaube schon. Ich fürchte, fortan muss ich sehr genau auf die Frauen in meinem Leben aufpassen. Eine Frau kann ebenso gefährlich sein wie ein Mann.«

Maldie nestelte an den Bändern seines Hemdes, um ihr aufkeimendes Unbehagen zu vertreiben. Sie wusste zwar, dass Balfours letzte Bemerkung wahrscheinlich gar nicht auf sie gemünzt war und dass sie nur ihr schlechtes Gewissen zu dieser Annahme verleitete. Er hatte sich gerade mit Grizel auseinandersetzen müssen, mit ihren Lügen, ihrem Verrat, der Ermordung seines Vaters. Bestimmt meinte er das, wenn er davon sprach, welche Bedrohung von einer Frau ausgehen konnte. Zum wiederholten Mal sagte sie sich, dass niemand wisse, wer sie war, nicht einmal Beaton selbst, und dass sie deshalb keine Angst vor der Aufdeckung ihrer Geheimnisse haben müsse.

Einen Moment lang dachte sie daran, Balfour alles zu erzählen. Es machte sie schier verrückt, jedes einzelne Wort gründlich abwägen und ständig Angst haben zu müssen, dass die Wahrheit ans Licht käme, bevor sie so weit war, sie selbst zu erzählen. Doch dann sagte ihr eine innere Stimme, wenn sie ihre Ehre wahren wolle, müsse sie ihren Eid erfüllen, den

125

Eid, den sie einer Sterbenden geleistet hatte. Und vielleicht würde sie keine Gelegenheit mehr dazu haben, wenn Balfour die Wahrheit kannte.

»Was du heute erfahren hast und zu tun gezwungen warst, bedrückt dich bestimmt sehr, doch das wird wieder vergehen«, sagte sie schließlich. »Und wenn es dich wachsamer gemacht hat, ist das doch auch nicht schlimm, oder?«

»Nein.« Er begann, an ihrem Gewand zu nesteln. »Es gibt noch viel zu tun für mich.« Er küsste die Mulde hinter ihrem Ohr.

»Jawohl. Du hast deine Pflichten vernachlässigt.«

»Na ja, aber einen oder zwei Momente Vergnügen habe ich mir schon verdient.«

»Nur einen oder zwei?«, flüsterte sie.

Er lachte und küsste sie innig. Maldie fragte sich, ob ihr heftiges Verlangen nach ihm jemals schwinden würde; doch gleich darauf schickte sie ein Stoßgebet zum Himmel, dass es schwächer werden sollte. Wenn sie Balfour verlassen musste, wollte sie sich nicht den Rest ihres Lebens nach einem Mann verzehren, den sie nicht bekommen konnte. Doch allein der Gedanke, ihm vielleicht bald den Rücken zukehren zu müssen, verstärkte ihr Verlangen nach ihm. Hungrig erwiderte sie seinen Kuss.

Als ihr Kopf wieder klar wurde, kämpfte sie gegen eine gewisse Verlegenheit. Selbst wenn es ihr an Können gefehlt hätte, so verfügte sie doch über ein gewisses Wissen, und diese besondere Art des Liebesspiels war ihr nicht unbekannt. Dennoch fiel es ihr schwer, eine solche Intimität zu akzeptieren, und sie grübelte, ob die große Lust, die sie empfunden hatte, wohl ein Zeichen dafür war, dass sie die Seele einer Hure hatte. Auf alle Fälle wurde ihr klar, dass sie keine Scham kannte, wenn die Leidenschaft sie ergriffen hatte.

»Zerbrich dir nicht weiter den Kopf, meine Kleine«, meinte Balfour und küsste ihre Nasenspitze. »Nicht nur Huren machen so etwas.«

Sie verzog das Gesicht. Wie hatte er ihre Gedanken nur so leicht erraten? »Es ist nicht immer leicht zu wissen, was nur Huren machen und was nicht.«

»Stimmt.« Er setzte sich und begann sich anzukleiden. Als sie hastig das Laken um sich schlang, musste er lächeln. »Manche sagen, mit Huren sollte man es nur rasch und kühl treiben, andere meinen, alles, was man gerne tut und was einem Lust bereitet, ist akzeptabel. Ich glaube, die Wahrheit liegt irgendwo dazwischen.« Er zwinkerte ihr zu. »Damit ist doch jetzt alles klar, oder?«

Sie grinste und schüttelte den Kopf. »Oh ja, sehr klar!«

Er wickelte sein Plaid um sich, dann meinte er ziemlich ernst: »Wir teilen eine einzigartige Leidenschaft, Mädchen, und ich muss gestehen, dass ich sehr gerne wagemutige Dinge mit dir ausprobiere. Aber du musst mir sagen, wenn ich etwas tue, was du nicht magst.«

Maldie errötete. Sie senkte den Kopf und erwiderte leise: »Gewiss. Doch denk daran, was meine Mutter war, und habe Geduld mit mir! Wenn mir etwas, was wir tun, ausgesprochen gut gefällt, beschleicht mich manchmal die Angst, dass es mich als Hure kennzeichnen könnte.«

Er hob ihr Gesicht und gab ihr einen Kuss. »Eine Hure hat im Allgemeinen wenig Gefallen an dem, was sie tut. Ihr gefallen hauptsächlich die Münzen, die sie dafür bekommt. Du wirst nicht zur Hure, wenn du Lust empfindest, Maldie. Schäme dich nicht für deine Lust, zumal du sie mit mir teilst!«

Seine Worte trösteten sie etwas, doch sie glaubte auch, einen sonderbaren Ton in seiner Stimme vernommen zu haben. Doch dann sagte sie sich, dass es wohl die Verlegenheit war, die noch immer in ihr rumorte und sie Dinge hören ließ, die gar nicht gesagt worden waren. Balfour war kein Mann, der etwas sagte und etwas anderes meinte.

»Nun zieh los und verrichte deine Arbeit, sonst glauben die Leute in Donncoill noch, dass ich dich weggezaubert habe!«

»Heute wäre ich wirklich versucht, mich von dir wegzaubern zu lassen. Ich habe überhaupt keine Lust, vor meine Leute zu treten. Seit der Hinrichtung ist es in Donncoill beunruhigend still.«

»Natürlich. Aber was erwartest du? Nur wenige Menschen genießen einen solch grausamen Anblick. Und vielleicht sind die anderen genauso traurig wie du, dass einer der ihren ein solches Verbrechen gegen den eigenen Clan begangen hat.«

Balfour nickte zustimmend; Maldie hatte wahrscheinlich recht. Mit gestärktem Selbstvertrauen ging er hinaus, um sich seinem Clan zu stellen. Er wünschte nur, er könne ebenso viel Vertrauen in Maldie haben.

Die Vorstellung, möglicherweise von ihr betrogen zu werden, war äußerst schmerzhaft, doch sie löste auch eine gewisse Wut in ihm aus. Er hatte sich im Handumdrehen von ihr umgarnen lassen wie ein grüner Junge. Sie musste nur freundlich lächeln, und schon kam er angerannt. Obwohl er sicher war, dass es kein anderer so sah, war es ihm doch auch peinlich. Allerdings musste er sich gleich wieder reumütig eingestehen, dass er gerne etwas Peinlichkeit in Kauf nahm, wenn er dafür in den Genuss einer solch süßen Leidenschaft kam. Aber nun war es höchste Zeit, das Herz zu verhärten und die Augen aufzuhalten. Außerdem musste er aufhören, vor der Wahrheit oder dem, was höchstwahrscheinlich die Wahrheit war, zurückzuscheuen wie ein kleines Kind vor dem Klaps auf die Hand. Maldie war eine Frau, die zu viele Geheimnisse hatte. Er musste endlich kapieren, wie gefährlich das war, und anfangen, sich entsprechend zu verhalten. Wenn sie tatsächlich eine von Beatons Handlangern war, dann würde Peinlichkeit noch eine der milderen Strafen sein, die er dafür über sich ergehen lassen müsste, dass er sich von Maldie hatte verführen lassen.

10

James schien überall zu sein, wohin Maldie auch ging; fluchend eilte sie in Nigels Schlafkammer. Seit der Hinrichtung waren zwei Tage vergangen. Von Balfour hatte sie tagsüber kaum etwas gesehen, erst nachts kroch er zu ihr ins Bett. Dafür aber hatte sie von James weitaus mehr gesehen, als ihr lieb war.

Der Mann beobachtete sie verstärkt, dessen war sie sicher. Dabei wurde ihr so unbehaglich, dass sie Magenschmerzen bekam, egal, wie oft sie sich auch sagte, dass er bestimmt nichts von ihr wusste und keines ihres Geheimnisse aufdecken konnte, es sei denn, sie verriete es ihm selbst. Jedes Mal, wenn sie ihm begegnete, wartete sie darauf, dass er anklagend auf sie zeigte und sie als Spionin und Verräterin denunzierte. Sie konnte sich noch so oft sagen, dass sie Ärger vermutete, wo keiner war, doch ihre Ängste ließen sich nicht beschwichtigen.

»Du wirkst beunruhigt«, meinte Nigel. Er saß aufrecht in seinem Bett und konnte es kaum erwarten, mit seinen Gehübungen anzufangen.

»Nein, ich bin nur ein wenig abgehetzt.« Sie zwang sich zu einem Lächeln, als sie den Arm um seine Taille legte und sie gemeinsam begannen, den Raum zu durchqueren. »Es gibt viel zu tun, jetzt, wo Grizel nicht mehr da ist. Sie war vielleicht keine gute Heilerin, aber sie hat sich trotzdem um all die vielen Zipperlein und Schmerzen gekümmert. Dadurch hatte ich mehr Zeit, mich um dich zu kümmern. Jetzt kommen alle zu mir gerannt.«

»Gibt es denn niemanden, der dir helfen könnte?«

»Nein, noch nicht. Eine der Frauen wirkt vielversprechend

und interessiert, muss jedoch noch einiges lernen. Doch dann könnte sie sicher Grizels Nachfolge antreten.«

Nigel krümmte sich, sein steifes Bein tat weh, wenn er es bewegte. »Dauert es nicht Jahre, bis man eine gute Heilerin wird?«

»Wenn man schlau ist, kann man ziemlich schnell genügend Wissen sammeln, um die kleinen und weitverbreiteten Übel zu behandeln. Das hat Grizel ja auch getan, obwohl sie es nicht gerne gemacht hat. Die Frau, von der ich spreche, ist aufgeschlossen und freundlich – beides ging Grizel ab – und obendrein klug. Doch ihr müsst wahrscheinlich noch jemanden finden, der sie weiter ausbildet, denn sie braucht einen, der mehr Zeit hat als ich. Sie wird euch wenig nutzen, wenn sie ohne mich nicht weiterlernt. Eigentlich hört man nie auf zu lernen. Es gibt so viel Wissen, altes und neues, dass man ein Leben lang lernen kann.«

»Wann hast du denn vor, uns zu verlassen?«

»Wenn du gesund bist«, erwiderte sie und übersah es geflissentlich, dass er ob ihrer vagen Antwort das Gesicht verzog.

»Und was ist dein nächstes Ziel?« Er geriet ins Straucheln, und nur Maldies starker Griff hinderte ihn am Hinfallen.

»Meine Verwandten zu finden.«

Nigel fluchte. »Deine Antworten kommen prompt, aber sie sind so verschwommen.«

»Genauer kann ich es dir einfach nicht sagen. Ich werde gehen, wenn du gesund genug bist und meine Arbeit hier gemacht ist. Und dann werde ich weiter nach meinen Verwandten suchen.« Sie führte ihn zurück zum Bett. »Ich glaube, du solltest dich jetzt wieder etwas ausruhen.« Erleichtert stellte sie fest, dass er ihrer Aufforderung folgte.

Doch sobald er saß und sie ihm mit dem Laken den Schweiß von der Stirn gewischt hatte, murrte er: »Wir sind doch nur ein paar Mal auf und ab gegangen.«

»Stimmt, aber heute schon zum vierten Mal. Gestern

haben wir unsere Runden nur drei Mal gedreht. Deine Beine beginnen schon zu zittern.« Sie goss ihm einen Becher süßen Apfelmost ein. »Das sagt mir, dass es wahrscheinlich noch zu früh ist, so oft zu üben. Das vierte Mal lassen wir einfach ein wenig langsamer angehen. Schließlich bringt es dir nichts, wenn du zwar vier Mal läufst, dabei aber so schwach wirst, dass der Nutzen der ersten drei Male zunichtegemacht wird.«

»Gut«, murmelte er zerknirscht, doch nachdem er ihre Einschätzung widerwillig akzeptiert hatte, lenkte er seine ganze Aufmerksamkeit auf sie. »Vielleicht erweist du mir dann wenigstens die Ehre, mir den wahren Grund zu nennen, warum du vorhin beim Hereinkommen so betrübt ausgesehen hast.«

Sie sah ihm in die Augen, wandte den Blick jedoch rasch wieder ab. »Das habe ich dir doch schon gesagt.«

»Nein, du hast mir gesagt, dass dich die Leute in Donncoill auf Trab halten, ihre Zipperlein zu heilen und ihnen Tränke für ihre vielen kleinen Leiden zu verabreichen. Das stimmt wahrscheinlich auch, aber es ist bestimmt nicht der Grund, warum du so beunruhigt gewirkt hast.« Er musste lächeln, als sie ihm einen bösen Blick zuwarf. »Macht Balfour dir etwa Probleme?«

Maldie musterte ihn einen Moment lang eingehend, dann sagte sie, sorgfältig ihre Worte wählend: »Vielleicht geht jetzt meine Eitelkeit mit mir durch, aber ich hätte mir nicht träumen lassen, dass du gerne etwas über mich und Balfour hören möchtest.«

Nigel zog die Brauen zusammen. »Das hat nichts mit Eitelkeit zu tun. Wir haben über meine Gefühle zu dir nicht gesprochen und werden es auch in Zukunft nicht tun. Doch ich glaube, dass die meisten Menschen in Donncoil wissen, wie es mir damit geht. Aber vielleicht freut es mich ja zu hören, dass du und mein Bruder glücklich sind, wenn ich schon sonst keine Freude habe.« Ein kurzes Grinsen huschte über sein Gesicht, dann wurde er wieder ernst. »Nein, ich glaube, es ist eher so, dass du mir leid tust, weil du so alleine bist. Mit wem kannst du schon reden? Außer mit Balfour natürlich. Du hattest weder Zeit noch Gelegenheit, hier Freundschaften zu schließen, und so wird es auch in den nächsten Monaten sein, zumindest so lange, bis Eric wieder daheim und Beaton tot ist. Jeder setzt doch all seine Kraft dafür ein, Beaton zu schlagen und Eric heil nach Donncoill zurückzubringen. Und du bist gezwungen, einen Großteil deiner Zeit mit mir zu verbringen.«

»Das macht doch nichts«, murmelte sie. »Das Heilen erfordert eben Zeit und viel Geduld. Es ist meine Pflicht als Heilerin, alles in meinen Kräften Stehende zu tun, um anderen zu helfen.«

»Sehr schmeichelhaft«, meinte er gedehnt und kicherte, als sie errötete. »Mädchen, wenn du jemanden zum Reden brauchst, ein paar Dinge sagen möchtest, über die du mit meinem Bruder nicht reden kannst, oder ein paar Klagen loswerden willst, stehe ich zu Diensten. Nach all dem, was du für mich getan hast, ist es das Mindeste, was ich tun kann – dir Gehör zu schenken, und zwar frei von Argwohn oder Urteil. Ja, und ich behalte auch alles für mich, es sei denn, du gestattest mir, es weiterzuerzählen.«

Das war ein verlockendes Angebot. Maldie sehnte sich nach jemandem, dem sie ihr Herz ausschütten konnte. Es stimmte sie traurig, dass es mit Balfour nicht möglich war, aber sie wusste, dass sie auch mit Nigel nicht offen sprechen konnte. Es gab Dinge, die sie niemandem in Donncoill erzählen konnte, zumindest jetzt noch nicht. Wenn es für sie und Balfour überhaupt eine Zukunft gab, dann würde sie ernsthaft bedroht sein, wenn er herausfand, dass sie seinem Bruder Geheimnisse verraten hatte, die sie ihm vorenthalten hatte. Und Nigel in die peinliche Lage zu bringen, sich ihr Geschwätz über Balfour anzuhören, wollte sie auch nicht. Selbst wenn sie dies hätte tun können, ohne Nigel zu verletzen, hätte sie ihn gezwungen, seine Loyalität dem Clan und seinen Verwandten gegenüber aufzukündigen.

»Du bist wirklich sehr freundlich, Nigel, aber es ist besser für uns beide, wenn ich dein großzügiges Angebot ablehne«, erwiderte sie. »Wenn es Dinge gibt, die ich nicht mit Balfour, meinem Geliebten, besprechen kann, dann sollte ich nicht zu seinem Bruder rennen und ihm mein Herz ausschütten. Es könnte Balfour sehr wehtun oder zumindest seinen Stolz verletzen, wenn er herausfände, dass ich dir anvertraut habe, was ich ihm nicht anvertrauen wollte. Und außerdem würdest du dich zwischen mich und Balfour stellen, und ich glaube, dass dir diese Position nicht behagen würde. Ja, es könnte sogar bedeuten, dass du gezwungen wärst, Geheimnisse vor deinem Bruder, dem Laird, zu wahren, nur weil du es mir versprochen hast. Dazu darf es nicht kommen, vor allem nicht jetzt, wo du dich bald an der Seite deines Bruders eurem Feind stellen musst.«

»Aber es schmerzt mich, dich so bekümmert zu sehen«, meinte er, als sie ihn wieder sanft in sein Bett verfrachtet hatte. »Nach allem, was du für mich getan hast, hättest du es zumindest verdient, frei von Sorgen und innerlich ruhig zu sein.«

»Ich fürchte, bis dahin wird es noch ein paar Monate dauern. Doch jetzt solltest du dich ausruhen, ich werde Jennie zu dir schicken.«

Frei von Sorge und innerlich ruhig zu sein war ein Traum, den sich Maldie zu gern erfüllt hätte. Wenn ich es überhaupt überlebe, dachte sie beim Hinausgehen. Sie wollte Nigel so schnell wie möglich entkommen, dem Mitgefühl in seinen Augen, dem Trost und dem Verständnis, das er versprach. Es wäre so schön gewesen, mit all ihren Sorgen und Ängsten zu ihm zu kommen, doch am Ende würde er ihr wahrscheinlich ebenso wenig helfen können wie sie sich selbst. Sie wusste, dass es ihre Probleme sehr wahrscheinlich sogar verstärken würde, wenn sie Nigel zwischen sich und Balfour treten ließ.

Und sie brauchte wahrlich nicht noch eine Schuld auf ihren Schultern.

Als sie auf den Gang hinaustrat, erhaschte sie einen flüchtigen Blick auf James. Sie fluchte. Beinahe wäre sie zu Nigel zurückgeeilt und hätte sich bei ihm beschwert, doch sie unterdrückte diesen Impuls und setzte ihren Weg fort. Es war zwecklos, Nigel gegen James aufzubringen; denn wie Maldie bald festgestellt hatte, betrachteten sowohl Nigel als auch Balfour den Mann als Ersatzvater. Und schließlich hatte James ja recht, sie zu verdächtigen und sie genau zu beobachten, auch wenn dies wenig dazu beitrug, sie zu beruhigen. Berechtigt oder nicht, es war ärgerlich, wenn jeder Schritt, den man tat, so genau verfolgt wurde.

Statt wie geplant zur Küche zu gehen und Salben zuzubereiten, schlenderte Maldie in den Hof hinaus. Das war der einzige Ort, wo nicht ständig James' forschender Blick auf ihr ruhte. Wie sie wusste, verließ sich James nämlich darauf, dass der Hof sicher war, da hier viele andere ein Auge auf sie hatten. Doch das war Maldie egal; im Moment empfand sie es als wahren Segen, James' misstrauischem Blick eine Weile zu entkommen.

Sie machte einen Abstecher in die Ställe, wo sie ein paar Worte mit dem Mann wechselte, der für die Hunde zuständig war. Dann sah sie dem Waffenschmied zu, wie er geschickt nutzloses Metall in ein prächtiges Schwert verwandelte. Innerlich belustigt dachte sie, dass ein misstrauischer Mensch ihre Neugier leicht für Spionage halten könnte. Und James war ein sehr misstrauischer Mensch. Einen Moment lang spielte sie voller Übermut mit dem Gedanken, sich doch einmal die Verteidigungsanlagen von Donncoill anzuschauen, um James Anlass zu geben, sich ernsthaft Sorgen zu machen, doch rasch siegte ihre Vernunft. Etwas zu tun, was James in seinen finstersten Vermutungen bestärkte, würde ihre Sorgen wahrlich nicht verringern. Es könnte sogar zu einem recht gefährlichen Spiel werden. Sich bei einem Clan, der Krieg führte, wie ein feindlicher Spion zu gebärden, wäre wahrhaftig der Gipfel der Torheit.

»Worüber zerbrichst du dir gerade den Kopf?«, hörte sie jemanden fragen. Balfour war zu ihr getreten. Er grüßte den Waffenschmied mit einem knappen Nicken, dann zog er Maldie aus der Werkstatt. »Habe ich dich erschreckt?«, fragte er und runzelte die Stirn, als sie ihn düster anfunkelte.

Als er begann, sie fortzuzerren, holte Maldie zur Beruhigung ein paar Mal tief Luft. Sein leises Herannahen hatte sie auch deshalb so erschreckt, weil sie wegen ihrer Täuschungsmanöver ein schlechtes Gewissen hatte. Immer wieder überkam sie die schreckliche Angst, etwas Falsches gesagt oder getan und sich dabei verraten zu haben. Sie wusste, dass sie diese Angst besser kontrollieren musste, denn schon ihre Unruhe konnte verdächtig wirken. Wahrscheinlich flüsterte James seine Zweifel in Balfours Ohr. Sie wollte nichts tun oder sagen, was den Worten dieses Mannes noch mehr Gewicht verliehen hätte.

»Du solltest dich nicht so leise an die Leute heranschleichen«, meinte sie.

»Manchmal kann es einem das Leben retten«, meinte er.

»Schön und gut, aber ich bin nicht dein Feind.«

»Nein, natürlich nicht.«

Balfour fluchte innerlich, als sie ihn scharf und leicht abfällig musterte. Es gelang ihm wohl nicht allzu gut, seine wachsenden Zweifel an ihr zu verbergen. Manchmal wünschte er fast, sie möge sich endlich durch ein Wort oder eine Tat als Spionin erweisen, als eine von Beatons Handlangern. Damit hätten wenigstens die schrecklichen Schuldgefühle ein Ende, die ihn jedes Mal befielen, wenn Misstrauen in ihm aufstieg. Er hasste die Unsicherheit. Der Schmerz, den er manchmal in ihren Augen bemerkte, ihr Blick, der ihm sagte, dass sie sich seines Misstrauens bewusst war, zerriss ihm das Herz, doch gleichzeitig ärgerte er sich darüber. Wenn sie unschuldig war, dann war ihr Schmerz be-

135

rechtigt, und er war daran schuld, doch wenn sie für Beaton arbeitete, dann war das nur wieder eine List, um ihn zu schwächen und ihre Macht über ihn zu stärken.

Inzwischen war er sicher, dass er sie liebte, und das machte ihm schrecklich zu schaffen. Er wollte ihr sagen, was in ihm vorging, hatte aber Angst, dass sie es als Schwäche auslegen könnte. Er wollte, dass sie Donncoill verließ, hatte dann aber Angst vor dem Verlassenwerden. Er wollte sie nicht in seinem Bett und hielt sie doch die ganze Nacht lang fest umschlungen. All diese widersprüchlichen Gefühle zerrten so an ihm, dass er Angst hatte, wahnsinnig zu werden. Hoffentlich kam es bald zur Entscheidungsschlacht mit Beaton, bevor er völlig unfähig war, einen klaren Gedanken zu fassen und seine Männer anzuführen.

»Wie weit sind die Pläne für die Schlacht gediehen?«, fragte Maldie. Sie schritten gerade durch das Tor der inneren Mauer, die den Wohnturm umgab, und gelangten in den Bereich, in dem der halbfertige Turm stand. »Ich höre wenig bis gar nichts mehr darüber. Aber die Planungen gehen doch bestimmt voran, oder?«

»Na ja, du warst sehr mit Nigel beschäftigt. Du hast ja alle Hände voll zu tun, ihm zu neuen Kräften zu verhelfen.«

»Und warum stellst du mir keine Fragen mehr über Dubhlinn? Weißt du denn inzwischen alles Nötige?«

Er lehnte sich an die Wand, die den neuen Turm mit den älteren Mauern verband. »Ich glaube, ich habe inzwischen schon alles von dir erfahren, was mir nützlich sein könnte. Es gibt auch noch andere Möglichkeiten, herauszufinden, was wir brauchen, ohne dich mit in einen Kampf hineinzuziehen.«

»Es macht mir nichts aus«, meinte Maldie, die verzweifelt versuchte, nicht so verletzt und verängstigt zu wirken, wie sie war. »Ich würde euch gerne so viel wie möglich helfen.«

»Du hilfst mir, indem du dich um Nigel kümmerst. Keine Sorge, mein Schatz, dort, wo wir Hilfe brauchen, haben wir unsere Fühler schon ausgestreckt.«

»Also habt ihr inzwischen etwas von dem Mann gehört, den ihr in Dubhlinn eingeschmuggelt habt?«

»Ach, in den letzten Tagen haben wir nicht viel voneinander gehabt«, meinte er ausweichend und schloss sie in die Arme. »Willst du unsere kostbare gemeinsame Zeit wirklich damit verschwenden, dich mit mir über Kämpfe und Spione zu unterhalten?«

Maldie fragte sich, was er wohl tun würde, wenn sie diese Frage bejahte, doch sie verkniff es sich. Sie hatte das Gefühl, dass man sie inzwischen von allen Gesprächen über Beaton, die bevorstehende Schlacht und Erics Rettung ausschloss, und Balfours ausweichende Antworten bestärkten sie darin. Es war nicht nur James, der ihr misstraute. Dieser Mann hatte bereits angefangen, Balfour auf seine Seite zu ziehen. Sie würde von ihm nichts mehr über die Schlacht erfahren.

Ihr erster Gedanke war, sich von Balfour zu entfernen, und zwar so weit wie möglich. Es war Wahnsinn, seine Geliebte zu bleiben, wenn er sie für eine Feindin hielt. Jede ihrer Zärtlichkeiten würde darunter leiden. Doch dann presste er sie fester an seinen starken, warmen Körper, und sie spürte, wie ihr Stolz sich in Luft auflöste. Und noch etwas spürte sie: Balfour war genauso hin- und hergerissen wie sie. Er war misstrauisch, wollte es aber nicht sein. Trotz seiner Zweifel begehrte er sie noch immer. James hatte Balfour noch nicht völlig auf seine Seite gezogen. Sie und Balfour passten nicht nur wegen ihrer Leidenschaft gut zusammen, dachte sie mit einem traurigen Lächeln, sondern auch wegen ihrer Verwirrung. Sie wusste nicht, was Oberhand gewinnen würde – seine Zweifel oder seine Leidenschaft, doch sie beschloss, sich einfach in ihr Schicksal zu ergeben. Vielleicht blieben ihnen nur noch wenige Tage, bevor sie gezwungen sein würden, sich zu trennen, weil James' Misstrauen siegte oder die Wahrheit aufkam. Diese kostbare Zeit wollte sie unbedingt auskosten.

»Das hier ist aber kein besonders diskreter Ort«, murmelte

sie, als sie den Kopf in den Nacken legte, damit er ihren Hals leichter mit sanften Küssen kitzeln konnte.

»Von hier aus kann man wunderbar zusehen, wie die Sonne untergeht«, erwiderte er und knabberte genüsslich an ihrem Ohrläppchen, während er gleichzeitig begann, sie auszuziehen.

»Hast du das denn vor?« Ihr Gewand fiel zu Boden. Flink stieg sie aus dem Haufen, der sich um ihre Knöchel gebildet hatte, und schob ihn beiseite. »Jemand könnte uns sehen«, fügte sie schamhaft hinzu.

»Nein, dieser Ort ist bei Liebespaaren sehr beliebt. Wenn jemand sieht, dass man hierhingeht, wenden sich alle Augen ab.«

»Ich bin nicht sicher, ob mir die Vorstellung behagt, dass alle wissen, was wir hier treiben.«

»Alle wissen, dass wir ein Liebespaar sind. Es gibt nur wenige Geheimnisse in Donncoill. Aber glaub mir, mein Schatz, niemand wird uns nachspionieren, und niemand erwartet, dass einem hinterherspioniert wird, wenn man sich auf ein kleines Stelldichein davonstiehlt.«

Es fiel Maldie schwer, das zu glauben, doch bevor sie weiter zweifeln konnte, küsste er sie, und sie verlor das Interesse daran zu erfahren, wer sie vielleicht sehen könnte und was die Leute wohl denken mochten. Auch wenn sie fast über sich schockiert war, erwiderte sie dreist Balfours Küsse und Liebkosungen im rötlichen Schein der untergehenden Sonne. Ihre Gier aufeinander enthielt eine Spur Verzweiflung, denn auch er fürchtete, dass ihre gemeinsame Zeit zur Neige ging. Erst als sie sich, ermattet von ihrem wilden Liebesspiel, in den Armen lagen, begann Maldie sich zu fragen, ob ihr Schicksal sie nicht auf den falschen Weg geführt hatte. Diese sorglose sinnliche Völlerei kam ihr plötzlich falsch vor, vor allem, da keiner von ihnen jemals von Liebe, Ehe oder irgendeiner gemeinsamen Zukunft gesprochen hatte.

»Du solltest dir nach unserem Liebesspiel nicht immer

gleich Vorwürfe machen!«, meinte Balfour leise und küsste ihren verkniffenen Mund, bevor er sich von ihr wälzte und nach seiner Bruch angelte.

»Woher weißt du, was ich denke?« Sie blickte sich nach ihrer Bluse um.

»Jedes Mal, wenn die Hitze der Leidenschaft aus deinem hübschen Gesicht weicht, stellt sich ein ernster, fast ärgerlicher Ausdruck ein.«

Es beunruhigte sie, wie leicht es ihm fiel zu erraten, was in ihr vorging. Maldie setzte sich mit dem Rücken zu ihm und schüttelte ihre Bluse aus. Doch als sie sie anziehen wollte, spürte sie plötzlich, wie ihre Arme von hinten gepackt wurden und sie ihre Blöße nicht mehr bedecken konnte. Sie erstarrte. Fast spürte sie, wie sich sein Blick in ihren Rücken bohrte, und sie wusste genau, auf was er sich richtete. Trotz des schwindenden Lichts der untergehenden Sonne musste das herzförmige Mal auf ihrer rechten Schulter deutlich zu erkennen sein. Bis zu diesem Moment hatte sie, unterstützt vom dämmrigen Licht in ihrer Schlafkammer, sorgfältig darauf geachtet, dass Balfour nicht länger auf ihren Rücken hatte blicken können. Sie war starr vor Angst, dass Balfour dieses Mal als das Zeichen der Beatons erkennen würde. Viel zu oft hatte sie dieses unmissverständliche Zeichen, dass Beaton ihr Vater war, verflucht. Ihre Mutter hatte sie nie vergessen lassen, dass es das Zeichen ihrer unehelichen Geburt war, ein unleugbarer Hinweis, dass Beatons Blut in ihren Adern floss. Jetzt fürchtete sie, dass es sie dieses Mal ihr Leben kosten könnte.

»Du hast ein Herz auf dem Rücken«, meinte Balfour belustigt.

Sie befreite sich aus seinem Griff und streifte hastig ihre Bluse über. »Es tut mir leid. Ich habe mich sehr bemüht, dich mit diesem Anblick nicht zu belästigen.«

»Süße Maldie, dir gehen wirklich die sonderbarsten Gedanken im Kopf um!«, murmelte er, während sie hastig ihre restlichen Kleider anzog. »Das ist doch keine Belästigung!« Ihre steifen, hastigen Bewegungen verrieten ihm, dass sie jetzt keine Lust mehr hatte, von ihm berührt zu werden. Er zog sich ebenfalls an.

»So, wie du mich angestarrt hast, dachte ich, dass dich der Anblick schockiert hat.«

»Ja, das hat er auch. Ich bin seit gut einer Woche dein Geliebter und dachte eigentlich, ich hätte alles von dir gesehen.« Er grinste, als sie ihn mit einem flüchtigen wütenden Blick bedachte. »Offenbar war ich nicht aufmerksam genug.« Als sie aufsprang, musste er lachen, dann stand auch er auf und half ihr, die Bänder an ihrem Kleid zuzuschnüren. »Vielleicht sollte ich mehr Kerzen anzünden.«

»Willst du mich unbedingt in Verlegenheit bringen?« Sie bemühte sich, nicht allzu erleichtert zu klingen, dass er das Mal nicht sofort als eines erkannt hatte, das nur ein Beaton tragen konnte. Doch diese Gefahr bestand noch immer, und sie wollte ihre Wachsamkeit nicht durch falsche Hoffnungen schwächen.

»Nun, so schwer ist es auch wieder nicht, dir die Röte ins Gesicht zu treiben.«

»Ich hätte große Lust, dir eine Ohrfeige zu verpassen!«

»Da habe ich aber Angst!« Wieder lachte er und rieb sich den Arm, in den sie ihn ein wenig gekniffen hatte. »An dieser Stelle werde ich wahrscheinlich den Rest meines Lebens eine Narbe haben.«

»Du willst mich offenbar unbedingt hänseln«, meinte sie, als sie sich auf den Weg zurück zum Wohnturm machten.

»Stimmt. Und außerdem habe ich einen Bärenhunger.« Er zwinkerte ihr zu. »Du hast einen mächtigen Appetit in mir entfesselt, Liebling.«

Sie versuchte nach Kräften, nicht schon wieder zu erröten, und fluchte leise, als sie spürte, wie ihr das Blut in den Kopf stieg. Zum Glück hatte Balfour heute ausgesprochen gute Laune. All seine Zweifel und sein Misstrauen schienen verflogen. Sie wünschte sich nur, auf sein Necken mit nichts mehr als einem ruhigen, amüsierten Lächeln reagieren zu können.

»Es ist wirklich merkwürdig«, fuhr er etwas ernster fort, »aber ich kann mich des Gefühls nicht erwehren, dass ich so ein Mal schon einmal gesehen habe – genau dieselbe Form und genau an derselben Stelle.«

Maldie strauchelte fast und spürte, wie sie kalte Furcht durchfuhr. Trotz aller guten Vorsätze hatte sie seine gute Laune weniger achtsam werden lassen. Es dauerte eine Weile, bis sie wieder ruhiger wurde. Natürlich wollte sie sich nicht anmerken lassen, wie sehr sie sich gerade aufgeregt hatte. Balfour konnte dieses Mal keinesfalls bei Beaton selbst gesehen haben, aber vielleicht hatte er davon gehört? Doch dann verdrängte sie diesen schrecklichen Gedanken wieder. Ihre Mutter hatte ihr oft erzählt, dass Beaton das Mal nach Kräften zu verstecken trachtete, denn er hielt es für einen Makel, den ihm der Teufel persönlich in die Haut gebrannt hatte.

»Ich habe noch nie gehört, dass ein anderer ein solches Mal hat«, sagte sie und ärgerte sich über diese schwache Antwort. »Meine Mutter hast du ja wohl nicht gekannt, oder?«

»Nein, natürlich nicht. Und ich kenne auch sonst keine Kirkcaldys.« Er schüttelte den Kopf. »Aber trotzdem habe ich das Gefühl, ein solches Mal schon einmal gesehen zu haben. Mach dir keine Sorgen, es wird mir schon noch einfallen.«

Maldie hoffte inständig auf das Gegenteil. »Vielleicht verwechselst du deine Überraschung über dieses Mal mit einem Wiedererkennen«, meinte sie, als sie in den großen Saal traten. Sie hätte ihn gern davon abgebracht, zu lange oder zu intensiv über diese Angelegenheit nachzudenken.

»Möglich. Aber ich kann es ganz deutlich vor mir sehen, nicht nur auf deiner hübschen hellen Haut.«

Als sie sich neben Balfour setzte, kam Maldie der nächste schreckliche Gedanke, der sie bis ins Mark erschütterte. James saß ihr gegenüber, und sein scharfer Blick zeigte ihr,

141

dass er ihren Schrecken wahrgenommen hatte. Doch auch die Angst, was er jetzt wohl dachte, konnte den Gedanken nicht verscheuchen, der ihr in eben diesem Moment gekommen war. Egal, wie sehr sie sich auch mühte, es zu leugnen – tief in ihrem Inneren wusste sie, dass es abgesehen von Beaton nur einen einzigen weiteren Menschen gab, auf dessen Rücken Balfour ein solches Mal gesehen haben konnte: den jungen Eric.

Alle glaubten, Eric sei der uneheliche Sohn eines Murray, entstanden aus dem außerehelichen Verhältnis von Balfours Vater mit Beatons treuloser Gattin. Balfour hatte gemeint, Beaton könnte die Menschen vielleicht davon überzeugen, dass Eric sein Sohn sei, indem er behauptete, dass er das Kind in einem Anfall von Eifersucht zu Unrecht verstoßen habe. Aber vielleicht hatte er ja sogar recht? Balfours Vater hatte zwar mit der Frau geschlafen, doch vielleicht war er nicht der Einzige gewesen. Von ihrer Mutter wusste sie, wie besessen Beaton daran gearbeitet hatte, Söhne zu zeugen. Oft genug war sie wund und völlig erschöpft gewesen. Bestimmt hatte Beaton auch oft mit seiner armen Gemahlin geschlafen, bis er herausgefunden hatte, dass sie ihm untreu war. Eric konnte durchaus der Sohn sein, auf den er so erpicht gewesen war. Vielleicht hatte er tatsächlich versucht, diesen heiß ersehnten Sohn umzubringen.

Diese Möglichkeit verschaffte ihr zwar eine gewisse Genugtuung, doch richtig freuen konnte sich Maldie darüber nicht. Wenn sie recht hatte, und ihr Instinkt sagte ihr, dass es so war, würden sehr viele Menschen leiden, angefangen mit Eric, einem unschuldigen Knaben. Es würde ihm sicher einen schweren Schlag versetzen zu erfahren, dass er gar kein Murray war, sondern das Kind eines ihrer Feinde. Dieser Schlag hätte für ihn gemildert werden können, wenn man auf seinen Vater hätte stolz sein können. Aber Maldie bezweifelte, dass Beaton in seinem ganzen miesen Leben jemals etwas Gutes getan hatte. Eric würde wahrscheinlich ebenso entsetzt sein wie sie, wenn er Beaton als Vater anerkennen müsste, aber der Junge würde sicher noch viel mehr darunter leiden, als sie es je getan hatte. Im Gegensatz zu ihr war Eric in den Genuss einer liebevollen Familie gekommen. Sie hatte nichts verloren durch das Wissen, wer und was ihr Vater war, doch Eric würde alles verlieren, was er kannte und liebte.

Auch Balfour würde darunter leiden. Maldie kämpfte dagegen an, seine Hand zu ergreifen und ihm ihr tiefstes Mitgefühl auszudrücken. Wahrscheinlich würde er sich fragen, wie sie überhaupt auf so etwas käme, und Beweise verlangen. Sie konnte ihm die Wahrheit über Eric nur sagen, wenn sie ihm auch die Wahrheit über ihre Herkunft gestand – und dazu war sie noch nicht bereit.

Sie wollte nicht diejenige sein, die ihm eine solch schwere Wahrheit beibringen musste, und wahrscheinlich stand ihr das auch gar nicht zu. Außerdem – was nutzte es schon? Die Wahrheit würde einer Menge Menschen wehtun, ja tief verletzen, bis auf Beaton. Sie hatte Eric und damit auch das Mal auf seinem Rücken, das ihn als Beatons Sohn kennzeichnete, nie gesehen. Bis sie diesen Beweis nicht mit eigenen Augen gesehen hatte, war es das Beste, den Mund zu halten. Außerdem musste wohl Eric darüber entscheiden, ob er die Wahrheit sagen wollte. Maldie fragte sich, ob ein Junge wie er die Stärke dazu haben würde. Hoffentlich würde nicht doch sie dieses Geheimnis lüften müssen! Hoffentlich würde Eric tun, was er tun musste! Sie tat sich reichlich Essen auf, dann warf sie einen raschen Blick auf Balfour und hoffte, dass sie dieses Geheimnis ebenso gut würde wahren können wie bislang ihre eigenen Geheimnisse.

11

»Malcolm ist tot«, verkündete James, als er in den großen Saal kam.

Balfour verschluckte sich fast an seinem Brot. »Tot?«

»Jawohl. Er wird uns nichts mehr über Beaton oder Dubhlinn sagen können. Himmel nochmal, selbst wenn er die Schläge überlebt hätte, die sie ihm verpasst haben, hätte er uns nichts mehr sagen können. Beaton hat ihm die Zunge herausschneiden lassen!«

»Bist du dir sicher?« Balfour wusste, dass James keine bloßen Gerüchte wiederholen würde, aber er wollte hieb- und stichfeste Beweise.

»Die Mistkerle haben seinen zerschmetterten Leichnam an einem Baum am Dorfrand aufgehängt.« James setzte sich und goss sich Wein ein. Er nahm einen langen Schluck, bevor er weitersprach. »Zuerst wussten wir nicht, wer da hing, weil er so schrecklich zugerichtet war und wahrscheinlich schon irgendwelche Aasfresser an ihm herumgenagt haben. Als wir uns dann sicher waren, dass es sich um Malcolm handelte, wussten wir auch, wer ihn ermordet hat. Und das erklärt auch, warum sein Leichnam dort aufgehängt wurde.«

»Sie wollen uns verhöhnen.«

James nickte. »Und sie haben ihn auf grausamste Weise umgebracht. Sie wollten uns nicht nur wissen lassen, dass sie unseren Spion entdeckt haben, sondern unseren Leute auch Todesangst einjagen, um es uns schwer zu machen, wieder einen Freiwilligen zu finden, den wir als Spion nach Dubhlinn einschleusen können. Wir haben Malcolms Leichnam geholt und für die Beerdigung hergerichtet. Dabei haben wir entdeckt, dass er schrecklich gefoltert wurde.«

»Habt ihr etwas von unserem anderen Mann, Douglas, gehört?«

»Nein, aber ich nehme an, er lebt noch, denn sonst hätte er im Wind neben Malcolm gebaumelt.« James schüttelte den Kopf. »Ich dachte schon, es wäre die reine Zeitvergeudung, als Ihr Euch so viel Zeit genommen habt, zwei Murrays zu finden, die die nötigen Fähigkeiten besaßen und sich nicht einmal vom Sehen kannten. Doch jetzt zeigt sich, dass es der Mühe wert war. So übel, wie Malcolm zugerichtet wurde, hat er vor seinem Tod Höllenqualen erdulden müssen und Beaton wahrscheinlich alles gesagt, was er wusste.«

»Vielleicht. Aber Malcolm war ein tüchtiger und ehrenwerter Mann, er hätte keinen anderen in den Tod geschickt.«

»Freiwillig bestimmt nicht, aber offenbar wurde er grausam gequält. Vielleicht war er vor Schmerzen so blind, dass er nicht weiter über die Folgen dessen nachgedacht hat, was er Beaton sagte. Wahrscheinlich hat er nur an eines denken können – irgendetwas zu tun, damit die Schmerzen aufhörten.«

Balfour trank zur Beruhigung einen Schluck Wein. »Mir war schon klar, dass ich diese Männer möglicherweise in den Tod schickte, aber ich habe nie daran gedacht, wie schrecklich und unehrenhaft dieser Tod sein könnte.«

»Warum auch? Ihr würdet mit einem Menschen nie so umspringen, egal, welche Schuld er auf sich geladen hat.«

»Soll ich Douglas zurückholen?«

»Nein. Wenn Beaton ihn bislang nicht entdeckt hat, könnte es ihn in Gefahr bringen, wenn wir versuchten, ihm eine Nachricht zukommen zu lassen. Ich kannte Malcolm nicht sehr gut, er war ein Mann Eures Cousins Grodin, aber ich kenne Douglas. Ein tüchtiger Mann, tapfer und beharrlich. Und sehr gescheit. Wenn er glaubt, dass ihm ein ähnliches Schicksal wie Malcolm droht, wird er aus Dubhlinn fliehen. Douglas wüsste, dass das nicht feige wäre und dass er uns nichts nützt, wenn er tot ist. Uns würde ja nicht nur das

Wissen verloren gehen, das er bislang gesammelt hat, sondern auch eine fähige Schwerthand.«

»Gut. Ich möchte wirklich nicht noch einen Tod zu verantworten haben.«

»Ihr tragt keine Schuld an Malcolms Tod. Er kannte das Risiko, und Ihr habt ihn oft genug gewarnt, dass er es mit seinem Leben bezahlen müsste, wenn er erwischt würde. Keiner von uns konnte ahnen, auf welche Weise der arme Kerl zu Tode kommen würde. Wenn wir das gewusst hätten, hättet Ihr ihn nie hingeschickt. Ihr könnt Euch nicht für jeden Tod verantwortlich fühlen. Ihr lasst Euch zu rasch von Schuldgefühlen überwältigen. Nie haben Arroganz, Ärger, Stolz oder auch nur Sorglosigkeit einem Eurer Männer das Leben gekostet. Wir führen Krieg gegen Beaton, und Erics Leben ist in Gefahr, da ist es kein Wunder, wenn Männer sterben. Das wird so lange so gehen, bis Beaton tot ist.«

»Und deshalb müsst Ihr aufhören, Euch zu grämen«, setzte Balfour hinzu und verzog den Mund zu einem schwachen Grinsen. Diesen Satz hatten er und seine Brüder oft genug von James zu hören bekommen, als der sie zu Kriegern ausbildete.

James erwiderte das schiefe Lächeln. »Jawohl. Und auf solch weise Worte solltet Ihr öfter hören. Doch am meisten beschäftigt mich die Frage: Wie hat Beaton unseren Mann entdeckt?«

»Vielleicht hat Malcolm einen Fehler gemacht und sich verraten.«

»Vielleicht, aber das kann ich mir kaum vorstellen. Das wenige, das ich über ihn weiß, sagt mir, dass er ein kluger Bursche war – auf alle Fälle klug genug, um zu merken, wenn er etwas falsch gemacht hatte, und rechtzeitig zu fliehen. Wir haben seit vielen Jahren Männer in Dubhlinn, aber bis jetzt ist nie einer entdeckt worden. Beaton kümmert sich kaum um seine Leute. Sobald die Dorfbewohner einen Neuankömmling akzeptieren, wirft Beaton keinen Blick mehr auf

146

ihn. Aber es gibt noch eine andere Möglichkeit, die Ihr erwägen solltet.«

»Jemand in Donncoill hat Beaton verraten, wer Malcolm ist.« Balfour behagte die Wendung, die dieses Gespräch nahm, ganz und gar nicht, aber er wusste, dass er seinen Clan in Gefahr brachte, wenn er nicht alle Möglichkeiten erwog. »Vielleicht war es Grizel.«

»Grizel ist seit zwei Wochen tot und die Männer, die sie treffen wollte, ebenfalls.«

»Und davor?«

»Möglich, aber unwahrscheinlich. Beaton hätte kaum so lange gewartet, einen Murray zu fangen und zu foltern. Wenn uns einer der Männer, die Grizel hatte treffen wollen, entkommen wäre, hätte ich mir vorstellen können, dass sie es war, die Malcolm verraten hat. Vielleicht hätte er die Folter auch zwei Wochen überleben können, obwohl ich inständig hoffe, dass er nicht so lange leiden musste. Aber ich glaube es nicht – Beaton hat erst nach Grizels Tod erfahren, wer Malcolm ist.«

»Dann haben wir also noch einen Verräter in Donncoill?«

»Oder einen Spion Beatons.«

Balfour wusste, wen James verdächtigte, denn dieser misstraute Maldie so stark, dass es ihn inzwischen angesteckt hatte. Dennoch konnte er sich kaum vorstellen, dass sie einen Mann in den Tod schicken konnte. Und wenn sie einer von Beatons Handlangern war, hätte sie gewusst, was für ein langsamer, qualvoller Tod Malcolm erwartete. Maldie war eine Heilerin, deren Geduld, Geschick und Sanftheit in Donncoill bereits legendär geworden waren. Eine solche Tat hätte sie bestimmt entsetzt; nie hätte sie so etwas freiwillig tun können. Außerdem konnte sich Balfour nicht vorstellen, eine solche Frau überhaupt zu begehren.

»Na ja, ich weiß, an wen du denkst«, meinte er schließlich.

»Richtig, und Euch geht es genauso, auch wenn Ihr Euch

nach Kräften müht, diesen Gedanken zu verscheuchen. Vielleicht hat Malcolm ja doch eine Dummheit begangen und sich verraten, ohne es zu merken. Oder er wurde auf frischer Tat ertappt, und man handelte so rasch, dass er keine Zeit mehr hatte zu fliehen. Aber es wäre ein schwerer Fehler, die Möglichkeit außer Acht zu lassen, dass jemand Beaton auf den Feind in seinem Lager aufmerksam gemacht hat.«

»Ich weiß, ich weiß«, knurrte Balfour und rieb sich seufzend den Nacken. »Aber ich habe ihr gegenüber nie einen Namen erwähnt, ich habe nur gesagt, dass wir einen Mann in Dubhlinn haben.«

»Beaton braucht keine Namen, es reicht ihm schon, wenn er weiß, dass einer der armen Kerle, die sich für ihn abstrampeln, ein Murray ist. Habt Ihr ihr denn gesagt, dass wir zwei Männer eingeschleust haben?«

»Nein. Und bevor du mir das vorwirfst: noch hat mir die Leidenschaft nicht völlig den Verstand geraubt. Aber ich kann mir kaum vorstellen, dass ich eine Frau begehren könnte, die fähig wäre, einen Mann in einen solch schrecklichen, qualvollen Tod zu schicken. Außerdem ist sie eine Heilerin. Du musst ihr nur einmal zusehen, wie sie sich um Kranke oder Verletzte kümmert, dann wirst du verstehen, warum ich kaum glauben mag, dass eine solche Frau eine solch grausame Tat begehen könnte.«

»Vielleicht tut sie es ja nicht freiwillig. Vielleicht hält ihr Beaton ein Schwert an die Kehle und zwingt sie, ihm zu Willen zu sein. Aber eigentlich ist es mir egal, warum sie es tut. Nur für Euch ist es sicher weniger schmerzlich, Euch vorzustellen, dass sie gezwungen wird, als Beatons Spionin zu arbeiten. Mir geht es vor allem darum, ihr die Möglichkeit zu nehmen, uns zu schaden.«

Balfour trommelte mit den Fingern auf die dicke Tischplatte. James hatte recht. Selbst wenn die Chance äußerst gering war, dass Maldie Beaton heimlich informierte, musste sie daran gehindert werden; ihr musste sofort jede Möglichkeit genommen werden, etwas zu sehen, zu hören oder an Beaton weiterzuleiten. Bis es ihm gelang, die Wahrheit aufzudecken, würde er sie als Gefangene behandeln und scharf bewachen lassen müssen. Wenn sie schuldig war, würde sie über eine derart sanfte Strafe für ihre Vergehen froh sein. War sie dagegen unschuldig, würde er sie zutiefst verletzen, vielleicht so sehr, dass sie ihm nie würde verzeihen können. Balfour merkte, dass er nur einen sehr begrenzten Handlungsspielraum hatte und dass es üble Folgen haben könnte, egal, wie er sich verhielt: Wenn Maldie schuldig war und er sie laufen ließ, könnte ihn das den dringend nötigen Sieg und das Leben vieler Männer kosten. Wenn er sie als Spionin behandelte, sie festnahm und bewachen ließ, konnte es ihn Maldie kosten.

»Ich verliere etwas, egal, für welchen Weg ich mich entscheide«, murmelte er düster.

»Ja, wahrscheinlich«, pflichtete James ihm bei. Mitfühlend legte er die Hand auf Balfours Schulter. »Aber denkt auch einmal daran: Das Mädchen könnte Euch verloren gehen, gleichgültig, wozu Ihr Euch entschließt. Wenn sie eine Spionin ist, wird sie fliehen, oder Ihr werdet vielleicht sogar noch gezwungen sein, sie zu hängen; aber viele Murrays würden unnötig sterben in einem Kampf, bei dem sie dafür gesorgt hat, dass wir ihn nicht gewinnen können. Wenn sie unschuldig ist, dann läuft sie Euch vielleicht gekränkt und wütend davon. Euer Vertrauen könnte Euch in jedem Fall teuer zu stehen kommen.«

»Wahrscheinlich.« Balfour leerte seinen Becher und stand abrupt auf. »Es ist am besten, unangenehme Aufgaben so rasch wie möglich zu erledigen. Ich stelle sie jetzt gleich zur Rede.«

»Vielleicht gesteht sie alles und sagt Euch sogar, warum sie für Beaton arbeitet. Und vielleicht könnt Ihr diesen Grund auch verstehen.«

»Kann sein, aber ich glaube nicht, dass die kleine Maldie so auskunftsfreudig sein wird.«

Wie ein Verurteilter machte sich Balfour schweren Schrittes auf den Weg zu ihrer gemeinsamen Schlafkammer. Die Erinnerung an ihre wilden Liebesspiele am Turm vor zwei Tagen stieg in ihm auf. Auf dem Rückweg von jenem Stelldichein war er entspannt, zuversichtlich und heiter, Maldie hingegen sehr still gewesen, und er hatte sich wieder einmal nicht des Eindrucks erwehren können, dass sie etwas vor ihm verbarg. War es die Tatsache gewesen, dass sie kurz zuvor einen Mann in den Tod geschickt hatte? War er der schönen Maldie wirklich so sträflich auf den Leim gegangen?

Als er die Kammer betrat, wandte sich Maldie, die gerade am Feuer saß und ihre frisch gewaschenen Haare bürstete, zu ihm um und lächelte ihn an. Sie war wunderschön. Er begehrte sie und hasste sich dafür. In diesem Moment hasste er sogar Maldie ein wenig. Balfour wusste, dass er zutiefst verletzt sein würde, wenn sich herausstellte, dass sie Beaton tatsächlich geholfen hatte. Nie wieder würde er seinen Gefühlen für eine Frau trauen können.

Maldie runzelte die Stirn, als Balfour sie nur stumm anblickte. Er schloss mit einem harten, entschlossenen Gesichtsausdruck die Tür und lehnte sich dagegen. Maldie begann, nervös zu werden. Sie versuchte herauszufinden, was in ihm vorging, aber es gelang ihr nicht. Auf seinem Gesicht zeichneten sich alle möglichen Regungen ab, doch er hatte sich vor ihr verschlossen. Sie bekam es mit der Angst zu tun. Der Mann, der da an der Tür lehnte, wirkte plötzlich wie ein Fremder.

»Was ist passiert, Balfour?«, fragte sie mit zitternder Stimme, die ihre wachsende Angst spiegelte.

»Malcolm, unser Mann in Beatons Lager, baumelte an einem Baum am Rand des Dorfes.« Das Entsetzen auf ihrem Gesicht wirkte echt, doch Balfour wusste, dass er dem nicht länger vertrauen konnte, was er sah, hörte oder fühlte.

»Oh Balfour, das tut mir leid!«, meinte sie, stand auf und trat zu ihm.

»Warum? Hast du etwa nicht damit gerechnet, dass Beaton ihn töten würde?«

Sie blieb so abrupt stehen, dass sie fast gestolpert wäre, und starrte ihn verwirrt an. »Woher sollte ich wissen, was Beaton mit dem Mann anstellt?« Hatte Balfour herausgefunden, wer sie war? Sie musste den Drang unterdrücken, vor dem kalten, wütenden Mann zu fliehen.

»Es ist sehr merkwürdig, dass Beaton in dreizehn langen Jahren nie einen unserer Leute entdeckt hat, und auf einmal findet er Malcolm.« Er sah, dass sie erbleichte, und kämpfte gegen das Bedürfnis an, sie zu trösten und seine barschen Worte zurückzunehmen.

»Glaubst du etwa, ich helfe Beaton? Vielleicht hat es ihm ja Grizel erzählt?«

»Grizel ist seit zwei Wochen tot, und die Männer, die sie hatte treffen wollen, sind ebenfalls tot; von ihnen hat es Beaton also nicht erfahren können. Wenn Grizel es ihm früher gesagt hätte, wäre Malcolm auch schon viel früher tot gewesen. Nein, es muss ein anderer gewesen sein.«

»Und du glaubst, dieser andere bin ich«, flüsterte sie heiser. Der Kloß in ihrem Hals machte es ihr fast unmöglich, einen Ton herauszubringen. Noch nie war sie so verletzt worden.

»Kannst du mich davon überzeugen, dass ich mich irre?«

Maldie wankte, seine Worte trafen sie wie ein Schwerthieb. Dabei hatte sie doch damit gerechnet, dass es einmal so weit kommen würde. Seit ihrer Ankunft in Donncoill hatte sie befürchtet, dass ihr Geheimnis, wer ihr Vater war, gelüftet würde. Sobald man herausgefunden hätte, dass sie Beatons Tochter war, würde man ihr natürlich mit Misstrauen begegnen. Doch Balfours Vorwurf kam aus heiterem Himmel, ohne dass er etwas über ihren Vater wusste.

Dass sie keine Murray war, genügte offenbar, um sie zu verdächtigen. Grizels Verrat hatte wohl nicht gereicht, um zu zeigen, dass auch ein Angehöriger des eigenen Clans sich gegen sie wenden konnte. In Maldies Verletztheit mischten sich

Wut und Empörung. Vielleicht hatte sie ja nicht alles über sich gesagt, was sie von ihr hatten hören wollen, aber das war doch wirklich noch lange kein Grund zu glauben, sie würde einen Mann in den Tod schicken!

»Mein Wort reicht dir also nicht?«

»Nein, damit kann ich mich leider nicht zufriedengeben.« Er seufzte und schüttelte den Kopf. »Du hast dich mit Geheimnissen umgeben und erwartest von uns blindes Vertrauen. Wir wissen weder, wer du bist, noch, woher du gekommen bist, noch, was du auf der Straße zu suchen hattest. Dennoch möchtest du, dass wir glauben, du seist uns freundlich gesonnen.«

»Für dich war ich mehr als nur ein Freund!« Es erfüllte sie mit Genugtuung, dass er errötete. Immerhin hatte er noch Zweifel an ihrer Schuld und fühlte sich unwohl bei dem, was er ihr unterstellte.

»Siehst du denn nicht ein, dass du verdächtig wirkst?«

»Ist Leidenschaft denn ein Verbrechen?«

»Maldie, erzähl mir etwas, irgendetwas über dich, was nachgeprüft werden kann!«

»Warum sollte ich?«

»Warum weigerst du dich?«

»Wer ich bin, geht dich nichts an, und auch nicht, woher ich gekommen bin oder wohin ich gehe, oder sonst etwas über mich. Du willst von mir einen Beweis, dass ich keine Spionin bin? Und wo ist dein Beweis, dass ich eine bin?«

Balfour wurde wieder zornig. Ihre Sturheit ärgerte ihn. War seine Bitte denn so schwer zu erfüllen? Er wollte doch nichts weiter als ein paar Auskünfte – Auskünfte, die die meisten Menschen ohne Zögern erteilen würden. In Donncoill wusste man nur, dass sie eine kundige Heilerin war, dass ihre Mutter tot und sie ein uneheliches Kind war und dass sie ihre Verwandten suchte. Dafür, dass sie nun schon geraume Zeit mit ihm zusammen war, war das herzlich wenig.

»Verstehst du denn nicht, warum ich das tue? Ich führe

Krieg. Mein Bruder wird von meinem Feind festgehalten. Ich kann es mir nicht leisten, jemandem zu vertrauen, nur weil er behauptet, er sei unschuldig. Ich brauche mehr, Maldie, sonst muss ich dich wie die Feindin behandeln, die du durchaus sein könntest.«

»Dann schlage ich vor, du hörst auf, mir etwas vorzuwerfen, was ich nicht getan habe, und spürst den wahren Verräter auf!«

»Wie du willst. Dann darfst du deine Gemächer nur noch verlassen, wenn du dich um Nigel kümmerst.«

»Bist du dir sicher, dass du deinen geliebten Bruder einer Handlangerin Beatons ausliefern willst?«

»Du hattest schon genügend Gelegenheit, ihm Schaden zuzufügen. Nigel mag zwar noch nicht stark genug sein, in einer Schlacht zu kämpfen, aber gegen eine schwache Frau kann er sich bestimmt schon wehren. Vielleicht bringt dich die Zeit, die du allein verbringen musst, zu der Einsicht, dass es dir wenig hilft, dich hinter deinem Stolz zu verstecken. Ein paar Brocken Wahrheit sind kein sehr hoher Preis für die Freiheit.«

Er ging hinaus und verriegelte die Tür von außen. Der Streit hatte ihn traurig und wütend gemacht – und verwirrt. Anfangs hatte Maldie sehr betroffen gewirkt, dann aber war sie zornig geworden. Das deutete auf ihre Unschuld hin. Aber sie hatte nichts zu ihrer Verteidigung vorgebracht, sondern die Anschuldigung nur empört zurückgewiesen.

»Habt Ihr es getan?«, fragte James, der neben Balfour getreten war.

»Ja.« Er nickte dem Mann zu, den James mitgebracht hatte, um Maldies Tür zu bewachen. Dann begab er sich mit seinem Hauptmann zum großen Saal zurück.

»Ich nehme an, sie hat nicht gestanden und um Verzeihung gebeten.«

»Oh nein. Das würde Maldie nicht einmal dann tun, wenn sie schuldig wäre.«

»Ihr glaubt noch immer nicht, dass sie es ist?«

153

»Ich weiß nicht, was ich glauben soll. Sie hat auf die Beschuldigung wie jemand reagiert, der unschuldig ist, aber vielleicht ist sie einfach nur eine geschickte Lügnerin. Sie hat sich aber auch nicht verteidigt, sondern nur ihre Unschuld beteuert. Ich habe sie gebeten, mir etwas über sich zu erzählen, was wir nachprüfen könnten. Daraufhin hat sie nur gesagt, ich solle doch selbst danach suchen.« Als sie den großen Saal betraten, erhaschte er einen flüchtigen Ausdruck der Erheiterung auf James' zerfurchtem Gesicht. Finster meinte er: »Findest du das etwa lustig?«

»Ich fürchte, ja«, erwiderte James kopfschüttelnd. Sie setzten sich an den Kopf des größten Tisches und gossen sich Wein ein. »Aber um ehrlich zu sein: Ich bin auch der Meinung, dass sie unschuldig ist – oder weitaus schlauer als wir.«

»Ich habe meiner Geliebten soeben ein schreckliches Verbrechen vorgeworfen, ich habe sie beschuldigt, einen Mann in den Tod geschickt zu haben. Und jetzt meinst du, sie sei unschuldig?«

»Ich habe immer geglaubt, dass sie es sein könnte, aber letztlich haben wir keinerlei Beweis für ihre Schuld. Doch Ihr hättet nie etwas gegen sie unternommen, wenn ich Euch das vorher gesagt hätte. Ich bin noch nicht so alt, um mich nicht von einem hübschen jungen Mädchen mit grünen Augen umgarnen zu lassen, aber ich lasse mich nicht von ihrer Schönheit blenden. Einer von uns musste sein Herz verhärten und alle Möglichkeiten in Betracht ziehen.«

Balfour fluchte und streckte sich in dem vergeblichen Versuch, seine Anspannung zu vertreiben. »Das wird sie mir nie verzeihen.«

»Wenn ihr nicht so viel an Euch liegt, dass sie nicht versteht, dass Euch nichts anderes übrig blieb, als so zu handeln, dann hättet Ihr sie wahrscheinlich ohnehin nicht sehr lange halten können. Aber trotzdem ist es merkwürdig, dass sie so wenig über sich erzählt. Ich glaube, es ist höchste Zeit herauszufinden, was sie verbirgt.«

»Ja, sie hat wirklich viele Geheimnisse. Wir können es uns einfach nicht leisten, sie unbehelligt umherstreifen zu lassen und zu hoffen, dass diese Geheimnisse uns nicht schaden. Ich weiß, dass ich mich nicht anders verhalten konnte. Ich wünschte nur, es würde sich besser anfühlen, das Richtige getan zu haben.«

Eine Zeitlang starrte Maldie reglos auf die verriegelte Tür, dann stolperte sie zum Bett und warf sich darauf. Blicklos sah sie zur Decke hoch. In ihr wüteten so viele Gefühle, dass sie kaum atmen konnte. Aber eines wollte sie auf keinen Fall: weinen. Doch der Kloß in ihrer Kehle drohte sie zu ersticken, und sie merkte, dass sie ihren Willen nicht bekommen würde. Schließlich drehte sie sich auf den Bauch, fluchte halblaut und ließ ihren Tränen freien Lauf.

Es dauerte länger, als ihr lieb war, bis sie ihre Gefühle wieder unter Kontrolle hatte, doch allmählich ebbten die Schluchzer ab, und Maldie merkte, dass ihr das Weinen gutgetan hatte. Jetzt war sie zwar müde, doch ihr Kopf war frei, und sie konnte über das Geschehene nachdenken, auch wenn sie es am liebsten einfach vergessen hätte.

Sie fand es nicht so schlimm, dass sie beschuldigt worden war, für Beaton zu spionieren. Damit hatte sie ja gerechnet. Doch dass ihr Balfour diesen Vorwurf gemacht hatte, ohne zu wissen, was eigentlich auf ihre Schuld hinweisen hätte können – dass sie Beatons Tochter war –, machte die Sache unerträglich. Er hatte keinen Beweis, dass sie etwas anderes war, als sie zu sein vorgab – nämlich eine Waise, die auf der Suche nach ihren Verwandten im Land umherzog –, und trotzdem unterstellte er ihr, sie sei fähig, einen Mann in einen entsetzlichen Tod zu schicken. Es war ein schwerer Schlag für sie, dass ihr Balfour so etwas überhaupt zutraute.

Eigentlich war es komisch. Wenn es nicht so wehgetan hätte, hätte sie über die Ironie der ganzen Sache schmunzeln können: Sie war in Donncoill, weil sie Balfour und den Murrays helfen wollte, Beaton zu vernichten. Aber nun war sie eine Gefangene, weil man sie verdächtigte, dem Schuft zu helfen! Irgendetwas hatte sie falsch gemacht, um solch einen Verdacht zu nähren, aber sie wusste nicht, was. Balfour hatte bemerkt, dass sie immer so verschlossen sei. Aber war das alles? Setzten sich die Leute, die durch Donncoill kamen, immer erst einmal hin und zählten ihre Vorfahren auf?

Schimpfend stand sie auf und schenkte sich einen Becher Wein ein. Was sollte sie nun tun? Sie konnte Balfour nicht erklären, warum sie ihm nicht alles über sich erzählen wollte. Aber warum ihr deshalb vorgeworfen wurde, Beaton zu helfen und zum Tod eines Mannes beigetragen zu haben, konnte sie nicht verstehen. Doch darüber würde sie sich mit Balfour wohl nie verständigen können. Schließlich war er stolz auf seine Familie und seine Vorfahren. Wahrscheinlich konnte er deshalb nicht begreifen, dass jemand am liebsten vergessen würde, eine Familie zu haben.

Doch nun musste sie erst einmal überlegen, wie sie aus dieser Patsche wieder herauskam. Der Eid, den sie ihrer Mutter geschworen hatte, harrte noch immer seiner Erfüllung, und das konnte sie nicht ändern, wenn sie in einer Schlafkammer in Donncoill festsaß. Probehalber rüttelte sie an der Tür, aber die war, wie vermutet, von außen verriegelt. Sie hatte ja selbst gehört, wie Balfour den Riegel vorgeschoben hatte. Bestimmt stand ein großer, bewaffneter Murray davor. Auf dem direkten Weg konnte sie also definitiv nicht in die Freiheit gelangen.

Natürlich hätte sie Balfour auch erzählen können, was er hören wollte, ohne zu enthüllen, wer ihr Vater war. Doch wenn er einen seiner Leute in das Dorf geschickt hätte, in dem sie aufgewachsen war, um Erkundigungen einzuholen, wäre die Wahrheit wahrscheinlich doch ans Licht gekommen. Ihre Mutter hatte nie ein Hehl daraus gemacht, wem sie ihr Unglück zu verdanken hatte. Wahrscheinlich würden einige Dorfbewohner sogar recht gerne ein paar Geschichten über sie erzählen, Geschichten, in denen auch Maldie nicht besonders gut wegkam. Die schiere Not hatte sie gezwungen, Dinge zu tun, auf die sie nicht besonders stolz war. Außerdem hatte sie sich auch nicht gerade darum bemüht, sich bei den teils irritierend frömmlerischen Dorfbewohnern einzuschmeicheln.

Allein ihr Stolz hatte sie davon abgehalten, Balfour etwas zu erzählen. Offenbar ärgerte es Balfour, dass sie sich standhaft weigerte, seine Fragen zu beantworten. Im Moment zog sie eine gewisse Befriedigung aus ihrer Sturheit, die sie als kleine Strafe für seine gemeinen Vorwürfe betrachtete. Sie konnte also kaum mehr sagen, als dass sie unschuldig sei und er ein Narr. Das reichte natürlich nicht, um ihr die Freiheit wiederzugeben. Allerdings brauchte sie wohl nicht um ihr Leben zu fürchten. Balfour würde keinen Menschen an den Galgen bringen, nur weil er glaubte, dieser hätte vielleicht ein Unrecht begangen. Wie bei Grizel würde er warten, bis er Beweise für ihre Schuld hatte. Doch die würde er nicht bekommen – schließlich war sie unschuldig.

Eigentlich blieb ihr nur eines übrig: loszuziehen und Eric zu befreien. Das sollte als Beweis genügen, dass sie Beaton nie geholfen hatte. Doch wenn sie ihre Unschuld unter Beweis gestellt hatte, würde sie wohl auch die ganze Wahrheit enthüllen müssen, und diese würde Balfour bestimmt dazu bringen, sich von ihr zurückzuziehen. Sie beschloss, sich nicht allzu sehr zu grämen, wenn es dazu käme. Falls er sie dafür hasste, dass ihr Vater William Beaton war, war er ein schwacher Mensch. Jedenfalls konnte sie jetzt nicht herumsitzen und es zulassen, dass er sie für eine Verräterin und Mörderin hielt.

Plötzlich musste sie lachen. Die leisen Geräusche, die von draußen hereindrangen, steigerten ihre Belustigung noch. Ihr Wächter runzelte jetzt sicher die Stirn und fragte sich, ob sie verrückt geworden sei. Und vielleicht war das ja wirklich so. Ihr Geliebter, der Mann, den sie fast schon verzweifelt liebte,

157

unterstellte ihr, sie würde seinem Feind helfen und ihm einen Mann ausliefern, den der Schurke ohne mit der Wimper zu zucken abschlachtete. Aber in gewisser Weise konnte sie auch verstehen, warum Balfour sich dazu gezwungen sah. Wenn das nicht verrückt war, was dann? Noch verrückter war allerdings, ihre Probleme damit lösen zu wollen, dass sie flüchtete, nach Dubhlinn eilte und Eric zu befreien versuchte. Wieder musste sie kichern.

Sie war in einer Kammer in Donncoill eingesperrt, einer festen, hervorragend bewachten Burg, und durfte nur in Nigels Zimmer gehen. Falls es ihr tatsächlich gelang zu fliehen, ihre Flucht aber entdeckt würde, würde sich der halbe Murray-Clan an ihre Fersen heften. In Dubhlinn würde sie äußerst behutsam vorgehen müssen, denn inzwischen würden die Leute Fremden gegenüber sehr misstrauisch sein. Sie würde also größte Vorsicht walten lassen müssen, während sie Eric aufstöberte und befreite. Und dann würde sie sich und den Jungen heil aus Dubhlinn herausschmuggeln und den Weg nach Donncoill ebenso unversehrt zurücklegen müssen.

»Nichts leichter als das«, murmelte sie. Sie stellte den Becher auf den Tisch und kroch wieder ins Bett.

Es war ein Ding der Unmöglichkeit. Sie sollte gar keinen Gedanken daran verschwenden. Aber ihr fiel nichts anderes ein, es war ihr einziger Plan, und der musste eben gründlich durchdacht werden. Immerhin war es besser, sich mit einem solch verrückten Abenteuer zu befassen, als tatenlos herumzusitzen und sich darüber zu grämen, wie sehr man gekränkt worden war.

12

»Was planst du, Maldie Kirkcaldy?«, fragte Nigel und streckte seinen schmerzenden Körper vorsichtig auf dem Bett aus.

Sie wandte sich vom Fenster ab, aus dem sie gestarrt hatte, und sah ihn an. Seit drei Tagen war er, abgesehen von dem schweigsamen Wächter, der sie von ihrem zu Nigels Zimmer begleitete, ihre einzige Gesellschaft. Weder Nigel noch Maldie hatten über die Dinge gesprochen, die Maldie vorgeworfen wurden, und sie vermieden es auch, über Maldies Gefangenschaft zu sprechen. Sie hatten nur schwer daran gearbeitet, sein Gehvermögen zu verbessern. Nigel machte große Fortschritte. Maldie war zu dem Schluss gekommen, dass er sich wohl ausschließlich dafür interessierte, doch ihr war klar, dass er sie trotzdem sehr genau beobachtete.

»Wieso kommst du darauf, dass ich etwas plane?«, fragte sie. Sie trat an sein Bett und schenkte ihm einen Becher Apfelmost ein.

»Vielleicht, weil mein idiotischer Bruder dich zu einer Gefangenen gemacht hat?«

»Ich dachte, wir würden über dieses kleine Problem hinwegsehen.«

»Als du zum ersten Mal in mein Zimmer kamst, nachdem er diese Dummheit begangen hatte, glaubte ich, dass du nicht darüber reden wolltest. Vielleicht willst du es ja wirklich nicht, aber mir fällt es schwer, eine derartige Beleidigung einfach zu übergehen.«

Er wirkte aufgebracht. Maldie freute sich, dass immerhin einer an sie glaubte, auch wenn ihr klar war, dass es wohl vor allem darauf zurückzuführen war, dass er ihr sein Leben verdankte. Vielleicht reichte seine Dankbarkeit und seine Empörung sogar so weit, dass er ihr bei der Flucht helfen würde. Doch darum wollte sie ihn nicht bitten, schließlich war es ihr Problem, und sie wollte es alleine lösen.

»Ich frage mich nur, wie lange Balfour braucht, bis er merkt, dass er einen Fehler gemacht hat«, meinte sie.

»Du klingst ziemlich gelassen«, entgegnete er. »Fühlst du dich denn gar nicht gekränkt?«

»Doch, natürlich. Manchmal fällt es mir sehr schwer, darüber hinwegzusehen. Aber wenn ich gerade mal keine Lust habe, ihn mit einer Lanze aufzuspießen« – sie grinste, als er lachte – »dann sehe ich auch, dass er wohl kaum eine andere Möglichkeit hatte.«

»Man hat immer eine andere Möglichkeit.«

Maldie zuckte die Schultern. »Vielleicht. Aber manchmal sind alle unangenehm. Jemand hat Beaton gesagt, dass Malcolm zum Clan der Murrays gehört, und damit war sein Tod besiegelt. Aber er war der erste Murray, der je in Dubhlinn erwischt worden ist. Entweder ist Beaton auf einmal sehr schlau geworden, was ich kaum glaube, oder jemand hat Malcolm verraten. Grizel ist tot, sie kann es also nicht gewesen sein. Balfour überlegt sich, was in Donncoill anders ist als sonst, und auf wen fällt sein Blick? Auf mich. Es ist also ziemlich naheliegend, mich zu verdächtigen.«

»Nein, ist es nicht«, murrte Nigel.

»Urteile nicht so hart über deinen Bruder«, meinte sie. »Er ist der Laird, er trägt die Verantwortung für alle, die auf seinem Land leben. Und es ist ja nicht so, dass der Fremden die Schuld an allem, was schiefgelaufen ist, in die Schuhe geschoben wird. Fairerweise muss ich sagen, dass Balfour wohl selbst seine Zweifel hat. Aber da die Schlacht immer näher rückt, kann er es sich nicht leisten, zu vertrauensselig zu sein. Er hat mir angeboten, mich zu verteidigen.«

»Und warum bist du nicht darauf eingegangen?« Nigel runzelte die Stirn.

»Ich bin zornig geworden; in mir hat sich ein dummer Stolz geregt.« Sie nahm ihm den leeren Becher ab und stellte ihn auf den Nachttisch. »Ich fand, mein Wort müsste genügen. Er hat mir Fragen gestellt und mich um Auskünfte gebeten, die meine Unschuld beweisen und von jemandem bestätigt werden könnten. Ich habe ihm gesagt, wenn er so versessen darauf ist, dann sollte er sich eben selbst auf die Suche machen.« Als Nigel lachte, brachte sie ein schiefes Lächeln zustande.

Plötzlich wurde er sehr ernst. »Dieser Stolz könnte dich an den Galgen bringen«, warnte er.

»Nein«, sagte sie fest, »nicht durch Balfour. Er braucht einen stichhaltigen Beweis, bevor er jemanden zum Tode verurteilt.«

»Stimmt. Balfour ist gnädig und gerecht. Zu schade, dass er zudem noch töricht ist.« Er grinste, als sie zu kichern begann, doch gleich darauf wurde er wieder ernst. Prüfend musterte er sie, dann meinte er: »In diesem Fall bleibt dir nur eines: Du musst aus Donncoill fliehen.«

Sie war sehr stolz, als es ihr gelang, ihre Gefühle, vor allem die Angst, dass ihre Pläne aufgeflogen seien, unter Kontrolle zu halten. Doch Nigel wusste bestimmt nicht, was sie vorhatte – ihre Pläne waren viel zu waghalsig. Auch die Murrays wollten Eric befreien, meinten aber, sie müssten ein ganzes Heer dafür aufbieten. Es wäre bestimmt keinem in den Sinn gekommen, dass ein schwaches Mädchen daran denken könnte, es ganz alleine zu versuchen. Dass Nigel ihr Fluchtgedanken unterstellte, war nicht weiter verwunderlich und stellte bestimmt keine Bedrohung dar.

»Na klar – eine Flucht wäre natürlich der beste Beweis für meine Unschuld«, meinte sie gedehnt.

»Himmel noch mal, eigentlich solltest du es überhaupt nicht nötig haben, deine Unschuld zu beweisen!«

»Stimmt. Aber mich wie ein Dieb bei Nacht und Nebel davonzumachen hilft mir bestimmt auch nicht viel. Ich schaffe das schon, Nigel. Ehrlich! Ja, die Sache liegt mir schwer im Magen, aber ich lebe noch, und die Wahrheit wird bald ans Licht kommen. Ich muss einfach abwarten.«

»Wenn ich dir helfen kann ...«

»Nein, Nigel!«, fiel sie ihm ins Wort. »Am besten hältst du dich einfach heraus. Du glaubst an mich, und das reicht mir. Alles Weitere würde dich in den Ruch des Ungehorsams, oder schlimmer noch, des Verrats an deinem Laird bringen.«

In dem Moment ging die Tür auf. Jennie stand auf der Schwelle, Maldies Bewacher hinter ihr. »Ich muss jetzt wieder in meine Kammer. Ruh dich aus, Nigel! Mit jedem Tag wirst du stärker und deine Schritte sicherer. Damit wächst leider auch die Versuchung, sich zu übernehmen.«

»Ich weiß. Bislang hast du mit all deinen Ratschlägen recht gehabt, also werde ich auch diesen befolgen.«

Maldie verließ die Kammer. Jennie schlug die Augen nieder und wurde rot, als Maldie an ihr vorüberging. Alle wussten, warum Balfour Maldie in ihre Kammer verbannt hatte. Bestimmt hatte sie damit alles Vertrauen verloren, das sie sich in Donncoill aufgebaut hatte. Es stimmte sie traurig, denn allmählich hatte sie sich richtig heimisch gefühlt und geglaubt, dass die anderen sie akzeptierten, wenn nicht sogar mochten. So etwas spürte sie zum ersten Mal in ihrem Leben. Umso schmerzhafter war nun der Verlust.

Hinter ihr ging die Tür zu. Maldie zuckte zusammen, als sie hörte, wie der Riegel vorgeschoben wurde. Sie hasste es, eingesperrt zu sein. Ihr Leben lang hatte sie die Freiheit gehabt, zu kommen und zu gehen, wie es ihr beliebte, auch wenn ihr manche diese Freiheit geneidet hatten. Obwohl sie erst seit drei Tagen eingesperrt war, hatte sie das Gefühl, ersticken zu müssen. Sie holte tief Luft und trat an das kleine Fenster. Dort atmete sie die warme, frische Luft in tiefen, langsamen Zügen ein, um ihre aufsteigende Panik zu vertreiben. Immerhin konnte sie von dieser Stelle aus auch einen Blick nach draußen werfen, wofür sie sehr dankbar war. Balfour hätte sie auch in eine dunkle Zelle im Verlies tief unter Donncoill stecken können.

»Aber eigentlich hätte er mich überhaupt nicht einsperren dürfen!«, murrte sie und kehrte zu ihrem Bett zurück.

Sie wollte nicht länger über ihre Wut und Verletztheit nachgrübeln. Deshalb lenkte sie ihre Gedanken auf ihren Plan, Eric zu befreien. Nur so hatte sie es bislang geschafft, sich nicht von ihrem Elend und Leid überwältigen zu lassen. Ihr Plan war fast fertig, nur der erste und schwierigste Teil war ihr noch nicht ganz klar. Sie hatte sich einen Weg ausgedacht, um ins Innere von Dubhlinn zu gelangen und herauszufinden, wo Eric versteckt wurde, und sogar, wie sie ihn möglichst ohne Zeugen aus der Burg herausschaffen konnte. Sie glaubte, dass sie inzwischen jede mögliche Komplikation erwogen und alle Vorkehrungen getroffen hatte: angefangen damit, wie sie an den Wachen vorbeischleichen konnte, bis hin zur Möglichkeit, dass sie und Eric vielleicht um ihr Leben würden rennen müssen. Nur wie sie aus Donncoill fliehen sollte, wusste sie bislang noch nicht.

Es gab mehrere Möglichkeiten, aber jede erforderte eine passende Gelegenheit, und bislang war noch keine eingetreten. Niemand hatte ihre Heilkünste in Anspruch genommen und ihr damit erlaubt, den kleinen Bereich zu verlassen, in den sie verbannt worden war. Der Wächter ließ sie nicht aus den Augen und achtete stets darauf, dass die Tür zu ihrer Kammer verriegelt war. Niemand kam, um sie zu besuchen.

Plötzlich fiel ihr etwas ein. Warum hatte sie nur so lange gebraucht, um darauf zu kommen? Eigentlich war die Sache doch ganz einfach: Sie brauchte nur einen Vorwand, um eine der Mägde in ihre Kammer zu lotsen. Wenn sie behauptete, sie habe ein Frauenproblem, würde keiner der Männer mehr wissen wollen. Das einzig Schwierige an diesem Plan war, dass sie der Magd wehtun musste – nicht schlimm, aber immerhin so sehr, dass die Frau so lange das Bewusstsein verlieren würde, bis sie selbst ihren Weg hinaus in die Freiheit gefunden hätte.

Es klopfte leise an ihrer Tür, und einen Moment lang dachte Maldie, vielleicht sei ihr das Glück hold und sie bräuchte sich nicht einmal einen Vorwand auszudenken, um eine Magd in ihre Kammer zu locken. Doch dann trat Balfour ein. Maldie stieß einen leisen Fluch aus. Bestimmt würde dieser Besuch wieder all die Gefühle wecken, die sie mit viel Mühe begraben hatte. Schon jetzt spürte sie, wie ihr Verletztheit und Wut die Brust zuschnürten.

»Wenn du nicht gekommen bist, um mich um Verzeihung zu bitten, kannst du genauso gut gleich wieder gehen!«, meinte sie verbittert und richtete sich so kerzengerade auf, dass es ihr einen Stich in den Rücken versetzte.

Balfour seufzte und fuhr sich mit der Hand durchs Haar. Er war nicht ganz sicher, warum er überhaupt hier war, aber er wollte Maldie unbedingt noch eine Chance geben, sich zu verteidigen und ihm etwas zu sagen, damit er sie guten Gewissens laufen lassen konnte. Nachdem sie jetzt bereits mehrere Tage in ihre kleine Kammer gesperrt war und ihre einzige Abwechslung in dem kurzen Gang zu Nigels Kammer bestand, war sie vielleicht etwas geneigter, ihm Rede und Antwort zu stehen. Doch ihre Begrüßung und ihre verkniffene Miene zeigten ihm, dass er sich diese Hoffnung hätte sparen können.

Sie fehlte ihm – nicht nur im Bett, auch wenn er sie dort so sehr vermisste, dass er fast nicht schlafen konnte. Doch er vermisste es auch, mit ihr zu reden. In gewisser Weise konnte er ihre Haltung sogar nachvollziehen, aber trotzdem ärgerte er sich darüber, weil sie deshalb getrennt blieben. Allmählich hatte er das Gefühl, dass es für sie gar nicht so schlimm war wie für ihn, und dieser Gedanke tat weh.

»Ich wollte dir noch einmal Gelegenheit geben, die Wahrheit zu sagen«, meinte er.

»Die habe ich dir schon gesagt.« Diese Lüge ging Maldie leicht über die Lippen, wohl deshalb, weil sie so wütend auf ihn war.

»Mag sein, aber du warst sehr sparsam damit. Je mehr ich darüber nachdenke, desto klarer wird mir, dass du für mich eigentlich noch immer eine Fremde bist, obwohl wir miteinander geschlafen haben. Ich weiß über dich kaum etwas von all dem, was sich zwei Menschen normalerweise erzählen, wenn sie miteinander im Bett liegen.«

»Ich kenne niemanden, der sich über solche Dinge so den Kopf zerbricht wie ihr Murrays. Ich bin, was du siehst. Was ist denn sonst noch wichtig?«

»Wenn einem vorgeworfen wird, dem Feind zu helfen oder beim Mord von einem rechtschaffenen Mann eine Rolle gespielt zu haben, ist sehr viel mehr wichtig als nur das, was ich sehen kann. Siehst du denn nicht, in welcher Gefahr du schwebst, Mädchen?«

»Willst du mich an den Galgen bringen?«

Es freute sie, als er erbleichte, denn das bedeutete, dass er noch immer etwas für sie empfand. Seine Vorwürfe und seine Abwesenheit hatten sie allmählich daran zweifeln lassen, ob er sich überhaupt noch für sie interessierte. Es war zwar töricht, sich darüber den Kopf zu zerbrechen, da sie Donncoill und sehr wahrscheinlich auch ihn ohnehin bald verlassen musste, doch dieser wenn auch kleine Hinweis darauf, dass ihm noch etwas an ihr lag, tröstete sie. Außerdem bestärkte er sie in dem Glauben, dass man sie nicht bestrafen würde, solange kein handfester Beweis für ihre Schuld vorlag – und den würde er nie bekommen, da es keinen gab.

»Nein, natürlich nicht. Schließlich hast ja anders als Grizel niemanden eigenhändig umgebracht. Aber warum versuchst du nicht wenigstens, mir zu zeigen, dass ich dich fälschlich verdächtige?«

»Weil dein Verdacht grundlos und beleidigend ist und weder meine Zeit noch mein Interesse verdient. Wenn ich versuche, meine Unschuld zu beweisen, dann rechtfertige ich damit deine Anschuldigungen. Nein, ich weigere mich, das zu tun!« Sie verschränkte die Arme und starrte ihn kühl und

165

herausfordernd an. Wenn er wollte, konnte er ruhig weiter mit ihr streiten.

»Du bist extrem stur, Maldie Kirkcaldy!« meinte er kopfschüttelnd. »Vielleicht ist deine Sturheit gerechtfertigt, aber ich weiß einfach nicht weiter. Doch vergiss nicht, wie gefährlich blinder Stolz und Sturheit sein können! Ich hoffe zwar von ganzem Herzen, dass es nicht dazu kommen wird, aber bei einer solchen Angelegenheit zu schweigen könnte dich noch teuer zu stehen kommen.«

Nachdem er gegangen war, warf sich Maldie aufs Bett. Seine letzten Worte waren eine unverhohlene Drohung gewesen, doch sie war nach wie vor zuversichtlich, dass Balfour ihr nichts zuleide tun würde. Und falls sich ihr Herz in diesem Mann getäuscht hatte, konnte sie sich ja immer noch an Nigel wenden. Er würde es nicht zulassen, dass sein Bruder ihr ein Leid zufügte. Sie hatte sich zwar fest vorgenommen, Nigel nicht mit ihren Problemen zu behelligen, aber wenn ihr Leben auf dem Spiel stand, würde sie nicht zögern, ihn auf ihre Seite zu ziehen.

Balfours Besuch hatte ihr jedoch eines klargemacht: Es war höchste Zeit, Donncoill zu verlassen. Sie konnte es einfach nicht ertragen, sich noch einmal von dem Mann, den sie liebte, anhören zu müssen, dass er einen Beweis für ihre Unschuld bräuchte. Egal, wie gut sie seine heikle Position verstand und begriff, dass er nur das tat, was er tun musste – es tat zu weh.

Trotzdem hatte er recht, sie vor übermäßigem Stolz und Sturheit zu warnen. Sie war tatsächlich sehr stolz, und viele meinten, das sei völlig unbegründet. Worauf konnte sie schon stolz sein? Das hatte sie oft zu hören bekommen. Aber sie konnte ihren Stolz nicht einfach vergessen, nur um seine grundlosen Verdächtigungen zu beschwichtigen.

Wie lange sie das durchhalten würde, wusste sie allerdings nicht. Wenn sie Balfour sah, wollte sie am liebsten alles tun, worum er sie bat, nur um wieder mit ihm zusammen zu sein.

Sie wollte sich wieder in seine Arme werfen, an seine Seite zurückkehren, wieder von ihm ins Vertrauen gezogen werden. Wenn sie Donncoill nicht bald verließ, würde dieser Wunsch so stark werden, dass sie ihm nicht mehr würde widerstehen können.

Sie wartete eine gute Stunde in der Hoffnung, dass Balfour dann zu beschäftigt oder zu weit von ihrer Kammer weg sein würde, um zu ihr zu kommen. Dann begann sie zu stöhnen. Schon nach drei tiefen Seufzern war der Wächter an der Tür. Sie wusste, dass er lauschte, denn sie hörte sein Schwert ans Holz klopfen. Nach einem weiteren lauten Stöhnen ging die Tür auf. Maldie unterdrückte ein Grinsen, als sie sah, wie besorgt das vernarbte Gesicht des Mannes wirkte. Sie presste die Hände auf den Bauch und wiegte sich ächzend hin und her.

»Was ist los?«, fragte ihr Bewacher und kam einen Schritt näher.

»Ich brauche die Hilfe einer Frau«, erwiderte sie mit zitternder, rauer Stimme.

»Bist du krank?«

»Es handelt sich um ein Frauenleiden, und ich brauche eine Frau, die mir hilft, du Narr!«, rief sie laut und stöhnte gleich wieder, als ob die Anstrengung, die Stimme zu erheben, ihre schrecklichen Schmerzen verstärkt hätte. »Hol mir eine der Mägde!«

Hastig lief er hinaus und verriegelte die Tür wieder. Maldie musste über seinen raschen Rückzug grinsen. Wie sie vermutet hatte, hattc das Wort »Frauenleiden« alle Fragen im Keim erstickt. Dieser Begriff konnte selbst die wackersten Krieger in Angst und Schrecken versetzen, Männer, die sich, ohne mit der Wimper zu zucken, die furchtbarsten Kampfwunden anschauten oder auch zufügten. Als sie eilige Schritte kommen hörte, begann sie sofort wieder zu stöhnen und sich den Bauch zu halten. Es fiel ihr allerdings schwer, dieses Spiel fortzusetzen, als die arme Jennie hereingeschubst und die Tür gleich wieder verriegelt wurde. Der Wächter war offenbar sehr bemüht, nichts weiter über ihr Problem zu erfahren.

»Was fehlt Euch, Mistress?«, fragte Jennie. Sie trat ans Bett und legte tröstend eine Hand auf Maldies Arm.

Maldie verfluchte Balfour, als sie in die sanften blauen Augen der jungen, braunhaarigen Magd blickte. Es war seine Schuld, dass sie der armen Jennie wehtun musste. Natürlich würde sie sie nicht ernsthaft verletzen, aber sie hasste schon den Gedanken, sie zu schlagen. Das hatte Jennie wahrlich nicht verdient, und ebenso wenig den Ärger, den sie sich wahrscheinlich einhandeln würde, weil sie eine Gefangene hatte entkommen lassen.

»Mir fehlt die Freiheit«, murmelte sie leise, schwang die Faust und schlug sie der armen Jennie seitlich ans Kinn

Sie war überrascht, dass Jennie schon beim ersten Schlag zu Boden ging; eigentlich hatte sie mit einem längeren Kampf gerechnet. Besorgt untersuchte sie die junge Magd, stellte aber zu ihrer großen Erleichterung fest, dass ihr wohl nichts weiter fehlte. Obwohl sie wenig Übung darin besaß, Leute niederzuschlagen, hatte sie Jennie offenbar genau an der richtigen Stelle und mit der nötigen Kraft erwischt. Einen Moment lang war sie stolz auf sich, doch dann regte sich wieder die Wut. Eigentlich hätte Balfour diesen Schlag verdient, nicht die arme, schüchterne kleine Jennie.

Sie hievte das Mädchen aufs Bett und hoffte, dass ihr Schlag keinen allzu großen Bluterguss hinterlassen würde. Um Jennies Haare zu verbergen, die viel heller waren als ihre, zog sie die Decke so hoch wie möglich. Der Wächter würde wohl nicht hereinkommen aus Angst, in Frauenprobleme verwickelt zu werden, dachte Maldie mit einem verächtlichen Schnauben, aber die falsche Haarfarbe könnte er auch von der Türschwelle aus sehen.

Leise fluchend mühte sie sich, ihr Haar vollständig unter dem Leinenschal zu verbergen, den sie Jennie abgenommen hatte. Es war zwar etwas zu warm für einen Umhang, aber trotzdem warf sie sich ihn über und zog die Kapuze tief in die Stirn, um Haar und Gesicht noch besser zu verstecken. Wenn Grizel es immer wieder geschafft hatte, unbemerkt aus Donncoill zur anderen Seite des Dorfes zu schleichen, dann sollte auch ihr das gelingen. Maldie trat an die Tür und vergewisserte sich mit einem letzten Blick auf Jennie, dass nichts Auffälliges an ihr war. Dann klopfte sie leise.

Das Herz schlug ihr bis zum Hals, als sie mit gesenktem Kopf vor dem Wächter stand. »Ich muss ins Dorf, ein paar Lumpen holen, und …«, meinte sie mit verstellter Stimme. Sie verstummte, als der Mann sie nach draußen zog und beiseiteschob, um die Tür wieder zu verriegeln.

»Geh schon, Mädchen«, murmelte er. »Ich will das alles gar nicht so genau wissen.«

Maldie konnte kaum glauben, wie leicht es gegangen war. Sie versuchte, nicht allzu sorglos zu werden, denn der Weg zum Tor war lang. Wenn sie jemand ansprach oder Jennie zu rasch gefunden wurde, würde sie es nicht schaffen. Bei jedem Schritt schickte sie ein Stoßgebet zum Himmel, dass ihr weder Balfour, James noch sonst jemand, der Jennie gut kannte, über den Weg lief.

Als das Tor immer näher rückte, musste Maldie sich zwingen, nicht zu rennen. Das hätte gewiss Aufmerksamkeit erregt. Aus den Augenwinkeln sah sie Balfour und James, die in ein Gespräch vertieft bei den Ställen standen. Maldie riskierte es, ihre Schritte zu beschleunigen. Doch erst als sie das Tor von Donncoill passiert und die hohen Mauern hinter sich gelassen hatte, gestattete sie sich eine kleine Verschnaufpause. Sie atmete tief durch. Ihr Körper war schweißnass, und das lag nicht nur an dem dunklen, schweren Umhang und der warmen Sonne. Dennoch wagte sie nicht, den Umhang abzunehmen. Sie begann, schneller zu laufen. Solange sie nicht das andere Ende des Dorfes erreicht hatte, musste sie immer noch befürchten, erkannt zu werden.

Doch sobald sie an dem dichten Wald angekommen war,

der an die Felder des Dorfes grenzte, streifte sie den Umhang ab. Sie tauchte den Leinenschal in das kalte Wasser des Bächleins, das sich am Waldrand entlangschlängelte, und wusch sich den Schweiß vom Gesicht. Es war bereits später Nachmittag, wahrscheinlich würde sie es vor Einbruch der Dunkelheit nicht nach Dubhlinn schaffen und musste im Wald übernachten. Doch das machte ihr nicht so viel Angst wie die Möglichkeit, dass Balfour sie verfolgte. Wahrscheinlich würde sie in dieser Nacht nicht viel Schlaf finden. Entweder würde sie auf Geräusche lauschen, die auf eine Verfolgungsjagd schließen ließen, oder sie würde davor davonlaufen.

»Aber wenn ich in Dubhlinn bin, bin ich immerhin vor Balfour sicher«, sagte sie laut. Dann schnitt sie eine Grimasse. »Dann muss ich mich nur noch vor den Beatons hüten. Wahrscheinlich bin ich doch verrückt geworden, wenn ich mir einbilde, ich könnte damit durchkommen.«

Fluchend streckte sie sich auf der Wiese aus. Wenn sie wenigstens in der Stimmung gewesen wäre, den Schatten und das kühle Gras zu genießen! Dennoch gönnte sie sich eine kleine Pause, um auszuruhen und nachzudenken. Am klügsten wäre es natürlich gewesen, sich jetzt möglichst weit von Donncoill und Balfour wie Dubhlinn und Beaton zu entfernen. Doch so oft sie sich das auch sagte, sie konnte sich nicht überzeugen.

Wichtiger als alles andere war ihr, Balfour ihre Unschuld zu beweisen. Sie war sich nicht sicher, ob ihr ausgeprägter Stolz daran schuld war oder ihre tiefe Liebe zu diesem Mann. Doch unabhängig davon wusste sie, dass sie nicht gehen würde, bis die Sache geklärt war. Entweder sie brachte Eric zu den Murrays zurück und bewies damit ihre Unschuld, oder sie wurde erwischt und von Beaton umgebracht. Dann würde eben ihr Tod die Murrays zu der Einsicht bringen, dass sie sie fälschlicherweise beschuldigt hatten.

Und noch etwas veranlasste sie, ihren Plan weiterzuverfolgen: Eric konnte sehr wohl ihr Halbbruder sein. Wenn er

170

ein Blutsverwandter war, dann war es ihre Pflicht, ihn zu retten oder es zumindest zu versuchen. Und außerdem wollte sie sich mit eigenen Augen von seiner Abstammung überzeugen. Wenn sie jetzt floh, dann würde sie es vielleicht nie herausfinden.

Maldie stand auf und glättete ihre Röcke. Die Stimme der Vernunft verhallte ungehört. Sie machte sich auf den langen Marsch nach Dubhlinn. Bei ihrer Ankunft würden die Tore längst verriegelt sein, sie konnte also entweder irgendwo im Freien auf dem harten Boden übernachten und hoffen, dass es nicht regnete oder zu kalt würde, oder sie konnte zu dem kleinen Häuschen des freundlichen alten Paares zurückkehren, das sie bei ihrem ersten Besuch aufgenommen hatte, und hoffen, dass sie es wieder tun würden. Sie beschloss, ihr Glück bei den beiden Alten zu versuchen, obwohl sie sich ein wenig unbehaglich fühlte, sie so auszunutzen.

Seit ihrer Ankunft in Donncoill war ihr Leben immer komplizierter geworden. Sie war vom Grab ihrer Mutter mit dem festen Vorsatz aufgebrochen, nach Dubhlinn zu gehen und William Beaton zu töten. Jetzt wurde sie beschuldigt, diesem Mann zu helfen, sie hatte einen Geliebten, dessen Bruder sie ebenfalls liebte, und der Junge, den sie alle aus Beatons Klauen befreien wollten, konnte leicht ihr Halbbruder sein. Wenn sie diese Geschichte jemandem erzählen könnte, würde der sich wohl sehr schwertun, ihr zu glauben.

Ihre Gedanken schweiften zu Eric. Niemand in Donncoill hatte je ein schlechtes Wort über den Jungen gesagt. Ob die Menschen ihn wohl weiterhin so lieben und bewundern würden, wenn sich herausstellte, dass er Beatons Sohn war? Wahrscheinlich war das ein Geheimnis, das man besser nicht aufdecken sollte und das die Menschen, die es kannten, mit in ihr Grab nehmen sollten. Und nun sollte ausgerechnet sie dieses Geheimnis lüften. Balfour hatte das Mal auf ihrem Rücken gesehen, bald würde er erfahren, dass sie Beatons Tochter war, und damit würde er auch die Wahrheit über den

Jungen erfahren, den er seit vielen Jahren als seinen Bruder betrachtete. Beaton hatte ein wahres Geschick darin, das Leben der Menschen zu ruinieren. Maldie nahm sich fest vor, den Jungen mitzunehmen, falls er plötzlich alleine dastünde, von Beaton und Murray verstoßen. Das war das Mindeste, was sie für ihn tun konnte, wenn sie schon daran schuld war, dass sein Leben so aus den Fugen geriet. Es würde schön sein, wieder einen Verwandten um sich zu haben.

Plötzlich wurde ihr bewusst, dass sie den blinden Wunsch, Beaton zu töten, nicht mehr verspürte, auch wenn der Hass auf ihn, den ihre Mutter vom Tag ihrer Geburt an genährt hatte, wahrscheinlich noch irgendwo in ihrem Herzen schlummerte. Vielleicht würde er wieder aufflammen, wenn sie dem Mann gegenüberstand, aber er bestimmte nicht mehr ihr Herz und ihr Denken. Selbst jetzt, wo sie direkt in die Höhle des Löwen marschierte, dachte sie kaum an Rache, sondern vor allem an Balfour und einen zweifellos verängstigten Jungen namens Eric. Es kam ihr seltsam vor, dass ihr die Gedanken an Balfour, die ihr in der Seele wehtaten, willkommener waren als die an die überfällige Hinrichtung, für die sie so viele Mühen auf sich genommen hatte.

»Na, vielleicht ist mir das Schicksal ja gewogen«, murmelte sie, als sie über einen moosbedeckten Baumstamm kletterte, der quer über ihrem Weg lag. »Vielleicht werde ich nicht nur Eric befreien und damit meine Unschuld beweisen, sondern dieses Land auch noch von dem verfluchten William Beaton erlösen.« Sie verzog das Gesicht und fluchte leise, als sie an einem Zweig hängen blieb und ihr Rock einriss. »Schließlich muss ich dafür nur heil nach Dubhlinn kommen.«

13

»Wo ist sie?«, schrie Balfour. Die zitternde junge Magd wurde so bleich wie das Laken, auf dem sie lag.

Er konnte kaum glauben, dass Maldie vor aller Augen entwischt war. Eigentlich hatte er vorgehabt, noch ein letztes Mal mit ihr zu reden, auch wenn er, wie er sich reumütig eingestehen musste, sie einfach nur hatte sehen wollen. Deshalb hatte er ihr das Abendessen bringen wollen. Als der Wächter meinte, Maldie sei krank, regte sich tiefe Sorge in Balfour. Doch als der Mann den Riegel zurückschob und sich beschwerte, dass Jennie noch nicht mit den Sachen zurückgekehrt sei, die sie so eilig hatte holen wollen, steigerte sich Balfours Sorge zu höchstem Alarm. Als sein Blick auf die noch immer halb bewusstlose Jennie fiel, die im Bett kauerte und sich den Kopf hielt, schlug die Sorge in Wut um. Sein erster Zorn entlud sich auf den Wächter, dann schrie er nach James, und danach schimpfte er die arme, verängstigte Magd aus. Schließlich winkte er James heran.

»Ich erschrecke das arme Ding noch zu Tode«, meinte er. »Kümmere du dich um sie und sieh zu, was du aus ihr herausbekommst!«

»Ja, Ihr solltet Euch erst einmal beruhigen«, pflichtete James ihm bei, dann untersuchte er den Bluterguss auf Jennies Kinn.

»Was ist passiert?«, fragte Nigel, der die Nase zur Tür hereinsteckte.

»Abgesehen davon, dass sich ein Narr mit lädiertem Körper auf dem Gang herumtreibt?«, knurrte Balfour und eilte zu seinem Bruder, um ihn zu einem Stuhl neben dem Kamin zu führen. »Maldie ist entwischt.«

»Ach so? Dann hat sie es also geschafft!« Nigel klang höchst zufrieden. Balfour funkelte ihn wütend an, doch er zuckte nur mit den Schultern.

»Wusstest du, was sie vorhatte?«

»Nein, ich habe es nur vermutet. Aber anders als du handle ich nicht auf eine bloße Vermutung hin.«

»Du wolltest es nicht tun. Damit bestätigt sich aber mein Verdacht.«

»Ach ja?«

»Sie ist geflohen. Das beweist doch ihre Schuld.«

»Meinst du? Vielleicht wollte sie ja auch nur fort von dir.« Nigel lächelte kalt, als Balfour erbleichte. »Du wirfst ihr ohne jeden Beweis vor zu spionieren und zu morden, und dann erwartest du, dass sie hierbleibt, um zu sehen, welcher Wahn dich als nächstes überkommt? Nein, sie hat getan, was jeder normale Mensch tun würde – sie suchte ihr Heil in der Flucht. Denn wenn du sie schon ohne Beweise beschuldigst und festhältst, musste sie ja befürchten, als Nächstes noch am Galgen zu landen.«

»So weit hätte ich es nie kommen lassen, nicht einmal, wenn sich ihre Schuld erwiesen hätte«, erwiderte Balfour leise. »So gut hätte Maldie mich kennen müssen.«

»So, wie du dich in den letzten Tagen aufgeführt hast, hatte das Mädchen bestimmt das Gefühl, dich überhaupt nicht mehr zu kennen.« Nigel blickte auf James, der zu ihnen getreten war. »Hat Jennie ihre Sprache wiedergefunden?«

»Ja«, meinte James. »Offenbar hat Maldie ein Frauenproblem vorgetäuscht und nach dem Mädchen rufen lassen. Als Jennie sehen wollte, was mit ihr los war, schlug Maldie zu, und danach kann sich das arme Ding an nichts mehr erinnern.«

»Und Duncan, der Blödmann von Wächter, den ich vor die Tür gestellt habe?«, fauchte Balfour und sah sich suchend um, doch Duncan hatte sich offenbar aus dem Staub gemacht, sobald James ihm den Rücken zugekehrt hatte.

»Er meinte, er habe Jennie reingelassen und sie dann auch wieder rausgelassen.« James schüttelte den Kopf und lachte leise. »Der Arme hatte schreckliche Angst, dass eine der beiden sich zu ausführlich über Frauenprobleme auslassen würde, deshalb hat er nicht genauer hingesehen. Als ich ihn fragte, meinte er, sich erinnern zu können, dass Jennie keinen Umhang trug, als sie in die Kammer ging, aber in einen Umhang gehüllt heraustrat. Maldie ist schlau. Bevor Duncan sie zu eingehend begutachten konnte, erklärte sie, sie bräuchte Dinge, die eine Frau benötigt, wenn sie blutet. Er wollte nichts weiter hören und schubste sie mehr oder weniger den Gang hinab.«

Nigel und James konnten nicht mehr an sich halten, sie lachten lauthals los. Balfour starrte sie entgeistert an. Offenbar waren ihnen die Folgen von Maldies Flucht nicht klar, oder sie waren ihnen egal. Balfour hingegen sah nur zwei Möglichkeiten, und die fand er beide nicht besonders lustig: Entweder war Maldie schuldig – was er natürlich nicht hoffte – und war nun unterwegs nach Dubhlinn, um Beaton zu berichten, was sie über Donncoill herausgefunden hatte. Oder sie war unschuldig, und dann irrte sie jetzt allein und ohne Proviant ziellos in der Wildnis herum.

»Es freut mich, dass ihr euch über Maldies Klugheit freut, aber habt ihr euch einmal überlegt, was wir jetzt tun sollen?«, knurrte er.

»Wir suchen nach ihr, oder wir lassen es bleiben«, erwiderte James.

»Wenn sie eine Spionin ist, wie wir befürchtet haben, ist sie nun auf dem Weg nach Dubhlinn, um Beaton unsere Geheimnisse auszuplaudern.« Er nickte, als James die Stirn runzelte.

»Sie ist keine Spionin«, wandte Nigel ein.

»Sie tauchte aus dem Nichts auf, sie hat uns nichts über sich erzählt, und sie interessierte sich sehr für unsere Auseinandersetzung mit Beaton. Zu sehr«, meinte Balfour.

»Ja, sie hat wirklich zu viele Fragen offengelassen«, pflichtete James ihm bei.

»Vielleicht dachte sie, dass uns die Antworten nichts angingen«, meinte Nigel. »Sie ist ein uneheliches Kind, und anscheinend war ihre Mutter eine Hure. Darüber redet man nicht gern.«

»Ich weiß«, meinte Balfour und rieb sich den Nacken. »Und ich wollte ja auch gar nicht jede düstere Einzelheit wissen, sondern nur irgendeine Auskunft, die einer meiner Männer hätte bestätigen können. Irgendetwas, was bewiesen hätte, dass sie die war, die zu sein sie vorgab.«

»Und wenn sie es war und auch die Geschichte mit ihrer Mutter stimmte – was, glaubst du wohl, würden die Leute in ihrem Dorf über sie sagen? Glaubst du, sie würden einfach nur feststellen: ›Ja, sie hat hier gelebt, und es klingt, als würdet ihr die Maldie festhalten, die wir kennen‹? Nein, wenn es stimmte, was Maldie über ihre Mutter erzählt hat, dann würden sich die Leute dort lang und breit in giftigen Klatsch ergehen und sich selbstgerecht über den Mangel an Moral bei manchen Menschen empören. Du weißt doch, wie Dörfler sind. Vielleicht wollte Maldie einfach nicht, dass wir die ganze hässliche Wahrheit erfahren oder die bösartigen Lügen hören, die über sie und ihre Mutter verbreitet werden.«

Balfour nickte seufzend. »Das ist mir auch schon in den Sinn gekommen. Aber trotzdem hätte ich genau solche Beweise gebraucht. Glaubst du wirklich, es hat mir Spaß gemacht, sie einzusperren? Oder mir vorzustellen, sie sei eine von Beatons Handlangern, die daran arbeiten, uns zu vernichten? Nein, daran wollte ich wirklich nicht denken, aber dennoch musste ich es in Betracht ziehen. Im letzten Kampf gegen Beaton haben wir eine Reihe tüchtiger Männer verloren. Der Mann ist mit allen Wassern gewaschen. Ich kann es mir nicht leisten, das zu ignorieren oder zu hoffen, dass ich Maldie zu Recht vertraute.«

»Ihr seid voreingenommen, weil Ihr in Maldies Schuld steht«, meinte James zu Nigel.

»Eine Schuld, an die ihr auch denken solltet. Schließlich hat sie sich auch um andere Verletzte gekümmert, die an ihren Wunden oder an Grizels mörderischer Pflege hätten sterben können. Maldie heilt Menschen!«, betonte Nigel. »Oft hat sie sich bis zum Umfallen für die Verletzten und Kranken in Donncoill eingesetzt. Glaubt ihr wirklich, sie hätte solches Mitgefühl gezeigt, wenn sie für Beaton gearbeitet hätte?«

»So kommen wir nicht weiter«, meinte Balfour. »Wir kommen nie auf einen gemeinsamen Nenner. Aber unschuldig oder nicht, das Mädchen ist jetzt ohne Proviant und Schutz dort draußen in der Dunkelheit.«

»Bist du sicher, dass sie keinen Proviant dabeihat?«

»Ja, denn sie hatte keine Gelegenheit, sich welchen zu beschaffen, und ich glaube nicht, dass sie es riskiert hätte, sich noch mit Proviant einzudecken, sobald sie aus dieser Kammer entkommen war.«

»Das heißt also, dass sie jetzt bereits ziemlich weit weg ist. Warum sollten wir uns die Mühe machen, sie wieder einzufangen?«

»Solange ich keinen Beweis habe, dass sie nicht für Beaton arbeitet, kann ich sie nicht frei herumlaufen lassen, denn sie weiß zu viel über uns und über Donncoill. Wenn sie mit diesen Informationen zu Beaton rennt, werden wir nicht nur die Schlacht um Erics Befreiung verlieren, sondern vielleicht auch noch unser Land. Solange die Sache nicht ausgestanden und Eric wieder zu Hause ist, muss ich wissen, wo sich Maldie aufhält. Und dazu sperre ich sie am besten ein, damit sie keine Chance hat, dem Schuft etwas zu verraten.«

»Aber jetzt können wir nicht mit der Verfolgung beginnen«, meinte James, als Nigel bedrückt schwieg. »Wir müssen den morgigen Tag abwarten, damit wir bei Licht nach ihr suchen können.«

»Versprecht mir wenigstens, dass ihr kein Leid geschieht«, bat Nigel und blickte von James auf Balfour.

»Ich würde Maldie nie wehtun«, schwor Balfour. »Und auch den Männern des Suchtrupps werde ich einschärfen, dass ihr kein Haar gekrümmt werden darf.«

»Nun denn, dann setzt ihr nach und zerrt sie wieder her. Aber ich hoffe, ihr seht mir meine Genugtuung nach, wenn sich herausstellt, dass sie unschuldig ist und ihr Narren seid.«

Ungeduldig wartete Balfour auf den Sonnenaufgang und starrte an die Brustwehr gelehnt in den Himmel. Er hatte die ganze Nacht kein Auge zugetan und auch kaum etwas gegessen, denn seine wirren Gefühle hatten ihn nicht zur Ruhe kommen lassen. Der Gedanke, dass Beaton womöglich bald genug wusste, um ihnen eine vernichtende Niederlage beizubringen, machte ihm schwer zu schaffen, und auch die Vorstellung, dass Maldie ohne Essen, Wasser, eine Decke und Schutz irgendwo in der Wildnis herumirrte, stimmte ihn beklommen. Doch selbst jetzt war er noch unschlüssig, ob sie nun unschuldig war oder nicht.

Das Schlimmste war allerdings, dass er sie wohl nie wieder in die Arme nehmen konnte, selbst wenn er sie aufstöberte und nach Donncoill zurückschaffte. Er hatte ihr gezeigt, dass er ihr nicht traute, und das hatte bestimmt jede Zuneigung in ihr zerstört, falls sie unschuldig war. Maldie war eine sehr stolze Frau, und er hatte sie behandelt wie eine niederträchtige Verräterin, letztlich wie eine Hure, die dem Feind mithilfe ihres Körpers Geheimnisse entlockt. Und falls sie schuldig war, würde er ihr nie mehr vertrauen können und sie auf keinen Fall in seine Nähe lassen dürfen, um zu verhindern, dass sie ihn noch einmal umstimmte.

»Mein Laird, Ihr strapaziert Euer armes kleines Hirn über alle Maßen, wenn Ihr weiterhin Eure Zeit damit verbringt, über Dinge nachzugrübeln, für die es keine Antwort gibt«, meinte James, der neben Balfour getreten war und sich gähnend den Bauch rieb. »Ihr habt überhaupt nicht geschlafen, oder?«

»Nein. Ich bin in meiner Kammer herumgelaufen und habe die Wände angestarrt. Und jetzt starre ich den Himmel an und fluche auf die Sonne, dass sie sich so viel Zeit lässt.«

James lachte und schüttelte den Kopf. »Ihr hättet Euch ein wenig ausruhen sollen. Wir haben sicher einen langen Tag vor uns.«

»Ja, das Land ist groß und Maldie klein. Sie hat sich bestimmt gut versteckt.«

»Das ist das eine. Doch außerdem steht uns vielleicht noch eine Schlacht bevor.«

»Warum sollten wir überstürzt in den Kampf ziehen?«

»Warum? Offenbar habt Ihr viel nachgedacht, aber nicht darüber, wie Ihr Eurem Clan helfen und Euren Bruder retten könnt.« Als Balfour schuldbewusst rot anlief, tätschelte ihm James beruhigend den Arm. »Nein, das sollte kein Vorwurf sein! Ich kann es verstehen, dass so ein hübsches Mädchen das ganze Denken eines Mannes ausfüllen kann.«

»Ja, das hat sie wohl getan, auch wenn ich mich kaum an die Hälfte dessen erinnern kann, was mir im Kopf heumgegangen ist, und wahrscheinlich würde es auch nicht viel Sinn ergeben. Ich bin völlig durcheinander. Ist sie geflohen, weil sie schuldig oder weil sie wütend ist? Rennt sie zu Beaton oder sonst irgendwohin, vielleicht zu den Verwandten, die sie erwähnt hat? Gehört sie zur übelsten Sorte von Huren? Dann muss ich sie einfach fallen lassen. Oder wird sie mich fallen lassen, weil sie mir nicht verzeihen kann, dass ich sie schwer beleidigt habe? Fragen über Fragen, die nicht beantwortet werden können, da mir die wichtigste Antwort fehlt, nämlich auf die Frage: Arbeitet sie für Beaton?«

»Ja, das ist momentan die wichtigste Frage. Wir kennen die Wahrheit nicht, aber wir können nicht so lange warten, bis wir sie herausgefunden haben. Sehen wir zu, dass wir das Mädchen wieder einfangen. In der Zwischenzeit aber sollten unsere Männer Vorkehrungen für die Schlacht gegen Dubhlinn treffen.«

»Nigel ist noch nicht so weit, um in den Kampf zu ziehen.«

»Er ist schon so weit, dass er seinen hübschen Hintern auf ein Pferd schwingen und Euch zumindest mit seinem Rat zur Seite stehen kann. Eigentlich sollte er zu Hause bleiben, aber ich habe ihm erlaubt mitzukommen, denn er würde nur hierbleiben, wenn wir ihn an sein Bett fesselten. Aber denkt daran: Wenn das Mädchen eine Beaton ist, dann wird sie unserem Feind bald alle unsere Pläne verraten. Wir müssen spätestens morgen bei Tagesanbruch losziehen, denn dann erwischen wir ihn vielleicht noch unvorbereitet. Ich würde am liebsten gleich heute früh aufbrechen, aber wahrscheinlich schaffen wir es nicht, die nötigen Vorkehrungen so schnell zu treffen.«

Balfour starrte nachdenklich vor sich hin. James hatte recht. Sie hatten keine Zeit, weiter Pläne zu schmieden oder sich noch gründlicher vorzubereiten. Wenn sie nicht rasch handelten, mussten sie wieder ganz von vorne anfangen. Wenn Maldie für Beaton spionierte, würde der Mann schon am Ende dieses Tages alles über sie und ihre Schlachtpläne wissen. Bevor sich Zweifel in ihm geregt hatten, hatte er Maldie schon viel zu viel erzählt. Doch dann schoss ihm plötzlich eine neue Idee durch den müden Kopf. Er runzelte die Stirn.

»Nein, wir werden noch nicht gegen Beaton in den Kampf ziehen!«

James starrte ihn verblüfft an. »Ich weiß, dass Ihr nicht wollt, dass auch nur einer unserer Vorwürfe zutrifft, aber Ihr müsst doch zumindest die Möglichkeit von Maldies Schuld in Betracht ziehen. Wenn wir zögern, hat Beaton Zeit, sich Maldies Bericht entsprechend vorzubereiten. Er wird alles wissen, worüber wir geredet haben, und er wird uns vernichten.«

»Er hat uns schon beim letzten Mal fast vernichtet, als wir

versuchten, seine verdammte Burg zu stürmen. Selbst wenn er noch nicht alles getan hat, was getan werden muss, wird er bestimmt die Tore geschlossen und seine Männer aufgestellt haben, um uns einen gebührenden Empfang zu bereiten. Schon der Versuch, diese Mauern zu durchbrechen, wird uns so teuer zu stehen kommen, dass er in aller Ruhe losziehen und Donncoill einnehmen kann.«

»Na ja, das kann schon sein.« James runzelte die Stirn und fuhr sich durch sein ergrauendes Haar. »Aber was können wir sonst tun?«

»Wir warten ab und schmieden einen neuen Plan. Ich glaube, mir ist schon etwas eingefallen. Ich bin zwar ziemlich müde, aber diese Idee ist gar nicht so schlecht. Maldie hat mir erzählt ...«

»Ihr solltet ihren Worten nicht allzu viel Glauben schenken!«, unterbrach ihn James.

»Ich weiß, aber das hat sie mir nicht so wie vieles andere über Dubhlinn erzählt. Es ist ihr eher entschlüpft, als sie mir eine ganz andere Geschichte erzählen wollte, etwas Witziges, was ihr an einem Markttag in Dubhlinn widerfahren ist. Ich kann mir nicht vorstellen, dass sie mir das gesagt hat, um mich hinters Licht zu führen. Es war eine amüsante kleine Geschichte, mehr nicht. Und in drei Tagen ist wieder Markttag in Dubhlinn.«

»Und wie kann uns das helfen?«

»Es wird Beaton bestimmt verunsichern, wenn wir drei Tage warten. Wenn Maldie ihm erzählt, dass wir sie verdächtigt haben, wird er damit rechnen, dass wir sofort angreifen. Wenn wir nicht gleich an seine Tore pochen, wird er sich fragen, ob das stimmt, was sie ihm erzählt hat, oder ob sie überhaupt richtig verstanden hat, was sie gehört hat. Beaton traut Frauen nämlich nicht sehr viel zu. Am Markttag kommen viele Fremde ins Dorf«, fügte er hinzu und nickte, als James' Augen langsam immer größer wurden.

Der Hauptmann ging eine Weile auf der Brustwehr auf und

ab, führte Selbstgespräche und rieb sich nachdenklich das Kinn. »Wir könnten eine ganze Menge Leute nach Dubhlinn einschmuggeln, zumindest in das Dorf und in die Umgebung, ohne dass Beaton Verdacht schöpft«, meinte er schließlich.

»Du findest meine Idee also auch einer näheren Betrachtung wert?«

»Sicher. Sie ist vielleicht sogar besser als unser ursprünglicher Plan. Also lasst uns jetzt losziehen und das Mädchen suchen. Natürlich würde Euer neuer Plan noch besser funktionieren, wenn Maldie Beaton noch nicht vor uns warnen konnte. Tja, um einiges besser sogar, wenn Beaton nicht alarmiert ist und uns bereits erwartet.«

»Habt ihr sie gefunden?«, fragte Nigel und setzte sich in seinem Bett auf, als Balfour in die Kammer kam.

»Wir haben sie gesehen«, erwiderte Balfour. Er goss sich reichlich Wein ein und nahm einen tiefen Schluck.

»Was meinst du damit?«

»Das, was ich sagte. Wir haben sie gesehen, auf dem direkten Weg nach Dubhlinn.«

»Nein.« Nigel schüttelte den Kopf. »Nein, das kann ich nicht glauben.«

»Denkst du etwa, ich?«, fauchte Balfour und nahm einen weiteren tiefen Schluck, um etwas ruhiger zu werden.

»Aber das hast du doch schon getan, sonst hättest du sie nicht eingesperrt.«

Balfour seufzte. Kopfschüttelnd setzte er sich auf Nigels Bettkante. »Ich weiß nicht, ob du mir nicht zuhörst oder ob du es einfach nicht wissen willst, aber ich habe getan, was ich tun musste. Irgendwie hat es Beaton geschafft, unsere kleinen Geheimnisse herauszubekommen, und da Grizel nicht mehr in der Lage ist, ihm etwas zu verraten, muss es ein anderer getan haben. Maldie war die Einzige, die es hätte tun können; zumindest bestand ein berechtigter Verdacht, dass sie es war. Ich konnte einfach nicht riskieren, ihr zu vertrauen, egal, wie

182

sehr ich es mir auch wünschte. Aber trotzdem habe ich die ganze Zeit über gehofft, dass ich mich irre. Es bereitet mir nicht das geringste Vergnügen, wenn sich nun herausstellt, dass ich recht hatte.«

»Nein, sie würde sich nie auf Beatons Seite schlagen.«

»Nigel, sie ist direkt nach Dubhlinn geeilt! Drei Männer haben sie gesehen, und andere haben ihre Spuren gefunden, die nach Dubhlinn wiesen. Sie ging direkt nach Dubhlinn. Was sollte das sonst zu bedeuten haben?«

»Ich weiß es nicht«, fauchte Nigel. »Aber ich kann mir einfach nicht vorstellen, dass sie mit einem Mann wie Beaton etwas zu schaffen hat. Dazu ist sie viel zu freundlich und gütig.«

»Das habe ich auch gedacht.«

»Es gibt bestimmt noch eine andere Erklärung. Gut, jetzt sieht es so aus, als würde sie Beaton helfen, aber wir wissen weder in welchem Ausmaß noch warum. Solange ich nicht alle ihre Beweggründe kenne, glaube ich nicht, nein, weigere ich mich zu glauben, dass die Frau, die mich geheilt hat, nur eine hinterhältige Hure sein soll.«

Balfour zuckte wie unter einem Schlag zusammen, obwohl ihm genau diese Worte in den Sinn gekommen waren, als seine Männer zurückgekehrt waren und ihm berichtet hatten, was sie gesehen hatten. Das war vor drei Stunden gewesen. So lange hatte er gebraucht, um sich wieder so weit zu fassen und Nigel die schlechte Nachricht zu eröffnen. Allerdings hatte er nicht erwartet, dass der seine Augen so beharrlich vor der traurigen Wahrheit verschließen würde. Freilich hätte er es ihm am liebsten gleichgetan.

»Ich würde deine Gefühle liebend gerne teilen, Bruder, aber ich glaube nicht, dass uns damit geholfen wäre. Es fällt mir schwer genug, mir einzugestehen, wie sehr ich zum Narren gehalten worden bin. Ich kann jetzt nicht an einem seidenen Hoffnungsfaden festhalten und mich damit von dieser Frau noch mehr zum Narren machen lassen.«

183

»Sie hat dich gern gehabt, Balfour, dessen bin ich mir ganz sicher.«

»Nein!« Balfour sprang auf und begann, erregt im Zimmer umherzulaufen.

Der Schmerz, den er empfunden hatte, als ihm seine Männer berichtet hatten, was sie gesehen hatten, hatte ihn fast um den Verstand gebracht, noch immer nagte er an ihm wie ein Aasgeier. Balfour wusste, wenn er es zuließe, könnte er an diesem Verrat zerbrechen. Er wollte nicht über Maldie sprechen und auch nicht über die Möglichkeit, dass sich vielleicht doch noch ihre Unschuld herausstellte. Er wollte nicht einmal an Maldie denken, auch wenn er befürchtete, dass ihm das unmöglich sein würde. Einerseits hasste er sie; er hasste sie dafür, dass sie ihn zum Narren gehalten und verraten hatte, und vor allem dafür, dass sie ihn dazu gebracht hatte, sich in sie zu verlieben. Andererseits liebte er sie noch immer, und dieses Gefühl wollte er so tief vergraben, dass es ihn nie mehr überwältigen und blenden konnte.

»Ich würde lieber über die bevorstehende Schlacht sprechen«, meinte er schließlich.

»Du willst noch immer in den Kampf ziehen?«, fragte Nigel. Er hielt die Hand hoch, als Balfour etwas sagen wollte. »Ich kann zwar noch immer nicht recht glauben, dass das Mädchen gegen uns arbeitet«, fuhr er fort, »aber diese Neuigkeiten haben mich immerhin dazu gebracht einzusehen, dass du mit deinen Argumenten nicht Unrecht hattest. Man muss die Möglichkeit in Betracht ziehen, dass Maldie an Beatons Seite steht. Aber in diesem Fall plaudert sie in eben diesem Moment alle unsere Pläne aus. Wenn du jetzt in den Kampf ziehst, wirst du vernichtend geschlagen werden, denn Beaton wird jeden deiner Schritte kennen und darauf vorbereitet sein.«

»Er wird sich auf das vorbereiten, was ich zu tun geplant habe, aber nicht auf das, was ich jetzt zu tun gedenke.«

»Gibt es einen neuen Plan?«

»Jawohl, und sogar James findet, dass er ziemlich erfolgversprechend klingt.«

»Bleiben mir noch ein paar Tage, um weitere Kräfte zu sammeln, damit ich mich euch anschließen kann?«

»Drei. Na ja, am Morgen des dritten Tages ziehen wir los, heute ist der erste dieser drei Tage.« Trotz seines Schmerzes musste Balfour leise lächeln, denn er war sehr zufrieden mit sich. »Wir gehen auf den Markt, Nigel!«

Er nahm sich mehr als eine Stunde, um seinem Bruder alles zu erklären. Nigels Begeisterung tat ihm ausgesprochen gut. Siegessicher machte er sich auf den Weg zurück in den großen Saal. Die einzige düstere Wolke am Horizont war die Vorstellung, dass sich Maldie irgendwo in Dubhlinn aufhielt. Er hoffte inständig, dass er sie am Tag der Schlacht dort nicht mehr vorfinden würde. Es wäre das Beste für alle Beteiligten, wenn sie bereits geflohen wäre und nie wieder einen Fuß in diese Gegend setzen würde.

»Nigel wollte es nicht glauben«, sagte James, als Balfour sich neben ihn setzte und sich etwas zu essen nahm.

»Nein. Wundert dich das?«, fragte Balfour.

»Eigentlich nicht.« James schüttelte den Kopf. »Ich hatte allerdings gehofft, dass ihn das wieder zur Vernunft bringen würde. Er fand es ja unverzeihlich, wie Ihr das Mädchen behandelt habt.«

»Nun, er kann es jetzt besser verstehen und sieht sogar ein, dass wir sehr vorsichtig sein müssen und man sich nicht immer auf das verlassen kann, was man fühlt. Allerdings hofft er noch immer, dass es einen guten Grund für das gibt, was Maldie getan hat, einen, der so gut ist, dass er ihr verzeihen kann.«

»Hofft Ihr selbst auch darauf?«

»Ich weiß nicht. Vielleicht. Momentan versuche ich, überhaupt nicht an das Mädchen zu denken. Wenn ich es tue, werde ich nur zornig, weil sie mich so an der Nase herumgeführt hat.«

185

»In dem Fall möchte ich noch eines sagen: Versucht, Euren Zorn zu zügeln, bevor wir in den Kampf ziehen. Möglicherweise seht Ihr das Mädchen in Dubhlinn. Es wäre nicht ratsam, sich von blinder Wut leiten zu lassen. Das könnte Euch nicht nur von der Schlacht ablenken, was schon fatal genug wäre, sondern es könnte Euch auch dazu bringen, etwas zu tun, was Ihr später vielleicht zutiefst bereuen würdet.«

»Willst du mir jetzt etwa auch noch sagen, dass es einen guten Grund für das geben könnte, was sie getan hat?«

»Man sollte keine Möglichkeit ausschließen. Sie ist zwar nach Dubhlinn geeilt, aber wir wissen nicht, warum sie es getan hat. Fällt Euer Urteil nicht voreilig! Lasst den Gedanken zu, dass sie vielleicht einen guten Grund hatte und dass es Euch die Möglichkeit geben könnte, ihr zu verzeihen. Wenn Ihr das beherzigt, dann packt Euch nicht die blinde Wut, wenn Ihr sie in Dubhlinn seht.«

»Aha, du hast also Angst, dass ich ihr nacheile und meine Leute ohne Führung lasse. Und dann metzle ich sie nieder in dem vergeblichen Versuch, meine männliche Ehre und meinen verletzten Stolz wiederherzustellen.«

James zuckte die Schultern und lächelte ein wenig über Balfours sarkastischen Ton. »Na ja, vielleicht.«

»Keine Sorge! Ich bin zwar ein Narr, aber ich weiß, dass ich ihr keines ihrer widerspenstigen Haare krümmen könnte, selbst jetzt nicht. Ich hoffe nur, dass sie den starken Überlebenswillen hat, den ich ihr unterstelle, und wegrennt, sobald die Schlacht beginnt.«

»Wenn wir schon dabei sind: Was hat Nigel zu dem neuen Plan gesagt?«

»Er fand ihn ausgezeichnet. Ich bin daraufhin ziemlich zuversichtlich aus seiner Kammer gegangen.«

»Hoffentlich nicht zu zuversichtlich«, meinte James gedehnt.

Balfour schmunzelte. »Nicht so sehr, dass ich alle Vorsicht fahren ließe. Nein, ich habe nur zum ersten Mal in dreizehn langen, blutigen Jahren das Gefühl, dass wir die Chance haben, dieser Fehde ein Ende zu setzen.«

»Dann hat dieses ganze Durcheinander doch wenigstens sein Gutes. Und der junge Eric wird auch wieder bei uns sein.«

»Richtig.« Mehr wollte Balfour jetzt nicht dazu sagen. Er wandte sich dem Teller zu, der vor ihm stand, und begann, von der bevorstehenden Schlacht zu reden.

Erst als er allein in seinen Gemächern war, gestattete er es sich, wieder an Maldie zu denken. In Wahrheit blieb ihm gar nichts anderes übrig, denn sie drängte sich ebenso beherzt in seine Gedanken, wie sie ihm auf der Straße nach Dubhlinn in den Weg getreten war. Er ließ sich auf sein Bett fallen und begrub das Gesicht in den Händen.

Sein Kummer war so tief, als wäre jemand gestorben. Und seltsamerweise kam es ihm so vor, als wäre sie tatsächlich tot. Die Frau, für die er sie gehalten hatte, hatte nie existiert. Es war alles eine Lüge gewesen. Er war zum Narren gehalten worden, sein Vertrauen war sträflich ausgenutzt worden. Was er als die große Liebe seines Lebens gesehen hatte, war nichts weiter gewesen als vorsätzliche Täuschung, ausgeführt von einer geschickten Hure in Beatons Diensten!

14

Maldie schimpfte, als die Dornen des Brombeerstrauchs sie stachen, in dem sie sich versteckte. Es war bereits Mittag, und sie hatte noch nicht einmal das Dorf am Rand der Burg erreicht. Stundenlang hatte sie nur immer ein paar Meter durch den Wald und das Unterholz huschen können und sich gleich wieder verstecken müssen. Überall waren Murrays. Sie konnte kaum glauben, dass die sich so weit an Dubhlinn heranwagten. Aber damit war klar, dass Balfour allen Ernstes annahm, sie sei einer von Beatons miesen Handlangern – und das tat weh. Außerdem ärgerte sie sich darüber, denn schließlich war Balfours grundloser Argwohn mit daran schuld, dass sie so lange gebraucht hatte, um nach Dubhlinn zu kommen.

Jetzt erkannte sie immerhin die Bäume, die die Felder um das Dorf säumten. Instinktiv wusste sie, dass die Murrays sich nicht weiter in feindliches Gebiet vorwagen würden. Schon jetzt riskierten sie es, von Beaton gesehen zu werden; noch ein Schritt Richtung Dubhlinn, und er sah sie mit Sicherheit. Maldie musste jetzt nur noch die Bäume erreichen, dann konnte ihr nichts mehr passieren.

Sie beobachtete die drei Murrays, die sie in dieses extrem ungemütliche Versteck gescheucht hatten. Die Männer ritten hin und her, überschritten dabei jedoch nie eine Grenze, die nur sie sahen. Maldie wusste, das war der Punkt, den sie nicht überschreiten würden. Vorsichtig begann sie, sich aus dem Brombeerdickicht zu schälen. Sie konnte ziemlich schnell rennen; jetzt musste sie nur noch den Moment abpassen, in dem die Männer nicht in ihre Richtung schauten.

Natürlich barg ihr Plan gewisse Risiken. Sie konnte nicht

schneller rennen als ein Pferd, falls die Männer doch beschlossen, alles auf eine Karte zu setzen und ihr nachzugaloppieren. Ein geschickter Bogenschütze konnte sie ebenfalls aufhalten, doch sie glaubte nicht, dass Balfour befohlen hatte, sie tot oder lebendig zurückzubringen. Freilich hatte er in letzter Zeit einiges getan, was sie ihm nicht zugetraut hätte. Also beschloss sie, lieber nicht allzu zuversichtlich zu sein. Das letzte Problem bestand darin, dass man sehen würde, wie sie direkt auf Dubhlinn zurannte. Natürlich vermuteten die Männer, die nach ihr suchten, wohin sie unterwegs war, sonst wären sie nicht hier gewesen und hätten sie nicht auf Schritt und Tritt verfolgt. Außerdem hatte sie ihre Spuren nicht besonders gut verwischen können. Doch sobald sie sie sahen, hatten sie den Beweis, und auch Balfour würde ihn haben, wie sie sich traurig eingestehen musste. Nur der Gedanke, welch großen Spaß es ihr machen würde, allen zu beweisen, dass sie sich geirrt hatten, heiterte sie etwas auf. Schließlich fasste sie sich ein Herz und rannte auf die Bäume zu.

Ein schriller Schrei zeigte ihr, dass sie entdeckt worden war. Das Herz schlug ihr bis zum Hals. Einen Moment lang hörte sie den donnernden Hufschlag ihrer Verfolger und fürchtete schon, dass sie sich geirrt hatte und die Murrays alles wagen würden, um sie aufzuhalten. Dann ertönten mehrere Rufe, und schließlich klang es, als würde die Verfolgungsjagd zu einem abrupten Ende kommen. In Angstschweiß gebadet, wartete Maldie auf den Pfeil, der sich in ihren Rücken bohren würde, doch er kam nicht. Sobald sie das Wäldchen erreicht hatte, blieb sie stehen. Sie klammerte sich an einen Baum, um wieder zu Atem zu kommen, und sah sich nach den Murrays um. Einen langen, stummen Moment starrten sie sich an, während Maldie angespannt wartete, was die Männer tun würden. Doch schließlich wendeten die nur die Pferde und galoppierten nach Donncoill zurück.

»Und zu Balfour«, flüsterte sie und lehnte sich an die raue Rinde des Baums.

Sie war erschöpft, obwohl ihr Abenteuer gerade erst angefangen hatte. Vor ihr lag noch die Aufgabe, Eric aufzustöbern und sich dabei nicht erwischen zu lassen. Dann würden sie und der Junge entkommen und es nach Donncoill schaffen müssen, ohne dass Beaton sie unterwegs schnappte. Auf ihren letzten Schritten ins Dorf fragte sich Maldie, warum ihr offenkundig verwirrter Geist ihr nicht einen gangbareren Weg gewiesen hatte, ihre Unschuld zu beweisen.

»Mädchen, was ist denn mit dir passiert?«

Maldie lächelte die kleine, grauhaarige Frau matt an, die vor ihr auf der Schwelle einer winzigen, strohgedeckten Lehmhütte stand und sie mit offenem Mund anstarrte. Eleanor Beaton war offenkundig entsetzt, wie schmutzig und abgekämpft sie aussah, doch ihre hellgrauen Augen wirkten freundlich wie immer. Mit besorgter Miene zog sie das junge Mädchen in die Hütte. Maldie kam sich wie eine gemeine Verräterin vor, denn schließlich war sie hier, um den Laird dieser Frau zu vernichten, womit Eleanors ordentliches kleines Leben in den Grundfesten erschüttert würde.

Die Alte plauderte unablässig, während sie Maldie half, sich zu waschen und das Kleid anzuziehen, das sie bei ihrer überstürzten Flucht aus Dubhlinn zurückgelassen hatte. Als Maldie endlich an Eleanors kleinem, blitzblank gescheuertem Tisch saß, war sie sicher, alles, aber auch wirklich alles an Klatsch über Dubhlinn und dessen Bewohner gehört zu haben. Eleanor setzte sich ihr gegenüber. Sie faltete die abgearbeiteten Hände auf dem Tisch und richtete die hellen Augen forschend auf Maldie. Diese musste lachen.

»Ihr platzt sicher schon vor Neugier, oder?«, fragte sie und grinste die kleine Frau an.

Eleanor grinste zurück und nickte. »Richtig. Aber ich weiß schon, dass du eher zur zurückhaltenden Sorte gehörst.«

Maldie seufzte und versuchte, ihre Gedanken ein wenig zu ordnen, während sie langsam auf dem Stück Brot kaute, das

Eleanor ihr angeboten hatte. »Es tut mir sehr leid, dass ich Euch ohne ein Wort des Dankes verlassen habe.«

»Was blieb dir denn anderes übrig, Schätzchen, wo doch die ganzen Männer wie hungrige Köter hinter dir her waren.«

»Das habt Ihr gewusst?«

»Na klar. Diese Augen mögen alt sein, doch sie sehen noch 'ne ganze Menge. Ich habe nur gebetet, dass du da, wo du hingerannt bist, sicherer wärst als an diesem traurigen Ort.« Eleanor schüttelte den Kopf. »Hier wird es von Stunde zu Stunde schlimmer. Allmählich denke ich, der Laird hat den Verstand verloren. Wahrscheinlich hat die Krankheit, die seinen Körper verrenkt, inzwischen auch sein bisschen Geist verwirrt.«

»Ich wusste gar nicht, dass er krank ist.«

»Das ist ein streng gehütetes Geheimnis, Mädchen. Der Mann fürchtet alle um sich herum, und dazu hat er guten Grund. Es gibt viele, denen es nach seinem Land gelüstet.«

Maldie fragte sich, woher Nigel von der Krankheit des Mannes erfahren hatte, wenn sie so geheim gehalten wurde. Doch wahrscheinlich war es besser, sie wusste es nicht so genau, denn zweifellos hatte es mit einer Frau zu tun. »Was hat Euer Laird denn gemacht?«

»Er hat dem Clan der Murrays ein Kind geraubt. Und als ob das nicht schon schändlich genug wäre, handelt es sich auch noch um das Kind, das er vor Jahren in den Bergen zum Sterben ausgesetzt hatte. Die Murrays haben bereits versucht, den Jungen zurückzuholen, haben es aber nicht geschafft.« Tränen traten der Frau in die Augen. »An jenem traurigen Tag habe ich meinen Robert verloren.«

»Oh, Eleanor!« Maldie legte tröstend eine Hand auf die Hände der Frau. »Das tut mir leid! Er war ein guter, warmherziger Mann. Waren es die Murrays?«

»Nein, es waren Beatons Männer. Diese niederträchtigen Söldner, mit denen sich unser Laird umgibt, kennen uns nicht, sie können einen Beaton nicht von einem Murray unterscheiden. Mein Mann sah, wie die Murrays sich zurückzogen, und kehrte in unser kleines Versteck zurück, um mir zu sagen, dass wir wieder sicher seien. Dabei hat ihn einer der miesen Handlanger des Lairds entdeckt. Er hat ihn gleich niedergemacht, bevor es die anderen Dorfbewohner verhindern konnten. Robert war ein alter, gebrechlicher Mann, der nicht einmal ein Schwert hatte, und dennoch haben sie ihn getötet. Zum Teufel mit diesen gemeinen Kerlen! Man hat uns zwar oft erzählt, dass die Murrays unsere Feinde sind, herzlose Schufte, die uns all unser Hab und Gut stehlen wollen und keinen von uns am Leben lassen würden, um davon zu erzählen, aber ich kann mir nicht vorstellen, dass sie meinen armen, freundlichen Robert ermordet hätten.«

»Nein, niemals.« Maldie merkte, dass ihre Stimme verdächtig fest geklungen hatte. Eleanors Augen verengten sich.

»Mädchen, du bist doch nicht etwa eine Murray?«

»Diese Frage kann ich völlig aufrichtig beantworten: Nein, ich bin wirklich eine Kirkcaldy, auch wenn es wahrscheinlich schwierig wäre, einen von ihnen dazu zu bringen, sich seiner Verwandtschaft zu mir, einem unehelichen Kind, zu bekennen. Aber keine Sorge, Ihr beherbergt keinen Feind!«

Eleanor zuckte mit den schmalen Schultern. »Eigentlich ist es mir egal, aber ich müsste um mein Leben und das meiner Verwandten fürchten. Unser Laird hat einen Mann der Murrays in der Burg entdeckt und ihn getötet. Seitdem hat er noch zwei andere Männer an den Galgen gebracht, weil er glaubte, auch sie würden für die Murrays arbeiten. Ein falscher Blick, und schon läuft man Gefahr, aufgehängt zu werden oder, Gott behüte, den schrecklichen Tod zu erleiden, den der arme Murray erlitten hat. Einige Dorfbewohner schwören, dass sie ihn nachts schreien hörten.« Eleanor fröstelte und rieb sich die dürren Arme.

»Du kehrst zu einem ziemlich ungünstigen Zeitpunkt zurück, Mädchen«, fuhr sie fort. »Über uns schwebt eine dunkle Wolke, und die Wölfe rücken immer näher. Ich schwöre, unser Laird macht sich mit jedem Wort aus seinem fauligen Mund einen neuen Feind. Und jetzt diese verrückte Idee: ein Kind, das er vor Jahren ausgesetzt hat, das er weggeworfen hat wie Abfall, den er an seine Hunde verfüttert, als seinen Sohn auszugeben! Lauthals und überall hat er verkündet, dass seine Gemahlin ihn mit dem alten Laird der Murrays betrogen hat und dass das Kind ein Murray-Bastard sei, nur dazu gut, den wilden Tieren zum Fraß vorgeworfen zu werden. Und jetzt sollen wir glauben, dass dieser arme Bursche sein Erbe ist. Das arme Kind wird den Laird nicht um einen einzigen Tag überleben, dessen bin ich mir ziemlich sicher.«

»Was hat er denn mit dem Jungen angestellt?«, fragte Maldie, wobei sie sich bemühte, möglichst ruhig zu klingen. Sie wollte keinesfalls zeigen, wie sehr sie diese Frage beschäftigte.

»Sorcha, die in der Burgküche arbeitet, meint, der Junge sei Beaton zu aufsässig gewesen, und deshalb hat er ihn ins Verlies geworfen, bis er Vernunft annimmt.« Eleanors Stimme senkte sich zu einem verwunderten Flüstern. »Sorcha behauptet, der Junge hat Beaton ausgelacht, als der ihn als seinen Sohn bezeichnet hat, und gemeint, lieber nenne er den Teufel persönlich seinen Vater. Beaton schimpfte auf den alten Laird der Murrays, und daraufhin griff ihn der Junge an. Ich fürchte, dafür hat er eine ordentliche Tracht Prügel einstecken müssen.«

In Maldie regte sich eine düstere Vorahnung. Was würde der Junge tun, wenn sich herausstellen würde, dass er tatsächlich ein Beaton war? »Aber der Knabe hat es heil überstanden, oder?«

»Das schon; Beaton will ihn ja nicht ernsthaft verletzen oder gar töten. Er will ihn nur zum Schweigen bringen und zähmen. Warum interessierst du dich so für den Jungen?«

Maldie zuckte mit den Schultern und beschäftigte sich mit

dem harten Brocken Käse, der vor ihr auf dem Tisch lag. »Ich kann mir nicht helfen, aber er tut mir einfach leid.«

»Ich bin zwar alt, mein Mädchen, aber noch klar im Kopf. Und meine Nase ist gut genug, dass sie eine Lüge riechen kann.« Eleanor hielt eine Hand hoch, als Maldie etwas erwidern wollte. »Nein, sag jetzt nichts! Beantworte mir nur die eine kleine Frage: Soll ich dafür sorgen, dass mein kleines Versteck sauber und gemütlich ist?«

»Ja.« Maldie lächelte traurig. »Und Ihr solltet auch allen, denen Ihr vertraut und die Euch am Herzen liegen, Bescheid geben, dass sie sich darauf vorbereiten, beim ersten Anzeichen von Ärger in ihre kleinen Höhlen zu fliehen.«

»Die Murrays werden also noch einmal versuchen, den Jungen zu holen.«

Maldie lächelte abermals. »Ich dachte, Ihr wolltet nichts darüber hören?«

Eleanor kicherte. »Stimmt, doch neugierig, wie ich nun mal bin, will ich doch alles hören. Aber achte nicht weiter auf mich alte Närrin. Wenn ich dich mit meinen Fragen belästige, dann erinnere mich bitte daran, dass es manchmal sicherer ist, nicht zu viel zu wissen.«

»Das werde ich bestimmt tun, denn ich möchte unbedingt, dass Euch kein Leid geschieht. Und jetzt habe ich nur noch eine Frage. Aber Ihr müsst sie mir nicht beantworten, wenn Ihr das Gefühl habt, dass das zu riskant ist. Wo befindet sich das Verlies in Dubhlinn? Das habe ich bei meinem letzten Besuch nicht herausgefunden.«

»Die Eingangstür liegt in einer der Wände des großen Saals. Darüber hängt ein Schild, auf dem ein wütender Eber zu sehen ist.«

»Wie passend«, meinte Maldie gedehnt. Eleanor kicherte.

Plötzlich wurde die Alte sehr ernst. Sie nahm Maldies Hände und drückte sie sanft. »Sei vorsichtig, Mädchen! Sei sehr, sehr vorsichtig! Du bist ein tapferes Ding, so tapfer wie keine andere, und ich habe in meinem langen Leben eine

Menge Frauen getroffen. Aber Tapferkeit allein kann ein Schwert oder eine Faust nicht aufhalten. Bewege dich mit Bedacht, halte dein hübsches Köpfchen züchtig gesenkt und sprich nach Möglichkeit mit keinem. Und vor allem: Schau keinem Mann in die Augen!«

Auf dem Weg zu den Toren von Dubhlinn musste sich Maldie immer wieder Eleanors Ratschläge in Erinnerung rufen. Diese waren bestimmt sehr vernünftig, aber sie war sich nicht sicher, ob es ihr gelänge, sich daran zu halten, wenn sie nicht ständig daran dachte; denn sie entsprachen so gar nicht ihrem Wesen. Eleanor hatte ihr zu Demut und Bescheidenheit geraten, und diese Eigenschaften gingen Maldie gänzlich ab.

Keinem Mann in die Augen blicken? Sie würde einem Mann ohne zu zögern ins Gesicht spucken, wenn er es verdiente. Den Kopf gesenkt halten? In ihrer Jugend hatte sie sich kurz geschämt, als sie herausgefunden hatte, womit ihre Mutter sich durchschlug, und sie hatte den Kopf eingezogen. Doch rasch hatte sie beschlossen, stets hocherhobenen Kopfes durchs Leben zu gehen. Mit keinem sprechen? Es war ihr seit jeher schwergefallen, den Mund zu halten, vor allem, wenn sie das Gefühl hatte, dass etwas gesagt werden musste. Eleanor war eine liebe Frau, die sich um sie Sorgen machte, und hatte es mit ihren Ratschlägen sicher gut gemeint, doch Maldie vermutete, dass sie nur einen einzigen würde befolgen können – den, sich mit Bedacht zu bewegen.

»Na, meine Hübsche, wo hast du denn gesteckt?«

Maldie fluchte halblaut, als sie die leider nur allzu bekannte, raue Stimme vernahm. Eine äußerst schmutzige Hand mit derben Fingern umklammerte ihren Arm und zog sie näher. Wieder musste sich Maldie wundern, wo in ganz Schottland Beaton bloß einen solch hässlichen und aufdringlichen Kerl aufgetrieben hatte. Sie beurteilte die Menschen normalerweise nicht nur nach ihrem Äußeren, doch aus trauriger Erfahrung wusste sie, dass dieser Mann durch

und durch hässlich war. Unter anderem war es ihm zuzuschreiben, dass sie viel früher als geplant aus Dubhlinn geflohen war.

»Ich bin eine Heilerin«, erwiderte sie. »Ich gehe dorthin,
wo man mich braucht, und manchmal dauert es lange, bis jemand wieder völlig gesund ist.«

»Ich dachte schon, du wärst vor mir weggerannt.«

»Nein, ich renne vor keinem Mann weg.« Ekel stieg in ihr
auf, als er ihren Arm tätschelte. Sie zuckte zurück.

»Oho, ein widerspenstiges Mädchen! Ich mag es, wenn in
meinen Frauen ein wenig Feuer ist.«

Sie versuchte, sich loszureißen, doch er packte sie nur noch
fester und grinste sie an, wobei er seine fauligen Zahnstum-
mel bleckte. »Ich habe keine Zeit, mit Euch zu schäkern, Sir.
Ich bin nach Dubhlinn gekommen, um zu sehen, ob meine
Heilkünste gebraucht werden«, meinte sie.

»Ich brauche sie.«

Die Frau mit der spitzen Nase, die das gesagt hatte, versuchte, den Mann wegzuschubsen, doch der wollte Maldies
Arm nicht loslassen. Schließlich schlug die Frau mit aller
Kraft auf das Handgelenk des Dicken. Er schrie gequält auf
und ließ Maldie endlich los. Maldie erschauerte bei dem
Blick, den er der Frau zuwarf, bevor er sich trollte. Sie hoffte,
dass die Frau vernünftig genug war, sich vor dem Dicken zu
hüten.

»Ich glaube, es war nicht sehr klug, diesen Mann zu erzürnen«, murmelte sie, weil sie glaubte, die große, dünne
Frau warnen zu müssen.

»George tut mir schon nichts, es sei denn, er erwischt mich
mal in einer dunklen Ecke. Und das werde ich tunlichst vermeiden. Er hat Angst vor meinem Mann.« Die Frau hielt
Maldie eine lange, knochige Hand hin. »Ich heiße Mary,
Mistress Kirkcaldy.«

Maldie schüttelte ihre Hand. »Wofür braucht Ihr mich?«

»Mein Sohn ist krank.« Mary zog Maldie mit zur Burg.

Auf dem Weg zum rückwärtigen Tor stellte Maldie der Frau alle möglichen Fragen. So wie es klang, hatte das Kind nur leichtes Fieber und Blähungen. Wenn sie sich um das Kind kümmerte, hatte sie einen guten Grund, sich frei in der Burg zu bewegen und sie nach Belieben zu verlassen. Sie brauchte der Frau auch keine Angst einzujagen und das Kind so zu behandeln, als sei es dem Tod nahe. Bestimmt konnte sie ein paar eingehende Blicke auf den großen Saal werfen und feststellen, wann und von wem er am häufigsten benutzt wurde. Dann würde sie sehen, wann es am günstigsten wäre, unbemerkt in das Verlies zu schlüpfen und Eric zumindest einen Besuch abzustatten, wenn es ihr nicht sofort gelingen sollte, ihn zu befreien.

Der kleine Sohn der Frau kauerte in Decken gehüllt in einem Erker am hinteren Teil der großen Küche. Maldie gab ihm etwas zur Beruhigung und redete besänftigend auf ihn ein, denn sie wusste, dass Schlaf das beste und auch das einzige Mittel für das war, was ihn plagte. Manchmal reichte schon der Geschmack von Medizin, um dem Kranken das Gefühl zu geben, man würde ihn heilen.

Das Bauchgrimmen des Kleinen verschwand rasch. Die unverhohlene Bewunderung, mit der Mary und ihr Sohn Maldie anstarrten, war ihr fast peinlich, zumal sie die beiden ja mehr oder weniger für ihre eigenen Zwecke ausnutzte.

Sie nahm sich fest vor, Mutter und Kind unter irgendeinem Vorwand zu Eleanor ins Dorf zu schicken, wenn es zum Kampf kommen sollte, denn dort würden sie sehr viel sicherer sein als in der Burg.

Zum Zeichen ihrer Dankbarkeit überreichte Mary Maldie ein paar Köstlichkeiten aus Beatons Speisekammer. Dann begab sich Maldie nach draußen, wo sie von vielen Leuten begrüßt wurde. Einige dankten ihr noch einmal für die Heilung von einer Verletzung oder Krankheit, andere wollten nur ein wenig mit jemandem plaudern, der aus Dubhlinn herausgekommen war. Bei ihrem ersten Besuch in der Burg hatten die

Leute in Maldie, die ja als Heilerin hier war, keine Bedrohung gesehen, und sie hatte sich in der Burg und ihrer Umgebung völlig frei bewegen können. Es ärgerte sie noch immer, dass sie vor törichten, lüsternen Männern hatte fliehen müssen, bevor sie alles ausgekundschaftet hatte. Diesmal würde es anders sein. Sie hatte sich fest vorgenommen zu bleiben, bis sie Eric gefunden und vor Beaton gerettet hatte.

Eine sehr junge Magd kam ihr mit einem schwer beladenen Tablett entgegen. Sie war offenbar auf dem Weg zum großen Saal und nahm Maldies Angebot, ihr zu helfen, dankbar an. Maldie hörte nur mit halbem Ohr auf das Geplauder des Mädchens und sah sich genau um. Es fiel ihr auf, dass die Menschen scharenweise in den großen Saal strömten, sobald das Essen auf den Tischen verteilt wurde. Zu den Mahlzeiten konnte man offenbar nicht unbemerkt in das Verlies schlüpfen.

Auf dem Weg zurück zu Eleanor befiel Maldie kurz das Gefühl, dass sie sich zu viel vorgenommen hatte. Ihr Vorhaben schien ihr auf einmal unendlich groß und die Aussicht auf Erfolg verschwindend gering. Doch Maldie richtete sich kerzengerade auf und vertrieb das Gefühl des drohenden Scheiterns. Eric war in Gefahr, und er konnte sich sehr wohl als ihr Halbbruder erweisen. Wenn Balfour tatsächlich glaubte, dass sie für Beaton spionierte, dann würde er davon ausgehen, dass sie dem Mann alles erzählen würde, was sie über die Schlachtpläne der Murrays wusste. Deshalb hatte er seine Pläne bestimmt geändert, und sie hatte keine Ahnung, wann, wie oder wo Balfour und seine Männer kommen würden, um Eric zu befreien. Eleanor hatte gemeint, dass Beaton den Jungen nicht ernsthaft verletzen oder gar töten wollte, doch die Frau hatte auch bemerkt, dass ihr Laird offenbar dabei war, den Verstand zu verlieren. Sie konnte das Schicksal des Jungen nicht in Beatons Händen lassen. Und außerdem musste sie ihre Unschuld beweisen.

»Kind, ich habe mir schon Sorgen um dich gemacht!«, rief

Eleanor, die auf der Schwelle ihrer Hütte stand und nach ihr Ausschau gehalten hatte.

Maldie tauchte wieder aus ihren düsteren Gedanken auf. »Es geht mir gut, Eleanor«, erwiderte sie. »Ich habe mich um einen Jungen gekümmert, der unter Bauchgrimmen und etwas Fieber litt«, fuhr sie fort, während die Alte sie in die Hütte zog.

Eleanor nickte und begann, das Abendbrot auf den Tisch zu stellen. »Du hast heilende Hände, Mädchen. Diese Gabe hat dir Gott verliehen.«

»Das hat man mir schon öfter gesagt.« Maldie legte den kleinen Beutel mit Lebensmitteln, den sie von Mary bekommen hatte, auf den Tisch. »Und das hier hat mir die dankbare Mutter des Knaben mitgegeben.«

Sie lächelte über Eleanors Freude angesichts von Käse und einer Scheibe gepökeltem Schweinefleisch. Beatons Speisekammer quoll über vor solchen Köstlichkeiten; die Kammer war so voll, dass er über Monate jeden Abend ein großes Fest hätte feiern können; offenbar hatte der Mann eine Heidenangst davor, bei einer langen Belagerung ausgehungert zu werden. Maldie vermutete, dass vieles davon verdarb, bevor es jemand verzehrte. Es war eine Schande und dünkte Maldie sehr herzlos, Lebensmittel verrotten zu lassen, die Beatons Leute so gut hätten gebrauchen können.

»Hast du denn herausgefunden, wie es dem Jungen geht?«, fragte Eleanor, während sie die Essensreste andächtig in einem kleinen Kasten neben dem Erker verstaute, in dem Maldie schlief.

»Er steckt noch immer in Beatons Verlies, denn er weigert sich standhaft, Beaton als Vater anzuerkennen und die Murrays als – wie hat Beaton sie gleich noch mal genannt? – gemeine, diebische, herumhurende Bastarde.«

Eleanor nickte. »Ja, das ist mir auch schon mal zu Ohren gekommen. Der Mann sollte sich gut überlegen, auf wen er mit seinen schmutzigen Fingern zeigt. Beaton hat früher jedes arme Mädchen bestiegen, das nicht schneller rennen konnte als er. Und jetzt bin selbst ich schneller als er, und ich weiß nicht, ob sein mickriger Stößel überhaupt noch seinen Dienst verrichtet.«

»Eleanor!« Maldie blieb der Mund offen stehen. Sie war zwar belustigt, aber auch ein wenig entrüstet über die Worte der Alten.

»Na ja, stimmt doch. Manche glauben, dass die Krankheit, die ihn verzehrt, eine Geisel Gottes ist. Es wundert mich, dass man dich noch nicht gerufen hat, um einen Blick auf ihn zu werfen. Er hat schon mit ziemlich üblen Salben probiert, sein Leiden zu heilen, aber nichts hat geholfen. Inzwischen sollte er eigentlich erfahren haben, dass du eine Heilerin bist, und sehen wollen, ob du nichts hast, was er auf seinen verwesenden Leib schmieren kann.«

»Nein, er hat mich nicht zu sich rufen lassen, weder bei meinem letzten Besuch noch jetzt. Entweder hat ihm niemand von mir erzählt, oder er hat mich in Augenschein genommen und befunden, dass ich nicht das bin, was ich zu sein vorgebe. So etwas ist mir in letzter Zeit nämlich wirklich passiert«, murmelte sie und dachte an Balfour. Doch sie verscheuchte ihn rasch wieder aus ihren Gedanken.

»Nun, du bist einfach noch sehr jung, Schätzchen. Klein und zart. Du musst es den Leuten nachsehen, wenn sie nicht glauben, dass du alt genug bist, um genügend Erfahrung im Heilen gesammelt zu haben.«

»Ja, ich weiß. Und es gibt ja auch noch vieles, was ich zu lernen habe.« Maldie streckte sich und stand auf. »Aber jetzt muss ich ins Bett. Ich bin sehr müde. Ich hatte eine anstrengende Reise, sie hat mich stärker mitgenommen, als ich dachte.«

Maldie war überrascht, als Eleanor plötzlich aufstand und sie fest umarmte. Sie tätschelte den Rücken der Alten und spürte ihre Angst, die sogar die Trauer um ihren armen Robert überlagerte.

»Was ist los? Wovor fürchtet Ihr Euch?«, fragte sie. Eleanor ließ sie los und lächelte matt. »Du weißt immer, was in mir vorgeht. Ich glaube fast, die Heilkunst ist nicht deine einzige Gabe. Manchmal dünkt mir, dass du den Menschen direkt ins Herz schauen kannst.«

»Richtig, offenbar kann ich bestimmte Dinge spüren. Aber es bedarf keiner besonderen Gabe, um zu wissen, dass Ihr meine Frage nicht beantwortet habt. Ihr habt Angst, Eleanor, große Angst. Wovor? Habt Ihr etwas gehört, eine Warnung etwa, dass Ärger ins Haus steht? Vielleicht kann ich Euch helfen.«

»Ich habe Angst vor dem, was du vorhast.«

Maldie verkrampfte sich. Sie wusste, dass die Angst, die sie jetzt spürte, ihre eigene Angst war. Dabei hatte sie doch gedacht, sie hätte mit größter Umsicht gehandelt, jeden Schritt genau abgewogen, jedes Wort sorgfältig überdacht, um ihr Vorhaben durch nichts zu verraten. Dennoch hatte Eleanor etwas gemerkt, und wenn sie es getan hatte, dann vielleicht auch andere.

»Was soll ich denn vorhaben? Ich weiß nicht, wovon Ihr sprecht.«

»Du musst mir nichts sagen, und sei unbesorgt – ich weiß wirklich nicht sehr viel. Nur so viel, dass dein Auftauchen in Dubhlinn etwas mit dem armen Bürschchen zu tun hat, das Beaton eingesperrt hat. Tu, was du tun musst, Mädchen, und mach dir keine Sorgen: Von mir erfährt niemand ein Sterbenswörtchen. Ich bitte dich nur um eines: Pass gut auf dich auf!«

»Das tue ich immer, Eleanor«, erwiderte Maldie leise.

»Sag jetzt nichts, nur um mich zu beruhigen. Es ist mein voller Ernst: Pass gut auf dich auf! Ich habe ein ungutes Gefühl bei der Sache, und ich habe dieses Jahr wahrlich genug erlitten, als ich meinen geliebten Robert verloren habe. Bitte – ich könnte es nicht ertragen, dich auch noch zu verlieren. Du bist wie eine Tochter für mich.«

Gerührt umarmte Maldie die zierliche alte Frau. Sie mochte sie von ganzem Herzen und freute sich, dass ihre Zuneigung erwidert wurde. Es war nur traurig, dass sie mit Eleanor schon nach so kurzer Zeit etwas verband, was sie bei ihrer eigenen Mutter nie gespürt hatte. Der Unterschied lag wohl darin, dass Eleanor so freundlich war. Sie kümmerte sich um die Menschen, selbst um zerlumpte junge Frauen, die mit wenig mehr als ihren Kleidern auf dem Leib vor ihrer Tür auftauchten.

Margaret Kirkcaldy hatte sich eigentlich um niemanden gekümmert, nicht einmal um ihre Tochter. Diese Erkenntnis schmerzte, doch Maldie zwang sich, ihr nicht auszuweichen. Wenn ihre Mutter Gefühle gehabt hatte, dann für die diversen Männer in ihrem Leben. Doch die hatten sie alle schäbig behandelt. Maldie war nicht einmal mehr sicher, ob die Tränen ihrer Mutter, wenn sie wieder einmal einen herzlosen Mann liebte, tatsächlich echter Trauer entsprungen waren. Das Einzige, worauf Margaret stets erpicht gewesen war und was ihr echtes Vergnügen bereitet hatte, war die Aufmerksamkeit gewesen, die ihr diese Männer geschenkt hatten, ihre Schmeicheleien und Geschenke.

Maldies Mutter hatte immer verbittert gewirkt. Den Samen hatte zweifellos Beaton gepflanzt. Im Lauf der Jahre, während ihre Gesundheit und ihre Schönheit schwanden, waren aus den schmeichelnden Liebhabern Männer geworden, die es einfach in den Lenden juckte und die ein paar Münzen in der Tasche hatten. Margarets Verbitterung war gewachsen, bis sie sie vollständig ausgefüllt hatte. Plötzlich fragte sich Maldie, ob es bei dem Auftrag, Beaton zu ermorden, wirklich um die Rache für geraubte Ehre ging oder vielleicht doch nur um verletzte Eitelkeit.

Wie immer verscheuchte sie diese Gedanken hastig, küsste Eleanor auf die Wange und ging zu Bett. Man konnte ihrer Mutter sicher manches, was passiert war, nachdem Beaton sie verlassen hatte, zum Vorwurf machen, aber dennoch war

es Beaton gewesen, der Margaret auf den Pfad der Selbster-
niedrigung und Verwahrlosung gebracht hatte. Wenn dieser
Schuft Margaret nicht von ihrer Familie weggelockt hätte,
wäre sie wahrscheinlich mit einem Laird vermählt worden.
Vielleicht wäre sie im heiligen Bund der Ehe nicht besonders
glücklich geworden, doch ihre Kinder wären ehelich zur Welt
gekommen und sie hätte nicht ihren Körper verkaufen müssen, nur um sich und ihre Tochter durchzubringen.

Liebend gern hätte Maldie Eleanor alles erzählt. Sie sehnte
sich nach einem Menschen, mit den sie reden und alles besprechen konnte, angefangen bei ihren wachsenden Zweifeln, warum ihre Mutter ihr diesen Vergeltungsauftrag erteilt
hatte, bis hin zu ihren Sorgen um den jungen Eric. Maldie
wusste, dass Eleanor ihr mitfühlend und verständnisvoll zuhören würde, doch sie widerstand der Versuchung. Wenn
etwas schieflief, wenn Beaton sie bei dem Versuch, Eric zu
befreien, oder bei der Erfüllung des Schwurs, den sie ihrer
Mutter geleistet hatte, erwischte, sollte Eleanor aufrichtig
versichern können, nichts davon gewusst zu haben.

Obwohl ihr vor Müdigkeit jeder Knochen im Leib wehtat,
fand Maldie nur schwer in den Schlaf. Der kommende Tag
würde bestimmt sehr wichtig werden. Sie hatte das vage Gefühl, dass sie an diesem Tag würde handeln müssen. Sie
wusste nur nicht, ob sie schon gegen Beaton aktiv werden
würde oder für Eric, aber vielleicht würde sich das eine aus
dem anderen ergeben. Kurz bevor ihr endlich die Augen zu-
fielen, dachte sie noch, wie schön es wäre, wenn die Vorahnung, die sie so sicher sein ließ, dass morgen etwas passieren
würde, auch einen Hinweis lieferte, ob sie mit einem süßen
Sieg oder einer bitteren Niederlage rechnen konnte.

15

In der großen Küche von Dubhlinn war es heiß, und die Luft war geschwängert vom Geruch kochenden Essens und ungewaschener Körper. Maldie wischte ihrem kleinen Patienten den Schweiß von der Stirn und runzelte die Augenbrauen. Sie hatte erwartet, dass es dem Jungen schon viel besser gehen würde. Der kleine Thomas war zwar nicht schwer krank, aber in der schlechten Küchenluft würde es bestimmt länger dauern, bis es ihm wirklich besser ging. Maldie hatte ja bereits beschlossen, Mary und Thomas aus Gründen der Sicherheit zu Eleanor zu schicken, und diese hatte sich gern bereit erklärt, die beiden aufzunehmen. Jetzt konnte sie ihnen ohne Vorwand anraten, um der Gesundheit des Kleinen willen dorthin zu gehen.

»Er wird doch nicht sterben, oder?«, flüsterte Mary händeringend und starrte mit tränenverhangenem Blick auf ihren Sohn. »Er ist mein einziges Kind. Gott hat schon drei meiner Kleinen zu sich geholt. Hoffentlich lässt er mir wenigstens diesen!«

»Nein, nein«, tröstete Maldie die arme Mutter, »er wird nicht sterben. Es tut mir leid, wenn ich Euch beunruhigt habe. Ich war nicht besorgt wegen seiner Gesundheit, sondern wegen der schlechten Umgebung, in der er hier liegt. Ihr müsst ihn fortbringen von der Hitze und den üblen Gerüchen.«

»Aber wohin soll ich ihn denn bringen? Ich bin doch fast den ganzen Tag hier.«

»Ich habe eine Freundin im Dorf, Eleanor Beaton, deren Mann vor Kurzem gestorben ist.«

»Ich kenne sie flüchtig, wir sind uns schon einige Male begegnet.«

»Sie wird euch aufnehmen, bis der Junge wieder bei Kräften ist. Sie hat ein ordentliches, sauberes kleines Häuschen und ein wenig Land, sodass der Junge draußen sitzen kann, wenn Gott uns ein bisschen Sonne beschert.«

»Das wäre wunderbar und sehr freundlich von ihr.« Mary fuhr dem Kind sanft durch seine weichen kastanienbraunen Locken. »Und du bist sicher, dass es der Frau recht ist?«

»Ganz sicher«, erwiderte Maldie. »Ihr könnt den Kleinen hinbringen, sobald Ihr es einrichten könnt, und ich verspreche Euch, er wird im Handumdrehen wieder gesund und munter.«

Die Frau hob das Kind sofort hoch, murmelte einen kurzen, wenn auch von Herzen kommenden Dank und eilte davon. Die Gesundheit ihres einzigen Kindes war Mary offenbar wichtiger als alles andere. Froh über die Liebe dieser Frau zu ihrem Sohn, sah Maldie den beiden lächelnd nach, auch wenn sie einen Anflug von Neid verspürte, für den sie sich schämte. Sie beschloss, ein für allemal damit aufzuhören, dem nachzutrauern, was sie nie gehabt hatte, und zu lernen, ihren kindischen Neid zu zügeln. Mit diesem festen Vorsatz verließ sie den Gestank und die Hitze der Küche.

Vor der Tür zum großen Saal erblickte sie George. Eine leise Verwünschung ausstoßend, presste sie sich enger in einen winzigen, düsteren Erker gleich neben der Treppe. Der Mann schien wahrhaftig überall dort herumzulungern, wo sie sich gerade aufhielt. Zwei lange Stunden versuchte sie, sich ihm und seiner unerwünschten Aufmerksamkeit zu entziehen, dann stand sie kurz davor, ihm einen schweren Gegenstand auf den Kopf zu dreschen.

»Warum drückst du dich denn hier im Schatten herum, Mädchen?«, fragte plötzlich eine leise, tiefe Stimme zu ihrer Linken.

Halblaut fluchend bemerkte sie, dass ein Mann neben ihr an der Wand lehnte. Wenigstens bietet dieser Kerl einen erfreulicheren Anblick, dachte sie. Er war groß und schlank und hatte langes braunes Haar und weiche braune Augen, die sie schmerzlich an Balfour erinnerten. Doch allmählich wurden ihr alle Männer zuwider. Sie hatte wichtige Dinge zu erledigen, und diese lüsternen Männer schienen sie auf Schritt und Tritt zu verfolgen. In Dubhlinn herrschte offenbar großer Frauenmangel.

»Ich verstecke mich vor diesem übel riechenden Fettwanst dort drüben.« Sie blickte auf George.

»Ah, der. Ja, der ist wirklich eine Beleidigung für Auge und Nase. Ich heiße Douglas.« Er hielt ihr die Hand hin.

»Und ich bin Maldie.« Sie schüttelte seine Hand. »Jetzt sollte·ich wohl mit diesen müßigen Nettigkeiten fortfahren und sagen, dass ich mich freue, Euch kennenzulernen, aber heute wäre das eine glatte Lüge. Ich bin noch nicht sehr lange hier, kaum mehr als einen Tag, und habe die Nase bereits gestrichen voll von Männern, falschen Schmeicheleien und hinterhältigem Grinsen.«

Er lächelte, blieb jedoch stehen und ignorierte ihre schroffe Aufforderung, sie in Ruhe zu lassen. »Ich schmeichle dir doch gar nicht.«

Maldie war so überrascht, dass sie kichern musste. »Und so versetzte er meiner armen kleinen Eitelkeit mit wenigen Worten den tödlichen Schlag.« Sie sah noch einmal auf George und stieß ein paar üble Beleidigungen aus. »Hat der Kerl nichts Besseres zu tun?«

»Doch, doch, er faucht und fuchtelt mit seinem Schwert herum, wann immer unser Laird sich bedroht fühlt.«

»Ach ja, der Laird. Ich habe den Mann noch nicht zu Gesicht bekommen, weder bei meinem letzten Besuch noch diesmal.«

»Er zeigt sich nicht allzu oft, und das ist wahrscheinlich auch besser so.«

»So? Dann ist er also wirklich sehr krank? Mir kam so etwas zu Ohren. Vielleicht kann ich ihm helfen. Ich bin eine Heilerin.«

Douglas nickte. »Davon habe ich bereits gehört, und obendrein eine gute, wie alle behaupten. Doch der Mann ist unheilbar, Mädchen. Das Beste, was man von ihm sagen kann, ist, dass er nicht die Lepra hat, obwohl er so übel aussieht, als ob er sie hätte.« Er verzog das Gesicht. »Man hält es kaum aus, ihn anzuschauen, wenn sein Ausschlag wieder einmal besonders schlimm ist. Doch dann wird er wieder eine Zeit lang besser. Aber er geht nie ganz weg, und wenn er wiederkommt, ist er meist noch schlimmer als zuvor. Es ist, als würde der Mann von innen heraus verrotten. Sehr viel länger wird er es wohl nicht machen. Jetzt, wo ich darüber nachdenke, fällt mir ein, dass niemand, der von seiner Krankheit wusste, je gedacht hat, dass er damit überhaupt so lange leben würde.«

»Wie lange ist er denn schon krank?«

»Drei Jahre.«

»Dann ist es vielleicht bloß eine Hautkrankheit.« Sie lächelte, als er große Augen machte. »Nicht nur Leprakranke leiden unter solchen Ausschlägen, obwohl ich glaube, dass bei ihnen nicht nur die Haut leidet. Ihr könnt mir ruhig glauben, wenn ich Euch sage, dass ich schon einige Hauterkrankungen gesehen habe, bei denen es einem den Magen umdreht. Falls Euer Laird wirklich eine tödliche Krankheit hat, wäre er doch schon längst gestorben, oder nicht?«

Maldie war ein wenig erleichtert. Einen Moment lang befürchtete sie, dass irgendein blinder, dummer Teil in ihr sich wirklich Sorgen um diesen Kerl machte. Doch ein tiefer Blick in ihr Herz sagte ihr, dass ihr der Gedanke, den Mann zu töten, zwar Unbehagen bereitete, dass sie aber keinerlei verwandtschaftliche Gefühle zu ihm hegte. Offenbar war sie deshalb erleichtert, weil sie, falls sie Gelegenheit hatte, ihren Schwur zu erfüllen, keinen Mann töten würde, der schon im Sterben lag und womöglich zu gebrechlich war, sich zu verteidigen. Seit sie von Beatons schwerer Krankheit erfahren hatte, war sie von der Angst geplagt gewesen, einen Mann auf seinem Totenbett zu töten oder aber den Eid brechen zu müssen, den sie ihrer sterbenden Mutter geleistet hatte.

»Warum interessierst du dich so für die Gesundheit unseres Lairds?«, fragte Douglas.

»Ich bin eine Heilerin. Ihr seid ein Krieger, oder? Interessiert Ihr Euch etwa nicht für Schlachten und Waffen, auch ohne selbst daran teilgenommen zu haben oder die Waffe in der Hand gehalten zu haben?«

»Schön und gut – doch hör mir gut zu, Mädchen: Zurzeit ist es nicht ratsam, in Dubhlinn zu viele Fragen zu stellen, selbst für ein hübsches Mädchen wie dich.« Er deutete zum großen Saal. »Dein vernarrter Hofschranze ist weg.«

Sie nickte und ging. Dann blickte sie sich noch einmal um, weil sie sehen wollte, was ihr Gesprächspartner tat. Doch der war bereits verschwunden, und zwar so spurlos, dass sie sich fragte, ob er überhaupt dort gestanden hatte oder ob sie einer Sinnestäuschung zum Opfer gefallen war. Doch seine Warnung, nicht zu neugierig zu sein, war keine Sinnestäuschung gewesen, dafür hatte sie zu echt geklungen. Und obwohl in der Warnung keine Drohung gelegen hatte, fasste Maldie sie als solche auf. Vielleicht hatte sie ja von Douglas nichts zu befürchten, aber bei anderen war sie sich nicht so sicher.

Sie ging an der dicken Tür des großen Saals vorbei und spähte kurz hinein. Ihr Herz hüpfte vor Hoffnung und Erwartung, als sie sah, dass der Raum dunkel war und die Fenster mit dichten Tüchern verhüllt – und außerdem war er leer. Maldie konnte ihr Glück kaum fassen. Sie schlich hinein. Stundenlang hatte sie sich überlegt, was sie sagen sollte, wenn man sie fragte, was sie hier zu suchen habe, doch jetzt sah es aus, als ob sie gar keine Erklärung bräuchte.

Erst als sie den Riegel der Tür zum Verlies abtastete, merkte sie, dass sie sich geirrt hatte. Der Saal hatte viele düstere Ecken, in die sie offenbar nicht sorgfältig genug gespäht hatte. Das erste Zeichen von Ärger waren ein paar leise Flüsterlaute, dann strömte plötzlich Licht in den Raum. Jemand hatte das Tuch von einem der Fenster weggerissen.

»Aha, die kleine Heilerin aus dem Dorf«, ertönte eine tiefe, heisere Stimme gedehnt. »Ich glaube nicht, dass ich dir befohlen habe, dich um meine Gefangenen zu kümmern.«

Maldie drehte sich sehr, sehr langsam um. Ein großer, dürrer Mann trat aus einer der düsteren Ecken und kam auf sie zu. Hinter ihm lief ein Mann, der noch größerer und hagerer war, doch nach einem raschen Blick auf sein verschlagenes Gesicht schenkte ihm Maldie keine weitere Beachtung. Der erste Mann war derjenige, der sie wirklich interessierte; schon seinen Worten hatte sie entnommen, dass es sich um Beaton handeln musste.

Die Beschreibung, die ihre Mutter ihr von ihrem Verführer gegeben hatte, war so gut wie nutzlos. Das erkannte Maldie, sobald der Mann vor ihr stand. Margaret hatte ihn natürlich so im Gedächtnis behalten, wie er vor zwanzig Jahren ausgesehen hatte. Nun aber war er nicht nur vom Alter gezeichnet, sondern vor allem von einer grauenhaften Hautkrankheit. Seine Haut, auf der sich offene Wunden mit Krusten und eitrigen Geschwüren abwechselten, war so straff gespannt, dass sie glänzte. Die strahlend blauen Augen, von denen Maldies Mutter behauptet hatte, sie hätten ihr Herz im Sturm erobert, waren von tiefen roten Falten umrahmt und trieften. Von dem dichten braunen Haar, von dem sie wehmütig geschwärmt hatte, waren nur noch ein paar Büschel schmutzig grauer Strähnen übrig geblieben, die wirr vom Schädel abstanden.

Nur Beatons Figur war noch so, wie Maldies Mutter sie beschrieben hatte. Sie ließ auf Stärke und Gewandtheit schließen. Was immer die Haut des Mannes verunstaltete, hatte seinem Körper nicht weiter geschadet, obwohl es ihm manchmal wahrscheinlich große Schmerzen bereitete und schwächte, wenn es seinen Höhepunkt erreichte. In solchen Momenten war sein Körper dann wahrscheinlich auch verrenkt, wie Eleanor behauptet hatte. Außerdem konnte Eleanor auch recht gehabt haben mit ihrer Behauptung, dass Beaton von innen heraus verfaulen und das Böse in ihm sich auf seinem Körper zeigen würde, sodass alle, die einen Blick auf ihn warfen, sahen, wie schrecklich dieser Mann war. Maldie wünschte nur, jetzt keinen Blick auf ihn werfen zu müssen, nicht jetzt, wo sie so kurz davor stand, Eric zu helfen.

»Ich habe gehört, dass ein junger Bursche dort drunten ein wenig Disziplin nötig gehabt hatte«, erwiderte sie. Sie versuchte, ihre Stimme ruhig und freundlich klingen zu lassen und die Wut und den Hass nicht zu zeigen, die in ihr rumorten. »Dabei kann so einer ein paar kleinere Verletzungen davontragen, und ich dachte mir, ich sollte einmal nachsehen, ob er nicht ein wenig Salbe brauchen könnte.«

»Wie freundlich.« Er beugte sich näher vor zu ihr und runzelte die Stirn. »Wer bist du überhaupt?«

»Maldie Kirkcaldy.« Sie hielt den Atem an, als er sprach, denn der Gestank seiner faulen Zähne war nahezu unerträglich.

»Was hast du hier zu suchen?«

»Ich bin eine Heilerin, mein Laird. Wie die Minnesänger ziehe ich umher und verrichte meine Arbeit. Die Sänger erfreuen mit ihrer Musik das Ohr und sorgenvolle Gemüter, ich lindere mit meinen Salben den Schmerz von allerlei Gebrechen.«

»Das Gewinsel fahrender Sänger hat mir nie besonders gut gefallen. Kirkcaldy? Der Name kommt mir irgendwie bekannt vor. Woher kommst du?«

Maldie versteifte sich vor Wut. Der Mann erinnerte sich nicht einmal an den Clannamen der Frau, die er verführt und verlassen hatte! Margaret hatte ihn nie vergessen, doch Beaton hatte sie wahrscheinlich in dem Moment vergessen, als sie ihm ein Mädchen geboren hatte.

»Kirkcaldy aus Dundee«, sagte sie zornig, da sie ihre Wut

nicht mehr kontrollieren konnte. Beatons Begleiter beobachtete sie mit einem schrägen Blick.

Vielleicht kannte dieser Mann ihren Namen. Offenbar handelte es sich um Beatons rechte Hand, und wenn er das schon länger war, erinnerte er sich wahrscheinlich besser an Beatons Vergangenheit als Beaton selbst; denn schließlich musste er wissen, wer die Feinde seines Lairds waren. Manchmal konnte eine Person, die völlig nebensächlich erschien, zum tödlichsten Feind werden. Maldie fiel ein, dass ihre Mutter auch von einem dürren, langgesichtigen Mann gesprochen hatte, der nie von Beatons Seite gewichen war, und der begleitete den Laird auch heute noch.

Und auf ihn würde sie besonders gut aufpassen müssen, dachte sie, während sie darum kämpfte, dass ihre Wut ihr nicht alle Vorsicht und Vernunft raubte. Die Gelegenheit, Eric zu sehen, hatte sie wahrscheinlich zumindest für diesen Tag verspielt. Jetzt galt es erst einmal, lebendig und ohne allzu viel Aufsehen aus dem großen Saal zu verschwinden. Die misstrauische Miene von Beatons Begleiter sagte ihr allerdings, dass es dafür wohl zu spät war. Und ihre blinde Wut sagte ihr, dass sie sich gehörig anstrengen musste, um nicht etwas zu tun, was sie geradewegs in den Tod führte.

»Ich war doch schon mal in Dundee, oder, Calum?«, fragte Beaton seinen Begleiter, während er Maldie nicht aus den Augen ließ. »Vor ziemlich langer Zeit?«

»Jawohl«, erwiderte Calum mit einer Stimme, die so tief war, wie man es bei einer solch schmalen Brust nie vermutet hätte. »Vor zwanzig Jahren oder mehr. Ihr habt Euch dort ein Weilchen aufgehalten.«

»Richtig.« Beaton bedachte Maldie mit einem hässlichen Grinsen. »Bist du etwa einer meiner Bastarde?«

Maldie sah keinen Grund, warum sie es leugnen sollte, denn offenbar wusste Calum ganz genau, wer sie war. »Jawohl. Geboren von Margaret Kirkcaldy, einem Mädchen von Stand, das Ihr verführt und dann im Stich gelassen habt.«

»Margaret? Ich habe viele Margarets gekannt. Aber je länger ich dich betrachte, desto besser entsinne ich mich. Du siehst deiner Mutter ähnlich, das weckt ein paar Erinnerungen in mir. Ziemlich vage Erinnerungen, denn die Frau, die mehr verdient, als bestiegen und dann rasch wieder verlassen zu werden, muss ich erst noch kennenlernen.«

Es kostete sie all ihre Kraft, ihm nicht den Hohn aus dem Gesicht zu schlagen. Bei dem traurigen Zustand seiner Haut wäre schon ein leichter Klaps die reine Folter für ihn gewesen, und nichts wünschte sich Maldie mehr, als ihm diesen Schmerz zuzufügen. Noch nie war sie so voller Wut und Hass gewesen. Eine Stimme in ihrem Kopf sagte ihr zwar, dass dieser Mann solch starke Gefühle überhaupt nicht wert sei und dass allein sie zu leiden hätte, wenn es zu Handgreiflichkeiten käme. Doch es fiel ihr schwer, auf diese Stimme zu hören. Sie fand es erschreckend und auch ziemlich abstoßend, wie gewalttätig ihre Gedanken waren, doch ruhiger wurde sie deshalb noch lange nicht. Ihre Mutter hatte den Tod dieses Mannes gewollt, doch Maldie wollte, dass er zuvor erst alle Qualen der Hölle durchlitt.

»So spricht ein Mann, der nur mit seinem Stößel denkt, was oft genug darauf hinweist, dass es ihm an Verstand mangelt.«

Calum holte zu einer Ohrfeige aus, doch Beaton gebot ihm mit einer knappen Geste Einhalt. »Bist du hergekommen, weil du Geld brauchst? Willst du deine mickrige Börse mit meinen Münzen füllen, weil wir Blutsverwandte sind?«

»Ich würde Eure Münzen selbst dann nicht anrühren, wenn ich nur noch Haut und Knochen wäre und auf dem Bauch im Abfall herumkriechen müsste. Außerdem habt Ihr gar nicht genügend Münzen in Euren Truhen, um für all die Verbrechen zu bezahlen, die Ihr begangen habt!«

»Täusch dich nicht, mit Geld kann man viele Probleme lösen und Hindernisse aus dem Weg räumen.«

»Diesmal nicht.«

»Nein? Deine Mutter hat meine Münzen gern genommen, so wie die meisten Huren.«

»Meine Mutter war keine Hure, als Ihr sie von ihren Verwandten weggelockt habt. Ihr habt sie ruiniert! Ihr habt sie angelogen und ihr Versprechungen gegeben, die Ihr nie zu halten gedachtet, und als sie Euch nicht den Sohn gebar, auf den Ihr so erpicht wart, habt Ihr sie in der Schande und ohne einen Penny sitzen lassen.«

Beaton schüttelte den Kopf. Maldie fand, dass er das lieber nicht zu oft tun sollte, denn seine kümmerlichen Haarbüschel flogen dabei in höchst unansehnlicher Weise hin und her. Es freute sie, dass er so hässlich geworden war. Einerseits hielt sie das für eine gerechte Strafe Gottes, andererseits half es ihr, Distanz zu wahren und in ihm nicht den Vater zu sehen, sondern nur einen kranken alten Mann. Dies war bestimmt nicht der Mann, den ihre Mutter so oft beschrieben hatte, nicht der, den Margaret Kirkcaldy so geliebt hatte, dass sie sich von ihm hatte verführen lassen.

»Ich fürchte, ich muss dir eine bittere Wahrheit mitteilen, Mädchen«, meinte Beaton.

»Hütet Euch, Beaton!«, murmelte sie mit kalter Stimme. Sie stand kurz davor, ihre Beherrschung zu verlieren. Wenn er ihre Mutter weiterhin verhöhnte, würde sie vergessen, dass sie aus Dubhlinn eigentlich lebend hatte herauskommen wollen. »Ihr habt kein Recht, so über meine Mutter zu sprechen. Ich werde es nicht zulassen, dass Ihr auf ihr Andenken spuckt.«

»Du wirst es nicht zulassen?« Beaton lachte, ein brüchiges, heiseres Lachen, das in einem abgehackten Husten endete. »Du wagst es, mir zu drohen? Oh, wie mein Herz vor Furcht pocht!«

»Ihr habt doch gar kein Herz. Nur ein völlig herzloser Mann konnte meine Mutter so verächtlich behandeln!«

»Ich habe deine Mutter so behandelt, wie sie es verdient hat. Sie war ein Mädchen mit heißem Blut und wenig Grips.

213

Ihre Torheit kann mir nicht zum Vorwurf gemacht werden. Hat sie dir etwa erzählt, sie habe nicht gewusst, dass ich verheiratet war, und habe süße Worte, gemurmelt im Wahn der Leidenschaft, nicht von der Wahrheit unterscheiden können? Dann hat sie dich belogen.«

Maldie schüttelte den Kopf. Einen Moment lang war sie verunsichert, als sie über seine Worte nachdachte, doch dann meinte sie: »Ihr habt ihr sicher nicht die Wahrheit gesagt.«

»Nein, aber warum hätte ich das tun sollen? Sie hat ihren Clan verlassen und ist mit mir gekommen, auch ohne dass ich ihr angeboten habe, sie zu heiraten. Vielleicht war sie noch unberührt, als ich sie eroberte, aber in ihrem Herzen war sie schon damals eine Hure. Sie hat ihre Jungfräulichkeit für ein paar Geschenke und ein paar süße Worte hergegeben. Und es hat ihr Spaß gemacht. Ich schwöre, dass mir kaum jemals ein so wollüstiges Mädchen begegnet ist.« Seine Augen verengten sich, und er musterte Maldie eingehend, während er fortfuhr: »Ich möchte wetten, dass sie mir nicht sehr lange nachgetrauert hat, bevor sie sich einem anderen Mann an den Hals warf. Sie war viel zu scharf darauf, bestiegen zu werden, um es länger alleine auszuhalten. Glaub, was du willst, Mädchen, und schluck die Lügen deiner Mutter, wenn es dich glücklich macht, aber komm jetzt nicht an und gib mir die Schuld an all deinen Problemen. Es gibt nur eines, was man mir vorwerfen könnte: Ich habe deiner Mutter gezeigt, was sie war: eine Hure – und eine unersättliche obendrein.«

Ihr Dolch lag ihr schon in der Hand, noch bevor Beaton zu reden aufhörte. Maldie dachte nicht weiter darüber nach, dass sie nur ein schwaches Mädchen mit einem kleinen Dolch war, das vor zwei schwerttragenden Rittern stand. Sie konnte nur noch an eines denken – sie wollte Beaton endlich zum Schweigen bringen. Sie konnte es nicht tatenlos hinnehmen, wie abfällig er über ihre Mutter sprach, solche Beleidigungen durften nicht ungestraft bleiben. Er versuchte, sich reinzuwaschen, indem er Margaret die Schuld an all dem gab, was ihr zugestoßen war. Die winzig kleine Stimme der Vernunft flüsterte ihr zwar zu, dass sie wohl auch deshalb so aufgebracht war, weil Beaton das in Worte fasste, was sie sich selbst auch schon gedacht hatte, wenn auch nur sehr flüchtig; denn diese Gedanken hatten ihr stets ein schlechtes Gewissen bereitet und sie hatte sich ihrer geschämt. Doch nun verscheuchte sie diese Einsicht ebenso rasch, wie sie früher all ihre Zweifel verscheucht hatte, hob ihren Dolch und stürzte sich auf Beaton.

Enttäuscht schrie sie auf, als er sie zurückstieß. Calum versuchte, sie zu packen, doch sie entwischte ihm. Den Dolch noch immer fest in der Hand, stand sie vor den beiden. Beaton wirkte belustigt, Calum stand seitlich vor seinem Herrn, bereit, den nächsten Stoß auf seinen Laird abzufangen. Maldie staunte über diese Loyalität. Beaton dünkte ihr wie jemand, der eine solche Loyalität weder verdiente noch sie adäquat entlohnte. Ein Blick in Calums starre schwarze Augen verriet Maldie jedoch, dass sie bei diesem Mann nicht auf die geringste Schwäche hoffen konnte.

Ihre Lage war aussichtslos, das wusste sie nur allzu gut. Sie hatte aus blanker Wut gehandelt, ohne an die Folgen zu denken. Den kurzen Moment, als ihre Vernunft sie zum Innehalten gemahnt hatte, hatte sie ignoriert. Jetzt war sie nahezu handlungsunfähig. Zwar hatten die beiden Männer nicht gewusst, dass und wie sie zuschlagen würde, und das hatte ihr auch einen kleinen Vorteil verschafft, durch den sie beinahe das erreicht hätte, was sie wollte – Beatons Tod. Doch jetzt war es vorbei. Sie konnte zwar versuchen, Beaton noch einmal anzugreifen, aber sie konnte auch gleich aufgeben. Beides würde sie das Leben kosten.

»Du hast meinen Kampfgeist, Mädchen«, meinte Beaton. »Zu schade, dass du nur ein Mädchen bist!«

»Ich weiß schon, ich war nur ein weiterer Fehlschlag bei Euren unablässigen Bemühungen, einen Sohn zu zeugen.

Und immer habt Ihr der Frau die Schuld gegeben, stimmt`s? Ist Euch nie in den Sinn gekommen, dass der Fehler auch bei Euch liegen könnte? Dass Euer Samen vielleicht zu schwach ist, um den Erben zu zeugen, nach dem es Euch so gelüstet?«

Wie Maldie gehofft hatte, machten diese Worte Beaton rasend. Sie hielt es für Unsinn und in gewisser Weise auch für beleidigend, dass es ein Zeichen von Schwäche sein sollte, ein Mädchen zu zeugen. Doch sie war davon ausgegangen, dass Beaton einen solchen Unsinn tatsächlich glaubte. Und die Wut, die sein verwüstetes Antlitz verzerrte, sagte ihr, dass ihm derartige Zweifel an seiner Männlichkeit nicht fremd waren.

Sie wappnete sich gegen seinen Angriff, entkam seiner Wucht jedoch nur mit knapper Not. Als sie zur Seite sprang, stieß sie mit ihrem Dolch zu und hinterließ einen langen Schnitt auf Beatons Arm. Wut- und schmerzerfüllt schrie er auf und ging zu Boden. Sein Schrei hallte ihr noch in den Ohren, als Calum sie packte. Sie versuchte, auch ihn zu erwischen, doch nicht, um ihn zu töten, sondern nur, damit er sie losließ. Aber er packte sie nur noch fester und verdrehte ihr Handgelenk, bis sie die Waffe fallen ließ. Angezogen von Beatons Schreien stolperten zwei Bewaffnete in den großen Saal. Maldie spürte, wie alle Gefühle schlagartig von ihr abfielen. Benommen stand sie da und wartete auf ihren Tod.

Beaton rappelte sich mühsam auf. »Du hast soeben einen sehr törichten Fehler begangen, Mädchen – einen tödlichen Fehler!«, fauchte er mit harter, kalter Stimme, in der seine einstige Stärke, Macht und Grausamkeit mitschwang, von der nur mehr die Grausamkeit übrig geblieben war.

»Mein einziger Fehler war, dass ich den Dolch nur in Euren Arm und nicht tief in Euer schwarzes Herz gestoßen habe.«

»Du wolltest deinen eigenen Vater umbringen?«

In seiner Stimme lag keinerlei Grauen, nur Neugier. Maldie fand es entsetzlich. Sie glaubte sogar eine gewisse Bewunderung zu spüren. Nachdem ihre Mutter ihr den Schwur entlockt hatte, war sie hin- und hergerissen gewesen zwischen der Abscheu vor dem Verbrechen an dem Mann, der sie gezeugt hatte, und dem Gefühl überfälliger Gerechtigkeit. Beaton hingegen sah offenbar keinerlei Unrecht in dem Versuch, den eigenen Vater zu ermorden. Einen Moment lang fragte sie sich, wie wohl sein eigener Vater zu Tode gekommen war.

»Ja. Meine Mutter hat mir auf dem Sterbebett, von schrecklichen Schmerzen gequält, ein Versprechen abgenommen. Ich musste ihr schwören, Euch endlich der Gerechtigkeit zuzuführen, der Ihr so lange entkommen seid.«

Beaton verkniff sich ein Lächeln. »Wie gesagt, es ist zu schade, dass du nur ein Mädchen bist.«

»Zählen für Euren wirren Verstand nur Söhne und Erben?«

»Ein Mann braucht einen Sohn.«

Maldie schüttelte den Kopf. Ihr wurde klar, dass Beaton nie begreifen würde, wie grausam er sich verhielt. Er würde nie verstehen, wie sehr er die Frauen verletzt hatte, die er einfach nur benutzt hatte, und auch die Kinder, die er als wertlos abgetan hatte, nur weil sie von weiblichem Geschlecht waren. Wenn er nicht so krank wäre, würde er vermutlich noch immer so weitermachen und alle Frauen beschlafen, die nicht klug oder schnell genug waren, um vor ihm zu fliehen. Und wenn sie ihm keinen Sohn gebaren, würde er sie sogleich wieder verlassen. Allein dafür verdiente er den Tod, aber sie hatte ihre Chance verspielt, ihm die gebührende Strafe zuteil werden zu lassen.

»Und aus Verzweiflung über Eure vergeblichen Mühen habt Ihr den Murrays einen Sohn gestohlen.« Sie lachte brüchig. »Glaubt Ihr allen Ernstes, Ihr könnt irgendjemandem weismachen, dass er Euer Sohn ist?«

»Die Leute werden es schon glauben; schließlich hat ihn meine Gemahlin geboren. Doch jetzt weiß ich auch, warum

217

du versucht hast, zu dem Bürschchen ins Verlies zu schleichen. Du arbeitest für die Murrays und gegen mich, nicht wahr? War dieser Verrat Teil deiner Rache?«

»Ihr seid gerade der Richtige, so abschätzig von Verrat zu sprechen. Euch strömt der Verrat doch aus allen Poren. Ihr habt so oft verräterisch gehandelt, dass es Euch zur zweiten Natur geworden ist. Wenn Ihr nicht so krank wärt, würdet Ihr noch heute eine Frau nach der anderen verraten und es in keiner Weise bereuen.«

»Du legst zu viel Gewicht auf etwas, was nur törichte Leidenschaft ist. Doch du wirst dir den Kopf nicht mehr sehr lange darüber zerbrechen müssen, was ich in Zukunft zu tun oder zu lassen gedenke.«

Er grinste boshaft, und Maldie konnte nur mühsam ihre Angst verbergen. »Ach so? Ihr wollt also ins Kloster gehen?«

Beaton kicherte. »Nein, ich will dich hängen. Am Ende des Markttages baumelst du am Strick.«

»Ihr glaubt also nicht, dass die Gaukler und Minnesänger Euren Clan ausreichend unterhalten?«

»Wir werden schon sehen, ob du deinen Mut und deine scharfe Zunge behältst, wenn sich die Schlinge um deinen hübschen schlanken Hals zuzieht. Und nun werde ich dir den Wunsch gewähren, meinen Sohn Eric kennenzulernen, nachdem du so begierig darauf warst. Calum, steck diesen mordlustigen Bastard in Erics Zelle!«

Maldie wehrte sich nicht, als Calum sie mit unbewegter Miene abführte. Da ein Fluchtversuch zwecklos war, beschloss sie, sich wenigstens würdevoll in Gefangenschaft zu begeben. Während sie Calum die dunkle, steile Treppe zu den Verliesen von Dubhlinn hinabstieß, war ihre einzige Hoffnung, dass sie sich vielleicht doch in dem Tag getäuscht hatte, an dem Balfour angreifen wollte. Der Markttag wäre doch viel besser, um den ersehnten Sieg über Beaton zu erringen, dachte sie, als sich die Eisentür zu Erics kalter Zelle hinter ihr schloss.

218

Leise fluchend schlich Douglas von den hohen Türen des großen Saals fort. Maldie hatte seine Neugier geweckt, und jetzt
wusste er auch, warum: Sie war gekommen, um Beaton zu
töten. Er hatte seinen Augen kaum trauen wollen, als er in
dem Moment, als sie sich auf Beaton stürzte, einen Blick in
den großen Saal geworfen hatte. Zu gern hätte er mehr von
dem Wortwechsel zwischen dem Mädchen und Beaton mitbekommen, aber er war zu weit entfernt, um mehr als ein
paar Wortfetzen zu erhaschen. Das Mädchen konnte persönliche Gründe haben, warum sie den Mann töten wollte,
aber auch für einen von Beatons zahlreichen Feinden arbeiten, vielleicht sogar für den Laird von Donncoill.

Doch diese Möglichkeit erwog Douglas nur ganz kurz.
Balfour würde nie eine Frau schicken, um seinen Feind zu töten, noch dazu eine zwar sehr hübsche, doch auch sehr zarte
junge Frau. Trotzdem fand Douglas, dass Balfour es erfahren sollte, und die Nachricht dünkte ihm zu wichtig, als sie
der unüberschaubaren und manchmal sehr langsamen Schar
von Spähern und Botschaftern zu überlassen, die Balfour
zwischen Donncoill und Dubhlinn aufgestellt hatte.

Es war ohnehin höchste Zeit, den Heimweg anzutreten,
beschloss Douglas, als er aus der Burg schlüpfte. Seit Malcolm entdeckt und getötet worden war, erregte man schon
mit den unschuldigsten Fragen Misstrauen. Vermutlich
würde er hier nichts mehr erfahren. Diese Nachricht und all
die anderen Kleinigkeiten, die er bislang noch nicht nach
Donncoill hatte schicken können, mussten Balfour erreichen,
bevor er ein weiteres Mal versuchte, Eric zu retten. Unterwegs tauchte vor Douglas' Augen immer wieder das Bild der
beherzten jungen Frau auf, die versucht hatte, Beaton zu töten, und er hoffte inständig, dass sich vielleicht doch eine
Möglichkeit fand, sie zu retten.

16

»Douglas?« Balfour rieb gerade sein Pferd ab, was ihn meist ebenso beruhigte wie der lange harte Ritt, den er sich zuvor gegönnt hatte. Er hielt inne und starrte James erstaunt an. »Was macht Douglas hier? Hat Beaton ihn entdeckt?«

»Ich hatte keine Gelegenheit, ausführlicher mit dem Burschen zu sprechen«, antwortete James, als er mit Balfour zum Wohnturm ging. »Er ist erst vor wenigen Augenblicken angekommen, staubig, erschöpft, hungrig und durstig. Ich schwöre beim Heiland, der Bursche schaut aus, als sei er den ganzen Weg von Dubhlinn hierher gerannt. Ich habe ihm gesagt, dass er sich erst einmal etwas zu trinken und zu essen besorgen soll, während ich Euch hole. Er kann es kaum erwarten, mit Euch zu sprechen.«

Balfour fluchte leise. »Ich hoffe nur, dass er mir nichts zu sagen hat, was unsere Pläne für morgen vereitelt.«

»Nein, denn die Pläne sind gut und Erfolg versprechend.«

Das waren sie, und Balfour dürstete nach einem Sieg, selbst einem kleinen. Seit ihm James von Erics Entführung berichtet hatte, schien er vom Pech verfolgt zu sein. Es hatte Fehlurteile, Verrat und Versäumnisse gegeben. Am schlimmsten hatte ihn Maldies Verrat getroffen. Nun aber sah er eine Chance, Beaton zu schlagen, und die wollte er sich auf keinen Fall von Douglas nehmen lassen.

Im großen Saal fiel Balfours Blick sofort auf Douglas. Es war schwer, den großen, stattlichen Mann zu übersehen, der erregt am Kopf der Tafel auf und ab schritt und in großen Zügen aus einem schweren silbernen Becher trank. Mit Schlamm und Staub bedeckt wirkte er, als hätte er einen langen, strapaziösen Weg hinter sich.

»Setzt Euch, Douglas!«, sagte Balfour, während er an seinen Platz am Kopfende des Tisches ging. »Bei Eurem Anblick sollte man meinen, Ihr wärt des Laufens überdrüssig.«

»So überdrüssig, dass ich fürchte, wenn ich mich hinsetze, schlafe ich ein, ehe ich Euch Bericht erstatten kann«, meinte Douglas, während er sich auf eine Bank zu Balfours Rechten unmittelbar gegenüber von James niederließ. »Ich bin fast den ganzen Weg hierher gerannt. Eine innere Stimme sagte mir, dass mir nur wenig Zeit bleiben würde, Euch zu erreichen; ich konnte mir nicht erklären, woher dieses seltsame Gefühl kam.«

»Glaubt Ihr, Beaton hat erraten, wer Ihr seid?«, fragte James.

»Nun, darauf hat nichts hingewiesen«, antwortete Douglas. »Er hat rasch gehandelt, nachdem er entdeckt hatte, wer Malcolm war. Falls er erraten hätte, wer ich bin, glaube ich nicht, dass mir viel Zeit geblieben wäre zu überlegen, was ich als Nächstes tun sollte. Nein, ich hätte um mein Leben kämpfen müssen.«

»Oh ja, Beatons Hunde hätten sich kläffend an Eure Fersen geheftet«, murmelte James.

»Was ist denn nun so wichtig, dass Ihr die Neuigkeit selbst überbringen müsst, und das auch noch so schnell?«, fragte Balfour.

»Zunächst einmal: Beaton liegt nicht im Sterben. Falls Ihr daran denkt, auf seinen letzten fauligen Atemzug zu warten, braucht Ihr möglicherweise selbst einen sehr langen Atem.« Douglas griff nach dem Weinkrug, zögerte und füllte seinen Becher noch einmal mit süßem Apfelmost.

»Aber es heißt doch überall, dass er sterbenskrank ist. Die Gerüchte seines nahenden Todes sind so oft wiederholt worden, dass etwas Wahres dran sein muss, oder?«

»Nun, der Mann sieht zwar aus wie eine wandelnde Leiche, aber das, was ihn quält, muss ihn nicht unbedingt umbringen. Als mir das jemand sagte, wurde mir klar, dass er seit drei Jahren oder noch länger im Sterben liegt! Ich habe ein Mädchen mit heilenden Händen getroffen, und sie schien zu denken, dass er bei einer tödlichen Krankheit längst hätte tot sein müssen. Sie sagte, es sei vermutlich nur eine Hautkrankheit, die sich wie manche dieser Leiden mal bessert, mal verschlechtert.«

Obwohl Balfour die Nachricht nicht willkommen war, dass Beaton noch viele Jahre leben konnte, interessierte er sich weit mehr für das Mädchen. »Ihr habt ein Mädchen mit Heilkräften getroffen?«

»Richtig – ein hübsches kleines Ding.«

»Mit widerspenstigem schwarzem Haar und grünen Augen?«

Douglas starrte Balfour überrascht an: »Ihr beschreibt das Mädchen, als ob Ihr sie gesehen hättet.«

»Das habe ich auch. Sie heißt Maldie Kirkcaldy.«

»Ich habe sie nicht nach ihrem Clannamen gefragt, aber das könnte er sein. Andere kannten ihn, und ich glaube, dass ich ihn ein- oder zweimal gehört habe. Mir hat sie nur gesagt: ›Ich bin Maldie.‹ Mir war zuvor bereits zu Ohren gekommen, dass sie über Heilkräfte verfügt, das zweite Mal in Dubhlinn ist und bei einer alten Witwe im Dorf wohnt. Seltsam, dass Ihr das Mädchen kennt.«

»Oh, sicher kenne ich sie. Sie war ein Weilchen hier, bevor sie wieder zurück zu ihrem Herrn eilte, Beaton.«

»Ihr Herr? Wie kommt Ihr darauf, dass Beaton ihr Herr und Laird ist?«

»Sie blieb lange genug, um alles über uns herauszufinden, und als wir ihr Spiel durchschaut hatten, rannte sie zurück nach Dubhlinn. Das Mädchen tauchte auf der Straße nach Dubhlinn auf, als wir uns nach unserer Niederlage zurückschleppten. Sie war sehr verschlossen. Als ich sie schließlich mit meinem wachsenden Verdacht konfrontierte, gab sie mir keine Antworten oder Erklärungen, und dann floh sie zu Beaton.«

222

»Und Ihr glaubt, sie hat dem Schurken alles berichtet, was sie gehört und gesehen hat?«

»Sicher, was sollte ich sonst glauben?«

Douglas zuckte mit den Schultern. »Keine Ahnung. Aber Ihr liegt falsch. Das Mädchen ist keine Verbündete von Beaton.«

»Wie könnt Ihr da so sicher sein?« Balfour versuchte, keine Hoffnung aufkeimen zu lassen, wohl wissend, wie sehr er sich danach sehnte, dass Maldie ihn nicht betrogen hatte, und wie willkommen ihm deshalb jede andere Erklärung für ihr Verhalten gewesen wäre.

»Da bin ich mir ganz sicher. Das Mädchen war nicht in Dubhlinn, um dem alten Beaton zu helfen, sondern um ihn zu töten.«

Balfour war so verblüfft, dass es ihm kurz die Sprache verschlug. Er musste an sich halten, um Douglas nicht mit offenem Mund anzustarren. Doch ein rascher Blick auf James beruhigte ihn, denn der wirkte genauso überrascht.

»Sagte sie Euch, dass sie deshalb in Dubhlinn sei?«, fragte Balfour schließlich mit rauer Stimme.

»Nein, sie tat mehr als das. Ich sah mit eigenen Augen, wie sie versuchte, einen Dolch in sein Herz zu stoßen.«

»Aber warum?«

»Das, fürchte ich, kann ich Euch nicht sagen. Ich spähte durch die Türen des großen Saals; sie und der Alte waren am anderen Ende. Da ich mich nicht näher heranwagte, bekam ich nur ein paar Worte mit. Es ging darum, wie grausam er Frauen behandelte, und um Betrug. Das Mädchen beleidigte ihn heftig und meinte, es sei allerhöchste Zeit, dass er die fällige Gerechtigkeit zu spüren bekäme. Ich fragte mich, welcher seiner Feinde sie gesandt hatte; nun aber denke ich, dass sie sich persönlich an ihm rächen wollte.«

Auch wenn ihn die Angst vor Douglas' Antwort zögern ließ, so gab es doch etwas, was Balfour unbedingt wissen musste. »Ist sie tot?«

223

»Noch nicht«, antwortete Douglas und gähnte herzhaft.

»Sie hat doch versucht, Beaton zu töten. Man sollte eigentlich annehmen, dass er oder einer seiner Männer sie dafür auf der Stelle umbringen würden.«

»Ich glaube, Calum, Beatons treuester Schurke, hätte sie ohne zu zögern sofort niedergemacht, aber er hatte wohl nicht die Anweisung erhalten. Wie schon gesagt, ich habe nicht alles mitbekommen. Eines aber wurde klar und laut geäußert – Beaton liebt es ja, seine Stimme zu erheben und mächtig zu klingen, wenn er ein Urteil verkündet: Morgen am Ende des Markttages wird das Mädchen gehenkt. Ich hatte gehofft, wir könnten ihr helfen.«

»Das können wir auch«, zwang sich Balfour zu antworten und gab dem Drang nicht nach, sofort nach Dubhlinn zu reiten. »Wir werden Dubhlinn morgen angreifen.«

»Dann bin ich umso glücklicher, dass ich dieses Loch verlassen habe; vielleicht habe ich Hinweise, die Euch helfen.«

»Bestimmt habt Ihr die, aber jetzt geht, badet und ruht Euch aus!«

»Es bleibt nicht mehr viel Zeit.«

»Genug, um Euch ein Paar Stunden kostbaren Schlafes zu gönnen. Das wird Euch erfrischen.«

Sobald Douglas den großen Saal verlassen hatte, schenkte sich Balfour ein Glas starken Wein ein. Er nahm ein paar kräftige Schlucke, bis er ruhig genug war, um klar zu denken. Allein die Vorstellung, wie Maldie zum Richtplatz geführt werden würde, machte ihn so verzweifelt, dass er am liebsten sofort und ohne Plan zu ihrer Rettung losgeritten wäre. Aber er wusste, dass das der reine Wahnsinn gewesen wäre. Er hatte einen Angriffsplan – noch dazu einen sehr guten –, und der konnte leicht den Anforderungen zur Rettung Maldies angepasst werden.

Plötzlich schüttelte er fluchend den Kopf. »Ich habe vergessen, Douglas zu fragen, wo Maldie auf ihre Hinrichtung wartet.«

»Es gibt eine ganze Menge, was Ihr den Burschen zu fragen vergessen habt, aber ärgert Euch nicht«, meinte James. »Wir haben Zeit, um Douglas ruhen zu lassen und dann alles zu erfahren, was er über Dubhlinn weiß. Es ist gut, dass er sich jetzt erst einmal ausruht. Er war so erschöpft, er hätte leicht einiges von großer Wichtigkeit vergessen können. Ein Mann, der so müde ist, kann nicht allzu klar denken. Auf alle Fälle braucht er Ruhe, um morgen mit uns reiten zu können.«

Balfour nickte. »Außerdem hat er nichts davon verlauten lassen, dass etwas unser Vorhaben verhindern könnte, als ich meinte, dass wir morgen gegen Beaton ins Feld ziehen wollen.«

»Genau. Daran hätte er sich erinnert, egal wie erschöpft er war.«

»Gut.« Balfour rieb sich den Nacken und verzog das Gesicht. »Ich fürchte, ich habe den Kopf verloren, als er sagte, dass Beaton Maldie hängen will. Den einen Moment glaube ich, dass sie mich betrogen hat, und im nächsten erfahre ich, dass sie wegen versuchten Mordes an Beaton gehängt werden soll. Aber warum sollte sie versuchen, den Mann zu töten?«

»Das weiß nur sie allein. Es kann verschiedene Gründe dafür geben, und wir vergeuden nur unsere Zeit, wenn wir versuchen herauszubekommen, welcher sie zum Dolch greifen ließ.«

»Ich fürchte nur, dass sie es wegen mir gemacht hat.«

»Wegen Euch? Ihr habt das Mädchen nicht gebeten, nach Dubhlinn zu gehen und zu versuchen, Beaton zu erdolchen.«

»Nein, aber ich habe sie beschuldigt, mich verraten und für Beaton gearbeitet zu haben. Vielleicht dachte sie, dass das die einzige Möglichkeit wäre, ihre Ehre zu retten und ihre Unschuld zu beweisen.«

»Das Mädchen ist doch ziemlich gewitzt. Es gibt wahrlich ungefährlichere Möglichkeiten, um ihre Ehre zu retten und ihre Unschuld zu beweisen.«

Balfour lächelte schwach. »Das Mädchen mag schlau sein, aber sie ist weder so schlau noch so perfekt, dass sie frei wäre von wirren Ideen oder Absichten und nie überstürzt handelte.«

»Aber das erklärt nicht, warum sie zwei Wochen in Dubhlinn blieb, bevor sie hierherkam«, gab James zu bedenken. »Es gibt viele Dinge, die zu klären sind und die wir nicht verstehen, solange wir nicht mit dem Mädchen gesprochen haben.«

»Jawohl, und deshalb werden wir uns morgen ziemlich ins Zeug legen müssen. Schließlich müssen wir jetzt nicht nur Eric befreien, sondern auch Maldie vor dem Galgen retten. Ich hoffe nur, dass sich beide in den Verliesen Dubhlinns befinden. Es ist wahrhaftig nicht schön dort, aber wenn die Schlacht losgeht, ist es am sichersten.«

Vorsichtig tastete sich Maldie an der Wand der dunklen Zelle entlang, bis sie die Kante einer Pritsche berührte und sich niedersetzte. Es dauerte einen weiteren Moment, bevor sich ihre Augen an das Dämmerlicht gewöhnt hatten, das eine rauchende Fackel vor der Zelle erzeugte. Sie spürte Eric, bevor sie ihn sah, spürte seine Angst, seine Wut und seine Neugier.

»Wie geht es dir, Eric?«, fragte sie. »Hat Beaton dich verletzt?«

»Woher wisst Ihr, wer ich bin?«, fragte der Junge und rückte ein wenig näher.

»Ich komme geradewegs aus Donncoill.«

»Meine Brüder senden ein Mädchen, um mir zu helfen?« Seine Stimme verriet den Schock, als er sich vorsichtig neben sie setzte. »Nein, das würden sie nie tun. Vielleicht hat Euch Beaton, dieser Mistkerl, geschickt, um mich auf seine Seite zu ziehen.«

»Nein, das nicht. Er meinte nur, dass ich dich vielleicht gerne kennenlernen würde, bevor ich morgen hänge.« Allein die Worte ließen sie erzittern, aber sie kämpfte gegen ihre Angst an. Eric brauchte jetzt Stärke und Ruhe.

Sie beobachtete den Jungen einen Moment lang, der sie mit weit aufgerissenen Augen ungläubig anstarrte, erkennbar mit sich kämpfte und überlegte, was er als Nächstes sagen sollte. Er hatte tatsächlich ein schön geschnittenes Gesicht. Seine Züge bewahrten noch die kindliche Weichheit, ließen aber auch erahnen, welch attraktiver Mann er einmal sein würde. Sein Haar war von einem sehr hellen Braun, wahrscheinlich wäre es noch heller, wenn sie nicht im Dunkeln sitzen würden. Es gab ein Strahlen in seinen Augen, das ihr sagte, dass sie nicht braun waren wie die seiner Brüder. In der Tat erinnerten sie die feinen Linien seines Gesichts an keinen der Murrays und auch nicht an Beaton; wahrscheinlich waren sie eine Gabe seiner Mutter. Im hellen Tageslicht würde es ihr sicher leichter fallen, seine Abstammung zu erkennen. Aber sie wusste, dass sie sich auf das Mal verlassen musste. Falls er dasselbe Mal wie sie trug, gab es keinen Zweifel an der Vaterschaft. Maldie war sich nur nicht sicher, ob sie es dem Jungen sagen sollte.

»Warum wollen sie Euch hängen?«, fragte Eric schließlich.

»Weil ich versucht habe, Beaton zu töten.«

»Warum?«

»Ich habe es meiner Mutter auf dem Totenbett versprochen. Sie ließ mich einen Eid schwören, dass ich ihn finde und mit seinem Leben für das bezahlen lasse, was er ihr angetan hat. Der Mann hat sie verführt und dann verlassen, er hat sie ohne Schutz und ohne einen Penny mit seinem Kind an der Brust im Stich gelassen.«

»Ihr seid Beatons Kind?«

»Sicher, eine der angeblich großen Horde von Töchtern, die er nicht wollte. Oh, ich sehe, ich habe dich erschreckt«, murmelte sie, als er sie mit offenem Mund anstarrte. »Es ist entsetzlich, wenn man seinen eigenen Vater umzubringen versucht, aber offen gestanden habe ich den Mann heute zum ersten Mal gesehen, sodass ich keine Gefühle für ihn hege. Es besteht kein anderes Band zwischen uns als eine dünne kleine Stimme in meinem Kopf, die mich daran zu erinnern versucht, dass ich aus seinem Samen entstanden bin. Und auf diese Stimme höre ich höchst selten.«

»Sicher, es ist schrecklich, wenn ein Kind versucht, seinen Vater zu töten, aber das ist es nicht, was mich am meisten schockiert hat. Ihr habt ja gesagt, Ihr kennt den Mann kaum und habt ihn heute zum ersten Mal zu Gesicht bekommen. Nein, was mich wirklich erschüttert hat, ist, dass Eure eigene Mutter Euch bittet, eine solche Sünde für sie zu begehen.«

»Nun, Beaton hat sie auf grausame Weise getäuscht. Während ich aufwuchs, hat sie mir das oft erzählt. Sie war ein adliges Mädchen, und er hätte diese Schande nie über sie bringen dürfen.«

»Das mag wohl sein, aber sie hätte dieses Verbrechen selbst rächen müssen. Sie hätte Euch nicht darum bitten dürfen zu schwören, dass Ihr den eigenen Vater tötet und Eure Seele mit dieser schwarzen Sünde befleckt. Es tut mir leid, falls Ihr das als eine Beleidigung ihrer Person anseht, aber das ist nun einmal meine Meinung. Sie muss sehr verbittert gewesen sein, um an so etwas auch nur zu denken.«

»Sie war es«, sagte Maldie leise, betrübt durch die Wahrheit seiner Worte. »Solange ich mich erinnern kann, sagte sie mir, dass ich die Schande tilgen sollte, mit der er ihren Namen befleckt hatte.«

»Sie hat Euch aufgezogen, diesen Mann zu töten?«

Maldie verzog das Gesicht. Der Junge wollte nicht respektlos sein. Er sprach mit dem freimütigen, manchmal schmerzhaften Ernst des Kindes, das er noch war. Doch seine direkten Fragen gingen ihr im Kopf um und verlangten nach einer Antwort. Und die, die sich herausbildete, machte ihr schwer zu schaffen.

Er hatte recht. Mit einer einfachen Frage hatte er die Wahrheit zum Vorschein gebracht, die sie so hartnäckig verdrängt hatte. Doch nun, während sie in einem Dubhlinner Verlies auf ihre Hinrichtung wartete, hatte sie nicht mehr den Willen noch die Kraft dazu. Ihre Mutter hatte sie vom Tag ihrer Geburt an dazu erzogen, das Schwert ihrer Rache zu sein, das selbst zu führen sie zu feige war. Es wäre tröstlich zu glauben, dass Margaret Kirkcaldy nie über die Folgen ihres Tuns und die Gefahr nachgedacht hatte, in die sie ihr einziges Kind brachte, aber noch nicht einmal das konnte sich Maldie länger einreden. Ihre Mutter war so vom Hass auf Beaton zerfressen gewesen, dass sie es einfach nicht gekümmert hatte, was mit ihrer Tochter geschehen würde, wenn nur Beaton seine Strafe erhielt. Ob ihre Tochter scheiterte und starb oder erfolgreich sein und ihre Seele für immer mit der Sünde beschmutzen würde, den eigenen Vater getötet zu haben, spielte für die Frau keine Rolle.

»Ja«, flüsterte sie, zu verletzt, um zu weinen. »Sie hat mich aufgezogen, um diesen Mann zu töten.«

»Es tut mir leid«, sagte Eric sanft und legte seine langgliedrige Hand auf ihre Schulter. »Ich wollte nicht von Dingen sprechen, die Euch verletzen.«

»Du hast mich nicht verletzt, mein Junge, das hat meine Mutter getan. Im Moment leide ich am meisten unter der Tatsache, dass ich zu schwach und dem Tod zu nahe bin, um mich selbst weiter zu belügen. In meinem Herzen wusste ich es schon lange, ich war nur sehr gut darin, es zu übersehen. Und vielleicht sehnte ich mich auch danach, Beaton zu töten, weil er mich bei ihr zurückgelassen hat oder weil ich ihn für das verantwortlich machte, was aus ihr geworden ist. Schon allein dafür« – sie zwang sich, ihn anzulächeln – »hat er den Tod verdient.«

Eric grinste, dann zupfte er an der zerrissenen Rückseite ihres Gewandes.

»Ihr habt stark gekämpft, oder?«

»Nicht stark genug.«

Sie spürte es, als er das Mal auf ihrem Rücken sah, dessen

Form und Größe unter dem zerrissenen Gewand auch in dem Dämmerlicht zu erkennen waren. Er verspannte sich, dann erschauderte er. Maldie seufzte, denn nun würde die Wahrheit ans Licht kommen. So wie sie Eric einschätzte, war er zu schlau, um die Bedeutung eines gemeinsamen Mals nicht zu verstehen.

»Du hast auch so eines, oder?«, fragte sie mitfühlend.

»Ja. Ich dachte immer, es sei von meiner Mutter.«

Sie merkte an seiner unsicheren Stimme, dass ihn die Wahrheit hart ankam. Welcher vernünftige Mensch wünschte sich schon zu entdecken, dass er der Sohn eines Mannes wie Beaton war und nicht aus dem Clan stammte, der ihn sein ganzes kurzes Leben lang liebevoll unterstützt hatte? Maldie nahm seine Hand. Sie wusste, dass er mit seinen aufsteigenden Tränen kämpfte, und wünschte, ihr würde etwas einfallen, was seinen Kummer linderte.

»Es tut mir leid!«

»Ich wäre viel lieber ein Murray«, flüsterte er mit tränenerstickter Stimme.

»Das kannst du immer noch sein. Sie brauchen es nicht zu erfahren. Nur ein einziger Mensch hat mein Mal gesehen, und der konnte sich nicht erinnern, wo er es schon einmal gesehen hatte; er wusste nur, dass es ihm bekannt vorkam. Also besteht die Chance, dein Geheimnis zu hüten. Besonders, wenn diese Person niemals erfährt, wer ich wirklich bin.«

»Und diese Person ist wohl mein Bruder Nigel, oder?«

»Nein, nicht Nigel, sondern Balfour,« murrte sie und runzelte die Stirn, als er sich überrascht zeigte. »Weißt Du, Balfour sieht gar nicht so übel aus.«

»Das stimmt, nur merken es die Mädchen oft nicht.« Er seufzte und vergrub einen Moment lang sein Gesicht in den Händen. »Natürlich ist er jetzt nicht mehr wirklich mein Bruder.«

»Nein. Wahrscheinlich ist jetzt nicht der richtige Zeitpunkt, es zu erwähnen, denn es ist zu früh für dich, die Ironie des Ganzen zu verstehen – aber Beaton denkt, er hat den Bastard seiner Frau geraubt und muss der Welt nun eine Lüge auftischen. Tatsächlich aber hat er das einzige legitime Kind, das er gezeugt hat, zurückgeholt.«

»Ja, im Moment kann ich daran nichts komisch finden. Ich wollte nie sein Sohn sein. Der Mann ist ein Schwein, ein grausamer, herzloser Schuft! Er will mich in denselben niederträchtigen Mann verwandeln, der er ist.«

»Du wirst nie wie er werden.«

»Wer weiß? Wenn er mich noch einmal dazu zwingt, einen Mann so grausam sterben zu sehen wie Malcolm, kann es passieren, dass ich durchdrehe und so werde wie er.«

Entsetzt und voller Mitgefühl legte Maldie den Arm um den Knaben. Sie hatte von dem Foltertod gehört, den Balfours Mann Malcolm erlitten hatte. Einen jungen Burschen zu zwingen, bei so etwas zuzuschauen, war wirklich grausam. Vielleicht hatte Eric recht damit, dass Beaton ihn in einen ebenso niederträchtigen Mann wie sich selbst verwandeln wollte. Wie oft musste man einen Jungen einem solchen Horror aussetzen, ehe er sich zu verändern begann? Ehe er begann, diese besondere Art kalter Herzlosigkeit zu entwickeln, die Beaton in sich selbst vervollkommnet hatte?

»Ich muss Balfour und Nigel die Wahrheit sagen«, meinte Eric. Schwer seufzend sank er gegen die feuchte Steinwand ihrer Zelle.

»Nein, nicht unbedingt«, erwiderte sie. Sie respektierte zwar seine Ehrlichkeit, war aber im Zweifel, ob er sich des Schmerzes bewusst war, den sie verursachen konnte.

»Ich muss es tun. Wenn ich das Geheimnis für mich behielte, könnte ich ihnen nicht mehr in die Augen blicken. Ich wünschte, ich könnte ihnen diese Nachricht zukommen lassen, bevor sie das Leben auch nur eines Murrays riskieren, um mich zu retten. Es ist nicht richtig, dass auch nur ein Murray bei dem Versuch stirbt, mich vor Beaton, meinem eigenen Vater, zu retten.«

»Sie würden dich trotzdem retten wollen«, sagte sie, aber sein rasches, bitteres Lächeln zeigte ihr, dass er den Zweifel in ihrer Stimme gehört hatte. »Jedenfalls glaube ich nicht, dass sie dir das vorhalten würden. Aber wenn ich bedenke, wie lange die Fehde schon währt und wie tief der Hass reicht, dann gerät mein Vertrauen ins Wanken. Tut mir leid.«

»Warum? Es ist wahr. Man sollte sich niemals für die Wahrheit entschuldigen.«

»Oh doch, das sollte man, falls diese Wahrheit jemanden verletzt. Deine Aufrichtigkeit ist bewundernswert, aber du wirst bald lernen, dass nicht jeder die Wahrheit hören will. Die einen werden durch sie verärgert, andere verletzt. Man sollte nicht lügen, aber vielleicht auch nicht immer so schnell mit der ganzen Wahrheit herausrücken. Gut, im Moment wird es dir nicht allzu viel nützen – aber falls die Murrays nicht weiter schauen können als zu dem Blut in deinen Adern, hast du immer noch mich. Wir sind Bruder und Schwester.«

Er lachte kurz und schüttelte den Kopf. »Ach, sicher, das mag helfen, aber du wirst morgen sterben.« Dann stöhnte er auf und packte ihre Hand. »Heiliger Jesus, es tut mir so leid! Ich habe mir von meinem Schmerz den Verstand rauben lassen. So etwas Grausames hätte ich niemals sagen dürfen!«

»Schon gut.« Sie atmete tief ein, um die plötzliche Angstattacke abzuwehren, die seine Worte ausgelöst hatten. »Ich habe nicht vor, mein Leben an Beatons Galgen auszuhauchen.«

»Hast du einen Fluchtplan?«

»Nein. Ich hatte einen, ehe ich hier eingekerkert wurde, aber jetzt muss ich mir etwas Neues ausdenken.«

»Ich möchte nicht überheblich klingen, aber falls es hier einen Weg nach draußen gäbe, hätte ich ihn unterdessen gefunden.«

»Vielleicht. Aber ich habe mich auch aus einem verschlossenen, streng bewachten Raum in Donncoill befreit. Ich bin hinausgegangen und durch die Burg zu den Toren gelaufen, ohne dass eine Menschenseele mich aufgehalten hätte. Mir fällt bestimmt auch jetzt etwas ein, um uns rauszubringen. Das größte Hindernis ist diese verschlossene Tür.«

»Dabei sind natürlich auch die vielen gut bewaffneten Männer zwischen uns und der Freiheit zu bedenken.«

»Natürlich.«

»Darf ich fragen, warum mein Bruder dich in einen verschlossenen und bewachten Raum stecken ließ?«

»Nur zu.«

Er grinste kurz. »Aber du wirst mir nicht antworten, oder? Wie wär's mit einer einfacheren Frage – wie heißt du?«

»Maldie Kirkcaldy«, sagte eine raue Stimme, bei der Maldie erschauerte. Sie schlang die Arme um Eric, unsicher, ob sie ihn schützen oder sich beruhigen wollte, denn sie schauten beide auf Beaton. »Wie rührend!«, höhnte der und lehnte sich gegen die Holztür. »Scheint so, als hätten der Bastard meiner Frau und mein eigener sich gegen mich verbündet. Nun gut, das wird eine kurze Freundschaft sein.«

»Ihr könnt sie nicht aufhängen!«, sagte Eric und schubste Maldie weg, um sich zwischen sie und die Holztüre zu stellen, durch die Beaton lugte.

»Aber sicher kann ich das, Bürschchen.«

»Sie ist nur ein schwaches Mädchen!«

»Das einen scharfen Dolch führt. Sie hat versucht, mich zu töten, Bürschchen. Sie hat versucht, ihren eigenen Vater zu töten. Sogar die Kirche würde ihre Hinrichtung gutheißen.«

Maldie befreite sich aus Erics leichtem schützendem Griff. »Als ob Ihr Euch darum schert, was die Kirche denkt! Man hätte Euch schon vor Jahren exkommunizieren müssen. Ihr seid der Kirche gegenüber wohl sehr großzügig gewesen, dass sie Euch weiterhin die Absolution erteilt hat.«

»Sorg dich nicht um meine Seele, Tochter. Ich habe meine Sünden gebeichtet und Buße getan.«

»Ich bete, dass sie nicht genügt; denn Ihr habt wahrhaftig sämtliche Qualen der Hölle verdient!«

»Du wirst sie vor mir kosten. Hast du vergessen, dass du dich um die Absolution bemühen solltest, bevor du stirbst?« Er grinste, als sie erblasste. »Eine, die fast die Todsünde begangen hätte, ihren eigenen Vater zu töten, könnte allein die Absolution vor dem ewigen Feuer bewahren. Es ist wirklich zu schade, dass ich keinen Priester für dich auftreiben konnte.«

»Dann solltet Ihr hoffen, dass all Euer Beichten und verlogenes Bereuen Euch das bringt, was Ihr Euch davon versprecht, denn ich werde in der Hölle auf Euch warten, Beaton. Jawohl, und dort werde ich dafür sorgen, dass Ihr so leidet, wie Ihr es verdient.«

»Beaton, Ihr müsst ihr einen Priester besorgen!«, meinte Eric. »Sie ist Euer eigen Fleisch und Blut.«

»Jawohl, und ihrem Vater auch sehr ähnlich, obwohl mir dünkt, sie würde es nur widerwillig zugeben. Allerdings hat sie nicht mehr die Zeit, um so gut wie ich zu werden. Ich scheiterte nicht, als ich auf meinen Vater losging«, sagte er und lächelte kalt über ihr Entsetzen. Dann drehte er sich um und ging.

»Er hat seinen eigenen Vater getötet!«, stammelte Eric, nachdem Beaton weg war. Der Schock hatte seiner Stimme alle Kraft genommen.

»Das habe ich vermutet, weil er kaum Entsetzen oder Abscheu zeigte, als ich es versuchte«, sagte Maldie, gegen die Wand sinkend.

»Oh Gott, wie sehr ist mir dieser Mann zuwider, umso mehr, seit ich weiß, dass er mein Vater ist! Es ist seltsam, aber ich fühle mich nicht anders. Ich fühle mich immer noch als Murray und nicht als Beaton.«

»Und ich fühle mich als Kirkcaldy. Quäl dich nicht, mein Junge, sei nur dankbar, dass du nicht von diesem Mann aufgezogen wurdest. Die Murrays haben dir Gutes getan, und vielleicht kannst du dem Clan, den Beaton so lange schikaniert hat, bald auch etwas Gutes tun.«

»Maldie, ich bin nicht sicher, dass ich hier zum Laird gemacht werde, wenn Beaton stirbt. Ich bin zwar sein Sohn, aber alle – sogar er selbst – kennen mich als Bastard seiner Frau. Wodurch kann ich schon beweisen, dass ich sein Sohn bin?« Er seufzte und schüttelte den Kopf. »Und jetzt bin ich nicht einmal mehr ein Murray. Ich habe keine Familie und vielleicht auch keine Freunde.«

»Hör auf, dir um ungelegte Eier Sorgen zu machen!«, schalt sie ihn sanft, während sie die Arme um seine schmalen Schultern legte und ihn kurz drückte. »Und vergiss nie, du hast mich! Wie ich schon sagte – ich habe nicht die Absicht, Beatons Galgen zu zieren, und somit werde ich noch viele Jahre für dich da sein.

Und vergiss nicht, dass du auch eine Mutter hattest. Es gibt immer noch ihre Verwandtschaft. Selbst wenn die Leute dich nicht für Beatons rechtmäßigen Erben halten, hat keiner je bezweifelt, dass du deiner Mutter Sohn bist.«

»Ich will es versuchen, obwohl es nicht leicht wird. Ich weiß gar nicht mehr, wo mir der Kopf steht: Bin ich nicht ein Murray, war ich nicht immer ein Murray? Wie kann ich jetzt aufhören, ein Murray zu sein?«

»Ist es so schlimm, etwas von einem Murray zu haben?«

»Nein, überhaupt nicht, nicht einmal dann, wenn sie mich nicht akzeptieren könnten, weil ich ein Beaton bin. Aber sich um all das zu sorgen ist wohl müßig, denn wir stecken hier fest. Um Balfour und Nigel die Wahrheit zu enthüllen, muss ich erst einmal mit ihnen sprechen können, und ich kann mir nicht vorstellen, dass ich das bald schaffe.«

»Hab Vertrauen zu deiner neuen Schwester, Eric«, murmelte sie und beobachtete, wie ein Wächter sich vor der Zelle niederließ. »Ich bin nicht standesgemäß wie du erzogen worden, und deshalb habe ich immer ein Paar Asse in meinem zerlumpten Ärmel.« – »Kann ich helfen?«

»Oh ja, du kannst darum beten, dass mir etwas Schlaues einfällt, oder darum, dass deine Brüder denken, jetzt wäre ein günstiger Zeitpunkt, um dich zu retten.«

17

»Markttage in Dubhlinn ziehen enorm viele Menschen an«, bemerkte Balfour und betrachtete die bevölkerten Straßen des Ortes, während er sorgfältig das Schwert unter seinem Umhang richtete.

Sie hatten Donncoill vor Sonnenaufgang verlassen und Dubhlinn erreicht, bevor die Sonne die letzten Morgennebel vollständig aufgelöst hatte. Balfour war voller Sorge, ob der harte, schnelle Marsch seine Männer für die Schlacht zu sehr erschöpft hatte. Aber sie waren noch genauso begierig wie er, Beaton die Beleidigung ihrer letzten Niederlage heimzuzahlen. Nigel wartete mit einer großen Anzahl Männer in den Hügeln außerhalb Dubhlinns auf das Signal zum Angriff und arbeitete sich langsam vor. Eine andere Gruppe streunte verkleidet umher, ohne dass ihr Clan oder ihre Absicht zu erkennen waren. Sie sollten in kleinen Gruppen ankommen, sich unter die Dorfbewohner und Reisenden mischen, um keinen Argwohn zu erregen. Dann sollten sie sich langsam zu den Verteidigungsanlagen vorarbeiten, bis sie zahlreich genug waren, um die Tore einzunehmen. Sobald die Tore besetzt waren, würde der Rest seiner Männer herbeieilen und Beatons Herrschaft ein rasches, blutiges Ende bereiten. Bis jetzt lief alles nach Plan, und Balfour hoffte, dass das Glück ihnen hold blieb.

»Ja, es ist ein wohlhabender, emsiger Marktflecken«, stimmte Douglas zu und trat an Balfours linke Seite. »Dubhlinns Äcker und Weiden tragen reich.«

»Trotzdem schauen die Leute nicht rund und zufrieden aus.«

»Nun, ich habe auch nicht gesagt, dass dieser Mistkerl

teilt, oder?«, sagte Douglas gedehnt. Er runzelte die Stirn und zeigte auf eine alte Frau, die mit einer jüngeren Frau und einem Knaben an ihrer Seite zwischen den Marktbuden umherging. »Das ist die alte Witwe, bei der Maldie wohnte. Ich glaube, sie wird den Tod ihres Lairds nicht allzu lang beklagen, denn es waren seine Bluthunde, die ihren verkrüppelten Mann umgebracht haben.«

»Vielleicht sollten wir nicht zu voreilig von Beatons bevorstehendem Tod sprechen«, murmelte James zur Rechten Balfours, besorgt die Menge beobachtend, die sich durch die Gassen wälzte.

»Ja, wir sollten uns einfach die Straße weiter zur Burg hinaufschleichen«, stimmte Balfour zu. »Kannst du sehen, ob unsere Männer schon näher an den offenen Toren sind?«

»Nein«, erwiderte James schwach lächelnd. »Und das ist gut so, denn wenn wir sie sehen könnten, dann würde einer von Beatons Männern das wahrscheinlich auch können.«

»Natürlich.« Kopfschüttelnd lachte Balfour leise. »Ich bin aufgeregter als ein Knappe, der mit seinem Laird das erste Mal in die Schlacht zieht.«

Bevor James antworten konnte, blieb Balfour wie versteinert stehen. Auf einer kleinen Erhebung am Ende des Städtchens war der Galgen zu sehen. Wenn er nicht erfolgreich war, würde Maldie bald dort hängen. Balfour musste tief durchatmen, um dem Drang zu widerstehen, das Gerüst sofort niederzureißen.

Seit Douglas ihm von ihrem Schicksal berichtet hatte, quälte ihn der Gedanke an die Gefahr, in der Maldie schwebte. Er fragte sich immer wieder, ob er nicht an allem schuld war: dass sie hier war, Beaton angegriffen hatte und schließlich zum Tode verurteilt worden war. Nichts, was Nigel oder James sagten, nahm ihm seine Furcht. Keiner der beiden konnte ihm Maldies Verhalten befriedigend erklären und ihm das Gefühl geben, frei von Schuld zu sein. Balfour konnte es nur so deuten, dass sie damit ihre Unschuld hatte beweisen wollen. Er wusste zwar, dass er alles in seiner Macht Stehende tat, um sie aus Beatons Griff zu entwinden, aber das reichte nicht, um seine Schuldgefühle zu lindern. Diese Last würde erst von ihm genommen, wenn Maldie ihm verziehen hatte.

»Kommt, mein Bester«, beruhigte James Balfour und lenkte ihn Richtung Burg. »Wenn wir alle einen klaren Kopf behalten, wird das Mädchen diesem Schicksal entgehen.«

»Ich weiß. Es wäre verrückt, den Galgen niederzureißen. Es würde uns verraten und Maldies Leben nur um wenige Tage verlängern – wahrscheinlich nur so lange, bis ein neuer Galgen steht.«

»Und nicht einmal das«, murmelte Douglas. »Es würde das Mädchen nur so lange vor dem Tod bewahren, bis sie einen großen Baum gefunden hätten.« Er zuckte mit den Achseln, trat aber vorsichtig einen Schritt beiseite, weil Balfour ihn anblitzte. »Beaton will ihren Tod, und wenn dieser Kerl es sich in den Kopf gesetzt hat, jemanden zu töten, lässt er sich kaum von einem zerstörten Galgen daran hindern.«

»Ihr seid ein wahrer Trost für einen sorgenvollen Mann, Douglas«, sagte James und versuchte, ein Kichern zu unterdrücken.

»Ich finde, Maldies bevorstehende Hinrichtung sollte keinen Anlass zu Frohsinn bieten!«, blaffte Balfour und funkelte die Burg wütend an.

»Ruhig Blut, Balfour! Das Mädchen wird den Abend gesund und munter erleben.«

»Wie kannst du dir so sicher sein, James? Bist du plötzlich mit Hellsichtigkeit gesegnet?« Balfour wusste, das James seinen Sarkasmus nicht verdient hatte, aber dessen Vertrauen in ihren Plan konnte seine drückenden Sorgen nicht lindern. Die Angst vor einem Fehlschlag und wie teuer er ihn zu stehen kommen könnte zehrte an seinen Nerven.

James überging Balfours schlechte Laune. »Nein, aber ich

kenne doch das Mädchen. Sie hat Verstand und ist trotz ihres blauen Blutes so gerissen wie eine Straßengöre. Sie wird schon auf sich aufpassen und auch auf den Jungen, falls sie bei ihm ist. Außerdem haben wir einen perfekten Plan, einen, der wahrscheinlich noch nicht einmal schiefgehen könnte, wenn wir alle stockbetrunken wären. Also, bleibt ruhig und konzentriert Euch darauf, in die Stadt zu gelangen, bevor Alarm geschlagen wird!«

»Diese alte Frau beobachtet uns«, zischte Douglas und blickte verstohlen um sich.

»Welche alte Frau?«, fragte Balfour. Er war stärker daran interessiert herauszufinden, welche der vielen Gestalten auf der Straße seine Männer waren. Aber sie waren alle so gut verkleidet, dass man sie nicht von den Dorf- oder Burgleuten unterscheiden konnte.

»Diese Eleanor, bei der das Mädchen eine Weile gewohnt hat. Sie beobachtet uns.«

»Glaubt Ihr, Maldie hat ihr etwas gesagt?«

»Vielleicht. Wenn das Mädchen damit gerechnet hat, dass Ihr angreift, könnte sie der alten Frau gesagt haben, sie solle sich in Sicherheit bringen, wenn sie merkt, dass etwas im Gange ist. Maldie wusste, dass die Frau nicht bei ihrem Laird Schutz suchen kann. Tatsächlich wissen das die meisten von Beatons Leuten.«

»Verdammt, glaubt Ihr, sie wird Alarm schlagen?« Balfour riskierte einen Blick nach hinten und sah die alte Frau, deren Blick stetig auf ihm und seinen Begleitern ruhte, auch während sie sich durch das Gewimmel der zahlreichen Verkäufer bewegte.

»Nicht, um Beaton und seine Männer zu warnen«, erwiderte Douglas. »Ich habe Euch doch berichtet, dass sie ihren Gemahl getötet haben, und Beaton tut wenig, um die Gunst seiner Leute zu gewinnen. Die, die für ihn kämpfen, sind in der Mehrheit angeheuert. Nein, es könnte nur brenzlig für uns werden, wenn sie es zu vielen erzählt. Beaton könnte ein wenig misstrauisch werden, wenn sich plötzlich das ganze Dorf versteckt.«

»Klar, nur ein klein wenig.«

Balfour war aufgebracht. Er konnte verstehen, dass es Maldies Wunsch war, ihre Freunde vor der nahenden Gefahr zu warnen, aber er hoffte, dass sie eine gute Auswahl getroffen hatte. Falls Eleanor geistesgegenwärtig genug war, es nur wenigen Leuten zu sagen und still zu verschwinden, konnte er immer noch erfolgreich sein. Falls sie es aber dem ganzen Dorf erzählt hatte, war es leicht möglich, dass ihnen die Stadttore vor der Nase zugeknallt würden. Beatons Söldner gaben sich zwar dem Trunk und den leichten Mädchen hin, aber selbst sie würden merken, dass etwas nicht stimmte, wenn die Dorfbewohner plötzlich alle verschwanden.

Er verspannte sich, und seine Furcht vor Entdeckung wuchs, je näher sie den Toren kamen: Musste er erleben, dass die Aussichten auf einen Sieg schwanden? Aber niemand rief hinter ihnen her, als sie durch die Tore schritten, keine Wache hielt sie auf. Beatons Männer hatten offenbar nicht bemerkt, dass sie fremde Huren belagerten, die ihre Waren nur sehr zögerlich feilboten.

Es war Nigels Idee gewesen, Beatons Männer mit Frauen abzulenken. Damit waren die Wachen zu beschäftigt, um das Kommen und Gehen in Dubhlinn zu verfolgen. Die Idee war nicht schlecht, aber Balfour hatte gezögert, denn er wollte keine Frau in Gefahr bringen. Doch als die Frauen in den Plan eingeweiht wurden, gab es keinen Mangel an Freiwilligen. Einige hatten ihre Männer in früheren Schlachten gegen Beaton verloren, sodass sie darauf brannten, zu Beatons Niederlage beizutragen. Es war klar, dass ihr Plan aussichtsreich war. Balfour hoffte nur, dass der Preis, den die beteiligten Frauen für ihre Hilfe zahlen würden, nicht zu hoch ausfiele.

»Es kann losgehen«, flüsterte James.

»Sind alle unsere Männer versammelt?«, fragte Balfour und begann, seinen Umhang zu lösen.

»Alle, die wir brauchen, um die Tore offen zu halten, damit der Rest hereinstürmen kann.«

»Sollen wir die Sache ruhig angehen lassen oder mit einem Schrei?«

»Lasst uns schreien. Ich will, dass Beaton hört, wie sich ihm der Tod nähert.«

Grimmig grinsend warf Balfour seinen Umhang ab und zog das Schwert. Die aufmerksamen Frauen, die sich um Beatons Männer geschart hatten, eilten schon davon, als Balfour den Kriegsschrei seines Clans ausstieß. James und Douglas stimmten aus voller Brust ein, während sie damit begannen, Beatons Männer niederzustrecken. Mit dem süßen Geschmack des Sieges auf der Zunge kämpfte sich Balfour den Weg zur Burg frei. Auf dem Verteidigungsring wimmelte es von Murrays. Balfour konzentrierte sich auf die Suche nach Eric und Maldie, wohl wissend, dass jeder Sieg schal schmecken würde, wenn er die beiden nicht unversehrt nach Donncoill brachte. Er hoffte, dass sie sich fern des Schlachtengetümmels aufhielten, bis er sie in Sicherheit bringen konnte.

Heimlich beobachtete Maldie, wie der Wächter sie beobachtete. Auf seinem pockennarbigen Gesicht lag ein dunkler, hungriger Blick, der ihr wohlvertraut war, aber seine Gier erschreckte sie nicht. Kein Mann in Dubhlinn würde Beatons Tochter belästigen, und sie war sicher, dass jeder wusste, wer sie war und was sie versucht hatte. Diese Nachricht hatte sich gewiss in Windeseile von Dubhlinn ins Dorf verbreitet. So lag seltsamerweise Beatons Schutz auf ihr, obwohl er sie am Ende des Tages aufknüpfen wollte. Maldie war sich nur nicht darüber im Klaren, ob es die Angst vor Beaton war, die die Männer nur glotzen, aber nicht grapschen ließ, oder aber die Furcht, dass auch sie die Krankheit in sich trüge, die ihren Laird so entstellte.

Sie seufzte und dachte, dass Eleanor unterdessen sicher erfahren hatte, was ihr zugestoßen war. Maldie hoffte, dass die Frau nicht zu besorgt war und etwas Närrisches unternahm, um ihr zu helfen. Sie wünschte, sie hätte Zeit und Gelegenheit gehabt, Eleanor ein paar Dinge zu erklären und ihr die Wahrheit zu sagen. Vielleicht war es aber auch besser so, entschied sie, denn es wäre der Frau sicher unangenehm gewesen, einen Bastard Beatons zu beherbergen, noch dazu mit Mordgelüsten. Maldie hoffte nur, dass Eleanor ihr verzeihen konnte.

Sie schaute zu Eric, der auf der schmutzigen Pritsche neben ihr döste. Bis zum Morgengrauen hatten sie geredet, bis ihnen die Stimme versagt hatte und ihre erschöpften Körper sie zur Ruhe zwangen. Eric war immer noch verzweifelt; es fiel ihm immer noch schwer, sich als Beaton und nicht als Murray zu sehen. Er fürchtete sich auch vor der Reaktion der Männer, die er zeitlebens als seine Brüder betrachtet hatte, wenn sie in ihm den Sohn ihres Todfeindes erkannten. Maldie konnte seine Ängste und Sorgen nicht lindern, aber sie wusste, dass Eric sie inzwischen als Verwandte ansah, und es verband sie mehr als nur das Blut. Falls der Junge tatsächlich verstoßen würde – auch wenn sie sich kaum vorstellen konnte, dass Balfour so grausam sein würde –, wusste er, dass er nicht alleine war. Maldie hoffte inständig, ihm als Ersatz zu genügen.

Wie sie inzwischen herausgefunden hatte, traf alles zu, was sie an schmeichelhaften Dinge über Eric gehört hatte. Zärtlich strich sie ihm eine vorwitzige Locke aus der Stirn. Er war klug, von angenehmem Wesen und freundlich. Es erfüllte sie mit Stolz, dass sie blutsverwandt waren, sie konnte sich keinen besseren Bruder vorstellen. Hoffentlich erging es Balfour und Nigel ebenso!

Aber diese Grübeleien mussten hintangestellt werden. Erst einmal mussten sie aus Dubhlinn raus. Maldie war von sich enttäuscht, weil ihr kein neuer Fluchtplan eingefallen war.

242

Sie würde noch einmal den nutzen, mit dem sie aus Donn-coill geflohen war. Ihr Instinkt sagte ihr, dass der finster blickende Mann, den Beaton vor ihre Zelle gesetzt hatte, genau wie Balfours Wächter durch die Rede von weiblichen Unpässlichkeiten verunsichert würde. Sie überlegte kurz, ob sie Eric einweihen sollte, entschied dann aber, dass er glaubwürdiger reagieren würde, wenn er nichts wusste. Später, wenn der Plan griff, würde sie es ihm sagen, denn sie würde seine Hilfe benötigen. Sie hoffte, dass er ihr die Schwindelei verzeihen würde.

Um sich vorzubereiten, nahm sie einige tiefe Atemzüge, dann umklammerte sie ihren Bauch und krümmte sich stöhnend vornüber. Eric erwachte sofort. Bleich setzte er sich auf und legte einen Arm um sie. Die Angst in seinem jungen Gesicht bereitete ihr ein schlechtes Gewissen, aber sie stöhnte nur noch lauter.

»Was fehlt dem Mädchen?«, erkundigte sich der gedrungene Wächter und trat näher an die Zelle.

»Ich weiß nicht«, antwortete Eric. »Maldie, hast du Schmerzen? Was ist los mit dir?«

»Mir ist unwohl, sehr, sehr unwohl«, sagte Maldie stöhnend und wiegte sich heftig hin und her. »Ich brauche die Hilfe einer Frau.«

Eric errötete und wandte sich zum Wächter um. »Ihr müsst eine Magd herschaffen, die ihr zur Seite steht!«

»Warum?«, schnappte der Wachmann und wich zurück. Er beäugte Maldie, als habe sie die Pest.

»Weil sie starke Schmerzen hat, Ihr Narr. Vielleicht stirbt sie sogar, wenn sie keinen Beistand erhält.«

»Na und? Das Mädchen hängt in ein paar Stunden am Galgen.«

Maldie verwünschte sich, denn daran hatte sie nicht gedacht. In Donncoill hatte ihr niemand ein Leid zufügen wollen, also hatte man für alles Nötige gesorgt, um sie gesund und munter zu halten. Hier wusste jeder, dass sie hängen

243

sollte, dass sie so gut wie tot war und dass eine tote Frau nicht umsorgt werden musste. Aber dann begann Eric mit kalter, befehlender Stimme zu sprechen. Maldie beschloss, ab sofort mehr Vertrauen in den Jungen zu haben.

»Ich glaube, Beaton möchte sie lebendig hängen«, gab Eric zu bedenken. »Ja, lebendig und im vollen Bewusstsein ihres nahenden Todes. Er will sie zur Hölle schicken, und er wird nicht sonderlich begeistert seid, wenn er herausfindet, dass Ihr nutzlos und unbesorgt danebengesessen habt, während sie sich alleine dorthin aufgemacht hat. Wenn Euch Eure hässliche Haut etwas wert ist, holt Ihr besser eine Frau, die nach ihr sieht!«

Maldie hörte den Wächter fluchend davoneilen. Um sicherzugehen, dass er fort war, wartete sie einen Moment, bevor sie aufschaute. Als ihr Blick auf Eric fiel, merkte sie, dass er sie mit großen Augen anstarrte. Sie wusste, dass sie keine Zeit für lange Erklärungen hatte.

»Ich bin nicht krank, Eric«, versicherte sie ihm, auf die Rückkehr des Wächters lauschend. »So bin ich auch aus Donncoill geflohen. Er wird mir gleich eine Magd bringen, und in dem Moment, in dem er die Tür aufschließt, müssen wir angreifen.«

»Das sind zwei gegen zwei«, wandte Eric stirnrunzelnd ein, als er ihre Chancen überschlug. »Er ist ein sehr großer Mann, und von uns ist keiner groß.«

»Wir werden aber nur ihn zum Gegner haben. Die Magd wird nichts tun. Bei ihr müssen wir nur aufpassen, dass sie uns nicht entwischt und Alarm schlägt. Der Wächter muss außer Gefecht gesetzt werden, damit wir an ihm vorbei aus diesem verfluchten Verlies kommen und ihn darin einschließen können.«

»Verstehe.«

»Gut, denn er kehrt zurück.«

Maldie wünschte, sie hätte mehr Zeit gehabt, ihren Plan mit Eric durchzusprechen. Keiner von ihnen wusste, was der andere tun würde. Sie benötigten eine große Portion Glück, um in Freiheit zu gelangen. Erneut atmete sie tief durch, riss sich zusammen und setzte ihre Vorstellung fort. Eric war ein kluger Bursche, schon in der kurzen Dauer ihrer Begegnung hatte er das wiederholt bewiesen. Sie vertraute auf seinen Instinkt.

Die Tür ging auf. Maldie hörte erst das leise Rascheln von Röcken, dann das Knurren des Wächters. Sie schaute hoch, sah, dass die junge pummelige Magd sie nicht beachtete, und nutzte das zu ihrem Vorteil. Sie packte die Magd am Arm und versetzte ihr einen Kinnhaken, als sie sich zu ihr umdrehte. Die Frau ächzte kurz und ging zu Boden. Maldie schob sie zur Pritsche, zerrte sie auf den dünnen Strohsack und wandte sich zur Zellentür.

Hartnäckig wie ein Kind klammerte sich Eric an den Rücken des Wächters. Seine dünnen Arme waren um den dicken Hals des Mannes geschlungen, und seine langen Beine umklammerten den Bauch. Beatons Mann versuchte verzweifelt, den Jungen abzuschütteln, er schlug ihn gegen die dicken Eisenstangen und Steinmauern und zerrte an Erics Armen. Ein Blick auf Erics blasses, angestrengtes Gesicht genügte Maldie, um zu wissen, dass der Junge nicht mehr lange würde durchhalten können.

Es war nicht leicht, dem Mann, der in der kleinen Zelle herumtobte und dabei gleichzeitig versuchte, Maldie auf Abstand zu halten und sich aus Erics Griff zu lösen, einen sauberen Hieb zu versetzen. Schließlich begann er zu taumeln, denn bei Erics enger Umklammerung blieb ihm die Luft weg. Er rang nach Atem, schloss die Augen und zerrte wütend an Erics Armen. Maldie nutzte die Gelegenheit. So hart sie konnte, schlug sie den Mann auf seinen hervorstehenden Kiefer. Eric fluchte, als der Wächter zurückstolperte und er gegen die Wand knallte, aber er ließ nicht locker. Maldie schlug ein zweites Mal zu und fluchte wie Eric, weil ihr ein scharfer Schmerz durch den Arm schoss, aber diesmal war sie erfolgreich. Der Mann taumelte auf Maldie zu, drehte

245

sich und schlug, kaum dass Eric von ihm abließ, mit einem unangenehm dumpfen Knall seines Kopfes auf den schmutzigen Steinboden.

»Alles in Ordnung, Eric?«, fragte sie und eilte zu ihm.

»Ich glaube zwar nicht, dass ich noch einen heilen Knochen im Leib habe, aber es wird schon gehen«, antwortete der Junge, erschrocken über den Anblick seiner zerrissenen Kleidung und der mitgenommenen Arme. »Ein wenig klares Wasser zum Waschen wäre allerdings nicht verkehrt.«

»Wohl wahr, aber das wird noch ein Weilchen dauern.« Maldie beugte vorsichtig die Finger der Hand, mit der sie den Wächter geschlagen hatte. Sie waren geprellt und würden grün und blau werden, aber sie waren nicht gebrochen. »Das war ein ganz schön harter Brocken.«

»Glaubst du, er ist tot? Er ist gefährlich hart aufgeschlagen.«

Vorsichtig näherte sich Maldie dem Mann, der mit dem Gesicht auf dem Boden lag. Sie fand einen starken Puls an seinem Hals. »Er lebt noch. Nun aber los, wir müssen sehen, wie wir hier herauskommen.«

Eric folgte ihr ächzend zur Tür, sein Körper protestierte bei jeder Bewegung. »Sperren wir die beiden hier ein?«

»Natürlich«, antwortete Maldie und hob den Schlüssel auf, den der Wächter fallen gelassen hatte, als Eric auf ihn gesprungen war, dann schloss sie die schwere Zellentür. »Wir können uns nicht darauf verlassen, dass die beiden lange schlummern.« Sie verschloss die Tür und warf den Schlüssel weg. Dann musterte sie die engen steinernen Stufen, die in den großen Saal führten. »Ich wollte, es gäbe einen anderen Weg hier raus.«

»Es gibt wahrscheinlich ein kleines Schlupfloch, das nur Beaton kennt«, meinte Eric. Er schlich als Erster nach oben, dann lauschte er an der dicken Eichentür. »Ich kann mir nicht vorstellen, dass der Mann bei seinen vielen Feinden keinen heimlichen Fluchtweg hat. Aber da wir den nicht kennen, müssen wir unser Glück wohl oder übel auf diesem Weg versuchen.«

Plötzlich drehte sich Eric erstarrt und mit schreckgeweiteten Augen zu ihr um. Maldie schlug das Herz bis zum Hals. Sie eilte die letzten Stufen hinauf. »Was ist passiert?« flüsterte sie.

»Ich fürchte, wir müssen uns nicht nur Sorgen machen, wer sich von den Beatons im großen Saal herumtreibt.«

Nun hörte auch Maldie die Geräusche durch die Türe dringen. Gedämpft durch das dicke Holz war das Klirren von Schwertern zu vernehmen und die Schreie der Verwundeten und Sterbenden. »Ein Kampf, und das innerhalb der Burg. Glaubst Du, es ist Balfour?«

»Darum sollten wir beten, sonst droht uns Gefahr von Beatons Anhängern und von seinen Feinden.«

Obwohl Maldies Herz vor Angst laut pochte, drückte sie sich an Eric vorbei und öffnete sachte die schwere Tür so weit, dass sie in die große Halle spähen konnte. Hier war niemand, aber der Schlachtenlärm kam eindeutig ganz aus der Nähe. Dann ließ ein gellender Kriegsschrei ihr Herz voller Hoffnung und Erwartung stocken. Sie wandte sich zu Eric und erkannte an seinem verblüfften Gesichtsausdruck, dass auch er den Schrei der Murrays erkannt hatte.

Sie hatte Eric zwar aufgetragen, für ihre Flucht aus der Zelle zu beten und dafür, dass Balfour am heutigen Tag angreifen würde, aber dies mehr oder weniger zum Spaß gesagt. Das Schicksal war ihr und Eric wahrhaftig wohlgesonnen. Dennoch versuchte Maldie, sich nicht allzu sehr in Sicherheit zu wiegen, da sie sich noch immer im Innern der Burg befanden. Obwohl sie Balfour und seine Männer hören konnte und wusste, dass diese gute Siegeschancen hatten, nachdem sie in Beatons Gemäuer eingedrungen waren, erblickte sie noch keinen von ihnen. Wahrscheinlich standen noch viele von Beatons Männern zwischen dem großen Saal und der Sicherheit des Murray'schen Lagers.

»Es ist Balfour«, sagte Eric und folgte Maldie in den großen Saal. »Die Murrays haben die Befestigungsmauern diesmal tatsächlich überwunden. Der Sieg ist sicher! Wir sind frei!« Lachend umarmte er Maldie.

»Ich glaube, ich muss dich öfter bitten, um etwas zu beten«, neckte sie ihn und erwiderte sein Lächeln. »Halt!« befahl sie und packte ihn am Arm, als er losstürmen wollte.

»Aber da draußen sind die Murrays! Jetzt sind wir in Sicherheit!«

»Das sind wir erst, wenn wir einen finden, der nicht gerade um sein Leben kämpft und der uns an einen sicheren Ort bringen kann. Wir müssen uns vorsichtig bewegen, weil wir nicht wissen, was zwischen uns und ihnen liegt.«

»Ja, ja, jeder hat gesagt, dass du ein kluges Mädchen bist«, sagte eine tiefe, raue Stimme. Maldie gefror das Blut in den Adern. Als sie sich umdrehte, stand sie vor einem großen Kerl mit einem Schwert in der Hand, der ihnen den Weg aus dem Saal versperrte.

»Anscheinend sollte ich öfter auf dich hören«, murmelte Eric. »Denn eines ist sicher: Meist hast du recht.«

»Aber dieses Mal lege ich wirklich keinen Wert darauf.«

18

»Ah, George!«, meinte Maldie und versuchte, den wütenden Mann anzulächeln. »Wollt Ihr Euch ergeben?«

»Ergeben?«, fauchte George. »Ich will dich töten, du schwarzhaariges Biest! Du bist an der ganzen Misere schuld!«

»Ich? Wie das? Ich bin doch nur ein schwaches Mädchen, George. Ich kann kein Heer befehligen.«

»Ach nein? Du tauchst hier in Dubhlinn auf, und zum ersten Mal seit dreizehn langen Jahren gelingt es den Murrays, unsere Burg zu stürmen. Da liegt deine Schuld ja wohl auf der Hand!«

Maldie fragte sich, wie lange sie es schaffen würde, den Mann am Reden zu halten. Seine Aufmerksamkeit war ganz und gar auf sie gerichtet, und sie spürte, wie Eric sich behutsam entfernte. So lange sie das Interesse von George fesselte, hatte Eric die Chance, den Mann daran zu hindern, sie zu töten. Dass er das wollte, war klar. Obwohl sie nicht wusste, was ein schlanker Jüngling gegen einen Mann von Georges Größe ausrichten konnte, war sie doch entschlossen, Eric eine Chance zu geben. Und mit viel Glück würde sie ja vielleicht ein vorbeikommender Murray retten. Es hörte sich an, als ob sich viele von ihnen in Dubhlinn tummelten.

»Nun, George, ich glaube, Ihr irrt Euch«, fuhr sie fort, wobei sie aus den Augenwinkeln heraus bemerkte, dass Eric zu den Waffen schlich, die noch immer an den Wänden hingen – ein Zeichen, dass die Murrays die Beatons tatsächlich ahnungslos überrumpelt hatten. »Ich war ja schon einmal hier, wenn Ihr Euch erinnert, und die Murrays wurden vernichtend geschlagen und wie geprügelte Hunde nach Donncoill

249

zurückgejagt. Warum habe ich den Murrays nicht bei jenem Angriff geholfen, wenn ich mit der jetzigen Niederlage etwas zu tun habe?«

George verzog das Gesicht und zögerte, doch dann schüttelte er den Kopf. »Nein, nein, du willst mich nur hinters Licht führen. Du warst nicht hier, als die Murrays zurückgedrängt wurden. Das weiß ich ganz genau, denn das war damals, als wir das Bürschlein entführt haben und ich den ganzen Tag nach dir gesucht habe. Alle, die ich fragte, sagten mir, dass du weggegangen seist. Du hast dich davongeschlichen, um den Murrays zu helfen.«

George stürzte sich auf sie. Maldie schrie auf und sprang schnell zur Seite, doch er erwischte mit seinem Schwert noch ihre Röcke. Wegzulaufen war zwar keine besonders schlaue Verteidigungstaktik, aber da sie keine Waffe hatte, musste Maldie ihr Heil in der Flucht suchen. Sie war darauf aus, stets irgendetwas – einen Tisch, einen Stuhl, eine Bank – zwischen sich und den lauthals fluchenden George zu schieben. Eric bemühte sich derweilen noch immer verzweifelt, unbemerkt an eine Waffe zu kommen, und sie wollte ihm die nötige Zeit verschaffen.

Sie sprang auf den riesigen Haupttisch. George blieb schwer atmend am Rand stehen und funkelte sie wutentbrannt an. Maldie vermutete, dass das hier nicht der sicherste Platz im großen Saal war, aber sie war ebenfalls außer Atem. Schon zweimal war sie ins Stolpern geraten, ein Sturz konnte tödlich sein. Jedes Mal, wenn sie versucht hatte, durch die Tür zu entwischen, hatte sich George davorgestellt. Jedes Mal, wenn sie versucht hatte, sich eine der an den Wänden hängenden Waffen zu greifen, war George neben ihr gewesen. Sie brauchte dringend eine kleine Verschnaufpause. Hier oben auf dem Tisch war genug Platz, um seinem Schwert auszuweichen, solange sie ihn nicht aus den Augen ließ.

»Eigentlich solltet Ihr mit den anderen dort draußen

250

Dubhlinn retten«, meinte sie. »Und nicht hier drinnen ein schwaches Mädchen und einen Knaben jagen.«

»Der Bursche interessiert mich nicht«, erwiderte George. »Das ist einer von Beatons Sprösslingen. Wenn er nicht von einem Schwert der Beatons niedergestreckt wird, um ihn davon abzuhalten, sich Dubhlinn unter den Nagel zu reißen, dann wird bestimmt einer der Murrays kurzen Prozess mit ihm machen, sobald man herausgefunden hat, dass er ein Beaton und kein Murray ist. Den Kampf um Dubhlinn haben die Murrays bereits gewonnen. Dubhlinn war verloren, sobald sie ins Burginnere eingedrungen waren. Ich bleibe hier nur noch so lange, bis ich dir den Garaus gemacht habe, und dann bringe ich mich in Sicherheit.«

Maldie brauchte eine Weile, um die Bedeutung dessen, was George gerade gesagt hatte, zu begreifen. »Ihr wisst, dass Eric Beatons Sohn ist?«

»Na klar, er hat ja das Mal.«

»Woher wisst Ihr das? Wart Ihr etwa seine Hebamme oder seine Amme?« Rasch presste sie die Lippen aufeinander. Es war nicht klug, einen Mann mit einem Schwert in der Hand zu verspotten.

»Ich war einer der Männer, die das Kind in den Bergen ausgesetzt haben.« Er zuckte die Schultern. »Ich wusste, dass Beaton so ein Mal hat, und wollte nachsehen, ob er mit der Vaterschaft des Kindes recht hatte.«

»Aber Beaton kennt die Wahrheit nicht?«

»Nein, der Narr war zu wütend, um das Neugeborene eingehender zu betrachten. Sobald er erfahren hatte, dass seine treulose Gemahlin mit dem alten Murray getechtelt hatte, wollte er die Wahrheit gar nicht mehr wissen. Bevor ihm einfiel, dass er den Burschen ja als seinen Sohn ausgeben könnte, hätte einem selbst der leiseste Ton über diesen Jungen den Tod eingehandelt. Ich beschloss, mein Wissen für mich zu behalten. Nur die Mutter des Knaben kannte die Wahrheit und vielleicht noch die Hebamme, aber keine der beiden lebte

251

lang genug, um sie weiterzuerzählen. Dafür hat Beaton schon gesorgt.«

»Und was nützte es Euch, die Wahrheit zu wissen und sie all die Jahre für Euch zu behalten?«

»Ich hoffte, dass dieser Mistkerl Calum bei unserem Laird in Ungnade fallen würde, und dann hätte ich diese Information nutzen können, um an seine Stelle zu treten. Jetzt spielt das alles keine Rolle mehr, es ist nutzlos. Calum und unser Laird werden bald tot sein, und ich werde mich mit meinem Schwert wieder bei jedem verdingen müssen, der ein paar Münzen dafür übrig hat. Ich hatte hier ein gutes Leben, bevor du Miststück es mir genommen hast!«

Er hob sein Schwert, und Maldie schaffte es nur mit knapper Not, zur Seite zu springen und ihre Füße davor zu bewahren, an den Knöcheln abgetrennt zu werden. Als er zum nächsten Hieb ausholte, tat sie das Einzige, was ihr in diesem Moment einfiel: Sie trat ihm mit voller Wucht ans Kinn. George schrie auf und ließ sein Schwert fallen. Blut tröpfelte ihm aus den Mundwinkeln. Maldie fragte sich, ob er ein paar Zähne oder vielleicht sogar ein Stück Zunge verloren hatte. Sie trat ihn noch einmal, diesmal direkt ins Gesicht.

George stolperte rückwärts. Plötzlich wurden seine Augen groß vor Überraschung und Entsetzen. Er starrte auf seine Brust. Als Maldie seinem Blick folgte, verschlug es ihr den Atem. Aus seinem dick wattierten Wams ragte eine Schwertspitze! Er sackte in sich zusammen. Hinter ihm fluchte jemand leise. Die Schwertspitze verschwand, und George stürzte zu Boden. Hinter ihm stand Eric, blass, die Augen weit aufgerissen, ein blutiges Schwert in den Händen.

»Oh Eric!«, murmelte sie. Sie hüpfte vom Tisch und nahm ihm die Waffe ab.

»Er wollte dich töten«, flüsterte der Junge und wischte sich mit zitternden Händen den Schweiß von der Stirn.

»Jawohl, vergiss das nie, dann wirst du nicht allzu sehr

252

unter dem leiden, was du soeben getan hast.« Sanft begann sie, ihn zur Tür zu ziehen.

»Eigentlich sollte es mir nichts ausmachen. Schließlich werde ich zum Ritter geschlagen, wenn ich einundzwanzig bin. Ich glaube, Ritter müssen von Zeit zu Zeit Feinde töten.«

Sie war froh, dass er so viel Vernunft zeigte, obgleich seine Stimme noch immer leicht zitterte. Er würde bald darüber hinwegkommen, dass er George getötet hatte. Es war zwar eine Schande, dass er seinen ersten Mann hatte töten müssen, noch bevor er seine Ausbildung zum Ritter angetreten hatte, aber er hatte das einzig Richtige getan. Denn George hatte erkannt, dass all das, was er sich aufgebaut hatte, zusammengebrochen war, und er hatte es sich in den Kopf gesetzt, dass sie die Ursache dafür war. Er hatte jemanden gebraucht, auf den er alle Schuld schieben konnte, jemanden, der für diesen Verlust mit seinem Blut bezahlen sollte. Wenn Eric den Mann nicht umgebracht hätte, hätte George sie umgebracht. Es tat ihr zwar leid, dass Eric jetzt etwas mitgenommen war, aber es tat ihr nicht leid, dass er den Mann umgebracht hatte.

»Beaton hat meine Mutter getötet«, sagte Eric tonlos.

»Das hat George jedenfalls behauptet«, erwiderte Maldie und hielt nach bewaffneten Beatons Ausschau, während sie sich auf den Weg zu der mit Eisenbeschlägen verstärkten Tür machte, durch die man auf den Burghof gelangte.

»Und George hat mich zum Sterben ausgesetzt.«

»Jawohl, auf Beatons Befehl.« Sie wusste, dass er all das laut aufzählte, um zu begründen, warum es nur gerecht gewesen war, George zu töten. »Und George hat es sogar getan, obwohl er wusste, dass es eigentlich keinen Grund dafür gab, denn du warst ja tatsächlich Beatons Sohn.«

Eric stöhnte auf, als ihn Maldie unsanft an die Wand schubste, sobald sie im Freien waren. Sie bedauerte zwar, ihm wehgetan zu haben – er hatte schon genug gelitten –, aber im

Hof wimmelte es von Kämpfenden, und sie wollte, dass die Schatten der hohen Burgmauern den Jungen schützten und er unentdeckt blieb, bis sie einen Weg zu den Toren entdeckt hatte. Rasch erkannte sie, dass die Schlacht für die Beatons verloren war, es aber dennoch keine sichere Passage zu den Toren gab. Weiter neben der Tür zu kauern war aber auch keine Lösung. Sie fluchte.

»Was ist los?«, fragte Eric. Er versuchte, ein bekanntes Gesicht ausfindig zu machen. »Es ist gar nicht so leicht, die Leute in diesem Durcheinander zu unterscheiden.«

»Stimmt. Und es ist auch nicht so leicht, einen sicheren Weg zu den Toren zu finden.«

»Aber hier können wir nicht bleiben.«

»Ich weiß. Momentan sind wir noch geschützt, aber bei all den Bewaffneten, die entweder darauf brennen zu morden oder sich verzweifelt mühen, ihrem Tod zu entrinnen, wird es hier sicher auch bald brenzlig.«

»Dann sollten wir am besten um unser Leben laufen.«

Bevor sie ihn daran hindern konnte, schoss Eric hinter ihr vor, packte sie an der Hand und rannte Richtung Tor. Maldie hielt ihr Schwert umklammert und hoffte inständig, dass sie nicht gezwungen sein würde, es zu benutzen. Es war der schiere Wahnsinn, mitten durch einen heftig tobenden Kampf zu rennen, aber sie hatte auch keinen anderen Vorschlag. Sie merkte, dass sie nicht die Einzigen waren, die flüchteten.

Plötzlich blieb Eric stehen. Sie prallte auf ihn und fluchte. Die Tore waren nur ein paar Schritte von ihnen entfernt, doch zwischen ihnen und der Freiheit stand Calum. Obwohl er blutüberströmt war, brachte er noch ein boshaftes Grinsen zustande. Maldie überlief es eiskalt. Erics lautstarken Protest missachtend, schob sie den Jungen zur Seite und stellte sich zwischen ihn und Calum.

»Ich bin doch kein Feigling, der sich hinter den Röcken einer Frau versteckt!«, murrte Eric.

»Die Frau hat ein Schwert in der Hand, und du bist unbewaffnet«, entgegnete sie, ohne Calum aus den Augen zu lassen.

»Du kannst das Schwert doch kaum heben«, höhnte dieser. »Es wird mir keinerlei Schwierigkeiten bereiten, erst dich und dann den Jungen in Stücke zu hacken.«

»Warum zögert Ihr dann, wenn es so leicht ist?«, fragte sie. Als sie das Schwert auf ihn richtete, spürte sie das Gewicht der Waffe bis hinauf zu den Schultern. Sie wusste nicht, ob sie die große Waffe würde schwingen können, und der kalt belustigte Blick Calums verriet ihr, dass auch er seine Zweifel hatte.

»Soll ich einfach losrennen und mir dein Schwert selbst durch den Leib jagen?«

»Dann würdet Ihr nur der Gerechtigkeit Genüge leisten. Wo ist Euer Laird? Ich dachte, Ihr wärt unfähig, ohne ihn zu handeln.«

»Mein Laird kämpft mit Balfour Murray, und da die Schlacht verloren ist, sah ich keinen Sinn darin, an seiner Seite zu verweilen.«

»Und so seid Ihr wie die Viper, die Ihr seid, einfach davongeglitten.«

»Beaton hatte recht. Es ist eine Schande, dass du ein Mädchen bist. Du wärst ihm ein guter Sohn gewesen.«

»Das betrachte ich nicht als großes Kompliment. Aber mein Bruder und ich haben noch einiges zu erledigen, und wir haben uns wohl nichts weiter zu sagen. Sollen wir diesen Tanz nicht beenden?«

Calum stieß ein leises Lachen aus, bei dem Maldie das Blut in den Adern stockte. »Bist du so scharf aufs Sterben, Mädchen?«

»Nein, eher darauf, Euch zu töten.«

Sie bereitete sich darauf vor, seinen Schwerthieb zu parieren. Doch plötzlich tauchte noch ein Schwert zwischen ihrer und Calums Waffe auf und fing den Hieb ab, der ihr gegolten hatte. Eric packte sie und zog sie fort, während Calum sich umdrehte, um sich der neuen Herausforderung zu stellen. Als Maldie erkannte, wer ihren Platz eingenommen hatte, musste sie sich eingestehen, dass sie sich in Donncoill wohl geirrt hatte: Manchmal war es doch ganz nett, James zu begegnen.

»Du kennst James viel besser als ich«, meinte sie zu Eric. Beide verfolgten gebannt den Kampf, der sich vor ihren Augen abspielte. »Glaubst du, dass er Calum schlagen kann?«

»Ganz sicher, und ohne zu schwitzen«, erwiderte Eric voller Stolz.

»Du hast ja sehr viel Vertrauen in diesen Mann.«

»Und zu Recht.«

Bald darauf sah Maldie, dass sich Eric nicht geirrt hatte. Beide Kämpfer waren blutüberströmt und schlammverschmiert; James hatte bestimmt schon ebenso viele Kampfaktivitäten hinter sich wie Calum, wenn nicht noch mehr, doch Calum verließen die Kräfte zuerst. James lächelte, als der Mann stolperte und sich eine Blöße gab, und versetzte ihm rasch den Todesstoß. Dann wischte er sein Schwert am Wams seines toten Gegners ab.

»Wir hatten gehofft, ihr beide hättet genügend Verstand, um im Verlies zu bleiben, denn dort wärt ihr in Sicherheit gewesen«, meinte James und nahm Maldie das Schwert ab. »Du hättest dir eine kleinere Waffe nehmen sollen, Mädchen!«

»Ich hatte leider nicht die Zeit, mir eine passende Waffe auszusuchen«, entgegnete sie.

»Schön, dich wiederzusehen, mein Junge!«, meinte James und umarmte Eric. »Kommt, ich bringe euch zu den Knappen und den Verwundeten, die bei den Pferden auf uns warten. Dort seid ihr sicher.« Mit einem Blick auf Maldie fügte er hinzu: »Und dort werdet ihr auch bleiben!«

»Wohin sollten wir schon gehen, James?«, fragte sie mit unschuldiger Miene und lächelte, als er sie böse anfunkelte.

»Geht es dir gut, mein Junge?«, fragte James, der bemerkt hatte, dass Eric ein wenig zusammengezuckt war, als er ihm den Arm um die Schultern gelegt hatte.

»Nur ein paar Beulen, nichts weiter.«

»Hat dich Beaton verprügelt?«

»Ja, das auch, aber nicht alle Beulen stammen von ihm. Unsere Flucht aus dem Verlies war nicht ganz so leicht, wie wir gehofft hatten.«

Maldie ging stumm neben ihm her und hörte nur mit halbem Ohr zu, während Eric James von ihrer Flucht berichtete. Der Junge zeigte sich äußerst bescheiden, als er von seinem Anteil an der Flucht erzählte. James warf Maldie immer wieder einmal einen Blick zu, den sie nicht recht deuten konnte. Ihr wurde etwas mulmig zumute. Sie wusste nicht, ob James wütend war oder überrascht.

Sobald sie bei den Pferden angekommen waren, zog James wieder los, um Nigel zu suchen. Maldie setzte sich auf einen kleinen Erdhaufen neben Eric. Sie fragte sich, was Nigel wohl dazu gebracht haben mochte, mit in die Schlacht zu ziehen. Schließlich war die Wunde, die er bei seinem letzten Kampf davongetragen hatte, noch kaum verheilt. Seufzend schüttelte sie den Kopf. Wahrscheinlich war es irgendeine hirnrissige Vorstellung von Ehre und Stolz, die ihn dazu verleitet hatte. Männer waren wirklich seltsam! Doch James schien ihn im Auge zu behalten, das musste reichen.

»Die herzliche Begrüßung von James über mich ergehen zu lassen ist mir ganz schön schwergefallen«, murmelte Eric.

»Warum?«

»Weil ich nicht der Junge bin, für den er mich hält.«

Leise lächelnd tätschelte sie seine Hand. »Du bist immer noch derselbe Junge, der an seiner Seite ritt, bevor Beaton dich aus Donncoill entführt hat.«

»Innerlich vielleicht, aber jetzt bin ich ein Beaton und kein Murray mehr. James hat einen Murray begrüßt, einen, den er für ein Mitglied seines Clans hielt. Am liebsten hätte ich ihm an Ort und Stelle die Wahrheit erzählt.« Erregt zupfte Eric an dem Gras, das um ihn herum wuchs. »Er ist ein guter Mann und verdient es, die Wahrheit zu erfahren.«

»Wenn du sie ihm sagen willst, dann musst du sie allen sagen. Und das solltest du erst, wenn alle versammelt sind.«

»Dass alle auf mich spucken können?«

»Ich glaube nicht, dass jemand auf dich spucken wird«, erwiderte sie. Es schmerzte sie, dass sie seine Ängste nicht beschwichtigen konnte. »Sie haben sich dreizehn Jahre um dich gekümmert, Eric. Ich glaube nicht, dass sie sich so rasch ändern werden.«

»Vielleicht nicht.« Er verzog den Mund zu einem schiefen Lächeln, offenbar schämte er sich ein wenig wegen seiner Zweifel. Dann seufzte er tief. »Doch es wird sich ganz bestimmt etwas ändern. Sie haben sich zwar all die Jahre um mich gekümmert, aber in der Zeit haben sie auch die Beatons gehasst und gegen sie gekämpft. Ich kann es mir zwar nicht recht erklären, aber ich habe einfach das Gefühl, dass sich alles ändern wird. Wie auch nicht?«

»Ich fürchte, darauf kann ich dir keine Antwort geben, Eric. Ich kenne deinen Clan nicht so gut wie du. Aber James, Balfour und Nigel kamen mir immer wie gerechte Männer vor. Es sind gute Menschen, und dumm sind sie auch nicht. Ich glaube einfach nicht, dass sie in ihren Gefühlen so wankelmütig sind. Schließlich hast du sie nie angelogen. Du hast dich doch auch selbst für einen Murray gehalten. Von dem Tag an, als sie dich in den Bergen aufgesammelt und nach Donncoill gebracht haben, sagten sie dir doch, dass du ein Murray bist.

Auf eines aber solltest du achten: Lass dich von all dem nicht vergiften, sonst siehst du plötzlich überall Hass und Misstrauen. Natürlich wäre es schmerzlich, umsonst zu hoffen, dass sich alles zum Besten wendet. Aber wenn du dir einredest, dass sie dich bestimmt ablehnen und dir misstrauen, dann wirst du ein anderer Mensch, du bist dann tatsächlich nicht mehr der, den sie kennen.«

»Du meinst, wenn ich nicht aufhöre, mit dem Schlimmsten zu rechnen, wird es auch eintreten? Und ich habe es mir dann selbst zuzuschreiben?«

»Ja, so in etwa. Doch jetzt wappne dich! Ich sehe deinen törichten Bruder Nigel den Hügel heraufhumpeln.«

Eric lachte und ließ sich gerne von Nigel umarmen. Dann erzählte er auch ihm die Geschichte ihrer Flucht. Maldie spürte, wie jemand sie anstarrte, und als sie hochblickte, merkte sie, dass James vor ihr stand. Erstaunt stellte sie fest, dass er verlegen wirkte.

»Ich habe doch gesagt, dass ich hier bleiben würde«, sagte sie lächelnd, um seine offenkundige Anspannung ein wenig zu mildern.

»Ja, ja, das hatte ich schon vermutet.« James räusperte sich. »Aber eigentlich wollte ich mich nur für meinen Argwohn entschuldigen.«

»Das ist doch nicht nötig«, erwiderte sie. »Ihr hattet ja recht, mich zu verdächtigen. Allein deshalb schon, weil ich die Einzige war, die Ihr nicht gut kanntet und die zu einem recht verdächtigen Zeitpunkt vor Euren Toren aufgetaucht ist.«

»Aber ich hatte keinerlei Beweis, dass du für Beaton spionierst. Meine Sorgen hätten mich nicht zu einem solch ungerechten Urteil verleiten dürfen.«

»Ihr habt getan, was Ihr tun musstet. Das nehme ich Euch nicht übel.«

Er nickte, dann runzelte er die Stirn. »Du hast nicht zufällig herausgefunden, wie Beaton eigentlich erfahren hat, wer Malcolm ist?«

»Nein. Ich habe mit Beaton kaum gesprochen, und er war nicht geneigt, mich ins Vertrauen zu ziehen.«

»Ich fürchte, dass ich daran schuld sein könnte«, meinte Eric.

»Nein, Junge, du würdest doch niemals einen aus deinem Clan verraten«, sagte Nigel und klopfte seinem kleinen Bruder beruhigend auf den Rücken.

»Natürlich nicht absichtlich. Aber vielleicht habe ich, ohne es zu wollen, gezeigt, dass ich ihn erkannte. Am Tag, nachdem mich Beaton in sein Verlies gesteckt hatte, kam er mit ihm zu mir. Ich war sehr überrascht, ihn neben Beaton stehen zu sehen, und das hat sich vielleicht auf meiner Miene gezeigt. Mehr brauchte Beaton wahrscheinlich nicht.«

»Nein, ich glaube, das allein hätte nicht gereicht«, wandte James ein.

»Vielleicht hat man Malcolm ja auch gesehen, als er mich später noch einmal allein besuchte«, fuhr Eric fort. »Ich glaube, er hoffte, mich retten zu können. Denn darüber hat er mit mir gesprochen.«

»Dieser Fehler hat ihn wahrscheinlich das Leben gekostet.«

»Das kann gut sein«, pflichtete Nigel James bei. »Beaton hat das Verlies bestimmt gut überwachen lassen. Dein falscher Blick hat möglicherweise Argwohn erregt, aber das wäre es dann auch schon gewesen. Doch als Malcolm gleich darauf noch einmal mit dir Kontakt aufnahm, hat dieser flüchtige Blick des Erkennens bestimmt an Bedeutung gewonnen. Keiner von uns wird jemals wissen, was in Malcolms Kopf vorging, aber er hat sich verraten, als er sich für dich interessierte. Das hat ihm den Tod gebracht.«

Eric fröstelte und rieb sich die Arme in einem vergeblichen Versuch, die Kälte zu vertreiben, die sich plötzlich seiner bemächtigte. »Und es war ein langsamer, brutaler Tod. Hoffentlich muss ich solche Grausamkeiten nie wieder mit ansehen. Allein dafür hat Beaton tausend Tode verdient!«

»Du hast gesehen, wie Malcolm ermordet wurde?«, fragte James mit harter, kalter Stimme.

»Beaton dachte, es würde mich abhärten, wenn ich miterleben würde, wie Verräter behandelt werden.« Eric schüttelte den Kopf. »Malcolm hat tagelang gelitten, aber er hat Beaton nichts verraten; kein Geheimnis der Murrays kam über seine Lippen. Er war ein sehr tapferer, treuer Mann. Ich glaube nicht, dass ich bei solchen Höllenqualen fest geblieben wäre. Nein, sicher nicht, wenn sie tagelang andauerten.«

»Man hätte dich nicht zwingen dürfen, so etwas mitanzusehen!«

»Vermutlich hat Beaton solche Grausamkeiten in jungen Jahren ebenfalls mitansehen müssen«, murmelte Maldie. »Wie Eric mir erzählt hat, schien der Mann zu glauben, dass ein Junge eine solche Ausbildung zur Abhärtung bräuchte. Manchmal sind Menschen wie Beaton von Natur aus böse, manchmal werden sie erst zu Schurken gemacht, indem das Böse in ihnen von klein auf gehegt und gepflegt wird.«

»Du meinst also, Beatons Vater war ein grausamer Schuft, und deshalb ist Beaton auch einer geworden?«, fragte Nigel. Maldie nickte. »Das ist zwar sehr traurig, aber es wird ihn nicht vor dem Tod bewahren, den er verdient.«

»Nein, das habe ich nicht gemeint. Offen gestanden glaube ich, dass Beaton den Tod gar nicht so sehr fürchtet wie die göttliche Gerechtigkeit, die ihn danach erwartet. Und ich glaube, dass Beatons Vater unvorstellbar grausam gewesen ist. Damit ließe sich immerhin erklären, warum Beaton ihn ohne die geringsten Schuldgefühle getötet hat.«

»Beaton hat seinen eigenen Vater getötet?«, fragte James, dessen Stimme ob eines solch schrecklichen Verbrechens ganz brüchig war.

»Ja, das hat er mir selbst erzählt.«

»Meine Mutter hat er auch getötet«, meinte Eric.

Dann erklärte er, wie er das erfahren hatte. Maldie wusste, dass er den Murrays bald die Wahrheit über seine Herkunft sagen würde, und das bedeutete, dass auch sie selbst ehrlich sein musste. James' Reaktion auf die Nachricht, dass Beaton seinen eigenen Vater ermordet hatte, zeigte ihr, dass nicht alles, was sie zu berichten hatte, ohne Weiteres hingenommen werden würde. Natürlich war es eine schreckliche Sün-

261

de, Vater oder Mutter zu ermorden, aber sie hatte sich immer gescheut, länger darüber nachzudenken. Doch nun beschlich sie eine düstere Ahnung: Bald würde sie herausfinden, dass nur Beaton und Männer seines Schlags so etwas akzeptierten und alle anderen es strikt ablehnten.

Beatons Feststellung, sie ähnle ihm mehr, als ihr lieb war, klang ihr noch in den Ohren. Sie erschauerte. Natürlich war ihr diese Vorstellung ein Graus, doch sie fragte sich, ob er nicht doch recht gehabt hatte. Wenn sie schneller gewesen wäre und Beaton und Calum langsamer, würde jetzt das Blut ihres Vaters an ihren Händen kleben. Am meisten beunruhigte sie jedoch, dass Beaton zwar ein übler Bursche war, aber wahrscheinlich sehr viel bessere Gründe als sie gehabt hatte, seinen Vater umzubringen.

Tief in ihr nagte eine kalte Wut auf ihre Mutter, und diese Wut konnte sie nur deswegen beherrschen, weil gleich daneben ein Schmerz wohnte, dem sie sich nicht stellen wollte. Wenn ihre Mutter sie überhaupt je geliebt hatte, dann hatte ihre Verbitterung alle Liebe in ihr getötet. Keine wahrhaft liebende Mutter hätte ihrer Tochter das angetan, was Margaret Kirkcaldy Maldie angetan hatte. Margaret hatte ihr einziges Kind dazu erzogen, einen Mann zu töten, und zwar nicht irgendeinen, sondern ihren Erzeuger. Und sie hatte sich nicht ein einziges Mal gefragt, was sie ihrem Kind damit antat.

Maldie überlegte, ob noch mehr von dem, was Beaton gesagt hatte, der Wahrheit entsprach. Sie fürchtete, dass das meiste davon stimmen könnte. Margaret hatte Beaton nicht deshalb tot sehen wollen, weil er ihr das Herz gebrochen oder sie arm und in Schande im Stich gelassen hatte, sondern weil er sie in ihrer Eitelkeit verletzt hatte. Es war schrecklich, die eigene Mutter in einem solchen Licht zu sehen, doch je mehr Maldie darüber nachdachte, desto wahrscheinlicher erschien es ihr.

Jedes Mal, wenn Margaret von Liebe und gebrochenen

Herzen gesprochen hatte, hatte sie geklungen, als ob sie das lyrische Gedicht eines Minnesängers rezitierte. Ihre Klagen über verflossene Liebe hatten immer ein wenig falsch geklungen. Maldie hatte sich eingeredet, dass es nur deshalb so klang, weil es ihrer Mutter schwerfiel, über solch persönliche Dinge zu reden. Aber Margaret hatte auch andere Dinge über Beaton gesagt, die deutlich gezeigt hatten, dass es ihr vor allem um ihren verletzten Stolz ging, um die Beleidigung, wie eine ganz gewöhnliche Hure verstoßen worden zu sein. Da hatte sie aufrichtig geklungen. Selbst auf dem Totenbett, als Maldie ihr schwören musste, Beaton zu töten, hatte sie von ihrem verletzten Stolz gesprochen und von der Wut, die sie noch immer über das verspürte, was ihr dieser Mann angetan hatte. Maldie fiel ein, dass ihre Mutter erst dann ihr gebrochenes Herz erwähnt hatte, als Maldie gezögert hatte. Und außerdem hatte ihre Mutter niemals davon gesprochen, wie schändlich es war, dass der Mann sein Kind im Stich gelassen hatte. Nur sie selbst hatte immer darunter gelitten, und sie war davon ausgegangen, dass es ihrer Mutter ähnlich ging.

Als Eric sie anstupste, war sie froh, dass sie aus ihren Gedanken gerissen wurde. Sie erstickte fast an all der Wut und dem Schmerz, die in ihr tobten. Jetzt war der Moment gekommen, sich diesen Gefühlen endlich zu stellen – und auch all den anderen Wahrheiten, die sie so lange ignoriert hatte. Eric war wie Balsam für ihr wundes Herz. Er mochte sie aufrichtig, daran hatte sie nicht die geringsten Zweifel. Der Junge war unfähig zu lügen oder zu heucheln. Sie betete zu Gott, dass das so bleiben möge.

»Bist du müde, Maldie?«, fragte Eric.

»Ja, todmüde, aber ich halte schon durch«, erwiderte sie. »Bald ist alles vorbei.« Sie warf einen Blick auf das Dorf. Es sah aus, als ob dort kaum gekämpft wurde. Darüber war sie sehr erleichtert. »Ich hoffe, dass meine liebe Freundin Eleanor alles gut überstanden hat.«

»Die alte Frau, bei der du untergeschlüpft bist?«, fragte James.

»Ja, genau. Woher wisst Ihr das?«

»Douglas hat es uns erzählt.«

Maldie starrte James verständnislos an. »Douglas ist ein Murray?«

»Immer gewesen. Als du versucht hast, Beaton zu töten, und dafür zum Tod durch den Strang verurteilt wurdest, kehrte er nach Donncoill zurück. Es hatte sich zu viel verändert, und er war kaum mehr an irgendwelche nützlichen Informationen gekommen. Er meinte, wenn man auch nur die Spur von Neugier am Laird und seinem Treiben zeigte, konnte das den Tod bedeuten.«

»Stimmt«, sagte Eric. »Beaton hat einige Männer nur auf den bloßen Verdacht des Verrats hin hängen lassen. Offenbar hatte ihr einziges Vergehen darin bestanden, die falschen Fragen zu stellen oder irgendetwas erfahren zu haben, von dem Beaton dachte, dass es in die falschen Hände geraten könnte. Die meisten Menschen hielten sich von Beaton und der Burg fern. Nur wenige wagten es, den Mund aufzumachen. Douglas hatte recht, sich aus dem Staub zu machen, solange er noch konnte.«

»James, Ihr habt die alte Frau, Eleanor, gesehen, oder?«, fragte Maldie.

»Ja, und sie hat uns auch gesehen«, erwiderte er. »Du hast sie gewarnt, stimmt's?«

»Jawohl. Ich habe gehofft, dass sie auf mich hört, aber ich habe mich bemüht, Eurer Sache nicht zu schaden.« Mit einem schiefen Lächeln blickte sie auf die Rauchsäule, die aus der Burg aufstieg. »Und offenbar hat es Euch nicht geschadet.«

»Überhaupt nicht. Ich bin sicher, dass die Alte sich irgendwo versteckt hat und ihr nichts passiert ist. Sie hat bestimmt erraten, dass wir nicht hier waren, um auf dem Markt einzukaufen.«

»Gut. Sie ist eine warmherzige, freundliche alte Frau. Ich hatte Angst um sie.«

Obwohl sie sich bemühte, es nicht zu tun, warf Maldie immer wieder einen Blick auf den abebbenden Kampf. Sie hielt nach Balfour Ausschau, und James' leicht amüsierter Blick verriet ihr, dass er es wusste. Eigentlich war es sinnlos, denn was immer sie mit diesem Mann geteilt hatte, würde bald auf brutale Weise zu Ende gehen, dessen war sie sich sicher. Dennoch konnte sie es kaum erwarten, ihn zu Gesicht zu bekommen und mit eigenen Augen zu sehen, dass er die Schlacht überlebt hatte und den wohlverdienten Sieg feiern konnte.

»Ich ziehe jetzt los und suche unseren törichten Laird«, verkündete James mit einem nachdrücklichen Blick auf Maldie. »Ich kann mir nicht vorstellen, dass es noch Beatons gibt, gegen die er kämpfen kann.«

»Calum meinte, er habe sich in dem Moment von seinem Laird abgesetzt, als der mit Eurem zu kämpfen begann«, erklärte Maldie.

»Na, dieser Kampf ist inzwischen sicher beendet«, murrte James stirnrunzelnd, machte sich jedoch eilends auf den Weg zurück zur Burg.

»Balfour würde gegen Beaton doch nicht verlieren, oder?«, fragte Eric besorgt.

»Auf gar keinen Fall!«, entgegnete Nigel mit fester Stimme.

»Wenn Calum die Wahrheit gesagt hat, dann hat der Kampf zwischen Balfour und Beaton entweder sehr lange gedauert, oder ...«

»Es gibt kein Oder, Junge! Balfour schlägt Beaton. Vielleicht spielt er ein wenig mit dem Mann, vielleicht hat Calum auch gelogen, oder vielleicht hatten sich Beaton und Balfour noch eine Menge zu sagen, bevor sie die Schwerter sprechen ließen. Die Dauer eines Kampfes sagt nichts darüber aus, ob man gewinnt oder verliert. Glaub mir, Junge,

265

Beaton hat nicht die geringste Chance gegen unseren Bruder.«

Maldie sah, wie James hinter den hohen Toren von Dubhlinn verschwand, und schickte ein Stoßgebet zum Himmel, dass Nigel recht haben möge. Sie teilte Erics Sorgen. Beaton hätte inzwischen längst geschlagen sein müssen, und trotzdem ließ sich Balfour nicht blicken. Sie war zwar sicher, dass sie Balfour nach dem heutigen Tag nie mehr wiedersehen würde, aber sie wollte auf gar keinen Fall, dass es deshalb dazu kam, weil Beaton ihn getötet hatte.

19

»Murray, du Mistkerl!«, brüllte eine gereizte Stimme. Balfour erstarrte.

Er erkannte die Stimme sofort. Es war dieselbe Stimme, die ihn das letzte Mal von den Mauern Dubhlinns herab verhöhnt hatte, als er bei dem Versuch, Eric zu befreien, so kläglich gescheitert war. Beaton näherte sich von hinten, und Balfour ergriff höchste Unruhe.

Mit gezücktem Schwert fuhr er herum. Es überraschte ihn, dass Beaton gesprochen und sich nicht einfach angeschlichen und ihm sein Schwert in den Rücken gestoßen hatte. Das hätte eigentlich Beatons erster Gedanke sein müssen, als er Balfour ohne Rückendeckung antraf. Aber offenbar war der Mann viel zu wütend, um klar zu denken. Das war verständlich, denn er musste zusehen, wie alles, was er aufgebaut hatte, vor seinen Augen niedergerissen wurde. Doch es könnte sich als verhängnisvoll erweisen.

Beaton blieb nur wenige Schritte vor Balfour stehen und streifte die Kettenhaube vom Kopf. Balfour riss den Mund auf, unfähig, seinen Schreck zu verbergen. Das letzte Mal hatte er Beaton hoch oben auf den Mauern von Dubhlinn gesehen; wie sehr die Krankheit das Gesicht und den Körper des Mannes verwüstet hatte, hatte er damals nicht erkennen können. Obwohl er nur Beatons Gesicht sehen konnte, schien es, als ob der Mann verfaulen würde. Aus Angst, sich anzustecken, wollte Balfour instinktiv zurückweichen und möglichst viel Abstand zu Beaton gewinnen. Doch er gab seiner Angst nicht nach. Obwohl Beaton nun schon mindestens drei Jahren an der Krankheit litt, schien in Dubhlinn niemand sonst an diesem Gebrechen zu leiden. Es war also nichts, was man sich einfach so einfing. Außerdem vertraute er in diesen Dingen auf Maldies Wissen. Sie hatte Douglas erzählt, dass es sich nur um eine Art Hautkrankheit handelte; sie hätte ihn und auch jeden anderen sicher sofort gewarnt, wenn man sich hätte anstecken können. Da sie aber keine Warnung ausgesprochen hatte, entschied Balfour, dass Beatons Leiden seine ganz persönliche Qual war, die weder geheilt noch anderen angehängt werden konnte.

»Ich will meinen Bruder zurückholen«, sagte Balfour und beobachtete Beaton genau, denn der hatte den Ruf, alles andere als ehrenhaft zu kämpfen.

»Ihr meint meinen Sohn?«

»Den Sohn meines Vaters. Ihr habt den Jungen weggeworfen wie Abfall von Eurem Tisch. Ihr habt kein Anrecht auf ihn. Ihr habt vor Jahren darauf verzichtet.«

»Ein schwerer Mangel an Weitblick, den ich jetzt zu korrigieren trachte.«

»Keiner wird das glauben.« Balfour zuckte die Schultern. Er hatte gesehen, dass sich Calum aus dem Staub gemacht und Beaton seinem Schicksal überlassen hatte. »Es hat ohnehin keine Bedeutung mehr, da Ihr bald tot sein werdet.«

»Ich verfaule langsam, wie Ihr seht, aber es hat mich noch nicht umgebracht.«

»Nein. Aber ich habe nicht vor, Euch am Leben zu lassen, jetzt, wo ich Euch gefunden habe. Das war die letzte Schandtat, die Ihr meinen Leuten angetan habt.«

Der Augenblick, in dem Beaton merkte, dass er alleine war, war Balfour nicht entgangen. Als Beaton merkte, dass Calum ihn im Stich gelassen hatte, verlor er etwas an Farbe, was sein graues Gesicht noch ekelerregender machte. Balfour überlegte kurz, ob es recht sei, mit dem Mann zu kämpfen. Irgendwie schien es ihm unehrenhaft, sein Schwert gegen einen offensichtlich kranken Ritter zu erheben. Doch dann sah er, wie sich Beaton bewegte. Er erkannte, dass der Mann noch immer seine Kraft und wahrscheinlich auch seine alten

Fertigkeiten besaß, egal wie krank er aussehen mochte. Beaton war noch immer in der Lage, ihn zu töten, das war alles, was er wissen musste.

»Fragt Ihr nicht nach Eurer kleinen Hure?«, höhnte Beaton, als sie begannen, sich langsam zu umkreisen.

»Wenn Ihr mich mit Euren Lügen über Maldie wütend machen wollt, könnt Ihr Euren Atem sparen. Zumal Ihr ihn ohnehin nicht mehr lange genießen werdet. Ihr bringt mich nicht dazu, mich töricht zu verhalten, Ihr liefert mir nur einen weiteren Grund, Euch umzubringen.«

»Vielleicht bringe ich ja Euch um, mein prahlerischer Feind.«

»Im Zweikampf, ohne dass Euch jemand hilft? Das glaube ich nicht. Ihr habt viel zu lange für Euch kämpfen lassen, Beaton. Oder Ihr habt Eure Morde selbst begangen, aber heimtückisch, im Dunkeln und von hinten. Man kann sein Können schnell einbüßen, wenn man nicht ständig daran arbeitet.«

Balfour erkannte, dass Beaton seine Gefühle nicht so im Griff hatte wie er. Das Gesicht des Mannes war nun von einer tiefen Röte überzogen, die auf groteske Weise unterstrich, wie wund und ausgetrocknet seine Haut war. Beaton war offensichtlich so sehr in seiner Wut und dem Gefühl der Niederlage gefangen, dass er nicht bemerkte, welche Schwäche er ausstrahlte. Er zeigte Balfour überdeutlich, dass man ihn mit Hohn dazu bringen konnte, überstürzt zu handeln; und das könnte es leichter machen, ihn zu töten.

»Vielleicht habt Ihr diese Schlacht gewonnen, Murray, aber ich werde dafür sorgen, dass Ihr nicht lang genug lebt, um den süßen Geschmack des Sieges zu genießen. Und auch den beiden, die Ihr retten wolltet, wird es nicht besser ergehen.«

Es fiel Balfour nicht leicht, Beatons kaum verhohlene Drohung zu ignorieren, Eric und Maldie ermorden zu lassen. Als er den ersten etwas ungestümen Hieb Beatons parierte, zog sich sein Magen aus Angst um die beiden zusammen. Die Wucht des Schlages machte Balfour klar, dass er sich ganz auf Beaton würde konzentrieren müssen. Sein Können mochte zwar unter der Macht der Gefühle und mangelnder Übung gelitten haben, aber noch immer stellte er eine ernsthafte Gefahr dar. Er konnte nur beten, dass Beaton gelogen hatte, oder wenn nicht, dass er zu seinem Bruder und seiner Geliebten vordringen würde, bevor der mörderische Plan ausgeführt werden konnte, den Beaton womöglich ersonnen hatte.

Der Kampf wurde erbittert und stumm geführt. Balfour war dankbar, dass Beaton seine ganze Kraft für den Kampf brauchte und ihn nicht weiter verhöhnen konnte. Er war stolz darauf, seine Gefühle im Griff zu haben und all seine Empfindungen und seine Aufmerksamkeit dem Ziel unterzuordnen, Beaton zu töten. Aber Balfour wusste auch, dass seine Beherrschung an einem seidenen Faden hing.

Ihm wurde schnell klar, dass er den Kampf gewinnen würde, wenn nicht irgendeine grässliche Laune des Schicksals oder einer von Beatons Männern eingreifen würden. Der Mann hatte noch einiges Können und Kraft, doch die Kraft ließ nach. Ob es nun an der Krankheit lag oder daran, dass er sich schon zu lange darauf verlassen hatte, dass andere für ihn kämpften, auf jeden Fall wurde Beaton schnell müde. Seine Schwerthiebe wurden ungezielter, und er begann zu taumeln, wenn er Balfours Angriffen auswich.

Das Ende war dann fast enttäuschend. Als er einen Hieb Balfours parieren wollte, stolperte Beaton und gab sich eine Blöße, die Balfour zu einem raschen, sauberen Todesstoß nutzte. Ohne zu zögern, rammte er sein Schwert tief in Beatons Brust. Als Beaton zu Boden ging, war Balfour hauptsächlich erleichtert, dass es vorüber war und er nun endlich die beiden suchen konnte, die er hatte retten wollen. Eigentlich wunderte er sich, dass er so wenig beim Tod dieses Mannes empfand, denn Beaton war nun schon so lange sein Feind gewesen. Aber er hatte jetzt nicht die Zeit, sich über seine Launen klar zu werden.

Er wischte sein Schwert an Beatons Wams ab und stellte beiläufig fest, wie alt Beatons Rüstung war. Obwohl er jahrelang seine Leute ausgepresst und Reichtümer aufgehäuft hatte, hatte er offensichtlich nichts für Waffen und Panzer ausgegeben. Er hatte wohl darauf vertraut, sich hinter den hohen, starken Mauern von Dubhlinn verschanzen zu können. Das erklärte, warum ihnen der Sieg so leicht gefallen war, nachdem sie innerhalb der Mauern angelangt waren.

»Nun gut, jetzt seid Ihr der Kadaver, dem Ihr schon so lange gleichgesehen habt«, murmelte er, stand auf und sah sich um.

Die wenigen Beatons, die noch kämpften, hatten gesehen oder gehört, dass ihr Laird gestorben war. Ein Schrei war aufgestiegen, sobald der Mann gefallen war. Balfour glaubte nicht, dass sie noch weiterkämpfen würden, zumindest nicht für Beaton. Viele der Männer Dubhlinns waren Söldner, Gesetzlose oder Ausgestoßene, es konnte also durchaus einige geben, die die Gefangennahme mehr als den Tod fürchteten. Die Schlacht war jedoch so gut wie zu Ende.

Als Balfour zum Wohnturm schritt, hielt er bei einem schwer verwundeten Beaton, der im Schlamm lag. Er beugte sich über ihn, packte ihn an der Hemdenbrust und hob ihn etwas hoch. »Wo sind die Gefangenen?«, fragte er, weil er sichergehen wollte, dass sich die Verhältnisse nicht geändert hatten, seit Douglas aus Dubhlinn geflohen war.

»Welche?«, fragte der Mann mit schwacher, vor Schmerzen heiserer Stimme, aber auch mit einem noch immer herausfordernden Unterton.

»Das Mädchen, das Beaton aufhängen wollte, und der Knabe, den er als seinen Sohn ausgeben wollte, weil er keinen zustande gebracht hat«, erwiderte Balfour scharf und schüttelte den Mann.

»Jesus, könnt Ihr einen Mann nicht in Frieden sterben lassen?«

»Nein. Und wenn du stirbst, bevor du mir gesagt hast, was ich wissen will, werde ich dir bis an die Pforten der Hölle folgen, um die Antwort aus dir herauszupressen.«

»Im Verlies, der Teufel soll Euch holen.« Der Mann stöhnte, als Balfour ihn losließ und er wieder zu Boden fiel.

»Wer ist bei ihnen?« Balfour hatte kurz ein schlechtes Gewissen, dass er einen Verwundeten so grob behandelt hatte. Doch als er genauer hinsah, bemerkte er, dass der Mann zwar schwer, aber wahrscheinlich nicht tödlich verletzt war.

»Ein Wächter.«

Balfour stieg über den Mann hinweg und ging in den Wohnturm. Er hatte sein Schwert gezückt, aber keiner forderte ihn heraus. Er stieß auf überhaupt niemand und stellte fest, dass sein Überraschungsangriff noch erfolgreicher gewesen war als erhofft; ja, er war so vollständig geglückt, dass keiner Zeit gefunden hatte, in den dicken, schützenden Mauern der Burg eine Abwehr zu organisieren. Als Balfour in den großen Saal trat, sah er sofort die Tür, von der ihm Douglas erzählt hatte. Die ganze Angst um Eric und Maldie stieg in ihm hoch und drohte, ihn zu ersticken. Ohne an seine Sicherheit zu denken, eilte er zur Tür, warf sie auf und stürzte die steile Treppe hinunter.

* * *

Balfour sank gegen die kühle Wand des großen Saals und wischte sich mit dem Ärmel den Schweiß aus dem Gesicht. Er hatte sich den Weg in den Saal erkämpft und war ohne zu überlegen hinab ins Verlies gestürmt, nur um ein verzweifeltes Mädchen und eine stöhnende Wache vorzufinden. Sie hatten ihm gesagt, dass Eric und Maldie sie niedergeschlagen und eingesperrt hatten und dann geflohen waren. Balfour ließ die beiden zurück und raste die dunkle Treppe wieder hoch, ohne auf die Schmähungen zu achten, mit denen sie ihn, Eric und Maldie bedachten. Wieder im großen Saal angekommen, hielt er jedoch inne, weil er nicht wusste, wohin er sich als Nächstes wenden oder was er als Nächstes tun sollte. Er war sich so sicher gewesen, Eric und Maldie zu finden, dass er von der Enttäuschung gelähmt stehen blieb.

Weder wusste er, wo James war, noch, wo sich Douglas oder Nigel aufhielten. Zu Beginn der Schlacht hatte ihn nur interessiert, in den großen Saal und das Verlies zu gelangen, in dem, wie alle behaupteten, sein Bruder und Maldie festgehalten würden. Leise fluchend verließ er den Saal. Widerwillig musste er sich eingestehen, dass er sie um nur gut ein paar Schritte oder Momente verpasst haben könnte. Sein einziger Trost war, dass sie Beaton entronnen waren, falls der tatsächlich geplant hatte, sie ermorden zu lassen. Er wusste nur nicht, wann und wohin sie geflohen waren oder ob sie erfolgreich gewesen waren. Es war nicht so leicht, inmitten einer hitzigen Schlacht zu fliehen.

Plötzlich sah er den Toten, der neben dem Kopf der Tafel hingestreckt lag. Er erstarrte. Ihm wurde bewusst, dass er so damit beschäftigt gewesen war, Eric und Maldie zu finden, dass er dem Feind keinerlei Beachtung mehr geschenkt hatte. Dieser Mann war tot, aber er hätte ihn zumindest bemerken und sich der Folgen klar werden müssen. Auch wenn sie verlassen aussah, war das Innere der Burg offenbar doch nicht so vollkommen sicher. Balfour fragte sich, wer den Mann umgebracht haben könnte, und betete, dass es weder sein jüngerer Bruder noch Maldie gewesen waren. Keiner der beiden war so abgehärtet, um das Töten eines Mannes als Notwendigkeit hinzunehmen, als Teil des Kämpfens und Überlebens. Es hätte nie dazu kommen dürfen, sagte er sich mit einem starken Schuss Selbstverachtung, denn er hätte da sein müssen, um sie zu beschützen.

»Balfour!«, rief eine tiefe, vertraute Stimme vom Eingang her.

»James, ich glaube nicht, jemals so froh gewesen zu sein,

dich zu sehen«, sagte Balfour, als James neben ihn trat und auf den Toten hinabstarrte.

»Eurer?«

»Nein. Ich hoffe nur, dass es weder Eric noch Maldie waren.« Er runzelte die Stirn, als James das Gesicht verzog. »Hast du sie gesehen? Ich bin zum Verlies gerannt, habe dort jedoch nur festgestellt, dass sie sich selbst schon rausgelassen haben.«

»Ja, das haben sie, und ja, der Mann starb durch ihre Hand.«

»Sind sie unverletzt?«

»Ja. Calum wollte dafür sorgen, dass sie Dubhlinn nicht lebend verlassen, aber diese Gefahr habe ich gebannt.« Plötzlich grinste James. »Ich hab sie per Zufall getroffen. Eure Kleine versuchte gerade, ein Schwert zu heben, das größer war als sie selbst, und sich zwischen Eric und Calum zu stellen. Für ein so kleines Mädchen hat sie 'ne Menge Mut.«

»Sie hat versucht, mit Calum zu kämpfen?«

»Sie hat nur versucht, sich und den Jungen in Sicherheit zu bringen. Habt Ihr Beaton gesehen, oder ist es diesem schleimigen Feigling gelungen, der längst fälligen Strafe zu entgehen?«

»Ich habe Beaton gerade zur Hölle geschickt.«

»Deshalb also hat das Kämpfen so gut wie aufgehört.«

»Dann brauche ich damit nicht wieder anzufangen. Gut. Wo sind Eric und Maldie?«

Balfour war begierig, seinen Bruder und Maldie wiederzusehen und sich mit eigenen Augen zu überzeugen, dass sie unversehrt waren. Solange er das nicht getan hatte, würde er nicht vollkommen beruhigt sein. Es war einfach alles zu glatt gegangen – an einen solch leichten Sieg konnte er kaum glauben.

»Das hätte ihnen erspart bleiben sollen«, murmelte er, während er den Toten mit dem Fuß anstieß. »Es hätte nie dazu kommen dürfen, dass Maldie zum Schwert greifen musste.«

274

»Ihr könnt nicht die ganze Zeit über alle wachen«, sagte James. »Ihr würdet an Schlafmangel sterben.«

Balfour lächelte kurz. »Ich bin bei der ganzen Sache nicht ohne Schuld, aber du hast schon recht. Ich kann nicht Tag und Nacht wachen, und ich kann auch nicht jede Gefahr kennen, die hinter der nächsten Ecke lauern könnte. Keine Sorge, ich werde mir nicht das Büßerhemd anziehen. Mich zwickt nur ein bisschen das schlechte Gewissen.«

»Dann lasst es Euch von unserem Sieg beruhigen.«

»Es wäre leichter zu beruhigen, wenn ich meinen Bruder und Maldie sehen könnte.«

»Folgt mir. Ich habe sie zu den Knappen und Pferden auf den Hügel in Sicherheit gebracht. Und Euren verrückten Bruder Nigel habe ich auch dort hingeschafft.«

»Geht es ihm gut?«, fragte Balfour, als sie in den Burghof traten.

»Ja, er ist nur müde. Er hat noch nicht die Kraft, um eine richtige Schlacht durchzustehen. Als seine Männer nicht mehr seiner Führung bedurften und es klar war, dass uns nur noch Gott den Sieg würde nehmen können, habe ich ihn aus dem Kampf genommen.«

»Na, ich vermute, das wird ihm nicht gefallen haben.«

James lächelte nur, und Balfour wandte seine Aufmerksamkeit dem Burghof zu und dem, was dahinter passierte. Der Kampf war nun tatsächlich vorbei. Seine Männer nahmen denen, die sich ergeben hatten, die Waffen ab, und auch Frauen und Kinder tauchten schon wieder auf. Sie gingen zwischen den Toten und Verwundeten herum und suchten nach ihren Männern. Klagelaute wurden laut, und Balfour verzog das Gesicht. Beaton hatte ihm keine Wahl gelassen, aber dennoch fühlte Balfour mit den Frauen und Kindern, die Väter, Söhne, Ehemänner und Liebhaber verloren hatten. Wahrscheinlich würde sich ihr Leben nach dem Tod Beatons zum Besseren wenden, aber er wusste, dass ihnen das lange Zeit kein Trost sein würde.

»Ihr könnt nichts für sie tun«, murmelte James, als sie begannen, den Hügel zu erklimmen, auf dem sich Maldie und Eric befanden.

»Ja, ich weiß. Aber es nimmt dem Sieg immer von seinem Glanz. Ich frage mich auch, was jetzt mit ihnen geschehen wird. Wir können diese Ländereien nicht übernehmen. Es gibt zu viele, die darauf Anspruch erheben, und einigen ist der König sehr viel gewogener als uns.«

»Es kann für sie gar nicht so schlimm werden wie unter Beaton.«

»Vielleicht übernimmt einer von Beatons Verwandten die Führung.

»Es sind ja hoffentlich nicht alle Beatons so bösartig wie der alte.«

Balfour nickte bloß, da seine ganze Aufmerksamkeit der kleinen Gruppe von Menschen oben auf dem Hügel galt. Bald würde er Maldie wiedersehen. Bei ihrer letzten Begegnung hatte er sie bezichtigt, eine Verräterin zu sein, einer von Beatons Handlangern. Er fragte sich noch immer, ob sie deshalb nach Dubhlinn gegangen war, um ihn zu töten. Ihm war nach wie vor nicht klar, warum sie es getan hatte oder warum sie überhaupt etwas tat. Er war sich bewusst, dass er Maldie kaum verstand und noch weniger von ihr wusste. Aber einer Sache war er sich sicher: Sie würde ihn nicht mit offenen Armen willkommen heißen.

Irgendwie musste er sie wieder zurück nach Donncoill bringen. Er brauchte Zeit, damit die Wunden heilen konnten, die er ihr zugefügt hatte, Zeit, um ihre Gunst wiederzugewinnen. Er konnte sie nicht gehen lassen. Sie war zu wichtig für ihn, für sein Glück. Wenn es sein musste, würde er sie fesseln, zurückschleifen und festhalten, bis sie gewillt war, ihn anzuhören.

Maldie sah Balfour den Hügel heraufkommen. Vor Erleichterung wurde ihr ganz schwummrig. Endlich hatte er seinen

Kampf gegen Beaton gewonnen, und er lebte auch noch, um es zu genießen. Sie wünschte sich von Herzen, sie könnte es mit ihm genießen und seine Freude teilen. Stattdessen war sie im Begriff, ihm ein paar Dinge zu sagen, die seine Freude schmälern würden. Es war einfach ungerecht. Niemand hatte den Tod so sehr verdient wie Beaton, und Balfour sollte stolz darauf sein, die Welt von einem solchen Menschen befreit zu haben. Maldie hasste sich für das, was sie vorhatte, denn es würde alles verderben.

Eric berührte ihre Hand, und sie schaute zu dem Jungen. Er wirkte genauso verzagt wie sie. Sie nahm seine Hand. Gleich würde sie den Mann verlieren, den sie liebte, doch Eric stand im Begriff, sehr viel mehr zu verlieren. Maldie wusste, sie musste für ihn stark sein.

»Wir müssen es ihm sagen«, flüsterte Eric, denn er wollte nicht, dass Nigel etwas davon mitbekam. »Ich glaube nicht, dass es warten kann.«

»Wahrscheinlich nicht«, stimmte sie zu. »Er sieht nur sehr zufrieden aus, und er hat gerade den Mann geschlagen, der die Murrays seit dreizehn Jahren gequält hat.«

»Ja. Und diese Neuigkeit wird ihm die Freude an seinem Sieg verderben. Es wird sich herausstellen, dass die lange, blutige Fehde auf einer Lüge beruhte und dass viele Murrays für nichts und wieder nichts gestorben sind. Aber das wird so sein, egal, wann wir es ihm erzählen. Und wenn wir zu lange warten, wird es vielleicht noch schlimmer.«

»Ich weiß. Er wird sich dann fragen, warum wir es ihm nicht schon eher gesagt haben. Es ist doch klar, dass wir das alles während unseres Aufenthalts in Dubhlinn erfahren haben müssen.« Sie verzog das Gesicht. »Zumindest, wer du wirklich bist. Ich kenne meine Herkunft schon lange, und ich habe sogar gelogen, um sie zu verbergen.«

»Vielleicht müssen wir ihm nicht alle Geheimnisse verraten.«

»Doch, das müssen wir. Von deiner Abstammung haben

dir nicht die Feen gesungen. Wenn Balfour erfährt, woher du weißt, wer dein Vater ist, wird er auf mich blicken. Das Mal, das wir beide haben, beweist nicht nur, das wir blutsverwandt sind, es enthüllt auch meine Lügen. Und ich habe Angst davor, sie ihm zu erzählen. Nein, wir müssen mit allem herausrücken. Wenn wir ihm nur einen Teil der Wahrheit sagen, wird sich Balfour bestimmt den Rest zusammenreimen, und wir beide werden in seinen Augen Lügner sein.«

Eric lächelte traurig. »Ehrlich, ich würde es vorziehen, wenn wir beide die ganze Wahrheit sagen. Wenn ich wegen meiner Herkunft verstoßen werde, fände ich es ganz schön, wenn du mit mir verstoßen würdest. So etwas zu denken ist zwar wirklich nicht sehr nett von mir – aber ich fürchte, ich tu's.«

Sie drückte ihm kurz die Hand, um ihm zu zeigen, dass sie ihn verstand.

»Das ist keine schwere Sünde. Niemand möchte gerne allein sein. Das kannst du mir glauben, ich war mein ganzes Leben meist allein.«

»Nun nicht mehr«, sagte er bestimmt.

Maldie war tief gerührt, denn sie wusste, dass er einen Schwur getan hatte. Was auch immer geschehen würde, wenn die Wahrheit bekannt war – sie würde nicht alleine sein. Er wusste genau, wer sie war. Ihre traurige Vergangenheit war ihm größtenteils bekannt, und er wusste auch, welche Sünde sie nach Dubhlinn geführt hatte. Dennoch hielt er treu zu ihr. In ihrem Herzen wusste sie, dass er immer für sie da sein würde, ein Teil ihrer Familie. Es würde sie einige Mühe kosten, sich daran zu gewöhnen, denn eine solche Freundlichkeit und Standhaftigkeit war sie nicht gewohnt.

»Worüber habt ihr zwei zu tuscheln?«, fragte Nigel.

»Wir fragen uns, was mit Beaton passiert ist«, antwortete Eric, der Nigel nicht in die Augen sehen konnte.

»Da unser Bruder auf uns zumarschiert und dabei sehr lebendig aussieht, gehe ich davon aus, dass Beaton tot ist«, meinte Nigel gedehnt und lächelte Eric kurz an. »Bist du sicher, dass du nicht verletzt worden bist?«, fragte er, als ihn Eric noch immer nicht ansah.

»Ja, Maldie und mir geht es gut.«

»Das freut mich«, sagte Balfour, als er endlich bei ihnen angelangt war.

Er bedachte Maldie mit einem kurzen Blick, bevor er Eric hochhob und fest an sich drückte. Maldie spürte, wie Eric von einer Vielzahl verworrener Gefühle ergriffen wurde, als er Balfours Umarmung erwiderte. Der Junge liebte seine Brüder und fühlte noch immer eine tiefe Verwandtschaft zu ihnen. Doch er wusste, dass er ihnen eine Wahrheit mitteilen musste, die all das zerstören konnte. Es konnte sehr wohl das letzte Mal sein, dass ihm die beiden Männer, die ihn aufgezogen hatten, ihre Zuneigung so offen und direkt zeigten. Und Maldie war ebenso bekümmert wie er. Sie musste an sich halten, um nicht zu weinen. Nicht allein Erics Kummer ging ihr zu Herzen, sondern auch der Kummer, den die anderen bald fühlen würden.

Sie begann sich zu fragen, was die verstohlenen Blicke zu bedeuten hatten, die Balfour ihr zuwarf. Es war unmöglich, auch nur zu erahnen, welche Gefühle hinter diesen fast nervösen Seitenblicken lagen. Sie versuchte nicht einmal, sie zu erspüren, denn sie war zu stark mit den Gefühlen Erics verbunden. Und auch ihre eigenen Gefühle waren in einem solchen Aufruhr, dass ihr fast übel wurde. Doch selbst wenn sie gespürt hätte, was in Balfour vorging, hätte sie wahrscheinlich nicht so viel Klarheit des Verstandes besessen, um es zu verstehen. Und angesichts all dessen, was sie ihm zu sagen hatte, war sie sich auch gar nicht sicher, ob sie irgendwelche der Gefühle mitbekommen wollte, die diese Wahrheiten auslösen würden. Es war das Sicherste, sich diesem Mann gegenüber zu verschließen.

»Geht es dir gut, Eric?«, fragte Balfour und musterte ihn forschend.

»Ja. Ich habe nur ein paar Prellungen«, antwortete Eric. Er ging von Balfour weg zu Maldie, die langsam aufstand und ihn an der Hand nahm.

Balfour runzelte die Stirn ob des Paares, das da vor ihm stand. Er begann sich unbehaglich zu fühlen. Eric blickte fast gequält, als würde er sich gegen etwas Unangenehmes wappnen, und Maldie sah traurig aus. Balfour überlegte, wie viel sie dem Jungen von dem erzählt hatte, was zwischen ihnen vorgefallen war. Eric hatte einen ausgeprägten Sinn für Gerechtigkeit und konnte sehr wohl wegen der Anklagen aufgebracht sein, die sein Bruder der jungen Frau entgegengeschleudert hatte.

»Ich habe den Mann gesehen, den du töten musstest«, sagte er, denn er verspürte auf einmal den Drang, über etwas, irgendetwas anderes zu sprechen, nur nicht über das, was Eric und Maldie entschlossen schienen, ihm mitzuteilen. »Es tut mir leid, dass du das durchmachen musstest. Ich hätte dich davor bewahren sollen.«

»Du kannst nicht überall sein, Balfour«, sagte Eric freundlich. »Und es war auch kein heldenhafter Kampf, der den Mann zu Tode gebracht hat. Um ehrlich zu sein – er ist rückwärts in das Schwert gelaufen, das ich in Händen hielt.«

»Es ist immer hart, wenn man das erste Mal fremdes Blut vergießt.«

»Ich weiß, aber mach dir um mich keine Sorgen. Ich weiß auch, dass er Maldie töten wollte. Sie schaffte es nicht, ihm das auszureden, so redegewandt sie auch ist. Es hieß er oder sie, und ich bin wirklich froh, dass es ihn traf.«

»Ich auch«, sagte Balfour leise. Er blickte zu Maldie und wurde ganz unruhig, als sie seinen Blick nicht erwidern konnte oder wollte. »Warum wollte dich der Mann unbedingt umbringen?«, fragte er Maldie.

»Er gab mir die Schuld an der bevorstehenden Niederlage«, antwortete sie. »Er dachte, nur weil ich spioniert

hätte, wäre es euch gelungen, hinter die Mauern von Dubhlinn zu kommen.«

Balfour zuckte zusammen. »Du hast viel unter wüsten Anschuldigungen leiden müssen, nicht wahr?«

Maldie zuckte mit den Schultern. »Ich bemühe mich wohl
zu sehr, eine Fremde zu bleiben. Deshalb muss ich auch mit
Unterstellungen rechnen. Habt ihr den Kampf gegen Beaton
gewonnen?«

»Ja, der Schuft ist tot.«

»Dann ist der Gerechtigkeit Genüge getan«, murmelte sie.

Er verzog das Gesicht und fuhr sich durch die schweißge-
tränkten Haare. »Ich fange an zu glauben, dass ich der Einzige bin, dem klar ist, dass wir den Kampf gewonnen haben.«

»Ich weiß es«, sagte Nigel, als er sich zu Balfour gesellte.
Den Blick auf Maldie und Eric geheftet, runzelte er die Stirn.
»Mich dünkt, was die beiden hier schmerzt, hat nichts mit
diesem Kampf zu tun.«

»Wir haben euch ein paar Dinge mitzuteilen«, sagte Eric,
der sich streckte und den beiden Männern schließlich direkt
in die Augen blickte.

»Das kann warten, Kleiner«, sagte James. »Wir reiten
gleich nach Donncoill zurück. Dort werden wir schön feiern,
und du kannst so viel erzählen, wie du willst.«

»Vielleicht wollt ihr das Brot nicht mehr mit mir teilen,
nachdem ich gesagt habe, was gesagt werden muss.«

»Nun, Eric, wenn du dir noch immer wegen Malcolms
Tod Sorgen machst, so habe ich dir doch schon gesagt, dass
dich keine Schuld trifft«, sagte Nigel in der Absicht, den
Jungen zu beruhigen. Als sich dessen finstere Miene aber
nicht aufhellte, runzelte er die Stirn. »Er fürchtet, mit einem
Blick verraten zu haben, dass er Malcolm erkannt hat. Aber
ich habe ihm gesagt, dass das nicht reicht. Es waren Malcolms Versuche, den Jungen zu retten, die zu seinem Tod
geführt haben.«

»Nigel hat recht«, meinte Balfour, doch er wusste, dass

den Knaben nicht seine mögliche Mitschuld an Malcolms Tod beunruhigte.

»Mir macht weder Malcolm Kummer noch sein Tod«, sagte Eric barsch. Dieser kurze Gefühlsausbruch führte dazu, dass Balfour, Nigel und James ihn erstaunt anstarrten. Er seufzte und rieb sich den Nacken.

»Du machst mir allmählich Sorgen, Kleiner«, meinte Balfour und versuchte zu lächeln, obwohl er wusste, dass er jämmerlich scheiterte. »Komm, wie schlimm könnte das schon sein, was du uns zu sagen hast?«

»Ich bin kein Murray«, verkündete Eric mit klarer, harter Stimme. »Wir alle haben uns dreizehn lange Jahre getäuscht. Es mag ja sein, dass euer Vater mit Beatons Frau im Bett war, aber er hat mich nicht gezeugt. Ich bin ein Beaton!«

20

Noch nie hatte Maldie jemand so verblüfft dreinblickend sehen wie Balfour, Nigel und James. Ganz offensichtlich hätten sie gerne lautstark widersprochen, doch irgendetwas hielt sie zurück. Zögerten sie, weil sie glaubten, es könnte etwas Wahres sein an dem, was der Junge soeben verkündet hatte, oder weil sie dachten, er wäre in der Gefangenschaft verrückt geworden? Schnell wurde klar, dass sie zu der Annahme neigten, der Junge habe den Verstand verloren.

»Nein, Kleiner, das wollte dir Beaton einreden«, meinte Balfour. »Wenn der Rest der Welt seinem Anspruch auf dich Beachtung schenken sollte, dann musste er natürlich auch dich dazu bringen.«

»Ich bin kein einfältiges Kind«, sagte Eric.

»Nein, natürlich nicht. Doch du warst sehr lange in der Hand dieses Mannes. Auch den klügsten Männern kann es passieren, dass sie eines Tages das glauben, was oft genug wiederholt wurde. Ja, besonders dann, wenn sich die Stimme der Wahrheit nicht vernehmen lässt, um den Lügen zu widersprechen.«

»Ihr versucht mit aller Macht, aus dem, was ich sage, nichts als eine Beatonlüge zu machen. Das macht es umso schwerer, euch die Wahrheit zu sagen. Mir ist ganz klar, dass sie überhaupt nicht willkommen ist – und ich dann vielleicht auch nicht mehr.«

»Du wirst uns immer willkommen sein«, meinte James.

»Ich bin ein Beaton. Glaubt mir, ich wünsche von ganzem Herzen, dass dem nicht so wäre – aber es ist wahr. Ich sehe überhaupt nicht wie ein Murray aus. Wir haben alle angenommen, dass ich nur meiner Mutter ähnlich sehe. Aber es hat mich immer gewundert, dass nicht wenigstens ein Hauch von unserem Vater an mir war. Ich bin hell, und ihr seid alle dunkel. Ich bin klein, was keiner von euch ist.«

»Das könnte noch immer alles von deiner Mutter kommen. Nicht in jedem Kind zeigen sich beide Eltern«, wandte Balfour ein.

Seine Stimme klang angespannt. Maldie betrachtete ihn genauer: Er glaubte es. Sie fragte sich, ob er immer schon Zweifel gehegt, sie aber lieber abgetan hatte. Und falls das stimmte, dann betete sie, dass er aus Liebe zu Eric so gehandelt hatte.

»Ja. Aber ich hatte recht zu glauben, dass etwas von meinem Vater an mir sein müsste«, sagte Eric. »Vielleicht war es Weitblick, ich weiß es nicht, und eigentlich ist es mir auch egal. Jedenfalls habe ich dieses Mal gefunden.«

Balfour blickte plötzlich zu ihr, und Maldie wusste, dass er sich an ihr Mal erinnerte und daran, dass es ihm so vertraut erschienen war. »Ja genau, dieses Mal«, fuhr Eric fort.

»Dann bist auch du eine Beaton?«

»Ja. Beaton war es, der mit meiner Mutter geschlafen und sie verlassen hat. Er war es, der sie in den Sumpf gestoßen hat, in dem sie untergegangen ist.«

»Und deshalb wolltest du ihn umbringen.«

»Ja, deshalb bin ich hergekommen. Zu meiner Schande muss ich gestehen, dass das auch der Grund war, warum ich es zugelassen habe, dass man mich nach Donncoill brachte. Ich habe wochenlang in Dubhlinn herumgelungert, ohne auch nur in die Nähe des Mannes zu kommen, den zu töten ich geschworen hatte. Ihr wolltet ebenfalls seinen Tod. Ich dachte, ich könnte euch benutzen, um näher an ihn heranzukommen und zuschlagen zu können. Das war mir alleine nicht gelungen.«

»Aber, Mädchen, warum solltest du deinen eigenen Vater umbringen wollen?«, fragte James. Balfour sagte nichts, er stand nur da und starrte auf Maldie, dann auf Eric, dann wieder auf Maldie.

284

»Weil es mich meine Mutter schwören ließ. Sie hat mir einen Blutschwur abverlangt.« Der Schock der anderen ließ sie nur kalt lächeln. »Meine Mutter hasste Beaton, seit er sie verlassen hatte. Aber es war nur ihre Eitelkeit und ihr verletzter Stolz. Ich dachte immer, es ginge um Liebe und Scham, aber das war es nicht. Eines hat mir der kurze Aufenthalt in Beatons Kerker gebracht: Klarheit – auch wenn sie schmerzt. Meine Mutter hat mich zu einer Waffe gemacht gegen den Mann, von dem sie sich gekränkt fühlte.«

»Auch andere Männer haben sie gekränkt, oder etwa nicht?«, fragte Nigel, in dessen Augen Mitgefühl lag. Das hätte sie auch gerne in den Augen Balfours gesehen, doch sein Blick war schwarz und leer.

»Ja, das haben sie, immer wieder, bis sie nur noch auf das Geld aus war. Ich werde wahrscheinlich nie verstehen, warum sie glaubte, Beaton wäre schlimmer als all die anderen, aber das hat sie eben. Und ich war Beatons Kind. Sie dachte wahrscheinlich, dass es keine bessere Waffe gegen Beaton geben könne als sein eigen Fleisch und Blut. Möglicherweise wollte sie mich auch für die Sünde bestrafen, meine Geburt überlebt zu haben.« Maldie zuckte die Achseln. »Jetzt ist es eigentlich egal. Ich habe sie begraben und bin dann direkt hierher, um meinen Vater wie geschworen umzubringen. Ich bitte euch alle um Verzeihung, dass ich euch für meine Zwecke benutzt habe.«

»Ich fürchte, ich bin der Grund für diese schmerzlichen Enthüllungen«, meinte Eric und drückte ihr sanft die Hand. »Wie es so meine Gewohnheit ist, hatte ich ein paar Fragen und habe sie einfach gestellt, ohne mich darum zu scheren, was dabei herauskommen könnte.«

»Diese Enthüllungen waren lange überfällig«, flüsterte Maldie. »Du hast mich nur dazu gebracht, der Wahrheit ins Auge zu sehen. Einer Wahrheit, die ich viel zu lange krampfhaft zu ignorieren versucht habe. Ich glaube, die Wahrheit, die ich dir aufgebürdet habe, ist schwerer zu tragen.«

»Um welches Mal handelt es sich überhaupt?«, fragte Nigel.
»Viele von uns haben das eine oder andere Mal. Das bedeutet noch lange nicht, dass man miteinander verwandt ist.«

»Dieses Mal ist zu klar, zu deutlich und zu einzigartig, um darüber zu streiten«, sagte Eric, während er sich sein Hemd vom Leibe riss und den Männern das herzförmige Mal auf seinem Rücken zeigte. »Maldie wusste, wer sie war und wer das Mal auf ihrer Haut hinterlassen hat, das hat ihr ihre Mutter unmissverständlich gesagt. Man kann nicht leugnen, was es bedeutet.«

Nigel verzog das Gesicht und warf einen besorgten Blick auf Balfour, der noch immer schwieg. »Vielleicht war deine Mutter eine entfernte Verwandte von Beaton, und du hast das Mal von ihr und nicht von Beaton.«

»Wenn ich der Einzige mit so einem Mal wäre, könnte das unsere Ängste beruhigen. Aber es würde nicht erklären, woher Maldie ihr Mal hat, nicht wahr? Nein, das Mal ist der Beweis, dass ich Beatons Sohn bin, sein legitimer Erbe – obgleich das noch weiterer Prüfung bedarf. Und der Mann, den wir getötet haben, wusste es auch.«

»Und Beaton?«

»Nein, sonst hätte er wohl nicht so lange gewartet, mich in die Finger zu kriegen. George, der Mann, den ich getötet habe, hat erklärt, dass er es war, der mich zum Sterben aussetzte. Dennoch hatte er damals einen kurzen Blick riskiert, um zu sehen, ob ich das Mal trage, von dem er wusste, dass es Beaton auf dem Rücken trug. Er kannte die Wahrheit, behielt sie aber für sich. Er hoffte, die Zeit würde kommen, wo ihm das etwas einbringen würde. Wenn man bedenkt, wie versessen Beaton immer war, einen Sohn zu zeugen, sollte es nicht überraschen, dass er seine Frau oft beschlafen hat. Und wenn man daran denkt, wie grausam er war, sollte es auch nicht weiter überraschen, dass sie ihn nicht daran hat hindern können. Und so wurde ich empfangen.«

Bevor Eric fortfuhr, holte er zur Beruhigung tief Luft. »Ich habe auch herausgefunden, dass Beaton eigenhändig meine Mutter und die Hebamme getötet hat, die mich auf die Welt geholt hat. Er wollte sie nicht um sich haben, weil sie ihn an das gemahnten, was er als seine Schande sah. Und dem alten George war das auch ganz recht, denn es bedeutete, dass niemand außer ihm Beaton die Wahrheit würde sagen können. Ich muss also zum einen lernen zu akzeptieren, dass ich kein Murray, sondern ein Beaton bin, und zum anderen, dass mein Vater meine Mutter umgebracht hat und außerdem versucht hat, mich umzubringen.«

»Beaton war ein Mistkerl, der überall Unheil angerichtet hat«, sagte James und trat vor, um Eric zu umarmen. Dabei drückte er in einer Geste des Mitgefühls auch kurz Maldies Schulter. »Wahrscheinlich hat er auch deinen Vater von Grizel töten lassen – äh, vielmehr deinen Pflegevater«, fuhr er, wieder zu Eric gewandt, fort.

»Die Männer sammeln sich und werden sich wundern, warum wir uns hier so lange aufhalten«, warf Nigel ein und blickte sich um. Dann packte er Balfour am Arm und schüttelte ihn sanft. »Wir sollten nach Donncoill zurückkehren.«

»Ja, das sollten wir«, stimmte Balfour zu. Er umarmte Eric steif und ging zu den Pferden.

»Wir alle«, rief ihm Nigel nach.

»Nein«, sagte Maldie und schüttelte den Kopf. »Ich glaube, es wäre das Beste, wenn ich mich in eine andere Richtung aufmachte.«

»Es ist zu spät für dich, irgendwohin aufzubrechen, und außerdem hast du keine Vorräte«, machte Nigel geltend und zog sie zu seinem Pferd.

»Aber nach allem, was ich euch eben erzählt habe, glaube ich nicht, dass euch viel an meiner Begleitung gelegen ist.«

»Nein, du glaubst nicht, dass dieser schmollende Ritter dort Wert auf deine Gesellschaft legt.« Nigel nickte in Richtung auf den sich rasch entfernenden Balfour, dann hob er Maldie auf sein Pferd. »Aber er ist nicht der Einzige, der in

Donncoill lebt.« Er stieg hinter ihr in den Sattel und lächelte Eric kurz zu, der zusammen mit James auf einem Pferd neben ihnen saß.

»Mir ist auch nicht wohl bei der Sache«, sagte Eric. »Balfour hat zwar nicht auf mich gespuckt, aber er hieß mich auch nicht wieder willkommen.«

»Unsinn, Bursche!«, meinte James. »Er hat dich umarmt.«

»Es hat sich angefühlt, als ob man in Eis gepackt würde. Er hat es nicht akzeptiert, er hat die Sache noch nicht mit sich abgemacht. Vielleicht sollten Maldie und ich hier bleiben.«

»Nein! Und sei es nur, damit ihr in der Nähe seid und Balfour mit euch sprechen kann, wenn er seinen Schock überwunden hat.«

»Das scheint mir ein sehr guter Grund zu sein, nicht in seiner Nähe zu sein«, murmelte Eric.

Nigel lächelte und streckte die Hand aus, um das dichte, blonde Haar des Jungen zu zausen. »Er war schwer getroffen. Ich weiß zwar nicht, warum ihm diese Neuigkeiten so viel mehr zugesetzt haben als uns, aber ich habe schon die eine oder andere Idee. Dennoch – er wird wieder zu sich kommen.«

»Und wenn auch! Es wird die Tatsache nicht ändern, dass ich ein Beaton bin und kein Murray.«

»Du bist ein Murray. Vielleicht nicht dem Blut oder dem Namen nach, aber sonst in allem«, sagte Nigel bestimmt, und James nickte heftig. »Wir haben dich dreizehn Jahre lang als einen der Unseren aufgezogen. Glaubst du wirklich, dass wir das so einfach abtun könnten? Und du bist noch immer das Kindchen, das James auf dem Hügel gefunden hat, wo du zum Sterben ausgesetzt worden warst. Du bist noch immer das Kind einer Frau, die unser Vater geliebt hat; zumindest so sehr unser Vater überhaupt eine Frau hat lieben können, wankelmütiger Schelm, der er war. Nichts davon hat sich geändert. Und glaubst du etwa, dass uns in all den Jahren nicht auch einmal der Verdacht gekommen sein könnte, dass du nicht Vaters Bastard bist?«

»Ihr habt mir nie ein Wort davon gesagt.«

»Natürlich nicht. Wenn der Gedanke überhaupt aufkam, dann nur flüchtig und ohne große Bedeutung.«

»Warum ist Balfour dann so erschüttert?«

»Das hat, fürchte ich, wenig mit dir zu tun, mein Junge«, murmelte Nigel.

Maldie wurde rot, als die drei Männer sie anblickten. Ein solches Interesse war einer der Gründe, warum sie nicht nach Donncoill mitkommen wollte. Aber Nigel hatte recht, es war zu spät, um irgendwo anders hinzugehen. Es würde fast schon Nacht sein, bis sie Donncoill erreichten, und das war der nächstgelegene Ort, zu dem sie gehen konnte, abgesehen von Eleanors Hütte, die wohl eine Zeit lang nicht gerade sicher sein würde. Der Schmerz, einen geliebten Menschen verloren zu haben, würde erst abklingen müssen, bevor die Leute in Dubhlinn jemandem, den sie für ihre Niederlage verantwortlich machten, ohne Hass begegnen konnten. Und wo immer sie auch hingehen wollte, zuerst brauchte sie ein paar Vorräte. Vielleicht war es nicht recht, etwas von den Murrays anzunehmen, nachdem sie sie so schwer getäuscht hatte, aber sie würde es tun. Etwas Stolz einzubüßen war leichter, als Hunger und Kälte zu ertragen.

Den ganzen Weg zurück nach Donncoill war keine Spur von Balfour zu sehen. Als sie in der Burg ankamen, hatte er sich schon in seine Schlafkammer zurückgezogen. Zu Maldies Bestürzung wurde sie von einer schrecklich schweigsamen Jennie in dieselbe Schlafkammer geführt, aus der sie geflohen war.

»Es tut mir sehr leid, dass ich dich geschlagen habe«, erklärte Maldie dem jungen Mädchen, als sie in den Raum traten. »Aber ich musste einfach weg von hier.«

Jennie seufzte und starrte kurz auf die Decke, bevor sie Maldies Blick erwiderte. »Es tat weh. Ich habe noch einen kleinen blauen Fleck.« Sie deutete auf einen Bluterguss an ihrem schmalen Kinn, der sich gelb verfärbt hatte. »Und der arme Duncan hat sich zwei Tage lang vor unserem Laird versteckt. Ich denke, er versucht noch immer, ihm aus dem Weg zu gehen.«

»Ich musste raus aus Donncoill.« Maldie seufzte und schüttelte den Kopf. »Du wirst bestimmt bald alles erfahren. Ich glaube zwar nicht, dass du dann sehr viel besser über mich denken wirst als zu der Zeit, als alle glaubten, ich würde die Murrays verraten. Aber dennoch – glaub' mir, wenn ich dir sage, dass es mir sehr leid tut, dich geschlagen zu haben.«

»Na gut, ich glaube es ja. Nichtsdestotrotz ruft nicht nach mir, wenn Ihr wieder wegmüsst!«

Maldie zuckte zusammen, als das junge Mädchen ging und die schwere Tür mit einem dumpfen Schlag hinter sich schloss. Sie warf sich aufs Bett und starrte blicklos an die Decke. Obwohl sie wahrscheinlich nicht lange in Donncoill bleiben würde, hatte sie das unbestimmte Gefühl, dass es ihr wie Jahre vorkommen würde.

Dass ihr Balfour wieder dieses Zimmer zugewiesen hatte, konnte Verschiedenes bedeuten. Sie wusste, dass sie nicht weiter darüber nachdenken sollte, aber ihr Hirn ließ sich nicht ruhigstellen. Vielleicht brauchte er nur Zeit, um nachzudenken. Sie hatte ihm einiges gesagt, was nicht leicht zu schlucken war. Nigel und James hatten es offenbar verstanden und akzeptiert. Möglicherweise würde Balfour das auch, sobald er nur ein wenig Zeit gehabt hatte, sich alles durch den Kopf gehen zu lassen. Bestimmt hatte er ihr dieses Zimmer zugewiesen, damit er danach zu ihr kommen konnte. Als ihr Herz anfing, vor Hoffnung und Erwartung heftiger zu schlagen, beschloss sie, an etwas anderes zu denken. Balfour könnte ihr auch diese spezielle Kammer gegeben haben, weil sie als einzige frei war.

Sie litt. Sie wusste, dass es nicht nur an der Quälerei der

letzten paar Tage lag. Ihr Körper war übersät mit Prellungen und Blutergüssen, doch der meiste Schmerz kam von innen. In gewisser Weise hatte sie ihre Mutter verloren: die Wahrheit über sie, der sie sich hatte stellen müssen, hatte die letzten Reste von Selbstbetrug hinweggespült. Sie hatte nie wirklich eine Mutter gehabt. Sie hatte nur mit einer Frau zusammengelebt, die sie widerwillig gefüttert und gekleidet hatte, um sie großzuziehen, damit sie einen Mann tötete. Maldie vermutete, dass die Wahrheit sie noch mehr mitgenommen hätte, wenn sie nicht schon alles geahnt hätte.

Dann war da die Sache mit ihrem Vater, den sie hatte töten wollen. Obwohl sie sehr froh war, sich ihre Hände nicht mit dieser Sünde schmutzig gemacht zu haben, war sie doch auch zufrieden, dass er tot war. Ihre Mutter hatte von diesem Mann immer als jemandem gesprochen, der sie betrogen und dann verlassen hatte – aber er war viel schlimmer gewesen. Er hatte den Tod aus ganz anderen Gründen verdient als nur wegen Margaret Kirkcaldys verletzter Eitelkeit. Ihm schließlich zu begegnen war schwer für sie gewesen, vor allem mit eigenen Augen das Böse in dem Mann zu sehen, der sie gezeugt hatte.

Tief in ihrem Herzen saß die Furcht, dass etwas von diesem Bösen in ihr wäre. Maldie vermutete, dass Eric unter derselben Furcht litt. Sie wusste, es würde lange dauern, bevor sie aufhören würde, alles, was sie tat, zu hinterfragen und zu überlegen, ob nicht eine Spur Beaton sie so hatte denken oder handeln lassen. Wie oft sie sich auch sagte, dass sie nicht wie ihr Vater werden müsste – nur weil sie aus seinem Samen entsprossen war, hieß das noch lange nicht, dass sie auch nur irgendetwas von ihm an sich hatte –, es würde wirklich lange dauern, bevor sie davon völlig überzeugt sein würde.

Und dann war da Balfour. Als sie an ihn dachte, stiegen ihr die Tränen in die Augen. Oder vielmehr: Balfour war eben nicht da. Sie würde eine Zeit lang warten, aber sie war sicher, dass es eine traurige Zeitverschwendung war. Er würde nie in ihr Bett zurückkehren, vielleicht würde er sie nicht einmal von fern sehen wollen. Sie hatte nicht den Verrat begangen, den er ihr unterstellt hatte, aber auf eine gewisse Art hatte sie ihn doch betrogen. Sie hatte ihn belogen und ihn zumindest am Anfang für ihre eigenen Zwecke missbrauchen wollen. Bestimmt würde es einem solch stolzen Mann nicht leichtfallen, so etwas zu vergeben. Sie würde jedoch warten, genau hier in diesem Zimmer, in dem sie so viel miteinander geteilt hatten – denn die Hoffnung stirbt zuletzt.

Sogar das sanfte Licht der Dämmerung tat Maldies Augen weh, als sie aus dem Fenster spähte. Sie hatte in der Nacht kaum geschlafen, sondern nur hin und wieder etwas gedöst. Balfour war nicht gekommen. Der einzige Mensch, den sie zu Gesicht bekommen hatte, war eine mürrische Jennie, die ihr das Abendessen gebracht und dann schleunigst wieder verschwunden war. Dass man ihr das Essen auf ihr Zimmer gebracht und sie nicht eingeladen hatte, mit den anderen im großen Saal zu Abend zu essen, war an sich schon bezeichnend gewesen, aber sie hatte weiter gewartet. Jetzt aber hatte das Warten keinen Sinn mehr.

Sie warf sich ihren Umhang über und nahm den kleinen Beutel, den sie in der langen Nacht gepackt hatte, dann schlüpfte sie über den Gang zu Nigels Zimmer. Sie war nicht überrascht, als sie einen verschlafen blickenden Eric sah, der mit dem nicht minder müde wirkenden Nigel ein frühes Frühstück einnahm. Die beiden schienen ihrerseits auch nicht besonders überrascht, sie zu sehen.

»Du gibst früher auf, als ich erwartete«, murmelte Nigel.

»Ich bin niemand, der mit dem Kopf gegen eine Wand aus Stein rennt.«

»Maldie, warte doch ein bisschen länger«, drängte Eric.

»Ich kann nicht.«

»Warum? Ist Balfour nicht etwas Geduld wert?«

Maldie ahnte, dass Eric von Nigel alles erfahren hatte,

mehr als von ihr und viel mehr, als er überhaupt wissen sollte. Sie warf Nigel einen bösen Blick zu, doch der lächelte bloß und zuckte die Schultern. Eigentlich hatte sie nur kurz kommen und sich verabschieden wollen, doch dieser Plan war wohl von Anfang an zum Scheitern verurteilt gewesen. Nigel und Eric waren der Meinung, dass sie bleiben sollte. Sie würden sie nicht einfach gehen lassen. Maldie stellte ihren Beutel hin, schob Eric zur Seite und setzte sich. Dann nahm sie sich von dem Brot, das er und Nigel gerade verschlangen.

»Wenn ihr vorhabt, mich zu Tode zu quatschen, werde ich mir eine Henkersmahlzeit genehmigen«, murmelte sie.

Eric verdrehte die Augen und nahm einen langen Schluck Apfelmost. »Das ist feige, weißt du.«

»Dann zähle ich das eben zu meinen vielen Fehlern. Ich kann genauso leicht ein Feigling sein wie ein Lügnerin.«

»Maldie, du konntest gar nicht anders als lügen. Wenn du von Anfang an die Wahrheit erzählt hättest, hättest du die ganze Zeit in den Kerkern von Donncoill geschmort. Keiner hätte dir zugehört, und niemand hätte dir geglaubt, wie oft du auch beteuert hättest, dass du Beaton nie helfen würdest. Du bist seine Tochter, und nur daran hätten sie gedacht. Für einen Murray wäre die Vorstellung einfach unglaublich gewesen, dass du deinem Verwandten nicht helfen würdest und ihm im Gegenteil sogar so sehr den Tod wünschtest wie sie.«

»Meine Lügen kann man also erklären. Aber das spielt wirklich keine Rolle. Es ist klar, dass sie nicht akzeptabel sind. Ich bin nicht akzeptabel.«

»Nein, das glaube ich einfach nicht.« Eric drückte ihr kurz die Hand. »Ich werde akzeptiert. Inzwischen weiß jeder, dass ich ein Beaton bin und, ja, sie waren schockiert, aber sonst nichts. Du hattest recht. Ich bin für alle immer noch Eric. Wie James meinte – aus dem Sohn von eigen Blut wurde ein Pflegesohn. Da hat sich für die meisten wenig geändert.«

Sie küsste ihn auf die Wange. »Ich freue mich für dich. Dennoch unterscheidet sich unsere Situation ein wenig. Ich bin hier nicht aufgewachsen. Ich war keine dreizehn Jahre lang ein Mitglied der Familie. Ich bin nur auf der Straße nach Dubhlinn aufgetaucht und habe die Wahrheit meiner eigenen Ziele wegen verborgen. Und falls du dich daran erinnerst: Mein Ziel war es, meinen Vater umzubringen – nicht gerade sehr rühmlich.«

»Das zu verstehen mag manchem schwerfallen, aber wenn man weiß, was für ein Mann Beaton war, glaube ich nicht, dass man dich dafür verurteilen wird«, meinte Nigel. »Und du bist losgezogen, Eric zu retten. Du hast Eric gerettet.«

»Nein, nachdem die Schlacht angefangen hatte, bestand kaum mehr die Gefahr, dass er Schaden nehmen würde. Umgekehrt, ich habe ihn einer größeren Gefahr ausgesetzt, als ich ihn aus dem Verlies holte, statt in dort zu lassen. Gefährlich wäre es für ihn erst nach dem Kampf geworden, wenn die Beatons wie durch ein Wunder gewonnen hätten, ihr Laird aber gefallen wäre. Beaton wollte Eric lebend, und seine Leute wussten das.«

»Du bist zu bescheiden. Das ist vielleicht auch der Grund, warum du so schnell glaubst, dass dir keiner deine doch wirklich kleinen Vergehen vergeben kann.«

»Klein?« Sie lachte und schüttelte den Kopf. »Nein, überhaupt nicht klein. Ihr wisst besser als ich, dass euer Bruder die Wahrheit fast über alles schätzt. Ich habe ihm selten genug die Wahrheit gesagt. Nein, nicht einmal, als er mich direkt fragte und mich dazu bringen wollte, etwas zu sagen, um seinen Verdacht zu zerstreuen. Er wollte mir glauben, der arme Mann, und ich habe ihm nichts gegeben.«

»Wenn du wirklich glaubst, dass deine Verbrechen so schlimm sind, warum denkst du dann, dass er sich schon nach einer Nacht darüber klar geworden sein soll?«

»Oh, das ist eine kluge Frage«, sagte sie, als sie aufstand und ihren Beutel nahm. »Vielleicht hat Eric recht. Vielleicht bin ich nur feige. Ich habe eine Nacht des Wartens ausgehalten, aber noch eine schaffe ich einfach nicht. Je länger ich darauf warten muss, dass er mit mir spricht, desto weniger glaube ich, dass ich aushalten kann, was er zu sagen hat.«

Eric umarmte sie. »Bitte, Maldie, eine Nacht noch!«

Sie zauste kurz seine dichten Locken und löste sich dann sanft aus seinem Griff. »Nein, nicht einmal eine Stunde.«

»Du bist ein dickköpfiges Mädchen«, sagte Nigel.

»Sehr dickköpfig.«

»Wohin willst du gehen?«, fragte Eric.

»Ich weiß es noch nicht.«

»Geh zu deinen Verwandten!«, riet Nigel.

»Zu den Beatons?«, fragte sie.

»Nein, du Närrin«, sagte er und lachte leise über ihre finstere Miene. »Zu den Kirkcaldys!«

»Oh nein, dort kann ich nicht hin.«

»Und warum nicht? Du hast sie nie getroffen, oder?«

»Nun gut, das nicht, aber ich weiß alles über sie«, sagte sie. Sie begann unruhig zu werden, weil sie ahnte, dass sie etwas übersehen hatte, was ihr Nigel jetzt darlegen würde.

»Ja? Und wer hat dir alles über sie erzählt?«

»Meine Mutter«, flüsterte sie.

»Ich möchte dir nicht noch mehr Schmerz zufügen, Mädchen, aber diesmal könnte es zu deinem Besten sein. Deine Mutter hat dich belogen und benutzt. Kann es nicht sein, dass einige der Lügen, die sie dir erzählt hat, ihre eigene Familie betrafen? Vielleicht sah sie etwas in ihnen, was gar nicht da war. Und vielleicht hat sie dir erzählt, dass sie alle unnachsichtige Mistkerle wären, die dir das Leben zur Hölle machen würden, bloß weil sie selbst nicht zurückgehen und sich ihnen stellen wollte. Sie hätte dich nicht besser dazu bringen können, nicht weiter nach ihnen zu fragen, als dich glauben zu machen, dass sie alle zu hassen wären.«

Maldie fühlte, wie es in ihrem Kopf zu rumoren begann. Sie rieb sich die Schläfen und versuchte, über das nachzudenken, was Nigel gesagt hatte, ohne ihre wachsenden Kopfschmerzen noch zu verschlimmern. Es war seltsam, dass sie jedes Mal Kopfschmerzen bekam, wenn sie an ihre Mutter dachte und an das, was sie getan hatte.

Nigel hatte recht, das wusste sie. Dazu musste sie wirklich nicht sehr lange nachdenken. Es ärgerte sie nur, dass sie selbst nicht darauf gekommen war. Sie hatte ganz offensichtlich noch immer einen großen blinden Fleck, wenn es um ihre Mutter und all ihre Falschheit und Grausamkeit ging. Es ergab alles einen schrecklichen Sinn. Ihre Mutter fühlte sich in Schande gebracht, und ihr Stolz verbot ihr, ihrer Familie das zu zeigen. Sie wählte Armut und Erniedrigung für sich und in gewisser Weise auch für ihre Tochter, statt zu ihrer Familie zurückzukehren.

»An dem, was sie dachte, könnte schon etwas dran gewesen sein«, sagte sie schließlich. »Keine Familie freut sich, wenn ihr ein Bastard präsentiert wird.«

»Stimmt schon. Aber das wirst du erst wissen, wenn du hingehst und dich selbst davon überzeugst, nicht wahr? Nun, ich kenne die Kirkcaldys nicht, ich habe aber auch nie etwas besonders Schlechtes über sie gehört. Ich finde, eine Chance bist du ihnen schuldig, oder nicht?«

»So ist es wohl«, musste sie widerwillig eingestehen. »Das ist zumindest ein Ziel. Als ich herkam, hatte ich wirklich keins.«

»Gut, ich denke, so schlimm, wie du glaubst, wird es nicht werden.«

»Nein? Wenn sie mich willkommen heißen, werde ich ihnen von ihrer Verwandten erzählen müssen. Das ist keine schöne Geschichte – und meine genauso wenig. Ihr wollt, dass ich mich vergewissere, ob mir meine Mutter noch eine Lüge aufgetischt hat, und dass ich mich dann damit quäle, diese widerwärtigen Wahrheiten noch einmal zu erzählen. Das könnte wirklich sehr hart werden.«

»Wie gesagt, du kannst dir nicht sicher sein, wenn du nicht hingehst.«

»Du hast die Wahl«, sagte Eric. »Du könntest auch hierbleiben.«

Maldie schüttelte den Kopf. »Tolle Wahl! Nein, ich werde zu den Kirkcaldys gehen.«

»Und du wirst uns Nachricht geben, wie es dir geht?«, fragte Eric.

»Ja, ich werde euch eine Botschaft senden. Und glaube mir, Nigel Murray, wenn du dich täuschst, wird sie geharnischt ausfallen.«

Er lachte nur. Maldie verabschiedete sich hastig, küsste jeden auf die Wange und schlüpfte aus dem Zimmer. Der Weg zu den Toren Donncoills war eine einzige Qual. Jeden Schritt fürchtete sie, auf Balfour zu treffen und den kalten Hass zu spüren, den Balfour sicher für sie empfand. Als sie schließlich durch das Tor trat, ohne aufgehalten worden zu sein, staunte sie, dass sie sich weder besser noch erleichtert noch gar befreit fühlte.

»Und wo soll's hingehen, Mädchen?«

Die tiefe Stimme erschreckte sie so, dass sie fast ihr Bündel fallen ließ. Sie bemühte sich, ruhig zu werden, drehte sich um und warf James einen finsteren Blick zu. Wo war der Mann nur hergekommen? Sie hatte sorgfältig nach ihm und Balfour Ausschau gehalten, aber nichts gesehen.

»In mein Grab, wenn ich noch öfter so erschreckt werde wie von Euch eben«, fuhr sie ihn an.

James lächelte nur und wiederholte seine Frage: »Wohin gehst du?«

»Die Kirkcaldys besuchen.«

»Eine gute Entscheidung.«

»Was? Kein Versuch, mich zurückzuhalten?«

»Nun, nachdem dich weder Nigel noch Eric aufhalten konnten, nehme ich an, dass du nicht in der Stimmung bist, überredet zu werden.«

»Ihr wisst, dass ich bei ihnen war? Ihr seid ein Schleicher, James! Ein richtiger Leisetreter!«

»Geh, Mädchen, und sei vorsichtig. Mir behagt der Gedanke nicht, dass du allein herumwanderst. Aber du machst das schon so lange, dass ich versuchen werde, mir keine Sorgen um dich zu machen. Ich denke, es ist wichtiger für dich, die Kirkcaldys aufzusuchen, als hierzubleiben.«

»Vielleicht habt Ihr recht, James.« Sie küsste ihn auf die Wange und lächelte, als er rot wurde. »Passt auf Euch auf!«

»Gott sei mit dir, Mädchen!«

Maldie marschierte los und versuchte, nicht zu viel darüber nachzudenken, wie leicht es letztlich allen gefallen war, sie gehen zu lassen. Glaubten sie wirklich alle, es sei wichtig, dass sie ihre Kirkcaldy-Verwandtschaft aufsuchte? Oder glaubten sie, sie hätte bei Balfour ohnehin keine Chance? Oder, schlimmer noch: Vielleicht wollten sie nicht, dass sie blieb und versuchte, ihn zurückzugewinnen?

Sie verscheuchte diesen Gedanken. Er war nicht nett und wahrscheinlich auch völlig ungerecht. Keinem außer Balfour schien es schwergefallen zu sein, die Wahrheit über sie zu akzeptieren, sie zu verstehen und ihr zu verzeihen. Sie konnten sie aber genauso gut weggeschickt haben, damit sie sich nicht länger das Herz von Balfour brechen lassen musste.

Es würde schwer werden, Balfour aus ihren Gedanken und ihrem Herzen zu verbannen. Sie liebte ihn, und zwar mehr, als sie selbst es verstehen konnte. Allein von Donncoill wegzugehen und vielleicht auf jede Möglichkeit zu verzichten, wieder bei ihm zu sein, fiel ihr über alle Maßen schwer. Aber sie konnte nicht umkehren. Wenn Balfour sie wahrhaftig begehrte, würde es ihn nicht viel Mühe kosten, sie zu finden. Sie fragte sich kurz, ob James, Nigel und Eric sie deshalb zu den Kirkcaldys gewiesen hatten. Doch dann sagte sie sich: Sei keine Närrin, es gibt nur eines, worüber du dir Gedanken machen solltest, und das ist die Frage, wie du sicher und so schnell wie möglich zu deinen Verwandten kommst. In den Tagen und Jahren, die vor ihr lagen, hatte sie noch genügend Zeit, sich mit ihrem Schmerz auseinanderzusetzen.

21

»Wo ist sie?«, wollte Balfour von dem zitternden Wächter vor Donncoills Toren wissen.

Duncan stöhnte und verdrehte die Augen. »Habt Ihr sie etwa schon wieder verloren?« Er blickte auf Balfours finsteres Gesicht und trat dann hastig ein paar Schritte zurück. »Ich weiß es nicht«, murmelte er, drehte sich um und eilte davon. »Ich hab sie nicht gesehen.«

Balfour fluchte und raufte sich die Haare. Der arme Duncan würde sich bald weigern, irgendetwas zu bewachen. Selbst wenn er Maldie gar nicht bewachte, entlud sich der Zorn des Lairds auf ihn, wenn sie verschwand. Diesmal hatte Balfour keine Ahnung, warum Maldie nirgends zu finden war, er wusste nicht einmal, ob er wütend oder besorgt sein sollte. Offensichtlich war sie ihm wieder davongelaufen, aber warum?

Er kehrte in die Burg zurück und steuerte direkt auf Nigels Schlafkammer zu. Es schmerzte zwar, aber Balfour wusste, dass Maldie über einige Dinge lieber mit Nigel und jetzt Eric sprach als mit ihm. Er hatte eine sehr lange Nacht und fast den ganzen Tag damit verbracht, über all das nachzudenken, was sie ihm gesagt hatte. Nun war er bereit, mit Maldie darüber zu sprechen. Balfour begann zu fürchten, dass er zu lange gewartet hatte und dass Maldie jetzt nicht mehr mit ihm reden wollte. Aber vielleicht hatte sie ja auch von Anfang an geplant, ihm die ganze Wahrheit zu erzählen und dann zu verschwinden.

Als er Nigels Schlafkammer betrat, wusste Balfour, dass es etwas gab, was er erledigen musste, bevor er einen weiteren Gedanken an Maldie verschwendete. Nigel lag ausgestreckt auf seinem Bett und unterhielt sich leise mit Eric, der am Bettende saß, den Rücken gegen einen der hohen Bettpfosten gelehnt. Balfour schämte sich ein wenig, als die beiden ihn argwöhnisch beäugten. Sein Unbehagen verstärkte sich, als Eric gleich darauf nur noch seine Hände anstarrte.

Er wusste, dass es egoistisch gewesen war, sich so wenig Gedanken um den Jungen zu machen, während er selbst so tief in seinem eigenen Elend versunken war. Alles, woran Eric geglaubt hatte, alles, worauf er sich verlassen hatte, hatte man ihm genommen. Man musste ihm unmissverständlich klarmachen, dass seine Abstammung keinen Unterschied machte. Balfour war sich bewusst, dass seine steife Umarmung, kurz bevor sie von Dubhlinn nach Hause geeilt waren, nach all den grässlichen Wahrheiten, die Maldie ihm erzählt hatte, für Eric einfach nicht genug war. Er brauchte eine sehr viel deutlichere Bestätigung, dass er akzeptiert wurde. Balfour ging ans Bettende und legte den Arm um die schmalen Schultern des Jungen. Er bedauerte es, dass Eric steif wurde, und hoffte, ihn beruhigen zu können.

»Es scheint, dass wir beide mit unseren Vätern gestraft sind«, sagte Balfour.

»Euer Vater hat den Männern nur Hörner aufgesetzt, meiner aber hat sie umgebracht«, sagte Eric, entspannte sich aber ein bisschen.

»Kleiner, kein Clan und keine Familie ist ohne schwarze Schafe. Du weißt besser als die meisten, dass die Murrays davon reichlich hatten. Du kennst all die Geschichten. Immer mal wieder wird ein Mensch von jemandem oder etwas verbogen. So steigt die Dunkelheit aus der Tiefe seiner Seele, bis sie jede Handlung und jeden Gedanken vergiftet.«

»Ein böser Samen.«

»Das meinen viele Menschen. Ich nehme an, dass es so etwas gibt. Die meisten bösen Menschen aber werden dazu gemacht. Wir wissen, wer Beaton dazu gemacht hat.«

»Sein Vater.« Eric verzog das Gesicht. »Und Beaton hat ihn dafür umgebracht, nicht wahr?«

Balfour war so erschüttert, dass er ein wenig zurückwich. »Beaton hat seinen eigenen Vater umgebracht?«

»Ich bin mir sicher, dass Maldie und ich das gesagt haben.« Eric zuckte mit den Schultern. »Dir vielleicht nicht, aber ich kann mich nicht genau erinnern.«

»Vielleicht habe ich es ja auch nur nicht gehört. Ich habe überhaupt nicht mehr viel gehört, nachdem ich erfahren hatte, dass Maldie Beatons Tochter ist und du sein Sohn.« Er runzelte die Stirn. »Und dass Maldie versucht hat, ihren eigenen Vater umzubringen.«

»Wie der Vater, so die Tochter? Nein, Maldie ist nur ein Beleg für deine Vorstellung, dass jemand oder etwas einen Menschen verbiegen kann. Bei Maldie war es ihre eigene Mutter. Sie ist nicht wie Beaton!«, sagte Eric mit fester Stimme.

»Das weiß ich, Junge, und ich würde ihr das auch sagen, wenn ich nur wüsste, wo sie ist.« Balfour erstarrte, als Nigel und Eric plötzlich beide den Blick abwandten. »Wo ist sie?«, wollte er wissen.

»Wie kommst du auf den Gedanken, dass wir wissen, wo sie ist?«, fragte Nigel und verschränkte die Arme hinter dem Kopf.

Balfour trat an die Seite des Bettes und blickte seinen provozierend ruhigen Bruder finster an. »Wo ist sie?«

»Und ich habe eine Frage an dich: Warum möchtest du sie finden?«

»Um mit ihr zu reden, natürlich.«

»Oh, natürlich. Du hast eine ganze Nacht und einen Tag dazu gebraucht, um dir auszudenken, was du sagen willst. Eigentlich hätte ich nicht gedacht, dass du so langsam von Verstand bist, Balfour.«

»Nigel«, murmelte Eric, der die beiden Älteren nervös betrachtete. »Ich finde, dieses Spiel solltest du nicht spielen.«

301

»Willst du mir den Spaß verderben, Junge?«, fragte Nigel und lächelte den Jungen schwach an.

»Ja, diesmal schon.«

»Sie ist wieder aus Donncoill geflohen, nicht wahr?«, fragte Balfour, der sich plötzlich erschöpft und geschlagen fühlte.

»Ja«, erwiderte Nigel, »sie hat sich heute Morgen auf den Weg zu ihren Verwandten, den Kirkcaldys, gemacht.«

»Aber sie hat immer gesagt, dass die sie nicht wollen.«

»Das hat ihre Mutter gesagt. Aber es ist klar, dass ihre dreimal verfluchte Mutter es mit der Wahrheit nicht sehr genau genommen hat. Maldie hat sich entschlossen, zur Familie ihrer Mutter zu gehen und die Wahrheit selbst herauszufinden.«

»Dann ist es also vorbei«, flüsterte Balfour. Er wünschte sich verzweifelt, allein zu sein, aber er wusste, dass er nicht einfach weglaufen konnte. Das würde seinen Brüdern zu viel über die Gefühle verraten, die er für Maldie empfand. Er hatte zwar den Verdacht, dass sie den traurigen Zustand seines Herzens bereits erraten hatten, doch er sah nicht ein, dass er ihnen auch noch den Beweis dafür liefern sollte.

»Vorbei?« Nigel setzte sich kerzengerade auf und rieb sich ein Bein, da die abrupte Bewegung ihm einen stechenden Schmerz versetzt hatte. »Das Mädchen besucht ihre Verwandtschaft, und das sagt dir, dass es vorbei ist?«

»Was soll ich denn sonst denken?«

»Dass sie es müde wurde, darauf zu warten, bis du dich entscheidest, ob dir das gefällt, was sie dir erzählt hat, oder eben nicht.«

»Niemandem würde es gefallen, was sie mir erzählt hat.«

Nigel fluchte leise. »Eine ungeschickte Wortwahl. Akzeptieren, vergeben, verstehen? Schmeckt das deiner feinen Zunge besser?«

»Ich habe Zeit gebraucht, um nachzudenken. Warum ist das so schwer zu begreifen?«

»Wir haben nicht mehr als ein paar Minuten gebraucht. Was, glaubst du, hat es ihr gesagt, dass du so viel länger gebraucht hast? Du liebst das Mädchen, aber sehr viel weißt du wohl nicht über sie, oder?«

»Und wie hätte ich viel über sie wissen können, wenn sie mir nichts gesagt hat? Ja, und das wenige war gelogen.«

»Nicht alles«, sagte Eric, der Maldie sofort verteidigte.

Balfour seufzte und rieb sich den Nacken. Er wollte wirklich nicht darüber sprechen. Seine Gefühle waren stark und stechend, sie bereiteten ihm eine Menge Schmerz. Er wollte weg, sich in seinem Zimmer verstecken wie ein gezüchtigtes Kind und sich die Wunden lecken.

»Das Mädchen hat ihre Wahl getroffen. Eine Nacht zu warten war nicht zu viel verlangt, wenn es sie wirklich gekümmert hätte, was ich dachte oder fühlte. Wenn sie so sehr an meinen Gefühlen interessiert wäre, hätte sie zumindest zu mir kommen können, um mir zu sagen, dass sie weggeht. Das hat sie nicht. Sie hat sich einfach fortgestohlen.« Er ging zur Tür. »Ihr habt mich gefragt, was ich glaube, dass ihr mein langes Schweigen sagen würde? Nun gut, du bist doch ein kluger Kopf, Nigel – was glaubst du, hat es mir gesagt, dass sie gegangen ist, bevor wir über alles reden konnten?«

Eric zuckte zusammen, als die Tür hinter Balfour zufiel. »War's das jetzt?«

»Nein«, antwortete Nigel. »Das heißt nur, dass es ein bisschen dauern wird, ein bisschen Überredungskunst braucht, bevor er ihr nacheilt.«

»Glaubst du, Maldie wird auf ihn warten?«

»Ja.« Nigel lächelte traurig. »Und zwar viel länger, als ihr lieb sein wird.«

»Nun, ich hoffe, du hast recht mit den Kirkcaldys. Wenn ihre Verwandtschaft sie mit offenen Armen empfängt, wird es Maldie immerhin helfen und den Schmerz des Wartens lindern, bis Balfour wieder zu Besinnung kommt.«

303

Maldie packte ihren Beutel fester und sah sich im großen Saal der Kirkcaldy-Burg um. Nichts war sie in ihrem bisherigen Leben so hart angekommen, wie durch die großen Tore in die Heimat ihrer Mutter zu treten. Nun wartete sie voller Angst, in wenigen Augenblicken wieder hinausgeworfen zu werden.

Ihr Herz sagte ihr, dass ihre Mutter sie sehr wohl über ihre Verwandten belogen haben konnte, so wie sie sie schon über so vieles belogen hatte. Entweder das, oder aber Margaret hatte ihre Familie auf ihre verdrehte, unverständliche Art gesehen, mit der sie auch so vieles andere betrachtet hatte. Es konnte aber auch sein, dass sie zumindest einmal in ihrem Leben absolut ehrlich gewesen war. Diese letzte Möglichkeit ließ Maldie zittern.

Die Torwachen hatten sie so intensiv angestarrt, dass sie nervös geworden war, aber sie hatten nicht gezögert, Maldies Wunsch zu entsprechen, den Laird zu sprechen. Das kam ihr etwas seltsam vor. Es hätte sie zumindest jemand fragen sollen, worüber sie denn mit dem Laird zu sprechen begehrte. Vielleicht war es ja deshalb so einfach gewesen, eine private Unterredung mit dem Laird zu bekommen, weil sie dieselben grünen Augen und schwarzen Haare hatte wie so viele andere hier? Als sie die Ähnlichkeiten zwischen sich und einigen der Torwachen bemerkt hatte, hatte sie das Gefühl gehabt heimzukommen, es jedoch abgewürgt, so schnell sie konnte. Bevor sie nicht mit dem Bruder ihrer Mutter gesprochen hatte, wagte sie nicht, an so etwas zu denken. Wenn sie wieder hinausgeworfen würde, wie ihre Mutter prophezeit hatte, würde es ihre Schmerzen nur vermehren, nur so kurz in den Schoß der Familie zurückgekehrt zu sein.

Ein groß gewachsener Mann betrat den Saal. Er betrachtete sie genau, als er sich an seinen Platz am Kopf der Tafel begab. Nur ein Mann begleitete ihn. Die Hand dieses kleineren, dünnen Mannes ruhte die ganze Zeit über auf dem Heft seines

Schwertes. Noch mehr grüne Augen und schwarze Haare, sinnierte sie, als sie der stummen Aufforderung des Großen folgte, näher an den Tisch zu treten.

»Ihr seid eine Kirkcaldy?«, fragte der Große.

»Seid Ihr der Laird dieses Clans?« Sie versuchte ruhig und aufrecht zu stehen, um ihre Angst zu verbergen.

»Ja«, antwortete er leise lächelnd. »Ich bin Colin Kirkcaldy. Wollt Ihr mit mir reden?«

»Jawohl. Ich bin Maldie Kirkcaldy, die uneheliche Tochter von Margaret Kirkcaldy.«

Die beiden Männer waren tief getroffen, das war das Einzige, dessen sich Maldie sicher war. Sie starrten sie verblüfft an. Colin war etwas blass geworden. Er schaute sich zuerst um, bevor er sie wieder fest anblickte.

»Wo ist Margaret?«, fragte er.

»Sie starb letzten Winter.«

»Du siehst aus wie sie, wie eine Kirkcaldy.«

»Ich sehe wie eine Kirkcaldy aus, weil ich eine Kirkcaldy bin.«

»Und dein Vater?«

»Beaton von Dubhlinn, aber auch ihn werdet Ihr nicht mehr sprechen können. Er starb vor wenigen Tagen von der Hand Balfour Murrays, des Lairds von Donncoill.«

Zu ihrer Überraschung kicherte Colin. »Du beißt auch zu wie eine Kirkcaldy. Setz dich her, Mädchen, zu meiner Rechten. Thomas, hol uns Wein!«, forderte er den Mann auf, der ihn begleitet hatte.

»Seid Ihr sicher?«, fragte Thomas. »Ihr wärt allein.«

»Ich denke schon, dass ich mich gegen das Kindchen hier verteidigen kann«, erwiderte Colin gedehnt. Sobald Thomas gegangen war, wandte er sich wieder zu Maldie. »Du bist nicht gekommen, um mich umzubringen, oder?«

»Nein. Aber wenn es stimmt, was mir meine Mutter über Euch erzählt hat, sollte ich darüber nachdenken.«

Er lehnte sich in seinem riesigen, mit Schnitzereien reich

verzierten Stuhl zurück und rieb sich das Kinn. »Und was hat meine Schwester erzählt?«

Nachdem sie tief durchgeatmet hatte, berichtete sie ihm, was ihre Mutter über ihre Familie zum Besten gegeben hatte. Der Zorn, der das Gesicht ihres gut aussehenden Onkels verdunkelte, machte sie ein wenig nervös, er zeigte ihr aber auch, dass ihre Mutter wieder einmal gelogen hatte. Ihr Onkel sah nicht nur verärgert aus, sondern auch verletzt und tief beleidigt. Als Thomas mit dem Wein zurückkehrte und sah, wie aufgebracht Colin war, blickte er Maldie böse an.

»Ruhig Blut, Junge«, sagte Colin, drückte Thomas in den Stuhl links neben sich und schenkte allen Wein ein. Er wiederholte in leisen Worten, was Maldie erzählt hatte, bis Thomas genauso erzürnt dreinblickte. »Wie es aussieht, ist sich Margaret bis zu ihrem Tode treu geblieben«, murmelte Colin. »Aber wenn du das alles geglaubt hast, warum bist du dann hier?«

Maldie nahm eine tiefen Schluck Wein, um ruhiger zu werden. Als Colin gemeint hatte, Margaret sei sich treu geblieben, war Maldie klar geworden, das er sich keine Illusionen über seine Schwester machte. Aber das, was sie ihm nun sagen wollte, waren keine bloßen Denkfehler oder verletzte Eitelkeiten. Sie hatte keinerlei Vorstellung, wie der Mann reagieren würde oder ob er ihr überhaupt glauben würde. Es war sehr verlockend, einfach zu schweigen; aber Maldie hatte leidvoll erfahren müssen, welche Probleme es mit sich bringen konnte, die Wahrheit zu verschweigen oder zu lügen. Diesmal würde sie sich nur an die Wahrheit halten, die ganze hässliche Wahrheit. Wieder atmete sie tief durch, und dann erzählte sie ihm alles.

Erst lange nachdem Maldie zu reden aufgehört hatte, konnte Colin sprechen. »Ich weiß nicht, was mich wütender oder niedergeschlagener macht – dass sie dich belogen oder wie sie dich behandelt hat oder dass sie tatsächlich versucht hat, dich dazu zu bringen, deinen Vater zu töten. Ja, vielleicht das Letzte, denn alles andere war zwar schmerzlich, dies aber hätte dich deine Seele kosten können.«

Maldie zuckte mit den Schultern. »Ich habe es nicht getan.«

»Du hast es versucht.«

»Ja, das schon.« Sie verzog das Gesicht. »Ich weiß jedoch nicht, ob ich es ihretwegen getan habe. Aber das ist jetzt egal. Der Mann ist tot, und er hat es auch verdient, aber er fiel nicht von meiner Hand. Und für die Absicht werde ich Buße tun.«

»Die, die Buße tun sollte, hat leider keine Chance mehr dazu. Ich habe meine Schwester nie verstanden. Ich habe nie verstanden, woher dieser eitle Stolz kam. Sie war wunderschön, und vielleicht haben ihr das zu viele Leute gesagt. Ich weiß es nicht.«

»Ich finde es tröstlich, dass Menschen manchmal etwas tun, was niemand je verstehen wird. Es hält mich davon ab, zu sehr zu grübeln.«

Er nahm ihre Hand. »Eines solltest du wissen: Wir hätten dich nie in die Kälte zurückgestoßen. Wenn meine Schwester je auf etwas anderes als auf ihren Spiegel geachtet hätte, hätte sie gesehen, dass es auch bei uns vaterlose Kinder gibt und dass kaum jemand dafür schief angesehen wird. Und ganz sicher nicht die armen Kleinen, die nichts für die Umstände ihrer Geburt können.«

»Ja, aber diese Kleinen haben keinen Beaton zum Vater.«

»Wer dein Vater ist, kümmert uns nicht, er hat dich nicht aufgezogen. Ja, und trotz der Närrin, die es getan hat, scheinst du ein vernünftiges Mädchen geworden zu sein.«

Maldie lachte. »Vernünftig? Ich habe gerade monatelang versucht, meinem eigenen Vater einen Dolch in den Leib zu jagen.«

»Nun gut, wir alle haben unsere verrückten Momente.«

Sie schüttelte den Kopf. »Bei mir waren es mehr als nur ein paar Momente«, murmelte sie und dachte an Balfour.

»Nun, jetzt, wo du dorthin zurückgekehrt bist, wo du hingehörst, kannst du mir alles erzählen.«

»Seid Ihr sicher? Ihr habt nur mein Wort, dass ich Margarets Tochter bin.«

»Alles, was du erzählt hast, klingt leider ganz nach meiner Schwester. Und die Geschichte, wie du entstanden bist, deckt sich mit dem, was wir wissen. Außerdem gibt es einen schlagenden Beweis, und zwar das, was ich mit eigenen Augen sehen kann: Du bist Margarets Tochter. Findest du nicht auch, Thomas?«

Thomas nickte. »Daran gibt es keinen Zweifel.«

»Also, Mädchen, willkommen zu Hause!«

Maldie seufzte und starrte blicklos über die hohen Mauern der Burg ihres Onkels. Ihre neue Familie hatte sie voll und ganz akzeptiert, und das mit Freuden. Trotz ihrer Vergangenheit und all dem, was sie getan oder zu tun versucht hatte, waren die Kirkcaldys wirklich froh, sie bei sich zu haben. Zwei Wochen lang war sie von Behaglichkeit und Freundlichkeit umgeben gewesen. Sie hätte so glücklich wie noch nie sein müssen, aber sie war es nicht. Sobald sie mit ihren Gedanken alleine war, wurde sie traurig, und der ganze Schmerz, den sie so krampfhaft zu unterdrücken versuchte, stieg auf. Trotzdem versuchte sie immer wieder, Momente zu finden, in denen sie allein sein konnte. Warum, wusste sie nicht.

»Nach wem sehnst du dich, Mädchen?«, fragte ihr Onkel, der neben sie getreten war und sich an die Mauer lehnte.

»Wie kommt Ihr darauf, dass ich mich nach jemandem sehne?«

»Ich bin fünfunddreißig Jahre alt, Mädchen. Und in dieser Zeit habe ich die Sehnsucht kennengelernt, ich habe mich sogar selbst gesehnt, nach meiner Frau, möge Gott ihrer teuren Seele gnädig sein. Du hast Sehnsucht. Nun, wenn ich wetten würde, würde ich darauf setzen, dass du dich nach dem Laird von Donncoill sehnst.«

Maldie versuchte ihre Überraschung zu verbergen. Sie überlegte, was sie ihrem Onkel alles erzählt und wo sie sich verraten hatte, aber ihr fiel nichts ein. Sie hatte jetzt fast zwei Wochen lang ununterbrochen erzählt. Es war denkbar, dass sie sich nur dadurch verraten hatte, wie sie Balfours Namen ausgesprochen hatte. Es war aber auch möglich, dass ihr Onkel einfach nur geraten hatte.

Wieder seufzte sie. Eigentlich spielte es keine Rolle, dass er es wusste. Sie hatte sich sogar jemanden gewünscht, mit dem sie sprechen konnte. Obgleich sie den größten Teil ihres Lebens allein gewesen war, ihre Probleme selbst gelöst und ihre Wunden selbst versorgt hatte, schien sie mit dieser Sache nicht alleine fertig zu werden.

»Vielleicht«, sagte sie schließlich. »Aber das ist egal.«

»Bist du sicher?«, fragte er sanft.

»Er ist nicht hier, oder?«

»Nein, aber das muss nicht von Bedeutung sein. Wie stand es um euch, als du fort bist?«

»Nicht gut.«

Er tätschelte ihr die Schulter. »Warum erzählst du mir nicht einfach alles von Anfang an? Manchmal kann das den Blick klären. Vielleicht sehe ich ja auch etwas, was du nicht siehst, weil dein Herz beteiligt ist.«

In seinen Worten lag so viel Wahrheit, dass es Maldie ermutigte, alles zu gestehen. Wenn auch nur die kleinste Chance bestand, dass ihr Onkel helfen könnte, war sie bereit, seinen Tadel dafür zu riskieren, wie sie sich verhalten hatte. Als sie ihre Geschichte beendet hatte, sah sie jedoch den harten Glanz des Zorns auf Colins Gesicht. War es nun vorbei mit der freundlichen Aufnahme, über die sie sich in den letzten zwei Wochen so gefreut hatte?

»Ich denke, ich trete ganz in die Fußstapfen meiner Mutter«, murmelte sie. »Es tut mit leid, dass ich Euch enttäuscht habe.«

»Nein, deswegen bin ich nicht wütend. Ich habe mich nur

gefragt, wie schnell ich Donncoill erreichen und seinen Laird töten kann.« Er betrachtete Maldie genau, als sie erblasste.

»Nein«, schrie sie, »das könnt Ihr nicht tun!«

»Warum nicht? Er hat dich entehrt, oder nicht?«

»Ich sehe das eher nicht als entehrt an«, sagte sie und zuckte leicht zusammen, als sie das Wort aussprach, da sie wusste, jeder andere würde es so sehen. »Ich dachte nur, ich könnte –«

»Was? Ein Mann sein? Deine Freuden genießen, wo du willst, und dann einfach gehen?« Er lächelte schief und atmete ein paar Mal ruhig und tief durch, um seinen Ärger über Balfour wieder unter Kontrolle zu bekommen. »Du hast vielleicht mehr Rückgrat als so mancher Mann, aber ich fürchte, du bist keiner. Vielleicht ist es ja ungerecht, aber ein Mädchen kann nicht einfach herumlaufen und mit jedem ins Bett steigen, für den sie entflammt. Nein, nicht, wenn sie ihren guten Namen behalten will. Und selbst wenn sie in ihrem Herzen keine Hure ist, so nimmt sie doch Schaden und fügt sich selbst Leid zu. So ist es dir doch ergangen, oder etwa nicht?«

»Gut, ja, vielleicht schon ein bisschen.« Sie blitzte ihn finster an, als er lachte. »Na gut, jedenfalls nicht viel. Ja, ich war so töricht zu denken, dass ich die Leidenschaft genießen und dann einfach fortgehen könnte.« Sie errötete leicht. »Die Leidenschaft war sehr stark, wisst Ihr, und ich dachte, warum nicht? Es fühlte sich sehr gut an, und ich war schwach genug, um mich ein Weilchen sehr gut fühlen zu wollen.«

Er umarmte sie kurz. »Keiner hätte es mehr verdient als du. Ich wünschte nur, du hättest etwas gründlicher über die Folgen nachgedacht.«

»Ich dachte schon daran, aber ich dachte zu jener Zeit auch noch daran, Beaton umzubringen. Mich beschlich das Gefühl, dass ich die Erfüllung meines Schwures nicht überleben würde. Was machten da die Folgen? Balfour ist nicht schuld daran, dass ich mehr verspürte als nur Leidenschaft«, fügte sie leise hinzu.

»Nein, aber dass du davon genossen hast, ist seine Schuld. Allein hättest du sie nicht gespürt. Er sah sie bei dir, er wusste, was du fühltest, und er hat sich bedient.«

»Nein, so war das wirklich nicht.« Sie erzählte ihm von Balfours Angst, wie sein rücksichtsloser Vater zu handeln. »Er war genauso unsicher wie ich. Ich hatte nur gehofft, dass mehr daraus entstünde. Aber das war meine eigene Dummheit. Balfour ist ein Mann, der fest an die Wahrheit glaubt, und in Donncoill habe ich mich nicht allzu oft an die Wahrheit gehalten.«

»Das klingt, als ob du nicht erwartest, dass er kommt.«

»Ich weiß nicht. Ich habe nur gehofft, Ihr könntet mir sagen, wie ich aufhören kann, nach ihm Ausschau zu halten.«

Colin lächelte und schüttelte den Kopf. »Das musst du schon selbst schaffen. Ein Mittel dagegen ist nicht leicht zu finden, und es liegt in dir selbst verborgen. Für ein gebrochenes Herz gibt es keinen Trost.«

»Man sagt, die Zeit heilt alle Wunden.«

»Ja, aber ich frage mich, ob die, die das behaupten, je unter solchem Kummer gelitten haben.«

Maldie lächelte. »Ihr seid keine große Hilfe.«

»Mir fallen nur zwei Dinge ein, die ich für dich tun könnte. Entweder bringe ich den Mistkerl um, oder ich schaffe ihn hierher, damit er dich heiratet.«

»Es würde mich mehr verletzen, wenn er getötet würde, besonders von einem meiner Verwandten. Und ich möchte keinen Mann, den man mit Gewalt vor den Altar schleifen muss. Ich möchte nur einen, der bereitwillig davortritt.«

Colin legte den Arm um ihre Schultern und führte sie die Stufen hinunter, weg von der Mauer. »Ich könnte hingehen und ihn zur Vernunft bringen.«

»Irgendwie habe ich das Gefühl, das wäre dasselbe, als

wenn man ihn mit gezücktem Schwert hierher treiben würde.«

»Es tut mir leid, Mädchen.«

»Es ist nicht Eure Schuld. Und auch nicht die von Balfour. Das Schicksal hat es so gewollt, dass ich mein Herz in dem Moment, als ich immer tiefer in Lügen versank, an einen Mann verlor, der keinen Lügner duldet. Nein, ich muss einsehen, dass ich dieses Spiel verloren habe. Und obwohl meine Leidenschaft zur Liebe wurde, blieb es für ihn Leidenschaft.«

»Dann ist er ein Narr.«

»Vielleicht werde ich auch bald so denken, und ich bin mir sicher, dass es mir helfen wird, mich von meiner Sehnsucht nach ihm zu heilen. Es ist hart, wenn man weiß, dass man jemanden von ganzem Herzen liebt, der nicht dasselbe fühlt und vielleicht auch niemals kann. Und es ist noch härter, wenn man weiß, dass man vielleicht selbst daran schuld ist.«

»So groß waren deine Sünden nun auch wieder nicht, Mädchen. Wenn dich der Mann liebt, wird er dir deine kleinen Lügen verzeihen. Wenn er sie nicht verzeiht, dann bist du alleine besser dran. Und obwohl ich dich jetzt erst vierzehn Tage kenne, kann ich ohne zu zögern sagen, dass er am meisten verlöre.«

Sie stellte sich auf die Zehenspitzen und küsste ihn auf die Wange. »Danke! Ich werde die Zeit nicht damit vertun, darauf zu hoffen, dass er kommt, um mich zu holen. Das braucht Ihr nicht zu befürchten. Meine Mutter mag eine schlechte Mutter gewesen sein, aber eines hat sie mir beigebracht: wie man überlebt. Das kann ich wirklich sehr gut, und auch Balfour Murray, ein wirklich feiner und ansehnlicher Ritter, wird mich nicht unterkriegen. Es wird zwar eine Weile dauern, aber ich werde diesen Mann aus meinen Kopf und meinem Herzen verbannen.«

»Wenn du noch mehr Zeit vertrödelst, wird dich das Mädchen nicht mehr haben wollen«, meinte Nigel, der auf Balfours Bett saß und zusah, wie der in seinem Zimmer auf und ab ging.

»Und warum glaubst du, dass sie mich noch will?«, fragte Balfour, blieb stehen und starrte Nigel an.

Er hatte sich die letzten drei Wochen nach Kräften bemüht, Maldie aus seinem Kopf und seinem Herzen zu verbannen, aber er war kläglich gescheitert. Und was noch schlimmer war: Jeder schien es zu wissen. Eric und Nigel ließen keine Gelegenheit aus, ihn dazu zu überreden, Maldie nachzulaufen. Sie hatten kein Verständnis für seine Ängste und die entsetzliche Vorstellung, dass er nur weggestoßen würde, wenn er zu ihr ginge. Sogar James hatte den einen oder anderen Vorschlag gebrummelt. Balfour begann sich zu fragen, ob sie recht hätten und er unrecht.

»Und warum glaubst, dass sie es nicht tut?«, fragte Nigel.

»Vielleicht deshalb, weil sie nicht hier ist.«

Nigel fluchte leise. »Sie wollte eben nicht darauf warten, dass du endlich beschließt, was du von dem hältst, was sie dir erzählt hat. Die Tatsache, dass du so lange nichts gesagt hast, gab ihr die Gewissheit, dass sie von dir nichts Gutes zu hören bekommen würde. Wie oft muss man das eigentlich wiederholen, bis du es verstehst?«

»Bei dir klingt es so, als ob sie ein schüchternes Mädchen wäre, das vor einem harten Wort davonläuft. Maldie ist kein schüchternes Mädchen.«

»Sie ist nicht vor irgendeinem harten Wort davongelaufen, sondern vor deinem. Das sollte dir zu denken geben. Ich beginne mich allmählich zu fragen, wovor du eigentlich davonläufst.«

Balfour seufzte und setzte sich ans Fußende. »Eine schwierige Frage.«

»Aber vielleicht eine, die du dir stellen solltest. Ja, und vielleicht eine, die ich dich früher hätte fragen sollen.«

»Ich möchte nicht dort hinreiten und meine Gefühle ausbreiten, nur um festzustellen, dass sie fortging, weil sie mit mir fertig war. Ich habe ihr zu oft Unrecht getan, angefangen damit, dass ich sie Verbrechen bezichtigte, die sie nicht begangen hat, bis hin zu dem, dass ich ihren Vater tötete.«

»Sie hatte vor, ihn eigenhändig umzubringen«, sagte Nigel und brüllte fast dabei, weil er an sich halten musste, um Balfour nicht zu schütteln und ihn damit zur Besinnung zu bringen.

»Ja, weil sie es ihrer Mutter geschworen hat. Und ich habe ihr die Chance genommen, den Schwur zu erfüllen.«

»Was gut ist.«

Balfour nickte. »Das denke ich auch, aber denkt sie das?«

»Ich glaube schon, aber du wirst sie fragen müssen.«

»Du gibst keine Ruhe, oder?«

»Nein!«

»Ich hätte gedacht, dass es dir lieber ist, wenn Maldie und ich nicht heiraten«, sagte Balfour leise und beobachtete Nigel dabei genau.

»Nun, ich werde auf deiner Hochzeit keinen Freudentanz aufführen, aber ich möchte, dass ihr beide glücklich seid. Ihr werdet nur zusammen glücklich, auch wenn ich wünschte, es wäre anders. Schon sehr früh wurde mir klar, dass ihr zusammengehört. Das Schicksal hat eine gute Wahl getroffen, als es Maldie zu dir sandte.«

»Denkst du, sie ist noch bei den Kirkcaldys?« Er runzelte die Stirn, als Nigel ein bisschen schuldbewusst dreinblickte. »Du hast von ihr gehört, oder?«

»Eric und ich haben von ihr gehört. Wir wollten wissen, ob mit den Kirkcaldys alles glattgelaufen ist, und zwar aus zwei Gründen: Wäre es nicht gut gelaufen, hofften wir, dass sie uns sagen würde, wohin sie als Nächstes gehen würde. Wir mussten doch schließlich wissen, wo sie ist, um dich dorthin zu schicken, wenn wir dich endlich zur Vernunft gebracht hätten. Und wie es aussieht, hat ihre Mutter auch über ihre Verwandten nicht die Wahrheit erzählt.«

»Sie haben sie also freundlich aufgenommen?«

»Sehr freundlich, zum Glück. Ihre Mutter hat ihr eine sehr viel schönere Kindheit vorenthalten. Es gab überhaupt keinen Grund, warum sie um ihr Essen kämpfen und zusehen musste, wie ihre Mutter zur Hure Dundees wurde. Sie hätte Leute gehabt, die ihr die Fürsorge hätten zukommen lassen, zu der ihre Mutter nicht fähig war.«

Balfour fluchte und rieb sich den Nacken. »Das Mädchen hat wirklich eine Menge Unheil erlitten, und ich habe nicht viel getan, um es zu lindern, nicht wahr? Aber nach dem, was du erzählst, müsste ich nicht nur ihr, sondern auch ihrer ganzen Familie gegenübertreten.«

»Versuch bloß nicht, das als Grund vorzuschieben, um weiterhin nur hier herumzuhängen und ständig Trübsal zu blasen!«

Balfour lachte. Fast schien ihm, dass sein Kummer, unter dem er seit Maldies Weggang gelitten hatte, von ihm abgefallen war, sobald er beschlossen hatte, Maldie zu holen. Natürlich war es möglich, dass er sie wie befürchtet verloren hatte, aber der Gedanke, um sie zu werben, erfüllte ihn mit neuer Hoffnung. Balfour zweifelte, dass sein Kummer schlimmer werden könnte, als er schon war. Und wenn er sich um sie bemühte, konnte er zumindest aufhören, sich mit Fragen zu quälen, was passieren würde, wenn. Ob zum Guten oder zum Schlechten, zumindest bekäme er endlich ein paar Antworten auf seine Zweifel und Fragen.

»Ich werde morgen zur Burg der Kirkcaldys aufbrechen«, kündigte Balfour an und ignorierte geflissentlich Nigels übertriebenen Seufzer der Erleichterung.

»Soll ich mitreiten, oder nimmst du James mit?«

»Ich werde alleine reiten.«

»Alleine?«

»Ja, alleine. Wenn Maldie das kann, kann ich es auch. Und wenn sie mich sieht und mir bloß ins Gesicht spuckt und mich zum Teufel wünscht, ziehe ich es vor, diese Demütigung alleine über mich ergehen zu lassen.«

22

Verdrossen nahm Balfour einen tiefen Schluck von dem gewürzten Apfelmost, den man ihm in widerwilliger Gastfreundschaft hingestellt hatte. Es war ein langer und beschwerlicher Weg bis zur Burg der Kirkcaldys gewesen. Nun wollte er nur noch Maldie finden und sie nach Donncoill zurückschleifen. Stattdessen musste er in einem sehr sauberen, mit Wandteppichen behangenen großen Saal sitzen, umringt von Dutzenden Kirkcaldys, und als ob das nicht schon unbehaglich genug gewesen wäre, starrten sie ihn an, als wäre er eine Gefahr für das Mädchen. Viele hatten dieselben grünen Augen wie Maldie. Der eindrucksvollste von ihnen war ihr Laird, Maldies Onkel Colin, ein riesiger Mann mit strahlend grünen Augen und demselben dichten, widerspenstigen Haar wie seine Nichte. Er wirkte, als würde er nichts lieber tun, als ihm ein Schwert ins Herz zu rammen. Balfour fragte sich, wie viel ihm Maldie erzählt hatte.

»Ich danke Euch für diesen Trunk«, sagte er und stellte seinen leeren Becher auf den blitzblank geschrubbten Eichentisch. »Er hat mir den Reisestaub aus der Kehle gespült. Wenn Ihr nun so freundlich wäret, mir zu sagen, wo ich Maldie finden kann? Ich möchte mit dem Mädchen sprechen.«

»Worüber?«, wollte Sir Colin Kirkcaldy wissen und rieb sich mit der Hand die breite Brust, während er Balfour scharf anblickte. »Das Mädchen war monatelang bei Euch in Donncoill. Ich glaube, Ihr hattet mehr als genug Zeit, ihr das zu sagen, was Ihr ihr sagen wolltet. Ja, und auch, um Sachen zu sagen, die Ihr besser nie gesagt hättet.«

»Vielleicht wusste ich da noch nicht so genau, was ich sagen wollte, Sir.«

»Da sie zu ihren Leuten zurückgekehrt ist, möchte sie vielleicht nicht mehr hören, was Ihr zu sagen habt.«

»Das kann schon sein. Aber was schadet es, mich vorbringen zu lassen, was ich auf dem Herzen habe? Ich denke, die kleine Maldie hat genug Rückgrat, mir Ja oder Nein oder auch ganz unverblümt zu sagen, dass ich ihr aus den Augen gehen soll.«

»Das Mädchen hat mehr Rückgrat als so mancher Mann, den ich kenne.« Colin musterte Balfour stirnrunzelnd und trommelte mit den Fingern auf dem Tisch. »Das Kind hatte ein schweres Leben, und ich glaube nicht, dass sie uns je alles erzählen wird, was sie erdulden musste. Ihr Vater hat sie verstoßen, was zweifellos das Beste für sie war, und ihre Mutter hat sie schlecht behandelt. Meine Schwester hatte mehr Stolz als Verstand. Sie hätte mit dem Kindchen heimkommen und sich nicht vor uns verbergen sollen, bis wir glaubten, sie wäre tot. Meines Erachtens war es noch schlimmer, dass sie das Kind in dem Glauben aufzog, dass wir alle diese Trennung wünschten.«

»Nein. Das Schlimmste, was diese Frau getan hat, war, Maldie zu ihrem Schwert der Rache zu machen.« Balfour lächelte kalt, als ihn Colin und einige der anderen Kirkcaldys überrascht ansahen.

»Ach, das wisst Ihr?« Colin füllte Balfours Becher nach und betrachtete ihn dabei forschend.

»Ich würde gerne damit prahlen, dass ich so scharfsinnig war, alleine darauf zu kommen, doch das ist leider nicht der Fall. Ich war ausschließlich mit Beaton beschäftigt und damit, seine dauernden Verbrechen gegen meinen Clan zu beenden und meinen Bruder Eric wiederzubekommen.«

»Maldies Bruder.«

»Ja, und meiner. Man kann nicht dreizehn Jahre abtun, in denen man ein Kind großzieht, es Bruder nennt und auch daran glaubt, bloß weil sich herausstellt, dass sein Blut das eines anderen Clans ist.«

317

Colin kratzte sich die graudurchwirkten Bartstoppeln. »Das habt Ihr nicht gesagt, als Ihr die Wahrheit vernommen habt. Mir wurde erzählt, dass Ihr so gut wie gar nichts gesagt habt.«

Balfour lehnte sich in seinem Stuhl zurück und spürte, wie sein Selbstvertrauen zurückkehrte. Colin Kirkcaldy war bereit, ihm eine Chance zu geben und ihn anzuhören. Er wunderte sich kurz, warum Colin alles über seine Beziehung zu Eric wissen wollte, aber dann fiel ihm ein, dass Erics Zukunft und Wohlbefinden für die Kirkcaldys vielleicht deshalb von Interesse sein könnte, weil der Junge mit Maldie blutsverwandt war. Die Art, wie Eric behandelt wurde, nachdem alle wussten, dass er Beatons Sohn war, konnte für den Mann aufschlussreich sein. Und obgleich Balfour hätte erklären können, dass das wohl seine Sache wäre, so hatte er doch nichts zu verbergen und wollte auch nicht, dass die Kirkcaldys dies dächten.

»Ich kam berauscht vom süßen Gefühl des Sieges zu Eric und Maldie. Bevor ich noch etwas sagen kann, wird mir erklärt, dass das Mädchen, das ich begehre, nicht nur die Tochter des Mannes ist, den ich gerade getötet habe, sondern auch, dass der Junge, den ich dreizehn Jahre lang Bruder genannt habe, dessen Sohn ist. Vielleicht bin ich nicht so schnell von Begriff wie andere, aber ich finde, dass einem solche Neuigkeiten schon die Sprache und den Verstand rauben können. Ja, besonders, nachdem diese lange blutige Fehde ja deshalb begonnen hatte, weil alle dachten, mein Vater habe mit Beatons Frau das Bett geteilt und mit ihr ein Kind gezeugt. Und nun sagt mir Maldie, das wäre gar nicht so gewesen. Nun, zumindest nicht alles. Dann vergrößert sie meinen Schreck noch, indem sie mir den wahren Grund nennt, warum sie auf dem Weg nach Dubhlinn war, nämlich, um ihren eigenen Vater zu töten. Ja, und sie fügt auch noch hinzu, dass sie mich und die Meinen für diese Rache benutzen wollte. Ich brauchte Zeit, um über all das nachzudenken, und die hat sie mir nicht gegeben. Sie floh aus Donncoill, bevor wir noch unsere Schwerter vom Blut der Beatons gesäubert hatten.«

»Das ist jetzt fast einen Monat her, mein Freund. So lange dauert der Ritt von Donncoill nicht!«

»Meine Pferde sind langsam«, erwiderte Balfour gedehnt. Wieder musste er innerlich fluchen, als Colin nur grinste und einige der vielen Kirkcaldys, die sich im Saal drängten, in sich hineinlachten. »Sie hat mir nicht gesagt, warum sie geht, sie ist einfach weg. Kein Lebewohl, keine Erklärung, nicht einmal ein Danke, dass du mir geholfen hast, Rache zu üben. Es blieb mir überlassen, Erklärungen für all das zu finden, was sie getan hat und warum sie geflohen ist. Aber mir war nach wie vor unklar, ob Maldie wollte, dass ich ihr folge. Immerhin hatte ich gerade ihren Vater umgebracht.«

»Sie empfand nichts für diesen Schuft.«

»Das hat sie gesagt, und daran hat mich auch jeder erinnert. Aber selbst wenn es wahr ist, bleibt die Tatsache, dass ich sie der Möglichkeit beraubt habe, die Rache zu üben, nach der sie so lange strebte. Am Totenbett ihrer Mutter hat sie einen Blutschwur geleistet, und ich habe ihr die Chance genommen, ihn zu erfüllen.«

»Wenn sich das Mädchen deshalb gegrämt hätte, wüsstet Ihr davon. Sie hätte sich nicht still und heimlich verdrückt. Nein, obwohl ich sie kaum einen Monat kenne, kann ich eines mit Sicherheit sagen: Wenn sie wütend gewesen wäre, hätte sie Euch das wissen lassen.« Colin verschränkte die Arme vor der Brust. »Wisst Ihr, was ich glaube? Ich denke, Ihr habt gekniffen. Habt Ihr wirklich erwartet, unsere Maldie würde herumsitzen und ruhig abwarten, bis Ihr Euch klar seid, was Ihr von dem haltet, was sie Euch gerade erzählt hat? Oder was Ihr für sie fühlt und was nicht?«

»Ich denke, einen oder zwei Tage hätte sie mir schon lassen sollen, um alles zu verdauen. Immerhin war es eine ganze Menge: Meine Geliebte war das Kind meines Feindes. Mein

Bruder war nicht mein Bruder. Eine lange und teure Fehde beruhte auf einer Lüge. Ein kleines Kind wäre durch diese Lüge fast grausam gestorben und könnte aufgrund dieser Lüge selbst jetzt noch seines Geburtsrechtes beraubt werden. Und das Mädchen, dem ich vertraute, gab zu, dass sie mich von Anfang an belogen hat.«

»Ihr habt ihr nicht die ganze Zeit über vertraut, in der sie bei Euch war.«

»Ihr scheint das Vertrauen des Mädchens gewonnen zu haben«, murmelte Balfour, der ein bisschen überrascht war, dass Maldie ihrem Onkel so viel erzählt hatte. »Nein, habe ich nicht. Aber am Ende hat sich ja herausgestellt, wie recht ich hatte, ihr Spiel zu hinterfragen. Sie hatte viele Geheimnisse, und sie hat mich belogen. Ich habe ihr falsches Spiel nur durch Raten herausgefunden. Nun, ich kann Eure Sorge für Eure Nichte zwar verstehen, aber während wir hier über alles reden, kann ich sie nicht sehen. Ich habe Euch alles erzählt, was ich Euch erzählen wollte. Was es sonst noch zu bereden gibt, müssen ich und Maldie miteinander ausmachen.«

»Sie ist auf der Ostseite des Sees.«

Balfour versuchte, seine Überraschung nicht zu zeigen, als der Mann aufstand. »War es das? Kein Fragen mehr? Ihr fragt mich nicht einmal nach meinen Absichten?«

Colin lächelte nur. »Ich glaube, sie sind allesamt ehrbar, sonst hättet Ihr das Mädchen nicht ausfindig gemacht. Ihr hättet sicher nicht hier gesessen und geduldig versucht, meine Fragen zu beantworten, von denen einige recht unverschämt waren. Wenn Ihr allerdings nur vorhabt, das Mädchen weiter zu beschämen, werdet Ihr mein Land nicht lebend verlassen. Nun seht zu, dass Ihr das törichte Gör zum Abendessen herbringt. Sie hat in letzter Zeit nicht genug gegessen.«

Balfour musste fast lachen. »Maldie mag zwar nicht bei ihren Verwandten aufgewachsen sein, aber ich beginne zu begreifen, was es bedeutet, wenn die Leute sagen: Blut ist dicker als Wasser.« Als er den Saal mit großen Schritten verließ, konnte er Colin lachen hören.

Sobald er sein Pferd bestiegen hatte, musste er all seine Willenskraft aufbieten, um die Burg der Kirkcaldys auf dem Weg zum See nicht im Galopp zu verlassen. Die Vorstellung, dass Colin seine Eile sehen oder davon hören könnte und herzhaft lachen müsste, gab ihm die Kraft, so zu tun, als ob es ihm nicht eilig wäre. Außerdem befürchtete er, dass Maldie gewarnt sein und Zeit haben könnte, sich zu verstecken oder gar zu fliehen, wenn er sich dem See in gestrecktem Galopp näherte. Bei der Suche nach ihr noch mehr wertvolle Zeit zu verlieren war das Letzte, was er wollte. Es war höchste Zeit, dass sie damit aufhörte, nur Vermutungen über seine Gedanken und Gefühle anzustellen, und endlich still dasaß, um sich anzuhören, was er zu sagen hatte.

Maldie seufzte, machte einen Köder an ihre Angelschnur und ließ sie ins Wasser fallen. Seitdem sie wieder im Land ihrer Verwandten war, hatte sie viele Tage damit verbracht, am Ufer des Sees im weichen Gras zu liegen und so zu tun, als ob sie fischte. Ein paar Mal hatte sie sogar etwas gefangen, aber nur durch Zufall. Sie gab vor zu fischen, um allein sein zu können. Ihr Onkel war ein sehr kluger Mann, und sie vermutete, dass er ihr Spiel durchschaute, aber er sagte nichts. Ab und zu erhaschte sie einen flüchtigen Blick auf einen ihrer vielen Verwandten und wusste, dass sie beobachtet wurde, aber es war ihr eigentlich egal. Die Wachen, die ihr Onkel um sie aufgestellt hatte, störten sie nie in ihrer Einsamkeit, und deshalb sah sie keinen Grund, sich zu beschweren.

Einerseits war sie noch immer über alle Maßen froh, dass sie ihre Familie gefunden hatte und von allen so freundlich aufgenommen worden war. Andererseits fiel es ihr manchmal schwer, sich in einer solch großen Familie zurechtzufinden. Sie war daran gewöhnt, allein zu sein und mit niemandem außer ihrer Mutter sprechen zu können. Und die war oft genug entweder nur mürrisch und still oder spitzzüngig und wütend gewesen. Im letzten Jahr vor ihrem Tod war Margaret so oft übellaunig gewesen, dass Maldie kaum mehr mit ihr gesprochen hatte. Und nun war sie plötzlich von ausgelassenen und freundlichen Menschen umgeben, die gerne redeten. Deshalb flüchtete sie sich hin und wieder an den stillen See und nahm sich die Zeit, allein mit ihren Gedanken zu sein.

»Ich weiß ja nicht, warum ich mir das immer wieder antue«, murmelte sie ihrem Spiegelbild in dem ruhigen klaren Wasser zu. »Ich sollte lieber vor all dem verdammten Mist weglaufen, der mir im Kopf umgeht.«

Balfour spielte noch immer eine wichtige Rolle in ihren Gedanken, und das ärgerte sie. Sie hatte ihn seit einem Monat nicht mehr gesehen, und dass er sie in den Armen gehalten oder geküsst hatte, lag noch länger zurück. Er sollte sie nicht so verfolgen, zumindest nicht so intensiv und so häufig. Sie liebte ihn, aber diese Liebe war nicht erwidert worden. Sie hatten sie sich noch nicht einmal eingestanden. Und dieses Gefühl war seit Wochen weder durch Worte noch eine Berührung oder auch nur durch den Anblick Balfours gestärkt worden. Maldie verstand nicht, warum ihr störrisches Herz nur so widerstrebend von diesem Mann lassen wollte.

Es tat weh. Beinahe hasste sie ihn schon dafür, aber sie wusste, dass es nicht sein Schuld war, zumindest nicht zur Gänze. Er hatte ihr keine Versprechungen gemacht und nie von etwas anderem gesprochen als von der Leidenschaft, die sie teilten. Von Zeit zu Zeit hatte sie versucht, sich selbst zur Räson zu rufen, aber ihr Herz hatte sich einfach geweigert, auf die Stimme der Vernunft zu hören. Es hatte sich wider besseres Wissen entschieden, Balfour Murray zu begehren, und jetzt weigerte es sich, von ihm zu lassen.

Ein sachtes Geräusch im Gras riss sie aus ihren düsteren Gedanken. Sie wandte sich um und blickte staunend auf den Mann, der dort stand. Als sie taumelnd auf die Beine kam, fragte sie sich, ob ihr Herz ihr einen Streich spielte. Dann dachte sie daran wegzulaufen, befahl sich aber, nicht so feige zu sein. Sie straffte sich und versuchte ihr rasendes Herz zu beruhigen.

»Warum bist du hier?«, fragte sie. Sie verfluchte das Zittern in ihrer Stimme, da sie nicht wollte, dass Balfour erriet, welche Gefühle in ihr tobten.

»Deinetwegen«, sagte er und trat näher. Dadurch war sie praktisch zwischen ihm und dem See gefangen. »Du bist gegangen, ohne Lebewohl zu sagen, süße Maldie.«

Er sah sie genau an, aber sie konnte nichts in seinem Gesichtsausdruck erkennen, außer dass seine schönen Augen dunkler wurden. Zu ihrer Überraschung konnte sie überhaupt keine Gefühle bei ihm spüren. Es war, als hätte er sich ihr gegenüber vollständig verschlossen. Maldie überlegte, wann und wie er diese Kunst wohl erworben hatte. Doch dass er es gelernt hatte, kam sehr ungelegen. Der Verlust ihrer Fähigkeit, ihn auf diese Weise zu erreichen, ließ sie frösteln.

»Keiner liebt den Überbringer schlechter Nachrichten«, murmelte sie. »Wie geht es Eric?«

»Der Bursche ist gesund und munter, alle seine Wunden sind verheilt. Was dachtest du, dass ich mit ihm mache?«

»Nichts Schlimmes. Ehrlich.« Sie fuhr sich mit den Fingern durchs Haar und verzog das Gesicht. »Ich habe mir nur Sorgen um ihn gemacht. Er musste eine Menge durchmachen. Alles, woran er geglaubt hatte, erwies sich als Lüge. Ein Mann, den man ihn zu hassen lehrte, ein Mann, der versucht hat, ihn grausam zu ermorden, bevor er überhaupt richtig lebte, stellte sich als sein wahrer Vater heraus. Obwohl er mir gesagt hat, dass alles gut sei, habe ich mich doch gefragt, wie du und die anderen wirklich darüber denken.«

»Eric ist mein Bruder.« Er zuckte die Schultern. »Ich kann das, was ich so lange Jahre gefühlt und geglaubt habe, nicht einfach ändern, bloß weil ich entdeckt habe, dass der Junge und ich nicht blutsverwandt sind. Bevor mir Eric erzählte, wie die Wahrheit ans Licht kam, habe ich mich kurzzeitig gefragt, wie du so grausam sein konntest, ihm etwas zu offenbaren, was er nicht zu wissen brauchte und was ihm nur wehtun würde. Schließlich kann man euer Mal nicht so ohne Weiteres sehen. Und außerdem verstehe ich noch immer nicht so recht, warum du mich belogen hast und warum dir der Mut fehlte, mir gegenüberzutreten.«

»Ich habe nicht geglaubt, dass du mich noch sehen wolltest, nachdem ich dich betrogen hatte.«

Balfour nahm sie bei der Hand und zog sie in seine Arme. »Ist dir nie in den Sinn gekommen, dass ich den Wunsch haben könnte, die Gründe für all das zu erfahren?«

»Ich habe sie dir doch nach der Schlacht gesagt.« Sie versuchte, steif zu bleiben und der Versuchung zu widerstehen, die es für sie bedeutete, wieder in seinen Armen zu sein, aber sie war schon zu lange nicht mehr dort gewesen. Langsam lehnte sie sich an ihn und umschloss seine schlanke Taille mit den Armen. »Ich habe dir alles erzählt.«

»Oh ja, und du hast mit der schlimmsten Nachricht angefangen, mit der erschütterndsten. Du hast mir gesagt, dass du Beatons Tochter bist, dass dich deine Mutter dazu gebracht hat, nach Dubhlinn zu gehen und deinen Vater umzubringen, und dass mein Bruder in Wahrheit gar nicht mein Bruder ist. Überrascht es dich da so sehr, dass ich allem Weiteren nicht mehr richtig zugehört habe?«

Sie sah zu ihm auf und versuchte, sich an den Tag der Schlacht zu erinnern. Es fiel ihr schwer, denn sie wollte seine Schönheit genießen, seine festen Lippen küssen und sich im weichen Gras in leidenschaftlicher Hingabe wälzen. Doch Maldie schob diese Wünsche beiseite – sie würden bestimmt mit aller Macht wiederkehren – und versuchte, sich an den Augenblick zu erinnern, in dem sie ihm alles erzählt hatte. Sie hatte geglaubt, dass seine starren Züge und seine weit aufgerissenen Augen Schock und Wut zeigten. Jetzt erkannte sie, dass er wie betäubt gewesen war. Jede der Wahrheiten, die

324

sie ihm gesagt hatte, hatte ihn wie ein Schlag auf den Kopf getroffen und seinen Verstand verwirrt, bis er nichts mehr hörte. Sie hatte damals nichts von dem gefühlt, was in ihm vorging, sie hatte seine Gefühle überhaupt nicht wahrgenommen. Maldie begriff, dass sie damals für sich entschieden hatte, wie er fühlen würde, und sich dann nicht weiter darum gekümmert hatte. Sie war auch viel zu sehr mit ihren eigenen stürmischen Gefühlen beschäftigt gewesen, verzweifelt darum bemüht, sie unter Kontrolle zu halten. Sie wäre gar nicht dazu fähig gewesen, auch nur den Versuch zu machen zu erahnen, was Balfour litt.

»Nun, eigentlich ist es nicht wichtig, ob du die Wahrheit akzeptiert hast oder nicht; eines hat sich nicht geändert«, sagte sie, ohne es so zu meinen. Natürlich war es wichtig. Sie war sich nur nicht sicher, ob sie wissen wollte, was er von all dem hielt, da es ohne Weiteres ihr Leid vergrößern könnte. »Ich bin immer noch Beatons Tochter, die Brut deines größten und ältesten Feindes.«

»Meine größten und ältesten Feinde sind die Engländer.«

Balfour lachte beinahe, als sie ihn fast blöde anstarrte. Für viele Männer würde ihre Abstammung gegen sie sprechen, ihm aber war sie egal. Zum Teil lag es bestimmt daran, dass er ihre Bekanntschaft gemacht hatte, bevor er wusste, wer sie gezeugt hatte. Er hatte Zeit gehabt, sie kennenzulernen, Zeit, um zu sehen, dass sie nichts von Beaton an sich hatte. Aber es würde nicht leicht sein, sie davon zu überzeugen. Selbst nach einem Monat, den sie bei den Kirkcaldys verbracht hatte, sorgte sich Maldie ganz offensichtlich noch immer, weil sie Beatons Blut in ihren Adern hatte.

Außerdem war ihm nicht nach Reden zumute. Es war schon zu lange her, dass er sie in den Armen gehalten hatte, zu lange, dass er sie geküsst hatte, und viel zu lange, dass sich ihre Körper vereint hatten. Er drückte ihr einen flüchtigen Kuss auf die Stirn und atmete etwas von ihrem Duft ein, als er mit den Händen sanft ihren Rücken hinabglitt. Sie bebte.

Er spürte, wie sein Verlangen bei dem ersten Anzeichen, das sie noch immer seinen Hunger teilen könnte, zum Leben erwachte. Ihm war klar, dass sie viel zu bereden hatten, aber als er ihr Gesicht anhob, beschloss er, das Reden könne warten.

Maldie spielte nur kurz mit dem Gedanken, seinen Kuss zu verweigern. Sie hatten sich so viel zu sagen. Sie wusste noch nicht einmal, warum er ihr gefolgt war. Sicher hatte er ihr nicht nur sagen wollen, dass er verstand, was sie getan hatte. Doch als sich sein Mund auf ihre Lippen senkte, sagte sie sich, dass alles andere nicht so wichtig war. Wenn er nur gekommen war, um ein weiteres Mal die Leidenschaft zu schmecken, die sie beide teilten, würde sie das zwar verletzen, aber sie bezweifelte, dass ihre Qual noch größer werden könnte, als sie ohnehin schon war, seit sie Donncoill verlassen hatte. Wenigstens würde noch ein süßer Moment der Leidenschaft die Erinnerungen an ihn bereichern. Von Herzen erwiderte sie seinen Kuss und saugte gierig seinen Geschmack auf.

»Wir sollten reden«, sagte sie in einem letzten schwachen Versuch, vernünftig zu sein, doch gleichzeitig bog sie ihren Kopf nach hinten, damit er leichter ihren Hals küssen konnte.

»Das werden wir«, sagte er und nestelte ihr Kleid auf, während er sie ins weiche Gras zog.

»Aber jetzt nicht?«, murmelte Maldie mit einer Wonne, die sie nicht verbergen konnte, als er ihren Körper mit seinen großen Händen streichelte und gleichzeitig weiter ihre Kleider löste. Sie hatte sich nach seiner Berührung gesehnt, und das wollte sie ihm nicht verheimlichen.

»Ich bin viel zu verwirrt, um zu sprechen.« Er streifte ihr das Kleid auf die schlanke Taille und knabberte an ihren steif gewordenen Brustwarzen, die sich unter dem dünnen Hemd deutlich abzeichneten. Ihr sanftes Stöhnen ließ ihn erbeben. »Eine kleine Pause, und ich habe wieder einen klaren Kopf.«

»Nur eine kleine Pause?« Sie packte ihn an seinem strammen Hintern und presste ihn an sich. Als sie seine Härte spürte, hätte sie das beinahe schon befriedigt, so stark und ungestüm war ihr Verlangen.

»Ich fürchte, dass ich zu ausgehungert nach dir bin, um diesen so sehr vermissten Genuss aufzuschieben.«

»Keine Angst, dieses Gefühl kenne ich nur zu gut. Ich werde jetzt auch nicht mehr lange herumreden, aber ich fürchte, ich muss dich dazu drängen, dich zu beeilen.«

»Nein, ich denke nicht. Dieses Mal nicht, Geliebte.«

Während Balfour sie eilends entkleidete, machte sich Maldie mit derselben Hast an seinen Kleidern zu schaffen. Beide schrien vor Entzücken auf, als sich ihre Körper das erste Mal seit so langer Zeit wieder berührten. Maldie konnte gar nicht genug von seinem starken Körper bekommen, der sich gegen sie presste, von seiner warmen Haut, die sie unter ihren Händen spürte, und von seinem Mund, der sie fieberhaft mit Küssen bedeckte. Sie versuchte jede seiner Liebkosungen zu erwidern, doch rasch liebten sie sich so wild, dass ihr verzweifeltes Bedürfnis nach dem anderen es ihnen unmöglich machte, die berauschende Zeit vor dem Höhepunkt ihres Verlangens auszukosten.

Als er schließlich ihre Körper vereinigte, klammerte sich Maldie mit aller Kraft an ihn. Sie versuchte, ihn immer tiefer in sich zu ziehen, jeden seiner harten Stöße mit ihrer eigenen Wildheit beantwortend. Während sich ihr Körper in einer mächtigen Entladung zusammenkrampfte und sie seinen Namen hinausschrie, fühlte sie, wie er erbebte und sich sein Schrei mit dem ihren mischte. Sie schloss die Augen und hielt ihn fest in dem Versuch, sich an die Lust zu klammern, die sie beide gerade geteilt hatten, an dieses blendende Entzücken, das alle Ängste und Zweifel so leicht zerstreuen konnte.

Als sie wieder bei Sinnen war, spürte sie, wie kühl die Luft an diesem späten Nachmittag war, und wurde sich schmerz-

327

lich bewusst, dass sie nackt war. Hastig setzte sie sich auf und zog ihr Hemd über. Zum ersten Mal, seit sie ein Liebespaar waren, wurde Maldie wahrhaftig verlegen. Sie hatten der Leidenschaft das Kommando überlassen und sich einander in die Arme geworfen. Dabei war doch noch so vieles zwischen ihnen unausgesprochen, so viele Probleme ungelöst und Fragen unbeantwortet. Ihr fiel wieder ein, dass sie nicht einmal wusste, warum er sie aufgestöbert hatte. Nachdem ihre Leidenschaft verebbt war, fürchtete sie, einen schweren Fehler gemacht zu haben. Ein kurzes Eintauchen in die Lust konnte den Schmerz nicht lindern, sich wie eine Närrin zu fühlen, und das wäre sie, wenn Balfour nur gekommen wäre, um mit ihr zu schlafen.

»Du denkst das Schlimmste von mir, nicht wahr, Mädchen?«, fragte Balfour, setzte sich auf und wickelte sich in sein Plaid. »Vertrau mir, Liebste, wenn ich dir sage, dass ich keinen so weiten Weg geritten wäre, nur um ein bisschen im Gras zu rangeln, so süß es auch war.«

»Entschuldige«, murmelte sie und lächelte ihn schwach an. »Wie immer habe ich nur gemacht, was ich wollte. Und erst nachdem ich alles überstürzte und es zu spät ist, es ungeschehen zu machen, halte ich inne und überlege, ob ich auch recht und klug gehandelt habe.« Sie lachte kurz und voller Selbstverachtung. »Ich mache nie das Richtige.«

Balfour zog sie in die Arme. »Oh doch, das machst du.«

»Ich habe dich betrogen«, flüsterte sie.

»Nein, obwohl ich das eine Zeit lang auch so gesehen habe. Ich wünschte, ich fände die Worte, um dir zu sagen, wie leid mir all der Schmerz tut, den ich dir mit meinem Misstrauen zugefügt habe. Aber das, was du gemacht hast, war kein Verrat. Du hast niemandem meine Geheimnisse verraten, und du hast auch keinem geholfen, mir auf irgendeine Art zu schaden, weder mir noch meinem Clan. Du hast nur gelogen.«

Sie starrte Balfour überrascht an. »Nur gelogen?«

»Ja, und noch dazu schlecht. Du hast dir auf die Zunge gebissen, um die Wahrheit nicht zu erzählen, dabei aber auch
nicht zu sehr zu lügen. Meist hast du Halbwahrheiten erzählt
oder gar nichts geantwortet.« Müßig begann er, ihr Haar zu
ordnen, wohl wissend, dass es nutzlos war, aber er genoss es
viel zu sehr, ihr dichtes, weiches Haar zu berühren. »Nachdem ich mich so weit beruhigt hatte, um über meine Wut und
Verletztheit hinauszuschauen, habe ich genauer über alles
nachgedacht, was du mir erzählt hast. Ich bin all unsere Gespräche und all deine Antworten auf meine Fragen durchgegangen. Die Lügen, die du mir aufgetischt hast, sollten nur
die Wahrheit verbergen. Du wolltest nicht, dass ich wusste,
wer dein Vater war. Und du hattest recht, mir das vorzuenthalten. Wenn ich es erfahren hätte, hätte ich dir nie mehr getraut und auch nicht geglaubt, dass du ihm nicht helfen würdest.« Er schüttelte den Kopf. »Es ist nicht recht, einem Kind
vorzuwerfen, was seine Mutter, sein Vater oder ein anderer
seiner Verwandten getan haben. Ich weiß das wohl. Und dennoch hätte ich genau das getan, sobald ich erfahren hätte,
dass Beaton dich gezeugt hat.«

»Nach allem, was dieser Schuft getan hat, musst du dir
deswegen keine Vorwürfe machen.« Sie streichelte sein Kinn.
Sie war über alle Maßen froh, dass er ihr die Täuschungen
verziehen hatte und sogar verstand, warum sie ihn getäuscht
hatte. »Ich habe dir so wenig über mich erzählt, du hattest
nichts, mit dem du meine Schuld oder Unschuld hättest beurteilen können. Und hättest du mir geglaubt, wenn ich dir
erzählt hätte, dass ich mich danach verzehre, ihn umzubringen, dass ich gekommen war, um einen Racheschwur zu erfüllen?«

Balfour verzog das Gesicht. »Nein. Es ist kaum zu glauben, dass ein Kind seinen eigenen Vater töten würde, auch
bei einem solchen Mistkerl wie Beaton. Und es wäre mir auch
schwergefallen zu glauben, dass ein schwaches Mädchen wie
du so etwas tun würde.«

»Fast ist es mir gelungen«, protestierte sie aus verletztem Stolz. Dann seufzte sie. »Es ist wahrscheinlich das Beste, dass ich es nicht getan habe.«

»Obwohl du es deiner sterbenden Mutter geschworen hast und Beaton es verdient hatte, ist es so wahrscheinlich am besten. Auch wenn er herzloser Abschaum war, so wäre der Tod dieses Mannes deine unsterbliche Seele doch nicht wert gewesen. Eine Zeit lang war ich mir nicht sicher, was dir schwerer fallen würde, mir zu vergeben – dass ich dich deiner Rache beraubt oder dass ich deinen Vater getötet hatte.« Er musste an sich halten, ihren flüchtigen Kuss nicht herzhaft zu erwidern. Er wusste, sie mussten erst miteinander reden, bevor sie sich wieder der Leidenschaft hingeben konnten. »Und dann begann ich zu hoffen, du würdest mir nichts von beidem vorwerfen.«

»Nichts davon hat mir Sorgen gemacht.« Sie schmiegte sich an ihn und genoss es, in seinen starken Armen zu liegen. »Ich habe gelernt, die harte, kalte Wahrheit über meine Mutter zu sehen: Ich war Margaret gleichgültig. Von dem Augenblick meiner Geburt an hatte ich für sie nur einen Zweck – ihre verlorene Ehre zu rächen. Ja, sie hätte es gerne gesehen, wenn ich auch eine Hure wie sie geworden wäre, dann hätte sie weniger hart arbeiten müssen. Vor allem aber wollte sie, dass ich Beaton für sie umbringe. Ich glaube, ich habe die Wahrheit immer gewusst, ich hatte sie nur aus meinem Denken verbannt, weil sie zu schmerzhaft war. Sogar als ich meine Augen nicht mehr länger davor verschließen konnte, kämpfte ich dagegen an. Ich wollte einfach nicht all die hässlichen Gefühle lostreten, die es in mir auslöste.«

Balfour drückte sie ein bisschen fester. Er wusste, dass er nichts tun konnte, um ihren Schmerz zu lindern. »Deine Mutter und Beaton sind es, die am meisten verloren haben, Maldie. Sie haben sich selbst der Freude beraubt, ein Kind zu haben, das sie innig geliebt und alle Eltern stolz gemacht hätte.« Er lächelte, als er sah, wie sie errötete, sogar ihre

Ohrläppchen färbten sich zartrosa. »Ich fürchte, wir können uns unsere Verwandten nicht aussuchen. Es ist traurig, dass du mit solch herzlosen Eltern gestraft wurdest, aber du bist an Seele und Körper rein und hübsch aus diesem Sumpf herausgestiegen.«

»Du solltest besser aufhören, so freundlich zu sprechen«, sagte sie mit unsicherer Stimme, während sie versuchte, die Gefühle zu bändigen, die in ihr aufwallten. »Es ist komisch, aber ich bin kurz davor zu weinen.«

Er lachte und küsste ihre Wange. »Ich habe kein Talent für Schmeicheleien und hübsche Worte, und du hast kein Talent, sie anzunehmen. Wir sind ein schönes Paar.« Er griff ihr unters Kinn und hob ihr Gesicht. »Nun ist es an der Zeit, dass ich dir sage, warum ich dich aufgestöbert habe. Ja, vor allem, weil ich wieder überlege, wie ich weiteres Reden vermeiden kann.«

»Warum bist du hier?«, fragte sie, und ihr Herz pochte so laut, dass ihr die Ohren schmerzten. Der sanfte Blick seiner dunklen Augen barg so viele Versprechen, dass sie fast Angst hatte, in sie zu blicken.

»Deinetwegen. Ich komme deinetwegen.« Er berührte ihre Lippen mit den Fingern, als sie die Stirn runzelte und zu sprechen anfing. »Nein, lass mich ausreden. Dann musst du nur noch Ja oder Nein sagen. Dazwischen wird es nichts geben. Ich möchte, dass du mit mir nach Donncoill zurückgehst. Seit du fort bist, scheint alles Leben von dort gewichen zu sein. Ich brauche dich dort, ich brauche dich an meiner Seite. Ich möchte, dass du meine Frau wirst, die Herrin von Donncoill.«

Maldie musste all ihre Willenskraft aufbieten, um nicht sofort lauthals Ja zu rufen. Er hatte so viel gesagt, aber noch nicht genug. Er brauchte sie, er wollte sie, und er würde sie heiraten. Sie wusste, die meisten Frauen würden sie für verrückt halten, aber sie brauchte mehr. Er sprach von Heirat, davon, durch das Gesetz und Gott gebunden zu sein; aber ihr war wichtig, dass er sie liebte.

Einen Augenblick überlegte sie, ob sie ihn dazu bringen konnte, es zu sagen, aber das konnte ziemlich lange dauern. Männern widerstrebte es so sehr, einer Frau ihre Gefühle zu offenbaren. Selbst wenn er sie wirklich liebte, könnte es sein, dass sie verheiratet wäre, das Bett mit ihm teilte und drei Kinder mit ihm hätte, ehe er diese Tatsache erwähnte. Obwohl sie sich davor fürchtete, ihre Seele zu entblößen, wusste sie, dass das der einzige Weg war. Und schließlich hatte er es verdient, die ganze Wahrheit zu erfahren. Falls sie heiraten würden, wäre das der beste Anfang. Sie betete, dass sie kein allzu großes Risiko einging. Wenn sie erst einmal offenbart hätte, was sie alles für ihn empfand, wäre es für ihn umso einfacher, sie zu vernichten, auch wenn er es gar nicht wollte oder beabsichtigte.

»Ich möchte dich heiraten«, fing sie an. Aber als er sie umarmen wollte, legte sie eine Hand auf seine Brust und hielt entschlossen eine gewisse Distanz zwischen ihnen. »Dennoch könnte ich Nein sagen. Du sprichst von Bedürfnis und Begehren, und wir beide wissen, dass wir uns in unserer Leidenschaft in nichts nachstehen. Was du nicht wissen kannst, weil ich es mit aller Macht verborgen habe, ist, dass ich dich liebe, Balfour Murray.« Seine weit geöffneten Augen und die plötzliche Anspannung seines Körpers verrieten ihr wenig, deshalb fuhr sie unbeirrt fort: »Möglicherweise liebe ich dich mehr, als vernünftig oder ratsam ist, und das habe ich von Anfang an getan. Vielleicht ergibt das in deinen Augen keinen rechten Sinn, aber ich kann dich weder heiraten, noch kann ich mich ein Leben lang an dich binden, wenn du nicht dasselbe fühlst.«

Überrascht und etwas unbehaglich schrie sie auf, als er sie heftig an seine Brust drückte. »Ach, mein hübsches, kleines Mädchen, du bist so töricht! Oder vielleicht sind wir es ja beide. Ja, du wirst Liebe empfangen, vielleicht mehr, als du mitunter willst.«

»Du liebst mich?«, flüsterte sie und wand sich in seinen

Armen, bis sie genug Platz hatte, um ihn anzublicken. Ihr Herz pochte so rasch und heftig, dass ihr schwindlig wurde.

»Ja, ich liebe dich. Und auch ich glaube, dass ich mich in dich verliebt habe, als ich dich zum ersten Mal sah.« Eifrig erwiderte er ihren Kuss und zog sie sanft zu Boden. »Dann heißt die Antwort Ja? Du heiratest mich?«

»Ja.« Sie begann ihn wieder zu küssen. Da schallte ein vertrauter Ton scharf durch die Luft, Maldie runzelte die Stirn. »War das ein Jagdhorn?«, fragte sie und setzte sich auf.

Balfour lachte, setzte sich ebenfalls auf und griff nach ihren Kleidern. »Das ist dein Onkel Colin, der uns sagen will, dass wir jetzt lange genug allein waren.« Er warf ihr ihr Kleid zu. »Und wenn wir nicht sehr bald auftauchen, ist die Jagd wirklich eröffnet.« Er lächelte sie an, als sie zweifelnd die Brauen zusammenzog. »Glaub mir, Mädchen. Wenn wir uns nicht sehr bald anziehen und zur Burg zurückkehren, werden uns deine grinsenden Verwandten umzingeln.«

Maldie verzog das Gesicht, als sie sich anzog. Sie war nicht mehr allein auf der Welt, konnte nicht mehr tun und lassen, was sie wollte, ohne jemand zu fragen. Das freute sie riesig und gab ihr zum ersten Mal in ihrem Leben das Gefühl, erwünscht zu sein und gemocht zu werden. Aber als Balfour innehielt, um ihr kurz einen Kuss zu geben, bevor er sie zur Burg ihres Onkels zurückbrachte, dämmerte ihr, dass eine große Familie auch ein großes Problem sein konnte.

»Ich fürchte, die Tage, bis wir verheiratet sind, werden lang werden«, murmelte sie.

Als Balfour sah, wie fast ein Dutzend grinsender Kirkcaldys aus dem Nichts auftauchten und begannen, sie zurück zur Burg zu geleiten, pflichtete er ihr aus ganzem Herzen bei. »Sehr, sehr lang.«

23

Maldie knirschte mit den Zähnen und versuchte, still zu sitzen, während sich Jennie mit dem Kamm durch ihr wirres Haar kämpfte. Sie verfluchte sich dafür, dass sie am Vorabend vergessen hatte, ihr Haar zu flechten. Ihr unruhiger Schlaf hatte es in ein wirres Durcheinander verwandelt. Es würde eine Menge Arbeit kosten, es für ihre Hochzeit gut aussehen zu lassen oder zumindest so schön, wie es ihr dichtes, widerspenstiges Haar überhaupt zuließ.

Ihre Hochzeit, dachte sie seufzend. Sie fand es seltsam, dass in ihrem Magen Ängste rumorten, während ihr Herz vor Glück höher schlug. Vor genau einem Monat hatte Balfour ihr gesagt, dass er sie liebte, und sie gebeten, seine Frau zu werden. Außer der Zeit, in der sie getrennt waren und sie geglaubt hatte, er wäre für immer verloren, war dies bestimmt der längste Monat ihres Lebens gewesen. Die Tage waren rasch verstrichen, und immer mehr Kirkcaldys waren zur Hochzeit eingetroffen, aber Balfour und sie hatten sich immer seltener gesehen. Es war schnell klar geworden, dass ihr Onkel entschlossen war, sie bis zur Hochzeitsnacht voneinander fernzuhalten. Seit Tagen hatten sie nicht einmal mehr einen flüchtigen Kuss tauschen können. Und schlimmer noch, es war ihr nicht gelungen, Balfour diese drei süßen Worte noch einmal zu entlocken. Sie begann sich zu fragen, ob sie ihn wirklich hatte sagen hören, dass er sie liebte, oder ob sie es nur geträumt hatte.

Plötzlich klopfte es an der Tür, und bevor Maldie etwas sagen konnte, trat ihr Onkel ein. Sie blickte ihn fragend an, als er sich auf ihr Bett setzte. Der große, starke Mann war wirklich eine stattliche Erscheinung, und sein freundliches und gutmütiges Wesen spiegelte sich in seinem attraktiven Gesicht. Maldie war noch immer erstaunt, dass ihre Mutter glauben konnte, solch ein Mann hätte sie und ihr kleines Kind in die Kälte zurückgeschickt. Dass Margaret ihrem Kind einen solch guten Menschen vorenthalten hatte, war noch etwas, was Maldie ihr kaum verzeihen konnte. Sie freute sich darüber, ihrem Onkel ähnlich zu sein, denn sie hatte dasselbe wilde schwarze Haar und dieselben grünen Augen. Es gab ihr das Gefühl, dazuzugehören. Aber dass Colin sie und Balfour dauernd überwachte, machte sie im Augenblick nicht besonders glücklich.

»Ich habe ihn nicht unterm Bett versteckt«, sagte sie gedehnt.

Colin lachte. »Das weiß ich. Ich habe den Burschen gerade gesehen, wie er in seinem Zimmer auf und ab gelaufen ist.«

»Auf und ab gelaufen? Das heißt, dass er beunruhigt ist. Glaubst du, er hat es sich anders überlegt?«, fragte sie und verfluchte gleichzeitig ihre Unsicherheit. Sie wusste, dass die Frage unsinnig war, aber sie gab ihrem Onkel die Schuld. Dank seiner Bemühungen, sie und Balfour auf Abstand zu halten, war keine ihre Ängste durch süßes Liebesgeflüster beschwichtigt worden.

»Törichtes Kind!«, schalt Colin, doch in seinem Lächeln lag Verständnis. »Nein, er leidet wie alle Männer, die heiraten. Sag du mir nicht, dass du nicht beklommen bist, denn das würde ich dir nicht abnehmen.«

Sie lächelte matt und zuckte die Schultern. »Ich bin es, aber ich verstehe nicht, warum. Schließlich bekomme ich jetzt doch, was ich wollte.«

»Ja, und was er will, sonst hätte er dich nie aufgestöbert.« Colin schüttelte den Kopf. »So ist es eben. Euch geht es besser als den meisten Paaren, die kaum ihre Namen kennen, wenn sie sich vor dem Priester wiederfinden. Aber egal – ihr legt vor Gott und den Verwandten die Ehegelübde ab; das ist eine ernste Angelegenheit, die man nicht auf die leichte Schulter nehmen sollte.« Er stand auf und ging zu Maldie, der Jennie gerade ins Kleid half. »Geh und hilf den Frauen, Kleine«, sagte er zu dem Mädchen. »Ich helfe derweilen meiner Nichte.« Er begann Maldies Kleid zuzuschnüren, sobald Jennie den Raum verlassen hatte. Dann hielt er inne, um das herzförmige Muttermal auf ihrem Rücken zu berühren. »Das ist ein schönes Zeichen, das dir Gott da auf die Haut gemacht hat.«

»Es ist Beatons Mal«, murmelte sie. »Meine Mutter hat oft gemeint, es sei ein Zeichen des verfluchten Blutes, das in meinen Adern kreist.«

Er drehte sie, damit sie ihn ansah. »Deine Mutter war eine Närrin! Gott sei ihrer Seele gnädig, aber sie war eine große Närrin. Hast du dich nicht bei einem alten Paar aufgehalten, Beatons von ihrer Abstammung her, und waren die nicht gut und freundlich? Haben die ihren Laird etwa gemocht? Waren sie nicht in Wahrheit all das, was Beaton nicht war?«

»Nun ja, aber –«

»Kein Aber. Der Laird von Dubhlinn war eine Mistkerl ohne Herz und Ehrgefühl. Das heißt nicht, dass alle Beatons denselben Fleck auf ihrer Seele tragen. Ist der Junge, Eric, nicht auch ein Beaton?«

»Ja, die Tatsache, dass auch er dieses Mal trägt, hat ihm die traurige Wahrheit gezeigt. Aber das weißt du ja alles.«

»Ich habe den Burschen getroffen. Er ist ein feiner Junge und wird bestimmt ein guter, ehrenwerter Mann. Es wird ein Segen für die Beatons von Dubhlinn, wenn es ihm gelingt, das Recht zu erhalten, ihr Laird zu sein. Bist du nicht stolz, eine Kirkcaldy zu sein?«

»Natürlich!«

»Nun, wie ich schon gesagt habe, gab es auch in unserem Clan üble Kerle. Wir hatten ein oder zwei Verräter, Mörder, Diebe und Männer, die keinen Funken Anstand im Leibe hatten. Und vertrau mir, auch die Murrays hatten hin und wieder ein schwarzes Schaf in ihren Reihen und werden auch wieder mal eines haben. Du kannst es einem Clan nicht übel nehmen, wenn er versucht, solche Dinge unter die Decke zu kehren. Egal, welchen Stammbaum du schüttelst, eine verdorbene Frucht wird immer dabei sein. Du bist trotz deiner Eltern ein feines Mädchen geworden. Sei stolz darauf!«

Tränen erstickten ihre Stimme, und sie errötete, als sie zu ihrem Onkel hochblickte und die tiefe Zuneigung sah, die seine Augen milde machte. »Danke, Onkel!«, war alles, was sie herausbrachte.

»Man hat dir nicht oft gesagt, dass du ein wertvoller Mensch bist, nicht wahr, Mädchen?«, fragte er und schüttelte den Kopf.

»Das ist nicht wichtig.«

»Oh, doch, das ist sehr wichtig. Man muss einem Kind von Zeit zu Zeit sagen, was es wert ist, wenn es an Geist und Körper gesund und stark heranwachsen soll. Weil man dich zu wenig wertgeschätzt hat, fürchtest du so rasch, dass es sich dein großer brauner Mann anders überlegt und dich nicht heiratet.«

»Mein großer brauner Mann?«, murmelte sie und musste sich ein Lächeln verbeißen.

»Ja, ich habe noch nie so viel Braun an einem Mann gesehen: braune Haare, braune Augen, braune Haut. Ich hoffe, er trägt nichts Braunes, wenn er vor dem Priester steht, sonst halten wir ihn für einen Holzklotz.«

»Onkel«, rief Maldie und gab ihm lächelnd einen Klaps auf den Arm. »Sei nicht so gemein! Er ist ein hübscher Mann!«

Er legte ihr den Arm um die Schultern und führte sie aus dem Zimmer. »Das ist er, Mädchen, und er hat sich eine hübsche Braut ausgesucht. Eine der hübschesten in ganz Schottland.« Er blinzelte ihr zu. »Und du wirst hübsche braune Kinder bekommen.« Er lachte, als sie rot wurde. »Du solltest dich jetzt besser sputen, sonst denkt dein Bursche noch, dass du deine Meinung geändert hast und in die Berge geflohen bist.«

337

»Mittlerweile sollte sie hier sein«, murmelte Balfour und ging nervös vor dem kleinen Altar auf und ab, der sich am anderen Ende des großen Saals befand.

Nigel, der mit verschränkten Armen an der Wand lehnte, verdrehte die Augen. »Ihr Onkel holt sie. Er weiß, was zwischen dir und Maldie vorgegangen ist, und wird weder ihr noch dir erlauben, jetzt noch einen Rückzieher zu machen.«

»Darauf würde ich nicht wetten. Sie braucht dem Mann bloß schöne Augen zu machen, und schon lässt er sich von ihr bis an die Pforten der Hölle führen.« Als Nigel lachte, musste auch er leise lächeln, wurde aber gleich wieder ernst. »Immer, wenn sie ihr Onkel ansieht, frage ich mich, wie ihre närrische Mutter sie nur vor einer solchen Familie verbergen konnte. Im letzten Monat habe ich zwar mehr von ihnen gesehen, als mir lieb war, aber nie hat einer das Mädchen ob ihrer unehelichen Geburt kalt behandelt oder verurteilt. Wie konnte eine Frau ihre Verwandten nur so wenig kennen und sie so falsch einschätzen, dass sie lieber eine Hure wurde und versucht hat, auch ihr Kind dazu zu machen, als ihre Familie um Hilfe zu bitten?«

»Aus Stolz! Aus übermächtigem Stolz. Das sagt mir das wenige, was ich über die Frau gehört habe«, antwortete Nigel. »Anscheinend war ihr ein solch trauriges Leben lieber, als beschämt und schwanger nach Hause zurückzugehen. Außerdem hat sie sich bei ihren Leuten auch nicht gerade beliebt gemacht, und das hat dann wohl den Ausschlag gegeben. Wenn du dich immer so benommen hättest, als ob du etwas Besseres wärst als die Menschen um dich herum, dann würdest du sicher nicht wollen, dass sie sehen, dass dem nicht so ist. Aber das ist nichts, was du oder sonst jemand je verstehen kann. Zum Glück hat Maldie den Stolz und die Idiotie ihrer Mutter überlebt, und noch dazu sehr gut. Und nun denk lieber an deine Hochzeit, denn hier kommt die Braut!«

Als Balfour zu Maldie blickte, zog er scharf die Luft ein. Sie trug das weiche grüne Kleid, das er für sie hatte anfertigen lassen. Es passte ihrem schlanken Körper wie angegossen, und die satte Farbe schmeichelte ihr. Ihr dichtes Haar fiel in sanften Wellen über ihre Schultern, geziert von grünen Bändern. Ihre Wangen waren leicht gerötet. Noch nie war sie ihm so wunderschön erschienen. Wieder fragte er sich, wie er das Herz einer solchen Frau hatte gewinnen können. Er ging hinüber und löste ihre Hand aus dem Griff ihres Onkels.

»Das ist jetzt die letzte Gelegenheit, dir zu überlegen, welchen Schritt du tust, Maldie«, sagte er. »Wenn erst einmal die Gelübde gesprochen sind, kannst du diesem braunen Ritter nicht mehr entrinnen.«

Maldie lächelte, weil sie sich daran erinnerte, dass ihr Onkel Balfour ihren großen braunen Mann genannt hatte. Das machte aus Balfour fast einen gewöhnlichen Menschen, aber wie er in seinem feinen weißen Hemd und dem Plaid seines Clans vor ihr stand, wirkte er alles andere als gewöhnlich. Einen Moment lang überlegte sie, wie sie nur glauben konnte, einen solch prächtigen Laird je zufriedenstellen zu können, doch dann verscheuchte sie hastig alle Zweifel. Er sagte, dass er sie liebte, und sie liebte ihn. Sie würde ihr Leben an seiner Seite verbringen. Sie hatte genug Zeit, um in Erfahrung zu bringen, was ihn glücklich machte.

»Es ist auch für dich die letzte Gelegenheit«, sagte sie und packte seine Hand fester. »Aber wenn du zu fliehen versuchst, bedenke, dass ich sehr schnell rennen kann.«

Er lachte und streifte ihre Lippen mit einem Kuss, bevor er sich dem jungen Dorfpfarrer zuwandte. Als sie sich vor ihn knieten, warf Maldie noch einen kurzen Blick auf die Menschenmenge im großen Saal. Die Kirkcaldys und Murrays standen durcheinander, und Maldie wusste, dass die beiden Clans mehr als nur ihre Heirat verbinden würde. Eric stand neben ihrem Onkel und grinste sie an. Rasch grinste sie zurück. Dann spürte sie, wie Nigel ihren Blick fing. Das Lächeln, das er ihr schenkte, war traurig, und sie sah seine Einsamkeit. Doch sie konnte nichts für ihn tun. Sie betete, dass

339

er über seine unglückliche Liebe zu ihr hinwegkommen würde, und widmete ihre ganze Aufmerksamkeit wieder dem Geistlichen. Balfour begann gerade, seine Treue zu ihr vor Gott und seinem Clan zu geloben, und da wollte sie auf gar keinen Fall auch nur das kleinste Wort verpassen.

Balfour lachte gerade über einen von Colins Späßen, als er Nigel an seiner Seite bemerkte. Ein rascher Blick zu Colin zeigte ihm, dass der sich taktvoll zurückzog und ihn und seinen Bruder in der Menge der Feiernden allein ließ. Er hatte offenbar erraten, dass es zwischen den Brüdern nicht zum Besten stand. Colin konnte bisweilen ein unangenehm scharfsichtiger Mann sein. Nigels ruhiger und ernster Blick machte Balfour nervös. Er hatte gehofft, dass es seinem Bruder gelingen würde, seine Gefühle für Maldie zu überwinden oder zumindest zu lernen, mit ihnen zu leben. Aber allmählich glaubte er, dass das nur ein Wunschtraum gewesen war. An Nigels Stelle wäre die Situation für Balfour die reine Folter gewesen.

»Glückwunsch, Bruder, und alles Gute!« Nigel lächelte gequält. »Und das meine ich auch wirklich so.«

»Danke. Aber das war nicht alles, was du sagen wolltest, oder?«, fragte Balfour leise und verkrampfte sich, obwohl er nicht sicher war, warum er sich vor den nächsten Worten Nigels fürchtete.

»Ich gehe.«

»Ich habe dich nicht darum gebeten.«

»Das weiß ich, aber ich muss gehen. Ich freue mich aufrichtig für dich und hege auch keinen Groll gegen dich oder Maldie. Keiner von euch hat meinen Kummer verursacht. Es liegt nur an mir. Jeder mit Augen im Kopf kann sehen, dass du sie liebst und dass sie dich liebt. Ich dachte, ich könnte mich damit abfinden und darüber hinwegkommen, aber das schaffe ich nicht, wenn ich euch beide tagaus, tagein sehen muss.«

Balfour drückte seinem Bruder kurz die Schulter. »Dich aus deinem Zuhause zu vertreiben war das Letzte, was ich wollte.«

»Du vertreibst mich nicht«, erwiderte Nigel bestimmt. »Ich schwöre es. Ich nehme mich selbst für ein Weilchen aus dem Spiel. Es wird leichter für mich, mich von diesen ungebetenen und unerwünschten Gefühlen zu kurieren, wenn ich nicht die sehen muss, die sie in mir auslöst. Ich habe nicht einmal gewagt, die Braut zu küssen. Und ehrlich gesagt, ich habe Angst davor, wozu mich die Eifersucht treiben könnte. Ich möchte nicht, dass sie zwischen uns tritt und dich oder Maldie verletzt. Ihr beide wart toleranter und verständnisvoller, als ich es verdient habe. Und das möchte ich nicht zerstören.«

»Wohin wirst du gehen?«

»Nach Frankreich. Die Franzosen geben einem Schotten gutes Geld, um gegen die Engländer zu kämpfen.« Er lächelte, als Balfour finster die Stirn runzelte. »Den Gedanken kannst du vergessen, Bruder. Ich ziehe nicht in den Krieg, um den Tod zu suchen. Ich bin wohl in die Frau meines Bruders verliebt, und das quält mich, aber ich denke, ich liebe auch mich selbst. Ich werde Engländer umbringen und, so Gott will, auch dieses Gefühl, dass uns beiden Verdruss bereitet. Das ist alles.«

»Wirst du bis zur Morgenfeier bleiben?«

»Ich werde beim ersten Tageslicht aufbrechen. Ein paar Kirkcaldys wollen bei Tagesanbruch nach Frankreich, und ich werde mit ihnen reiten.« Kurz umarmte er Balfour. »Ich werde nicht für immer fortbleiben. Ich bin doch kein Narr, der seine Tage damit verbringt, sich nach dem zu verzehren, was er nicht haben kann. Ich werde wiederkommen.« Er seufzte und blickte forschend auf die Menge. »Und nun muss ich es Eric beibringen.«

Balfour sah Nigel in der Menge verschwinden und seufzte. Als Maldie neben ihm auftauchte und ihn an der Hand nahm, drückte er sie ganz fest. Ihr fragender Blick verriet ihm, dass sie noch nichts von Nigel wusste. Da es ihr leicht fiel, seinen Gemütszustand zu erspüren, vermied er jeden Gedanken an Nigel. Und weil er die Freude ihres Hochzeitstages nicht trüben wollte, beschloss er, ihr die traurige Nachricht von Nigel erst später zu erzählen.

»Glaubst du, wir können uns jetzt ungesehen davonschleichen?«, fragte er und nahm sie in den Arm.

»Das bezweifle ich.« Sie lachte leise und schüttelte den Kopf. »Es sind einfach zu viele Leute da. Allein um zur Türe zu kommen, müssten wir ein paar zur Seite schubsen. Deshalb werden wir wohl kaum eine Chance haben, uns ungesehen davonzuschleichen.«

»Stimmt.« Er grinste und hob sie hoch. »Dann machen wir eben einen richtigen Auftritt daraus!«

Maldie lachte und verbarg ihr Gesicht an seinem Hals, als er durch die johlende Menge schritt. Einige der Bemerkungen, die man ihnen nachrief, als sie den großen Saal verließen, ließen sie erröten. Sie erkannte die Stimme ihres Onkels, der ihnen ein paar ziemlich dreiste Vorschläge nachbrüllte, und schwor sich, ihn dafür bezahlen zu lassen. Aber auch als sie den Saal hinter sich hatten, hörte ihr Spießrutenlauf nicht auf. Überall in der Burg waren Menschen. Sie gingen an vergnügten Gästen vorbei die Treppe hoch und durch den oberen Saal. Als sie ihr Schlafzimmer schließlich leer vorfanden, war Maldie fast etwas enttäuscht.

»Einer von uns hat eine zu große Familie«, sagte sie. Er schloss die Türe und zog den Riegel mit Nachdruck zu. Als er sie aufs Bett warf, musste sie lachen.

Balfour legte sich auf sie und gab ihr einen schnellen, harten Kuss. »Hier war mehr als genug Platz, bis die Kirkcaldys anfingen, durch die Tore zu strömen. Du hast sehr schön ausgesehen in deinem Kleid«, murmelte er und begann es aufzuschnüren.

»Ja, das hab ich.« Sie grinsten sich kurz an. »Es gefällt mir wirklich ausnehmend gut. Du könntest also etwas vorsichtiger sein.« Ihre Worte wurden von dem Kleid erstickt, das er ihr eilig über den Kopf zog und beiseitewarf.

»Ich war vorsichtig. Ich hab es dir nicht vom Körper gerissen, auch wenn ich Lust darauf gehabt hätte.«

Sie schlang die Arme um seinen Hals. »Das hat ganz schön lange gedauert, nicht?«, flüsterte sie an seinen Lippen.

»Zu lang!«

»Aber es ist unsere Hochzeitsnacht. Wir sollten wenigstens versuchen, unsere Gier zu zügeln.«

Sie wand sich aus seinem Griff und kniete sich neben ihn, wobei sie seinem Stirnrunzeln mit einem süßen Lächeln begegnete. Ihr Verlangen nach ihm war so stark, dass es sie ganz schwach machte; ein amüsanter Widerspruch, wie sie fand. Dennoch war Maldie entschlossen, eine gewisse Kontrolle über ihre Leidenschaft zu gewinnen. Es war immerhin ihre Hochzeitsnacht – so etwas erlebte man nur einmal im Leben, und sie wollte, dass ihre Vereinigung etwas Besonderes war. Das erste Mal, dass sich Balfour und sie als Mann und Frau trafen, sollte keine hastige, gierige, blinde Paarung werden. Sie war zu ausgehungert nach Balfour, um sich all ihre Träume zu erfüllen, aber sie war entschlossen, es wenigstens zu versuchen, einen oder zwei davon wahr zu machen.

»Ich bin wirklich gierig, Mädchen.« Er fluchte leise, als sie seine Hände, die nach ihr greifen wollten, mit einem sanften Klaps beiseiteschob.

»Ich auch, aber einer von uns muss sich etwas beherrschen, und es ist offensichtlich, dass du es nicht sein wirst.«

»Ich bin mir nicht sicher, ob es mir gefällt, dass du dich noch beherrschen kannst«, grummelte er. Doch als sie langsam begann ihn auszuziehen, stöhnte er lustvoll auf.

Maldie küsste und streichelte ihn, während sie ihm die Kleider vom Leib streifte. Dass er bei jeder Berührung bebte, befeuerte auch ihre Leidenschaft, und es fiel ihr immer schwerer, sich zu beherrschen. Als er schließlich nackt war,

343

küsste sie ihn von Kopf bis Fuß und zurück, sorgsam darauf bedacht, sich nicht zu lange bei den lustvolleren Bereichen aufzuhalten, wohl wissend, dass sein Verlangen bereits eine schmerzhafte Stärke erreicht hatte.

Dann setzte sie sich rittlings auf ihn, vorsichtig ihre Körper vereinigend. Sie zögerte einen Augenblick, um etwas zu Atem zu kommen, und hörte erfreut, dass Balfour genauso heftig atmete wie sie. Den letzten Rest von Beherrschung aufbietend, lächelte sie Balfour süß an und zog langsam ihr Hemd aus. Sie schrie überrascht auf und genoss es keuchend, als er sich abrupt aufsetzte, sie an sich presste und begann, hungrig ihre Brüste zu küssen. Als sie mit den Fingern durch sein dickes Haar fuhr, beschloss sie, dass sie stark genug gewesen war.

Er liebte sie immer wilder, und Maldie genoss es in vollen Zügen. Balfour packte sie an den Hüften und bewegte sie zuerst langsam, dann schneller. Als er sie küsste, folgte die Heftigkeit seiner Zunge der Heftigkeit seiner Bewegungen in ihr. So ineinander verschlungen, trieb er sie zu dem Gipfel, den sie beide so sehr ersehnten. Ihre Schreie klangen wie einer, als sie gemeinsam zum Höhepunkt fanden.

»Ach, Maldie, meine wilde Verführerin«, murmelte er nach langer Zeit und löste vorsichtig ihre innige Umarmung. »Ich hatte mir vorgenommen, dich langsam zu lieben, unser erstes Zusammensein als Mann und Frau lang und süß werden zu lassen. Ich hatte an Stunden leidenschaftlichen Schwelgens gedacht und nicht nur an ein paar kurze Momente.«

Gedankenverloren rieb sie ihren Fuß an seiner starken Wade. »Ich habe es versucht, aber mit meiner Selbstbeherrschung war es nicht so weit her wie behauptet.«

»Du hast dich besser beherrscht als ich.«

»Wir können meinem Onkel die Schuld geben. Er hat dafür gesorgt, dass wir so lange getrennt wurden und so ausgehungert aufeinander waren, dass es nicht lang und süß werden konnte.« Sie sah ihn an und liebkoste seine Wange.

»Aber ich kann darauf warten, dass es lang und süß wird, dafür haben wir jetzt ein Leben lang Zeit.«

»Ja.« Er seufzte und musterte sie genau, als er erklärte: »Da gibt es ein paar Dinge, die ich dir sagen muss. Ich hätte sie dir sagen sollen, bevor ich dich bat, mich zu heiraten. Aber ich hatte Angst, sie würden dich so wütend machen, dass du Nein sagen würdest.«

Maldie erstarrte, und Angst erfüllte kurz ihr Herz, doch sie zwang sich, ruhig zu werden. Balfour war ein guter Mann, zu gut, um viele Geheimnisse zu bergen oder solche, die zu dunkel oder zu schrecklich wären, um sich damit abzufinden. Sie zweifelte daran, dass sie so schwerwiegend sein könnten wie die, die sie so lange eifrig gehütet hatte. Obwohl sie noch nicht einmal ahnte, was er meinte, ihr gestehen zu müssen, war sie sicher, dass es ihr leichtfallen würde, zu vergeben und zu vergessen.

»Ist es sehr schlimm, was du mir sagen willst?«, fragte sie.

»Nein, aber es wird mich nicht in einem allzu freundlichen Licht erscheinen lassen, fürchte ich.«

»Dann heraus damit, schnell, ohne groß darum herumzureden oder Erklärungen abzugeben. Diese Nacht sollten wir nicht damit verbringen, böse aufeinander zu sein. Aber eigentlich ist sie auch ideal für solche Wahrheiten.« Sie atmete tief durch und schwor sich, vernünftig zu bleiben und sich ständig an das zu erinnern, was er ihr vergeben hatte. »Raus mit der Sprache!«

»Erinnerst du dich daran, wie wir das erste Mal in diesem Bett lagen?«

»Eine törichte Frage. Ja, natürlich. Du hast gesagt, dass du nicht länger den Verführer spielen könntest, dass du mich zu heftig begehrtest, um nur einen kleinen Vorgeschmack zu bekommen und dann wieder zurücktreten zu müssen.«

»Und ich schwöre dir, dass es die Wahrheit war. Nur nicht die ganze Wahrheit, nicht der einzige Grund, warum ich dich unter Druck gesetzt habe, meine Geliebte zu werden.«

345

»Du hast nicht viel Druck ausüben müssen«, murmelte sie.

»Ich habe Nigels Interesse an dir gesehen«, fuhr er fort und ignorierte ihre leise Unterbrechung. »Ich wollte dich zeichnen in dieser Nacht, Maldie. Ich wollte dich als die Meine zeichnen. Ich wollte, dass Nigel sieht, dass du mir gehörst. Und natürlich wollte ich, dass auch du es siehst.« Er betrachtete sie vorsichtig und staunte, als sie kein Anzeichen von Verärgerung von sich gab. »Ich habe deine Leidenschaft für mich ausgenutzt, um dich ins Bett zu bekommen, bevor du so weit warst, weil ich Nigel zeigen wollte, dass du vergeben bist.«

»Das ist dein großes Geständnis?«, fragte sie. »Deswegen hast du dir jetzt monatelang Sorgen gemacht?« Sie verschränkte die Arme hinter dem Kopf und kämpfte darum, nicht zu lachen, weil sie fürchtete, dass es ihn verletzen würde.

»Das und noch ein, zwei andere Dinge«, sagte er, unsicher, wie er die seltsame Stimmung bewerten sollte, in der sie sich zu befinden schien. Er hatte ihren Zorn erwartet, sie aber schien fast etwas belustigt.

»Sag mir alles.«

»Ich hätte dich überhaupt nicht nach Donncoill bringen müssen. Zumindest habe ich das damals gedacht, weil ich noch nichts von Grizel wusste. Aber ich wollte dich, sobald mein Blick auf dich fiel, und dann habe ich überlegt, wie ich es zuwege brächte, dich um mich zu haben. Ich war wild entschlossen, dich zu verführen.«

»Schändlich!«

Balfour kniff die Augen zusammen und studierte sie eingehend. Sie sah aus, als würde sie mit sich kämpfen, um ein sehr starkes Gefühl zu beherrschen, aber er hatte keine Ahnung, welches. Obgleich er etwas Angst davor hatte, wusste er, dass er weitermachen musste. Sie durften ihre Ehe nicht damit beginnen, Geheimnisse voreinander zu haben. Sie hatte ihm all ihre Täuschungen gestanden. Es war nur fair, dass er jetzt die seinen gestand.

»Die letzte –«– »Da kommt noch mehr?« Er furchte nur die Stirn und fuhr fort. »Ich habe schon über die Zeit gesprochen, in der ich dich verdächtigt habe, mich zu verraten, aber ich habe dir nicht alle Gründe dafür genannt.« Er atmete tief durch, um ruhiger zu werden, wohl wissend, dass er wie ein einfältiger Narr erscheinen würde und dass diese kurze Phase der Dummheit sie tief verletzen könnte. »Ich denke, du verstehst, warum ich dich verdächtigt habe, allein weil du meine Geliebte geworden bist.« Sie nickte mit fest zusammengepressten Lippen. »Nun, es war ein bisschen mehr als das, was meinen Verdacht nährte. Du hast mich nicht nur zu deinem Liebhaber gewählt, du warst auch noch dazu sehr gut im Bett.«

Sie bekam große Augen, presste die Worte ›Lieber Himmel‹ hervor, drehte sich auf den Bauch und vergrub ihr Gesicht im Kissen. Balfour war entsetzt. Er war nicht darauf vorbereitet gewesen, dass sie auf seine Geständnisse mit Tränen reagieren würde. Unbeholfen klopfte er ihr auf den Rücken und überlegte fieberhaft, was er ihr sagen könnte, um sie zu trösten. Dann runzelte er die Stirn, lehnte sich nach vorne und versuchte, ihr Gesicht zu sehen. Er hatte Maldie nie weinen hören, aber er war sich zunehmend sicher, dass sie jetzt nicht weinte. Seine Augen wurden groß, als er den erstickten Lauten lauschte, die sie von sich gab.

»Maldie, lachst du?«, fragte er, wobei Überraschung und Verwirrung seine Stimme weicher machten.

Sie drehte sich rasch auf den Rücken und musste noch immer kichern, als sie sich die Lachtränen aus den Augen wischte. »Ja, und ich bin froh, dass du es endlich erraten hast, weil ich kurz davor stand, in diesem verdammten Kissen zu ersticken. Es tut mir leid, Balfour, ich will dich nicht kränken.« Sie tastete nach seiner Wange. »So finstere Sünden, die du gestehst.«

»Jetzt machst du dich über mich lustig«, murmelte er und schmiegte sich an sie. Zum ersten Mal, seit er sich entschlossen hatte, ihr alles zu gestehen, wich die Spannung von ihm. »Wir sind nun Mann und Frau. Ich wollte, dass unsere Ehe mit nichts als der Wahrheit zwischen uns beginnt.«

»Ein sehr lobenswerter Vorsatz. Aber, Balfour, du hast dir wegen nichts und wieder nichts Sorgen gemacht. Ja, vielleicht hast du dich nicht immer auf die ehrenwerteste Weise verhalten. Aber verglichen mit den Lügen, die ich dir aufgetischt habe, und den Täuschungen, die ich mir geleistet habe, fürchte ich, dass deine Sünden nicht mithalten können.« Sie grinste, als er lachte.

»Dann erkläre ich dich hiermit zur Siegerin des Spiels, das wir miteinander gespielt haben.«

»Danke.«

»Aber trotzdem war es nicht recht, dass ich so fieberhaft Pläne gesponnen habe, um dich zu verführen.«

»Sei ganz ruhig, mein hübscher brauner Mann. Es gab Zeiten, da habe ich es genauso fieberhaft versucht.« Bereitwillig erwiderte sie seinen raschen Kuss. »Auch ich habe dich von Anfang an begehrt. Ja, vielleicht habe ich nicht Pläne ersonnen wie du, aber ich habe großes Geschick entwickelt, mich selbst zu belügen und mir einzureden, ich könne tun, was ich wollte, obschon mich die meisten Menschen und der Beichtvater verurteilen würden. Und es gelang mir auch von Zeit zu Zeit, ungerechterweise alle Schuld auf deine Schultern zu laden.«

»Du vergibst einem Mann seine Fehler sehr leicht.«

»Wenn es sein Fehler ist, mich zu begehren, sich nach mir zu sehnen und alles zu versuchen, mich zu bekommen, dann ist das nicht so schwer. Und sogar die letzte der Sünden, die du gestanden hast, ist leicht zu vergeben. Welche Frau wird sich dadurch verletzt fühlen, dass sie der Mann, den sie liebt, für eine gute Liebhaberin hält? Im Gegenteil, es tut mir nur leid, dass törichte Frauen dich dazu gebracht haben, dir deines Werts so unsicher zu sein, dass du es seltsam fandest, dass ich dich begehrte.«

»Ich liebe dich, Maldie Murray.« Er lächelte schwach, als sie das Gesicht verzog. »Was habe ich jetzt wieder Falsches gesagt?«

»Maldie Murray.«

Sie schüttelte den Kopf.

»Ich habe mir das wirklich nicht sehr gut überlegt. Es klingt wie der flotte Vers eines fahrenden Spielmanns, wenn er den Text vergessen hat.« Er musste lachen, und sie kicherte.

»Es klingt wie Musik in meinen Ohren. Nichts kann süßer klingen als dein Name verbunden mit dem meinen.«

Sie schlang die Arme um seinen Hals. »Deine Schmeicheleien werden immer besser, mein Gemahl!«

Maldie legte ihre Hand auf seine, als er begann, ihre Brust zu liebkosen, und stoppte seine sanfte Berührung.

»Eine Sache müssen wir noch besprechen, bevor wir uns den Freuden der Hochzeitsnacht hingeben.«

»Keine Geständnisse mehr, bitte.«

»Nein, ich habe nichts mehr zu gestehen. Ich habe gesehen, dass du mit Nigel gesprochen hast, bevor wir den großen Saal verlassen haben. Eure ernsten Gesichter haben mir gesagt, dass er dir nicht nur Glück gewünscht hat, sondern dass ihr von viel schwerwiegenderen Dingen gesprochen habt.«

Sie entschied sich, ihm nicht zu sagen, dass sie die große Traurigkeit zwischen ihm und Nigel gespürt hatte, da Balfour ihre Fähigkeit, die Gefühle einer Person zu erahnen, manchmal Unbehagen bereitete.

»Lauert da irgendein Ärger um die nächste Ecke, von dem du mir nicht erzählt hast?«

Balfour legte die Stirn an die ihre. »Nein und ja. Es gibt keinen Feind, der versucht, mich oder die Meinen zu töten oder unser Land zu stehlen. Der Ärger schlummert in der eigenen Familie. Nigel wird bei unserer Morgenfeier nicht anwesend sein.«

»Warum?«, fragte sie leise und fürchtete die Antwort.

349

»Er reitet bei Tagesanbruch los, um in Frankreich zu kämpfen.«

Maldie hörte seinen Schmerz und umarmte ihn. »Es tut mir so leid, Balfour.«

»Es ist nicht deine Schuld.«

»Natürlich ist es meine Schuld. Er geht meinetwegen, nicht wahr?«

»Nein, er geht, weil er dich liebt, wie jeder Mann, der gute Augen und ein Herz hat. Ich weiß, dass du nichts getan hast, um ihn zu ermutigen.«

»Ich hätte ihn vielleicht noch stärker entmutigen sollen.«

»Nein.« Gedankenverloren streifte er ihr ein paar Haarsträhnen aus dem Gesicht. »Mädchen, wir sind vor seinen Augen ein Liebespaar geworden, und das hat gar nichts an seinen Gefühlen geändert. Selbst wenn du ihm gesagt hättest, er solle anderswo suchen, hätte ihn das nicht abgehalten. Nichts hätte mich aufhalten können.«

»Oder mich«, sagte sie und seufzte. »Als wir getrennt waren und ich dachte, du würdest mich nicht wollen, merkte ich, wie grausam unerwiderte Liebe sein kann. Das wünsche ich keinem Menschen. Aber ich hatte wenigstens süße Erinnerungen.«

»Vielleicht ist es Nigels Rettung, dass er keine solchen Erinnerungen hat und dass er die Frau, die er begehrte, nicht einmal geküsst hat. Er glaubt, dass er sich davon kurieren kann.«

»Ich bete darum, denn sein Platz ist hier bei dir und Eric. Er gehört nach Donncoill, und ich denke, er wird nicht glücklich, bis er nicht wieder zu Hause ist. Vielleicht findet er in Frankreich, wonach er sucht.«

»So wie ich es auf der Straße nach Dubhlinn gefunden habe«, sagte er und hauchte einen Kuss auf ihren Mund. »Ich hätte mir nie träumen lassen, dass mein Schicksal dort stehen würde, mit wirren Haaren und einer scharfen Zunge. Ich liebe dich, meine grünäugige Verführerin.«

»Nicht mehr als ich dich.«

»Forderst du mich heraus?«, fragte er und grinste auf sie hinab, als er sich auf sie legte.

»Ja. Bist du Manns genug, dich zu stellen?«

»Es könnte lange dauern, bis wir wissen, wer gewonnen hat.«

»Wir haben ein Leben lang Zeit dazu«, murmelte sie. »Und ich kann mir keine bessere Art vorstellen, gemeinsam unsere Jahre zu verbringen, als einander zu zeigen, wie viel Liebe wir geben können.«

»Ich auch nicht, Maldie Murray. Ich auch nicht.«

Das Werk einschließlich aller seiner Teile ist urheberrechtlich geschützt. Jede Verwertung außerhalb des Urhebergesetzes ist ohne Zustimmung des Verlages unzulässig und strafbar. Dies gilt insbesondere für Vervielfältigungen, Übersetzungen, Mikroverfilmungen und die Einspeicherung und Verarbeitung in elektronischen Systemen.

Weltbild Buchverlag
Deutsche Erstausgabe 2007
© 1998 by Hannah Howell
Published by Arrangement with Kensington Publishing Corp.,
New York, NY, USA
© der deutschsprachigen Ausgabe 2007 by
Verlagsgruppe Weltbild GmbH
Steinerne Furt, 86167 Augsburg
Alle Rechte vorbehalten
Dieses Werk wurde vermittelt durch die Literarische Agentur
Thomas Schlück GmbH, 30827 Garbsen.

Projektleitung: Gerald Fiebig
Übersetzung: Angela Schumitz
Redaktion: Hilke Bemm
Umschlag: Hauptmann & Kompanie Werbeagentur GmbH,
München–Zürich
Umschlagabbildung: Franco Accornero via Agentur Schlück GmbH
Satz: Dirk Risch, Berlin
Druck und Bindung: GGP Media GmbH, Pößneck

Gedruckt auf chlorfrei gebleichtem Papier

ISBN 978-3-89897-423-3